張隆溪文集

張隆溪 —— 著

韓晗 —— 主編

第三卷

本卷含
《一轂集》一書

目　次

《一轂集》前言　　　　　　　　　　　　　　　　　　7

一九七八－一九八一紀事　　　　　　　　　　　　　11
　　弗萊的批評理論　　　　　　　　　　　　　　　15
　　論夏洛克　　　　　　　　　　　　　　　　　　33

一九八一－一九八三紀事　　　　　　　　　　　　　41
　　悲劇與死亡：莎士比亞悲劇研究　　　　　　　　45
　　評《英國文學史綱》　　　　　　　　　　　　　67
　　詩無達詁　　　　　　　　　　　　　　　　　　73

一九八三－一九九八紀事　　　　　　　　　　　　　83
　　佛洛伊德的循環：從科學到闡釋藝術　　　　　　87

一九九八－二〇〇〇紀事　　　　　　　　　　　　101
　　翻譯與文化理解　　　　　　　　　　　　　　105

二〇〇〇－二〇〇五紀事　　　　　　　　　　　　119
　　閒話康橋　　　　　　　　　　　　　　　　　123

哈佛雜憶 *129*

理性對話的可能：讀《信仰或非信仰》感言 *137*

諷寓 *147*

有學術的思想，有思想的學術：王元化先生著作讀後隨筆 *161*

馬可波羅時代歐洲人對東方的認識 *175*

二〇〇五－二〇〇八紀事 *189*

走近那不勒斯的哲人：論維柯對歷史哲學和文學批評的貢獻 *193*

錦里讀書記 *207*

生命的轉捩點：回憶文革後的高考 *215*

中國古代的類比思想 *223*

記與德國闡釋學大師伽達默的交談 *229*

從晚清到五四：魯迅論「洋化」與改革 *237*

文學理論與中國古典文學研究 *251*

論《失樂園》 *259*

現實的提升：伽達默論藝術在我們時代的意義 *273*

現代藝術與美的觀念：黑格爾美學的一個啓示 *287*

廬山面目：論研究視野和模式的重要性 *297*

記憶、歷史、文學 *313*

二〇〇八－二〇一〇紀事 *321*

約翰·韋布的中國想像與復辟時代英國政治 *323*

北歐記行 *333*

與王爾德的文字緣 *355*

中西交匯與錢鍾書的治學方法：紀念錢鍾書先生百年誕辰 　363

對文學價值的信念：悼念弗蘭克‧凱慕德 　381

《一穀集》前言

　　我在本書回憶文革後參加研究生考試的文章裏說，回想起當年，我們這一代人生活當中的變化「幾乎有恍若隔世之感」。這一點沒有誇張。我們經歷過文革，也見證了文革結束後改革開放三十年的歷史，就在這三十年裏，中國由一個極為貧窮、封閉，而且長期陷入瘋狂內鬥的苛酷而亢奮的狀態，逐漸回復到較為正常的狀態。那不過是讓每個人做自己的事的狀態，學生上學，農民種田，工人做工，如是而已。不同時代有不同時代面臨的問題，我們現在絕非處在一個理想狀態，各種問題和困難仍然困擾著我們每個人和我們周圍的社會環境，社會上各種不公平、不公正的現象很多，也有不少事令人憤恨、煩惱。但回首望去，無論我們的個人生活還是社會生活，中國近三十年來都有極大變化，大體上在向好的方向發展。我隨時記得三十多年前我和我同時代大多數人的生活是何等困窘、閉塞、單調而且壓抑，於是也就有一個比較的基礎，也因此而對生活總是抱著積極樂觀的態度。

　　就我個人而言，所謂「隔世之感」還有一件頗有點奇特的往事，也許可以做一個恰當的註腳。文革之後，我在一九七八年進入北京大學讀碩士，一九八三年去美國，在哈佛大學讀博士。八七年開始寫博士論文時，也同時在哈佛教二年級大學生必修的文學課。那時中國留學生大多在東亞系任助教，我卻在「文學專修課程」（Literature Concentration）教課，由找自己設計課程內容和大綱，教的是主修西方文學的學生進入專業內容時的必修課。在學期快結束時的某日，我給學生們交來的期末論文評分。他

們的論文內容各不相同，有人討論保羅‧策蘭（Paul Celan）的詩歌，有人談論托多洛夫（Tsvetan Todorov）的怪異故事（the fantastic）理論，還有人熱衷於評析博爾赫斯（Jorge Luis Borges）的後現代創作，大家選擇自己最感興趣的題目，各自盡力去分析文本，作理論的探討。這些論文雖然只是大學生的作業，卻寫得很認真，有好幾篇相當不錯。這也是我教學的成果，自己覺得很滿意。讀完這些文章後已是深夜，我也很快就沉沉睡去。突然間我進入夢境，覺得自己回到了四川德昌茨達山區的鄉下，身上穿著那件透著汗漬和鹽霜的藍布襯衫和短褲，腳上套一雙破膠鞋，正走在田間的小路上。在田裏薅秧的農民們都抬頭望著我，生產隊的趙隊長面有慍色，質問我說：「你這麼久沒有出工，跑到哪兒去了？」我心裏突然一沉，嘴裏卻說不出話來。我也知道自己很久沒有出工了，可是無論如何，就是想不起自己到哪兒去了，為什麼沒有出工。一急之下，突然驚醒，才發現自己睡在哈佛大學的公寓裏。這個奇怪的夢一直縈繞在腦際，從此也永遠記得這個夢。佛洛伊德的名著《釋夢》有一段講到矛盾事物在夢中的情形說：「夢處理各種矛盾事物之方式頗值得注意。簡單說來就是棄之不顧。就夢而言，似乎就沒有『不』這個字。夢往往喜歡把矛盾事物連接為一個統一體，或者把它們表現為同一個東西。」[1] 按佛洛伊德的看法，夢裏沒有什麼不可調和的矛盾，哪怕在邏輯上全然齟齬抵觸的東西，都可以連在一起，統為一體。換言之，夢裏不會有什麼不可溝通的「隔世」。然而起碼就我自己那個夢而言，佛洛伊德的理論卻並不正確，因為在那個夢境裏，當時的我和文革中在鄉下的我，似乎處在兩個完全不同的世界，兩者之間竟然在夢裏也無法連接起來。

　　復旦大學出版社組織編輯一套三十年文集，使我有機會不僅回顧以往，而且從自己所寫的文字中去看這三十年來的變化。不過歷年來寫的文章，有些已經收集在三聯出版的《二十世紀西方文論述評》、《走出文化

---

[1]　Sigmund Freud, *The Interpretation of Dreams*, trans. James Strachey (New York: Avon Books, 1965), p. 353.

的封閉圈》和復旦出版的《中西文化研究十論》等書裏，這次結集，凡已出現在那幾本書裏的，就不在此書裏重複出現。我把尚未結集的文章，選出三十篇來，按時間先後大致編為一集。我一九八三年去美國，後來長期在加州大學工作，到香港也仍然多用英文寫作，這麼多年來，出版了四部英文書，還有很多英文論文在歐美的學術刊物上發表。這些英文的文字當然都不能收集在這部文集裏，所以這本書並不能把三十年來所寫文章都收集起來，按年編排。從八十年代中到九十年代末，當中空了一大段，只是近十多年到香港工作以來，中文寫作才稍多一點積累。因此收進此書的文章，一大半都是近十年所寫。不過這些文章也畢竟有如雪泥鴻爪，能斷斷續續標示出在人生旅途中走過的路徑，留下的印跡。

　　此文集雖然不是三十年每年都有一篇文章，最後選擇收進集子裏的，卻恰好是三十篇的總數。《老子》十一章云：「三十輻，共一轂，當其無，有車之用。」我借用老子所講三十之數以及有、無的道理，就把本書題為《一轂集》。

二〇一〇年十二月十六日

一九七八－一九八一紀事

　　一九七七年全國恢復高考是文革後一場極大的變動，可以說是改革開放三十年具有里程碑意義的重要起始。我雖然只有中學畢業的學歷，但在下鄉三年和在工廠工作五年的時間裏，一直沒有放棄自學，也在關鍵時刻因為偶然機緣，得到不少人幫助，找到許多書來讀，所以恢復高考時，我直接參加了研究生考試，經過在本地初試和在北大複試，最後以總分第一名成績，在一九七八年作為文革後第一屆研究生進入北京大學西語系，跟從楊周翰教授專攻莎士比亞和伊莉莎白時代的英國文學。那時中國還沒有設立博士學位，所以我們是碩士研究生，但那時候帶研究生的都是學養深厚的老一代學者，在西語系就有朱光潛、楊周翰、李賦寧、趙蘿蕤、田德望等好幾位著名教授，他們對年輕人十分關愛，我們對老先生們也由衷敬佩，於是師生之間形成十分密切的關係。比較起自學之艱苦，北大提供了在全國說來最好的學習條件。在鄉下和在工廠裏自學，那是用深夜和偷來、擠出來的時間讀書，做了北大的研究生，讀書思考和研究寫作就成為自己的專業，有了更明確的目的。在北大不僅有老教授們教我們讀書思考，還有外籍教員，教我們美國小說和英語寫作。北大圖書館藏書豐富，碩士三年的學習有很扎實的訓練，要自己獨立研究，寫一篇有內容的碩士論文，通過答辯才可以畢業。記得我的碩士論文答辯時，除李賦寧、楊周翰兩位北大教授外，還請了北外的王佐良教授，社科院的卞之琳教授和中央戲劇學院的廖可兌教授參加，系裏許多老師和同學都來旁聽觀察。我那篇碩士論文討論莎士比亞悲劇，用英文寫成，後來全文發表在英文版的《中國社會科學》一九八二年第三期；楊周翰先生覺得我應該把開頭部分用中文寫出來發表，於是我自己把那部分譯成中文，發表在中文版的《中國社會科學》一九八二年第三期。在北大三年的學習，為我後來的學術生涯奠定了很好的基礎。

　　我在到北大之前，已開始嘗試寫文章。在文革還沒有結束的時候，寫了一篇評論丹麥作家安徒生的論文，認為安徒生童話並不僅僅是為兒童寫的故事，而是充滿深意和浪漫時代詩人性情的傑作。那篇文章曾在我的中學同學和一些朋友間傳閱，但在那時不可能有機會發表，這稿子現在早已

不知去向了。一九七八年初，我在《社會科學戰線》上讀到徐朔方先生討論湯顯祖與莎士比亞的論文，覺得有不少地方都值得進一步探討，就寫了一篇文章與徐先生商榷。初稿寫成之後，恰好到了北大，我認識了朱光潛先生，就把稿子交給他，請他審閱。朱先生不僅把我這個剛進校的學生的習作仔細讀了一遍，而且給我寫了數頁紙的意見，對我表示支持和鼓勵，也給我提出一些改進建議。我把那篇文章寄給《社會科學戰線》，但未能在那份雜誌上發表，而是刊在一九七九年長春出版的一本《文藝學研究論叢》上。當年完全沒有收集書信文稿的意識，朱先生給我寫的那幾頁意見，竟沒有保存下來，現在回想起來，實在可惜。

一九八〇年六月，一個偶然機緣使我得以見到錢鍾書先生，而由談論加拿大批評家弗萊名著《批評的解剖》而得到錢先生賞識，後來時常和他見面，並有許多書信往來，得到他很多教誨和幫助。我有《懷念錢鍾書先生》一文，記述與錢先生見面情形頗詳，已收在《走出文化的封閉圈》一書裏。收在本書裏的第一篇文章，就是對弗萊批評理論的評論，一九八〇年發表在《外國文學研究》第四期上。當年與錢先生見面時能夠談出對弗萊的一點意見，就是因為已經寫好這篇文章，有一些自己的想法。

從一九七八到一九八一，在北大讀碩士三年，在老先生們的教導下，在和同學們的互相砥礪中，在知識上有明顯的增長和進步，成為後來我走向學術之路一個重要的起點。

弗萊的批評理論

　　諾斯羅普・弗萊（Northrop Frye, 1912-1991）是二十世紀西方最重要的文學批評家和理論家之一，他的批評理論和實踐在歐美和加拿大都產生了相當大的影響，代表著二十世紀批評發展的一個重要方面。他的理論反映了近代西方人類學和心理學研究對文學理論發展的影響，也有助於說明近代乃至當代西方文藝創作的若干情況。

　　弗萊於一九一二年生於加拿大魁北克省的設爾布魯克（Sherbrooke）。他早年就讀於多倫多大學，後來到英國牛津繼續學習，從一九四〇年起一直在多倫多大學任教，並逐漸作為一位文學批評家獲得國際的聲譽。一九五八年，加拿大皇家學會授予他洛尼・皮爾斯勳章，以表彰他對加拿大文學的傑出貢獻；一九六九年，他受聘為美國藝術科學院名譽院士；七五年受聘為英國皇家科學院通訊院士；一九七六年受聘為美國哲學學會的外籍會員。弗萊一生曾獲得各種榮譽和獎勵，他的批評理論也一直受人重視，產生很大影響。

　　弗萊第一部重要著作是發表於一九四七年的《威嚴的勻稱》（*Fearful Symmetry*），他在這本書裏詳細分析了十八世紀英國詩人威廉・布萊克（William Blake）具有濃厚神秘色彩的詩篇，探討了文學中神話與象徵的意義及本質。十年之後，他發表了第二部重要著作《批評的解剖》（*Anatomy of Criticism*），進一步闡發他關於神話與象徵的批評理論，並分析了文學批評的各種方法和技巧。弗萊一生著述極富，重要者還有《受過教育的想像》（*The Educated Imagination*, 1963）、《伊甸的歸來》（*The Return of*

Eden, 1965）、《自然之鏡：莎士比亞喜劇與傳奇劇的發展》（*A Natural Perspective: The Development of Shakespearean Comedy and Romance,* 1965）、《時間的玩物：莎士比亞悲劇研究》（*Fools of Time: Studies in Shakespearean Tragedy,* 1967）、《英國浪漫派研究》（*A Study of English Romanticism,* 1968）、《批評之路》（*The Critical Path,* 1971）、《世界之靈：論文學、神話與社會》（*Spiritus Mundi: Essays on Literature, Myth and Society,* 1976）以及《偉大的密碼：聖經與文學》（*The Great Code: The Bible and Literature,* 1982）等等。其中影響最大的是《批評的解剖》，因為這是一部理論著作，比較系統地闡述了弗萊的美學思想。在這裏，我們也主要根據這本書提供的材料，對弗萊的文學批評理論作一個簡要的介紹和評價。

一、作為科學的批評

　　弗萊認為文學批評不應當是主觀的、直覺的，而應當是一門獨立的科學。這種獨立有兩個方面的意義：一方面，批評雖以文學為研究對象，但卻不是文學的附庸，而有自己的一套原理，即弗萊所謂獨立的「概念結構」。另一方面，弗萊所強調的批評的獨立性，不僅使批評區別於文學，更重要的是使批評也區別於其他任何一種科學。這兩個方面是緊密配合的。批評只有成為獨立的科學，才能用一套原理去分析和研究文學；而批評要成為獨立的科學，又必須僅僅從文學出發得出自己的一套原理。

　　弗萊認為，藝術如果把批評看成寄生品加以摒棄，就必然走向兩個極端，一個是直接走向公眾，成為「流行」藝術，完全受公眾趣味和時尚的擺佈，越來越商業化，並且逐漸喪失文化傳統，喪失藝術本身的價值。另一個極端則是走向「為藝術而藝術」，使藝術完全脫離公眾、脫離社會，最後會窒息藝術的生命，導致文化生活本身的貧乏。因此，批評的存在是必要的，批評家是「教育的先驅和文化傳統的塑造者」（頁4）。[1] 不僅如

---

[1] Northrop Frye, *The Anatomy of Criticism: Four Essays*（Princeton: Princeton University

此，文學要走向社會，還必須通過批評，因為文學不能直接訴諸讀者，只有批評才能直接而明確地告訴讀者，文學的意蘊何在。弗萊一再強調「藝術只是表現，但卻不能直說任何東西」，「並非詩人不知道他在說些什麼，而是他不能夠直說他所知道的東西」（頁5）。基於這一認識，他把真正的詩即表現的藝術區別於詩的說教即公式化、概念化的作品，並把後者鄙棄地稱為「打油詩」。批評家由於有一套獨立的概念結構，所以能把一首詩放在更大的文化背景中去思考，對於詩的意義和價值可以比詩人認識得更清楚。詩人沒有掌握批評的概念結構，只能從自己的趣味或有限的經驗出發評論文學，所以往往主觀片面，甚至對自己的作品也不能作出準確的判斷。因此，即使但丁寫一篇評論《地獄篇》的文章，也並不就有特別的權威性；即使莎士比亞自敘他在《哈姆萊特》中的意圖，也並不就能解除所有紛擾而成為這個劇的定評。文學是「無言的」，就是說它的意蘊只能暗示，不可明言。只有批評才能揭示文學的內在意義。弗萊認為，批評的獨立性首先就表現為，它雖然從文學材料中得出一個特定的概念結構，但這結構已不是文學本身，而是關於文學的法則和規律，正像自然科學雖從自然現象得出特定的概念結構，卻已不同於自然界本身而具有相對獨立性一樣。

　　弗萊所強調的正是自然科學那樣的獨立性。他認為物理、化學、生物等各學科都有互相獨立的概念結構，作為一門獨立科學的批評也應當有區別於其他人文學科的概念結構，否則，批評就會喪失自主權，別的學科就會侵入批評的領域。他把任何從政治、宗教、哲學、倫理學等出發對文學作出的評價，都稱為「外加的批評姿態」，稱為「批評中的決定論」。他極力反對「給文學強加一種文學以外的體系，一種宗教——政治的濾色鏡，這種濾色鏡使有些詩人一躍成名，又使另一些詩人顯得黯然失色，一無是處」（頁7）。他告誡批評家說，「批評有很多鄰居，批評家與這些鄰居相處必須設法保證自己的獨立性」（頁19）。如何保證呢？弗萊認為批

Press, 1957）；本文引用此書，都只在文中標出英文原版的頁碼。

評不能脫離文學作品，應當從作品出發，而不能從別的學科出發。他反對批評用自然科學的方法或批評以外其他人文學科的方法去研究文學。

　　然而，這種看法又存在走向另一個極端的問題。因為自然科學的相互獨立也只是相對的。作為批評研究對象的文學，無論就內容還是形式說來，都是異常複雜豐富的，文學批評必須從文學的整體聯繫中把握研究對象，不僅看到文學各個作品、體裁的聯繫，而且看到文學與人類社會生活的聯繫；如果片面強調批評的獨立性，不把文學放在一定的歷史背景和思想潮流的環境中加以研究，就必然會限制批評的範圍，使之變成一種抽象的形式主義批評。

　　弗萊主張批評要有一套科學原理，要從文學現象的研究中歸納出客觀的規律，這主要是針對十九世紀到二十世紀初浪漫派的主觀鑒賞批評提出來的。鑒賞批評（或稱欣賞式批評）以對文學的直接感受為基礎，的確有很大局限性，所以任何系統研究都不能不排斥這種主觀方法，尋求客觀的標準。弗萊並不否定文學鑒賞，甚至還說對文學的直接體驗存在於批評的中心，並「將使批評永遠是一種藝術」（頁28）。他反對的是鑒賞批評主觀武斷，黨同伐異，在文學中劃分等級。因此，他尖銳地批評了馬修·阿諾德（Matthew Arnold）的「試金石」理論。阿諾德曾提出用荷馬、但丁、莎士比亞、彌爾頓等大詩人的一些詩句做試金石，檢驗其他詩人的作品，這不過是用較嚴格的鑒賞批評去代替漫無標準的鑒賞批評，在本質上仍是從批評家的主觀愛好出發。阿諾德以「高尚的嚴肅性」為詩的最高標準，認為像喬叟和彭斯這樣的詩人就缺少這種「高尚的嚴肅」，所以不能側身第一流古典詩人之列。弗萊認為這是一種貴族觀點，把表現統治階層人物、要求莊重文體的史詩和悲劇定為一等，而把表現市民階層生活、現實主義的喜劇和諷刺文學視為第二等。這種觀點使人懷疑「文學上的價值判斷不過是社會價值判斷的投影」（頁22）。弗萊主張「從一個理想的無階級社會的觀點來看待藝術」（頁22）；他認為這才是擺脫社會偏見，達到真正的「精神自由」。他反對鑒賞批評與他強調批評的獨立性是密切相關的，其目的都在於要建立一個客觀的、超功利的、普遍適用的理論體系。

阿諾德曾說過，「文化力求消除階級」，弗萊認為這正表現了系統批評的精髓。他很清楚，這是一種文學理論的烏托邦，但他認為這正是文學乃至整個文化的目的，即以一種理想來激勵人類走向大同。

阿諾德雖然抱著超出社會偏見的批評理想，但在弗萊看來，他的「試金石」理論卻反映出他的社會偏見。為了避免這種錯誤，弗萊幾乎完全不從社會政治和道德的觀點看待文學，而把批評僅僅限於「藝術形式原因的系統研究」（頁29）。在這裏，弗萊的思想方法難免過於機械。他把形式和內容割裂開，把審美和倫理的範疇割裂開，把價值判斷視為絕對的，並把它與批評對立起來。事實上，批評本身就是一種價值判斷，不過這不是簡單的劃分等級，而是在一定的歷史環境中給文藝作品以歷史的評價。真正科學的批評應當要做全面系統的文學研究，它開始於藝術形式的研究，從而保證批評獨立於「外加的批評姿態」，但又絕不停留於形式的研究，從而能深入到豐富的內容，揭示文學的意蘊，使文藝在現實生活中發揮積極的作用。弗萊的批評理論雖有一套看起來十分嚴整的概念結構，但由於他把批評局限在藝術形式的研究方面，所以他的理論作為一個體系說來是較為空洞抽象的，而且為了體系的形式完整，往往陷入主觀偏見之中，得出錯誤甚至荒唐的結論。但當弗萊在具體論述某些作品，討論某些批評方法時，卻又常常有一些獨到的見解和精闢的闡述，可以啟發我們深入思考。

二、文學形式的歷史循環

弗萊的批評理論是從討論亞里斯多德《詩學》出發的。《詩學》第二章談到文學作品的人物在行動中表現出品格來，其中有些人比我們好，有些比我們壞，又有些與我們處在同一水平上。弗萊認為這裏所說的好與壞的希臘原文spoudaios和phaulos有重與輕的轉義，不是狹隘的倫理範疇，而是指人物行動能力的強弱。根據其行功能力的這種差別，可以把文學人物以及相應的文學形式分為五類：

(一) 主人公若在**類型**上高於一般人和環境，就是超人的神，關於他的故事就是**神話**。

(二) 主人公若在**程度**上高於一般人和環境，則是**傳奇**的英雄，是人而不是神；但他行動在一個基本上不受自然規律支配的世界裏，這裏有魔法的寶劍，有會說人話的動物，有妖怪和巫女、符咒和奇跡等等，英雄也可以有超人的勇敢和毅力，這一切在傳奇世界裏都並不違反可然律。在這裏，我們離開神話，進入了傳說、民間故事、童話等文學形式的領域。

(三) 主人公若在程度上高於一般人，但並不能超越自然環境，則是一位領袖人物，他有遠遠超出我們的權勢、激情和表現力，但他的一切行動仍要受社會批評和自然秩序的制約。這就是**高等模仿形式**即大多數史詩和悲劇的主角，也是亞理士多德主要考慮的人物。

(四) 主人公若既不高於一般人，也不高於環境，就成為我們當中的一個，與我們處於同一水平，他所行動的環境與我們的現實環境基本上遵循同樣的可然律準則。這就是**低等模仿形式**即大多數喜劇和現實主義小說中的主角。這裏所謂「高等」、「低等」純粹是圖解式用語，絕無價值高低比較的意思。

(五) 主人公若在能力或智力上低於一般人，使我們覺得自己是從高處俯視一個受奴役、受挫折或荒誕不經的場面，覺得可以用高於主人公的情境的準則來判斷他的情境，他就是**諷刺文學**形式的主角（頁33-34）。

弗萊指出，歐洲文學在過去十五個世紀裏，恰好依上面所說五種形式的順序經歷了從神話到諷刺文學的發展變化。中世紀以前的歐洲文學都緊緊依附於古典的、基督教的、凱爾特或條頓民族的神話。中世紀則是傳奇文學的時代，或是描寫遊俠騎士的世俗傳奇，或是表現聖徒或殉道者故事的宗教傳奇，而兩者都以違反自然規律的奇跡博得故事的引人入勝。文藝復興時代君主與朝臣的儀節使高等模仿形式占居主導地位，戲劇、尤其是悲劇，以及民族史詩，成為當時最具代表性的文學形式。後來，一種新的

中產階級文化導入了低等模彷形式，在英國文學中，從狄福的時代直到十九世紀末，這種形式一直占主導地位，而在法國文學中，它開始和結束得都要早半個世紀左右。而近百年間，大部分嚴肅的創作都越來越趨於諷刺文學的形式。從神話到諷刺，文學描寫的主人公從超人的神和英雄逐漸變成普通人，甚至變成低於一般人，充滿了人的各種弱點的「過於人化的」可憐蟲，即當代文學中所謂「反英雄」。在諷刺文學中，人失去了人的尊嚴，他的環境變成一個與他無法協調的荒誕世界，而他的可憐遭遇不是壯烈的悲劇，而是人生的嘲弄。

從亨利‧詹姆斯的後期作品到卡夫卡、喬依斯直到當代的各種文學流派，這種諷刺意味越來越強烈，而且荒誕的意識也越來越強烈，於是當代文學中明顯地出現了類似神話中那種人類無法控制和理解的世界。弗萊認為，文學形式是循環發展的，他說：

> 提出這幾點也許有助於解釋現代文學中某些很可能令人迷惑不解的東西。諷刺出自低等的模仿：它在寫實主義和不動感情的觀察中開始。但它開始之後，就不斷趨向神話，於是獻祭儀式與垂死的神的模糊輪廓又在諷刺中重新開始出現。我們的五種形式顯然是循環移動的。神話在諷刺作品中的重新出現，在卡夫卡和喬依斯的作品裏特別明顯。……然而，諷刺性神話在別的作品中也常常出現，不懂這一點，就很難理解諷刺文學的許多特點（頁42）。

弗萊對文學形式演變主流的觀察，應當說為我們勾勒出了一幅輪廓清晰的圖畫，使我們對西方文學的全貌有一個概括的瞭解，這是弗萊的概念結構成功的方面。當然，五種形式不是截然劃分，彼此孤立的。「一種形式構成一部作品的基調，但其餘四種形式中任何一種或全部也可能同時存在。偉大的文學使我們深感精巧微妙，在很大程度上就是由於這種形式的多部配合造成的」（頁50-51）。然而，文學形式為什麼會出現這種循環演變呢？弗萊的答案是：文學就是講故事，文學形式即「講故事的構造

原則」並不會變化，而由神話到傳說，再到悲劇和喜劇，再到寫實的小說，都僅僅是「社會背景的變化」（頁51）。弗萊在此雖然提到「社會背景的變化」，但他並未對古代到中世紀再到近代和當代的歐洲社會發展作任何分析。他不是從社會經濟和政治生活的發展提出新的內容、從而產生新的表現形式這一方面，去尋求文學形式演變的原因，卻相反把文學形式看成決定內容的東西。他認為詩人總是「把同一種情節形式加在他的內容之上，只不過作出不同的適應而已」（頁63）。他還舉出哈代和蕭伯納為例，認為這兩人創作活動大致同時，又都相信進化論，但「哈代更擅長悲劇，於是他見出的進化就是一種斯多葛式的社會向善論，一種叔本華式的內在意志，是『偶然』或『機緣』的活動，在這種活動中任何個人的生活都是不足道的。蕭寫作喜劇，他就把進化看成創造性的，可以引向革命的政治、超人的降臨，引向任何一種生物變化論」（頁64）。換句話說，「悲劇和喜劇自然會把它們的影子投在哲學上，相應地形成一種命運的哲學和一種天意的哲學」（頁64）。這裏未免有些邏輯混亂：形式適應內容而演變，現在又是形式決定內容的哲學觀念。這樣，弗萊就把形式看成藝術的決定性因素，把批評理論局限於形式原因的研究。他無法解釋，也完全迴避了這種實質性的問題：為什麼哈代擅長悲劇？為什麼同一位天才詩人，例如莎士比亞，在不同創作階段會以不同的形式寫作？弗萊從活生生的文學中分離出形式，並把它看成獨立存在、永恆不變的實體，這就必然使他的理論變成一種抽象的形式主義框架。他把文學形式看成一個自我完備的圓，它的兩個極端是互相銜接的，神話走到逼真之後，就通過諷刺重返神話。這樣，他就把文學這種最豐富具體、最富於人性的精神產物，變成與人類情感最少聯繫的純客觀的數學形式。把藝術形式與數量關係等同起來，認為美僅僅在形式，這是從畢達哥拉斯直到現代各種形式主義美學派別的傳統看法。弗萊儘管反對「為藝術而藝術」，但他提倡的「藝術形式原因的系統研究」卻正好為這種「純文學」和「純藝術」提供理論依據。事實上，形式和內容是互相依存的，一定的內容往往會表現為一定的形式。文學類型雖有某些程式，但藝術創作卻不是根據程式要求「由假設

的可能性一步步推演」，而是遵循具體的形象思維，以情感和形象為仲介，表現人的一切活動。一定的情感和一定的主題思想要求與之適應的一定形式獲得表現，任何藝術作品的形式都不過是內容的具體顯現。

弗萊對文學形式演變的原因，雖然沒有作出令人信服的解釋，但他對現象的觀察和概括卻基本上是正確的。《批評的解剖》初版於1957年，二十多年來西方文學的發展，可以說印證了他在書中提出的許多觀點。他認為現代文學存在由諷刺回到神話去的神秘趨勢，這已經成為一個普遍現象。流行歐美的荒誕派戲劇，還有像英國作家福爾斯（John Fowles）的《魔術家》（*The Magus*）和美國作家厄普代克（John Updike）的《馬人》（*The Centaur*）這類直接把現實與古代神話糅合在一起的作品，都能說明這一點。但弗萊用形式本身的循環來解釋這種現象時，不過是一種同語反覆，不僅沒有揭示，反而掩蓋了現象的本質。現代西方文學之所以表現出趨於神話的傾向，其深刻的內在原因不應當在文學形式中去尋找，而必須在文學的社會背景中、在人與物的關係中去尋找。在西方高度發達的工業化社會中，人的有目的的意志活動並沒有因為技術進步而獲得更大自由，人創造出來的物不是被人支配，反而成為支配人的一種異己力量，這就形成了人與物的對立，造成了被馬克思稱為「人的本質的異化」（見《1844年經濟學─哲學手稿》）這種資本主義社會中現代人的悲劇。西方一些嚴肅的作家都深切感受到這種悲劇，感受到非人化的社會環境對他們所珍視的人性和人道主義價值觀念的威脅；於是，表現異化、尋找人的自我，在現代文學中就成為突出的主題。在亨利·詹姆斯的後期作品中，這種分裂的人格往往以幽靈的形象出現；在卡夫卡的《變形記》中，可憐的人格竟被禁錮在可悲的甲蟲軀殼中；在尤奈斯庫的劇本《犀牛》中，人變成獸，力圖保持自己人格的主人公反而孤立無援，註定要失敗。這些作品把異化的主題以越來越具諷刺性的鮮明形象表現出來，看來滿紙荒唐，但卻隱含著深切的悲哀。作為與人敵對的外在力量，工業化社會以及它的苦悶和寂寥在T.S.艾略特的《荒原》一詩中得到象徵性的表現，古典神話、宗教象徵和文學典故在詩中與現代主體融為一體，無論在思想內容還是在表現形式上都在西方現代文學中引起了很大反響。深刻的

精神危機通過存在主義哲學對六十年代以來的西方文學產生了極大影響，黑色幽默派、荒誕派以及其他各種當代文學流派都把世界描寫成非理性的，其中的一切毫無必然聯繫，現象世界與人的自我之間，甚至這一個自我與那一個自我之間，都無法達到相互瞭解，人的生存本身就是荒誕的、毫無意義的。在面對限制人的自我發展的外在力量時，現代的個人並不比古代人在面對不可思議的神秘自然力時更有信心，這就是現代文學出現返回神話這種趨勢的本質原因。這不是簡單的循環，而是現代社會存在的反映。當代作家採用反傳統的超現實主義手法，採用各種隱喻和神話，完全是有意識地利用荒誕形式表現他們所深深感受到的精神危機——異化的危機。弗萊說出了文學形式的循環趨勢，但他的觀察卻是機智多於深刻，因為他對這一現象的解釋並沒有接觸到現代文學的社會背景，從而得出了停留在表面的結論。現象不可能是它自身的原因：正像太陽從東方升起又在西方下落這一循環現象，不能從循環本身得到解釋，而必須在太陽與地球的相對運動中得到解釋一樣。

三、象徵、意象和原型

但丁在致斯卡拉親王呈獻《天堂篇》的信裏，曾指出詩的象徵意義，認為文學語言具有多義性，不僅有字面的意義，而且有含蓄的象徵意義。在近代文藝理論中，這一點更引起了廣泛注意。一方面，以培根、洛克為代表的英國經驗派哲學家和以笛卡爾為代表的大陸理性派哲學家都要求用準確的語言描述清晰的思想，以此反對中世紀經院哲學和神秘主義，以利科學精神的發展。[2] 另一方面，詩的語言卻力求包含盡可能豐富的意義，成為區別於科學語言的另一種語言。威廉・燕卜遜（William Empson）在他有名的批評著作《七種類型的含混》中，特別分析了詩歌語言的多義性，使「含混」（ambiguity）一詞成為現代批評中一個常見的術語，描述

---

[2]　參看Basil Willey, *Seventeenth Century Background: Studies in the Thought of the Age in Relation to Poetry and Religion* (London: ARK Paperbacks, 1986), chapters 1, 2, 5 et passim.

詩的象徵性特色，表示詩意的含蓄和意象內涵的深度。弗萊繼承了前人觀點，把文學看成象徵的詞語結構，其目的不在描述的精確，所以也無所謂真假。他認為左拉和德萊賽那樣的「文獻式自然主義」最接近客觀描述文字的極限，超出這個極限就不能算文學了，而與他們同時的浪漫派詩歌則向相反方向發展，更注重想像和虛構。從馬拉美和韓波到瓦萊的法國象徵派，還有德國的里爾克、英美的龐德和艾略特，現代詩人們都不是在描述性的字面意義上使用語言，而注重用形象喚起某種情緒來傳達某種意蘊。這種含蓄的創作手法很接近中國古典詩歌的「興」。其實以龐德為代表的意象派詩人，正是從中國古典詩歌和象形文字中獲得許多啟示。弗萊在談到這一詩派對形象的注重時說：「稱為意象派的運動尤其注重抒情詩中的圖畫因素，許多意象派的詩幾乎可以說是一系列無形圖畫的解說詞」（頁274）。這顯然和中國古代文論所謂詩中有畫，畫中有詩的說法一致。

　　分析詩的意象是現代批評中一個取得不少成績的重要方法。這種方法正是以對文學象徵性的認識為基礎，強調從作品本身出發去發掘文學的意蘊，而不是把文學作品當成社會文獻作機械的分析。文學既是象徵，文學與現實的關係就不是簡單的照相式的反映或再現，對亞里斯多德《詩學》中所謂藝術是模仿，對《哈姆萊特》中所謂藝術是向自然舉起一面鏡子，就應當作出靈活的辯證的理解。弗萊認為，「詩本身並不是一面鏡子。它並不僅僅再現自然的一個影子；它使自然反映在它那包容性的形式裏」，而詩的意象也不是「自然物體的複製品」（頁84）。這樣，詩中的意象就不僅僅是一些修辭手段，而帶有主題意義了。意象分析的方法就是找出詩中反覆或多次出現的意象，由此掌握作品的基調，並且見出其他變化不定、散見或孤立的意象在整個作品結構中的比例關係。弗萊舉了一個具體例子：

　　　　每一首詩都有它獨特的意象的光譜帶，這是由體裁的要求、作者的
　　　　偏愛以⋯⋯及無數其他因素造成的。例如在《馬克白》　劇中，血
　　　　的意象和失眠的意象就具有主題意義，對於一部表現謀殺與悔恨的
　　　　悲劇說來，這也是理所當然的。因此，「將碧綠全變為殷紅」這一

行詩中，兩種顏色就具有不同的主題強度。碧綠是作為陪襯附帶使用的；而殷紅這個詞由於更接近全劇的基調，所以更像是音樂中主和絃的再現。在馬維爾的《花園》一詩中，紅與綠的對照就剛好是相反的情形（頁85）。

意象分析有一個明顯的好處，就是使批評從作品的具體分析出發，避免脫離實際的空談。「好的批評自然不會在閱讀時把思想帶進詩中去，而是讀出並翻譯出詩中原來就有的思想，其原來就有，可以從意象結構的研究中得到證明，而評論正是從這種研究開始」（頁86）。

在上面所引關於意象分析的一段話中，弗萊首先提到決定意象的因素是體裁的要求，因為他非常強調體裁和程式，或者說傳統形式對文學創作的意義。他說：

> 文學的內容可以是生活、現實、經驗、自然、想像的真實、社會的環境或任何您認為是內容的東西：但文學本身並不是從這些東西裏產生的。詩只能從別的詩裏產生；小說只能從別的小說裏產生。文學形成文學，而不是被外來的東西賦予型體：文學的形式不可能存在於文學之外，正如奏鳴曲、賦格曲和迴旋曲的形式不可能存在於音樂之外一樣（頁97）。

這段話和弗萊認為形式具有決定性作用的思想是一致的。應當承認，文字的內容往往藉傳統形式來表現，即所謂「舊瓶裝新酒」，但把文學創作完全說成是因襲陳規，卻不符合文學史的事實。弗萊舉了不少例子說明詩人不僅模仿自然，也模仿前人創作，正像詩人蒲伯所說，維吉爾發現模仿自然和模仿荷馬原來是一回事。「喬叟，他大部分的詩都是從別人那裏翻譯或轉述過來的；莎士比亞，他的劇本有時幾乎逐字逐句照抄原始的材料；還有彌爾頓，他心安理得地從聖經中盡可能多地偷取需要的東西」（頁96）。但是，使喬叟、莎士比亞和彌爾頓區別於並且高於前人的，不正是

他們作品中蘊含的新的思想內容和新的時代精神，以及他們對舊形式的革新嗎？正是這種創新使獨創的文學區別於剽竊和模仿。不過弗萊強調體裁和程式的作用，是從文學作品的聯繫著眼的。他指出文學中有些象徵手法是一直或長期沿用的，它們形成相對固定的格局，影響著新作品的形式特徵。這就是弗萊多次強調的文學的「形式原因」，而他把這種原困稱為「原型」（archetype），即「一個典型或反覆出現的意象」。通過這種原型，不同作品之間就顯出了共同成分，並且互相聯成一片，形成一個有機整體，而不再是一堆雜亂無章、彼此孤立的個別產品了。弗萊所謂原型批評就是把文學作為一個整體來研究，把每個具體作品看成整體的一部分，把全部文學看成文化的一部分而與其他部分相聯繫。他用了一個生動的比喻來說明他的原型批評：看一幅畫的時候，如果站得很近，就只能分析筆觸的細部技巧，好比文學修辭手段的分析；退後幾步，就可看出畫的佈局，看清畫所表現的內容；往後退得愈遠，就愈能意識到整體的佈局，這時看到的就是原型結構。他認為「在文學批評中，為了看出一首詩的原型結構，我們也常常得從這首詩『退後幾步』」（頁140）。這種「退後幾步」的辦法使弗萊能夠總覽整個西方文學的發展，見出主要類型的銜接、主要意象的聯繫和區別，並且把各種作品歸於喜劇、傳奇、悲劇和諷刺四大類別。由傳奇到諷刺代表著文學由神話向寫實的發展，喜劇和悲劇則是文學內容的兩個極端，分別表現意願與現實的同一和意願與現實的衝突。弗萊認為文學就是敘述一個情節，情節運動在不同階段表現為不同的類型，構成文學形式的循環，就像春夏秋冬的四季循環一樣。這樣一來，原型批評就對文學的情節和內容產生了新的理解：

> 原型批評家把敘述不單單作為*mimesis praxeos*即**個別**行動的模仿來研究，而是作為儀式即人類行為的模仿來研究。同樣，在原型批評中，意義內容是意願與現實的衝突，其基礎是夢的活動。因此，從原型的方面看來，儀式與夢幻就分別是文學的敘述和意義內容（頁105）。

這段話是什麼意思呢？儀式是一種象徵性的社會行動，往往與時間的循環概念相聯繫，如在某個節目舉行某種慶祝儀式。人們通過儀式既可慶祝生日、婚禮、豐收或勝利，也可哀悼死者、祈求消除天災或人禍，也就是說，儀式也是表達人們意願的象徵行動。夢幻則是人在睡眠狀態中無意識的精神活動，在近代心理學研究中，夢幻被認為是意願與現實的關係在睡眠狀態中的一種反應。正如儀式有歡樂與悲哀的兩類一樣，夢幻也有美夢與惡夢兩類。夢幻是純粹無形的精神活動，儀式則以象徵性行動賦予夢幻以形式；弗萊認為儀式與夢幻的關係正類似文學的敘述與內容、即情節形式與主題思想的關係，所以他把儀式和夢幻與文學形式和內容聯繫起來。英國人類學家弗雷澤（Sir James G. Frazer）在他研究原始宗教和文化的名著《金枝》（*The Golden Bough*）裏，把戲劇起源追溯到遠古時代表現神的死亡與復活的宗教祭禱儀式，即反映四季循環的儀式。弗萊把這種四季循環的儀式看成文學形式循環的基礎，認為文學中反覆出現的原型、文學體裁的傳統作用等，都與這種儀式所表現的一些基本象徵有關。對應於春天的是喜劇，喜劇主人公雖然開始處在不利的地位，但正像儀式表現的新春代替殘冬一樣，他也總是能戰勝敵對力量，取得最終的勝利，並開始去建立一番功勳；這樣也就進入了夏天的傳奇世界；悲涼的秋天是悲劇世界，表現主人公的受難和死亡；諷刺文學的冬天則是一個沒有英雄的世界，一個過於人化的或非人化的世界。隨著諷刺返回神話，春天重新到來，新的循環又重新開始。

　　弗萊的原型批評理論綜合了近代人類學和近代心理學研究的某些成果，弗雷澤的儀式研究和卡爾‧容格（Carl Jung）的夢幻研究都對他產生了明顯的影響，而原型這個術語本身就是從容格的精神分析學中借用過來的。這種理論在西方產生了很大影響，和六十年代以來西方流行的結構主義理論含有直接的關係。因此，通過弗萊的批評，我們可以見出當代西方文學理論中一個帶普遍性的傾向，對它的長處和弱點都能有一些正確的認識。

四、對弗萊的批評評價

如果我們把弗萊的批評理論放在西方美學史的背景中，就可以看出他的人類學方法、神話即詩的情節這種看法，以及他對儀式、象徵等的重視和研究，都可以在十八世紀義大利學者維柯的《新科學》中找到它們的萌芽。維柯對他的時代沒有很大影響，但對現代美學理論卻作出了很大貢獻，使批評家們不能不承認「他作為一位傑出的先驅者的地位」。[3] 在維柯的影響下，現代人類學把宗教、歷史與美學範疇結合起來，像弗雷澤的《金枝》就是一部典型的名著；現代美學理論也把神話、象徵的理論加以廣泛發揮，像恩斯特・凱西列（Ernst Cassirer, 1874-1945）和蘇珊・朗格（Susanne Langer, 1895-1985）的著作就是代表。正像弗萊在《批評的解剖》中提到的，這些著作以及容格的精神分析學研究，對他的理論都有直接的影響。在弗萊的理論中，歷史發展的現點（儘管是循環論的觀點）使他能夠見出文學總體的聯繫，象徵和原型使他把文學從大的系統方面連接起來，力求找出一些規律性的東西。比較起注重個別作品的修辭分析的「新批評派」，弗萊的原型批評就顯得眼光更為遠大，更有系統性和規律性。從四十年代開始，存在主義哲學的興起反映了經過經濟蕭條和兩次世界大戰之後，西方社會結構和傳統價值觀念的深刻變化。存在主義堅決主張只有個人才是一切事物和一切價值的尺度，而對於每個個人說來，世間的一切都沒有任何必然聯繫，僅僅取決於偶然的機遇。我們在前面已經提到過這種哲學對當代文學創作的影響，而在文學理論中，也明顯出現過分注重個別和局部的解體傾向。弗萊的批評理論則代表著與此相反的另一種傾向，主張通過原型分析把各時代各類型的作品納入一個整體的概念結構中來。因此他強調的是作品的聯繫，並且重申亞理士多德《詩學》中關於文學表現普遍和一般的主張：

---

[3] William K. Wimsatt and Cleanth Brooks, *Literary Criticism: A Short History* (New York: Alfred A. Knopf, 1957), p.700.

> 詩人的任務不是敘述已發生的事，而是會發生的事：不是那件已出
> 現過的事情，而是隨時會出現的那一類事情。他給你的是典型的、
> 反覆出現的，即亞理士多德所謂普遍的事件。[4]

　　由於有歷史的眼光，弗萊總是善於見出藝術流派的聯繫和發展的脈
絡。例如，他以繪畫中的情形說明獨創與繼承的關係：

> 馬奈與巴比松派決裂，卻發現與戈雅和委拉斯開茲有更深一層的聯
> 繫；塞尚與印象派決裂，卻發現與夏爾丹和馬薩卓有更深一層的聯
> 繫。具有獨創性並不就能使藝術家打破格局，卻會驅使他循著藝術
> 的規律更深地進入格局，藝術本身的規律總是要求從它本身的深處
> 改變自己的面貌，總是通過藝術天才來徹底變形，正像它通過一般
> 有才幹的藝術家實現局部的變化一樣 （頁132）。

在這裏我們可以看出，弗萊認為新派的崛起不過是反對當時占統治地位的
程式而返回更老的程式中去。他否認離開傳統形式進行創作的可能性。他
在文學中尋求的統一原則就是原型，也就是他所謂藝術的形式原因。
　　弗萊的批評理論由於僅從形式方面去尋求文學的統一原則，而不考
慮文學與社會及歷史的關係，所以不能充分說明文學的意義內容，甚至
不能說明文學形式產生和發展的歷史原因。與此同時，由於原型僅僅有
助於揭示作品之間較廣泛的聯繫和結構特徵，原型批評對個別作品的具
體分析就有所忽略。不過在當代西方文學和藝術出現各種反傳統的新流
派，許多藝術家強調完全個性化的自我表現這種複雜情況下，弗萊從藝
術形式出發把文藝看成一個整體，反對為藝術而藝術，否定完全的自我
表現，就很有積極意義。在文學批評中，片面強調形式固然錯誤，但脫
離文學形式空談思想內容，往往是更普遍存在的錯誤。就具體的文學作

---

[4]　Northrop Frye, *The Educated Imagination* (Toronto: CBC Publications, 1963), p.24.

品來說，形式即藝術表現是作為全部創作過程的最後成果出現的，沒有
形式也就沒有作品本身；所以無論怎樣先進的思想內容，在沒有以完美
的藝術形式表現出來之前，就不成其為藝術。例如，人文主義是文藝復
興時代的主要思想潮流，但只有當人文主義的思想內容在彼特拉克、薄
伽丘，在拉伯雷、賽凡提斯，在喬叟和莎士比亞的作品中得到表現時，
才成其為文學的內容。僅僅指出莎士比亞表現了人文主義思想而不指出
他如何表現，就既沒有說明莎士比亞作為人文主義偉大作家的特點，也
無助於深入揭示莎士比亞作品的思想內容。文學當然有認識意義和教
育作用，但它首先是通過訴諸我們內心深處的情感來潛移默化地達到目
的。莎士比亞的偉大並不在於他表現了人文主義思想，因為表現這種思
想的既不限於莎士比亞一人，也不限於文學家和藝術家，他的偉大在於
他賦予人文主義思想以那麼生動完美的藝術形式，他的表現那麼深深打動
我們的內心，使我們不是在其抽象的形式中，而是在極為豐富具體的意象
中領會到他的意蘊。這也正是文學區別於政治或歷史文獻的地方。因此，
我們應該在藝術形式的研究方面做大量的工作，通過對形式的細緻而不
是粗略的、深入而不是膚淺的分析，進一步發掘作品的意義內容。這是
一個相當艱苦的工作，因為這不能靠空談，而要求我們的批評家真正深
入到作品的實際當中，對藝術有切身體會，並且把直接經驗中感受到的
東西提高為理論的認識和說明。讓我們引用歌德的一句話來作為本文的
結束：

> 題材是人人都看得見的，意義內容則只有經過一番琢磨的人才能把
> 握，而形式對大多數人說來卻是一個秘密。[5]

---

[5] Johann Wolfgang von Goethe, *Schriften zur Literatur, Kunst und Natur* (Berlin:
Aufbau,1953), p. 398.

附記：此文成稿於一九七九年。當時讀弗萊《批評的解剖》頗有所感，於
　　　是撰成此文，並投稿武漢華中師範大學出版的《外國文學研究》，
　　　發表在一九八〇年第四期。這是我最早發表的論文之一，文中的思
　　　想和行文語氣，都不免留有當時思想意識和語言習慣的一點痕跡，
　　　如對弗萊「形式主義」的批評，以現在我的眼光看來，就顯然有當
　　　時認識的局限而沒有多大說服力。但這次結集成書，為保存原貌，
　　　我只對個別詞句稍作修改而沒有做大的改動。

論夏洛克

　　中國青年藝術劇院最近上演了《威尼斯商人》，這是這個劇院成立三十餘年來第一次演出莎士比亞的劇作。導演按照自己的理解，把《威尼斯商人》處理成一部「具有浪漫主義色彩的抒情喜劇」，對莎氏原著作了一些大膽的修改，加快了情節發展的節奏，突出了女主角鮑西婭性格中活潑、機智和熱烈追求愛情幸福的方面，再加上漂亮的服裝、穿插在劇中幾個優美的舞蹈、具有威尼斯畫派華貴而優雅風格的舞臺設計，使演出獲得了很大成功，既給人們以美的享受，又給人們以很好的教益。

　　與此同時，劇中對夏洛克這個放高利貸的猶太人的形象則突出表現他的貪婪殘忍，唯利是圖，並按照這一理解對幾處至關重要的台詞作了改動。原劇第一幕第三場，夏洛克見到安東尼奧時第一句就說：

　　「我恨他因為他是個基督徒。」

　　在第三幕第一場，夏洛克公開表示他對安東尼奧的仇恨，說是要拿他身上一磅肉來釣魚，來洩憤，因為安東尼奧曾經侮辱他，與他為敵。接著就是那非常著名的台詞：

　　「他的理由是什麼？就因為我是一個猶太人。難道猶太人就沒有眼睛嗎？難道猶太人就沒有手、沒有五臟六腑、沒有知覺、沒有欲望、沒有感情嗎？……要是猶太人欺侮了基督徒，那基督徒怎樣表現他的仁慈呢？報仇！要是基督徒欺侮了猶太人，那猶太人應該怎樣學他樣忍耐呢？　報仇！你們教給我邪惡，我一定照樣實行，而且還要加倍奉敬。」

　　在這次的演出中，上面所引第一處那句話被刪去了，第二處則把「猶太人」改為「放債的人」。這樣一來，原劇中基督徒與猶太人之間的矛盾沒有了，夏洛克的形象不再是一個放高利貸的猶太人，而僅僅是一個重利盤剝的放債人，以一種比較單純的邪惡而又愚蠢的面目出現在觀眾面前。這一改動也許使人們可以更方便地把夏洛克視為一個純粹的反面人物，但是，是否符合原著的精神，是否更有利於塑造一個完整的人物形象，就很值得探討了。

　　《威尼斯商人》比起《愛的徒勞》、《仲夏夜之夢》等更富於浪漫色彩的早期喜劇，之所以更為成熟而深刻，就在於它充分體現了莎士比亞悲喜雜揉、極富現實性的創作特色。鮑西婭和莎士比亞筆下許多別的女主角一樣，代表著光明的理想、純真的愛情。而這齣劇中具有悲劇意味的人物，則是夏洛克。從這個意義上說，夏洛克是使《威尼斯商人》成為莎氏喜劇代表作的關鍵，是促使早期的浪漫喜劇轉變為成熟的悲喜劇的重要因素。從這齣劇的舞臺演出史看來，英美許多著名演員都扮演過夏洛克，而且是使《威尼斯商人》在舞臺上特別成功的原因。例如十九世紀英國著名演員亨利·愛爾文從一八七九年十一月一日起，連演250場，獲得空前成功。他曾說：「夏洛克是個兇殘的怪物，——但是你如果想成功，那就不能把他演成這樣；你必須為他贏得一點同情。」這句經驗之談可以說抓住了夏洛克這個形象的本質，也掌握了莎士比亞藝術的一個重要特點。因為莎士比亞塑造的人物總是立體而非平面的，既沒有十全十美的聖人，也沒有絕對邪惡的魔鬼。在夏洛克身上，同樣明顯地存在著兩面性。作為一個貪婪的高利貸者，夏洛克的確是兇殘冷酷的，而作為一個在基督徒社會裏被孤立、受歧視的猶太人，他又並非無緣無故地仇恨安東尼奧，並非不值得一點同情。

　　在歐洲的基督教國家裏，歷史上一直存在著所謂「猶太人問題」。英王愛德華一世在一二九〇年曾下令把猶太人逐出英國，此後在英國就少有猶太人居住。但在莎士比亞創作《威尼斯商人》的時候，排猶情緒卻由於一件冤案高漲起來。伊莉莎白女王的御醫羅佩茲是一個葡萄牙猶太人，由

於被人誣告參與毒殺女王的陰謀，於一五九四年，即《威尼斯商人》大概
的創作時間之前兩三年，按照當時殘酷的刑罰，他當眾被絞死，並且屍體
被分為四塊。這一事件助長了排猶情緒，但其野蠻殘忍又必然在正直善良
的人們心中引起強烈反響。當然，《威尼斯商人》不是現實生活的直接寫
照，但莎士比亞在描寫夏洛克這個猶太人的時候，並沒有忘記他也是人，
也有一個血肉之軀。如果用刀劍去刺他們，他們也跟基督徒一樣會流血
的。在當時的舞臺上，有一位著名的戲劇家馬婁所作的《馬爾他的猶太人》
十分叫座。這齣戲中塑造的猶太人巴拉巴斯，用查理·蘭姆的話來說，是
「一個純粹的惡棍，為了迎合一般烏合之眾的趣味而裝上一個碩大的粉鼻子
登場」。與巴拉巴斯比較起來，夏洛克顯然不是這樣一個漫畫式的人物，
莎士比亞更沒有絲毫迎合當時社會上的排猶情緒的用意。美國一位著名的
莎學專家基特里奇說得好：「莎士比亞把夏洛克寫成一個反面角色，並不
等於在攻擊猶太民族。如果說這就是攻擊，那在《馬克白》中，……他豈
不就攻擊了蘇格蘭人，而在《理查三世》中又攻擊了英國人。」

　　在充滿享樂主義氣氛的豪華的威尼斯，夏洛克過的是苦儉的生活，
這並不僅僅因為他是一個守財奴，也因為他是被基督徒社會所排斥的猶太
人；而推動他與安東尼奧訂立那荒唐的一磅肉契約的，與其說是他作為高
利貸者唯利是圖的本性，不如說是他作為猶太人與基督徒之間的「深仇宿
怨」，否則就難以理解他何以寧要那一磅肉，而不要數倍於約定數目的
錢。安東尼奧對人一貫寬宏仁慈，但就是他也公開承認自己一貫當面悔辱
夏洛克是狗，把唾沫吐在他身上，而且用腳踢他。夏洛克是個孤老頭子，
他的女兒愛上一個基督徒棄他而去；在威尼斯的法庭上，他又被人家揶揄
作弄，不僅官司敗訴，而且到頭來落得一個人財兩空的狼狽下場。從全劇
看來，夏洛克始終是個倒楣的角色。他的悲劇就在於本來有一定合理性的
仇恨，發展成完全不合理的殘酷；而在充滿戲劇性的法庭審判一場，莎士
比亞將戲劇行動引向並提高為兩種倫理原則的衝突，讓光明美好的愛戰勝
了陰暗醜惡的恨，讓體現合理的人道精神的慈悲征服了非理性的苛酷的法
律，使這齣洋溢著人文主義樂觀精神的喜劇終於圓滿地歸結於一片詩意的

和諧之中。然而莎士比亞從來不會讓戲劇人物僅僅成為某一原則或概念的圖解，他們既是某個類型的代表，又是具有獨特個性的活生生的人物，在他們身上也總是混合著各種性格特徵。在《威尼斯商人》中，夏洛克正是這樣一個複雜的典型。他像是一片象徵自私與仇恨的陰影，越發映襯出閃爍在喜劇中的愛情與友誼的光輝，但在當時一個對猶太民族充滿敵意和偏見的社會環境中，莎士比亞並沒有把夏洛克寫成寓言式的純粹邪惡的化身。這不僅表現出他作為藝術家在刻畫人物形象上忠於生活的豐富性與生動性的卓越技巧，而且表現出他作為偉大的人文主義者在理解現實當中能超越社會偏見的寬廣胸懷。

但另一方面，把夏洛克視為全劇的中心人物，並以此來評判其他人物的是非，也是錯誤的。德國詩人海涅對這齣戲的評論，也許由於海涅本人是猶太人的緣故，就不能說是公允的了。海涅認為安東尼奧是個「怯懦的傢伙」，巴薩尼奧是個「徹頭徹尾追求有錢女人的男子」，羅倫佐更是拐騙婦女、盜竊錢財的「幫兇」。這種偏激的評論雖然並不普遍，但把夏洛克的戲演得過分，使威尼斯商人的喜劇變成了猶太人的悲劇，卻是歐美一些劇院在演出這齣戲時常常見到的情形。無論夏洛克是由於受欺侮而變得邪惡，或是由於邪惡而受欺侮，他在劇中毫無疑問是一個冷酷無情、欲置安東尼奧於死地而後快的反派角色。除了民族的矛盾之外，他恨安東尼奧還因為他借錢給人卻不收利息，損害了自己放高利貸的行當。他無論講些什麼理由，最終都是要達到一個非常殘忍的目的，正像安東尼奧所說那樣：

「魔鬼也能引證《聖經》為自己辯解。」

在這個劇中，貝爾蒙特像是音樂與愛情的仙境，而夏洛克在威尼斯的家卻像「地獄」。安東尼奧為了朋友不僅慷慨解囊，而且不惜用生命做抵押；巴薩尼奧在選擇匣子的時候，不被黃金的外殼所迷惑，憑真摯的愛情指引而毅然選擇了外表寒傖的鉛匣。相形之下，夏洛克就顯出他的本性自私、狹隘、吝嗇。他知道女兒潔西嘉帶著他的珠寶跟羅倫佐私奔了之後，寧願她死在自己腳下，銀錢埋在她的棺材裏，與其說痛心女兒，不如說更痛心損失的錢財。而在最後，當他固執地要求嚴格按照契約字面從安東尼

奧身上割下一磅肉來時，當他對慈悲的意義全然不能領會時，他就完全喪失了行動的合理性，也喪失了觀眾對他可能產生的一點同情。在這時，從觀眾審美感情的要求說來，鮑西婭的勝利就是完全合理的了。

法庭審判的一場之所以特別能吸引我們的興趣，成為全劇的高潮，就在於我們的同情完全在安東尼奧一面，而他卻處境險惡，似乎無法逃脫被夏洛克的刀子宰割的厄運。我們的情緒像一股激流曲折迂迴，隨劇情的變化而起伏，時而因苛嚴的法律和夏洛克的敵意無法改變而焦急，時而因安東尼奧和巴薩尼奧真誠的友誼而感動，時而又因化裝成法學博士的鮑西婭的機智和幽默而感到輕快。經過長久的懸念，鮑西婭以她那出人意料的解釋使荒唐的一磅肉契約變得對夏洛克不利，造成戲劇行動的突然轉折時，緊張的情緒才一下子暢然宣洩，所以疑慮登時煙消雲散，整個喜劇也就推向愉快的結局。和悲劇一樣，喜劇也可以通過情緒的宣洩達到淨化，而在鮑西婭的勝利當中，我們便領會到這齣喜劇的豐富含義：生活當中最可貴的是無私的友誼、真摯的愛情，是對人的寬厚仁慈、予而不取，而自私、吝嗇、仇恨——哪怕是不無道理的仇恨——都是狹隘、醜惡而且終究要失敗的。正是在這樣的對比之下，安東尼奧的樂善好施、巴薩尼奧的選擇鉛匣、鮑西婭關於慈悲的一段至理名言，才顯出其崇高的意義，而夏洛克作為高利貸者的自私狡猾和作為報復者的瘋狂殘忍，也越發顯出其卑劣無理。

莎士比亞塑造的夏洛克這個典型，就這樣完成了他在這齣既有濃郁的抒情意味，又有生動的現實生活氣息的喜劇當中的獨特作用。他既讓人恨，又能引起人們的一點同情，用現代批評當中常常使用的一個術語來說，他在觀眾當中引起的是一種矛盾心理（ambivalence）。莎士比亞創造的許多最成功的典型人物，往往都是這樣，像《亨利四世》中的福斯泰夫，像馬克白，甚至像正面的主人公李爾、奧瑟羅、哈姆萊特，他們都不是單薄而容易以一句話概括的藝術形象，在他們身上我們看到的是一種多樣的統一，而非簡單的「好人」或者「壞人」。這是莎士比亞創作藝術的特點，也是他塑造的人物特別豐富多彩、栩栩如生的原因。

　　說到這裏，不能不想到我們的文藝創作中塑造的一些人物形象，他們很少能給讀者和觀眾留下深刻印象，大部分原因就在於缺乏生活的真實性和豐富性，卻像是某種抽象屬性的圖解說明。正面人物一定是高大魁偉的完人，集天下美德於一身，若非全知全能，也至少能完全掌握真理，最後總能化險為夷，把一切矛盾解決得乾乾淨淨。反面人物又總是外形和內心都一概醜惡無比，兇殘而愚蠢，最後當然是被英雄所征服。這種把概念擬人化造出來的人物，按照某種理論原則搬演出的寓言故事，對於廣大群眾已經失去了任何感染力。我們的藝術要能打動人，真正起到教育人的作用，就必須深入到生活現實當中，從現實而不是從概念中去尋求刻畫人物的方法技巧。在這一點上，莎士比亞以及其他外國戲劇家的作品無疑具有借鑒的價值，是我們應當學習和研究的。去年由同一個劇院上演布萊希特的《伽利略傳》，在塑造人物形象方面給觀眾留下深刻印象的一點，就是劇中的伽利略並不像我們許多「樣板戲」中那些聖潔得不像人間活物的英雄，因為他固然在科學上勇於探索，堅持真理，但卻也害怕酷刑，喜歡吃美味的飯菜，也就是說，具有人的欲望和人的弱點。然而毫無疑問，在觀眾的心目中，伽利略的形象是高大的，因為它真實，它使人感到親切。遺憾的是，《威尼斯商人》中，夏洛克這個重要人物的形象由於簡單化的處理顯得單薄無力了。

　　世間萬物都是複雜的統一體，成功的藝術也總是這樣來表現事物。邪惡不一定都是外表醜陋，外貌美好也不一定就保證內在的純潔。這不也正是《威尼斯商人》劇中的主題之一嗎？

　　閃光的不一定都是真金。

　　把這一條古老的格言運用到我們的藝術創作當中，對於消除那種不是完美無缺、就是一無是處的絕對化傾向，也許是不無意義的吧。

附記：作為文革後第一屆研究生，我在北大西語系師從楊周翰教授研究莎
　　　　士比亞戲劇。一九八一年春，中國青年藝術劇院在北京上演了《威
　　　　尼斯商人》，是文革後第一次演出莎士比亞戲劇，在當時可以說是

文藝上走向改革開放重要的一步，在北京的文藝界和學術界都引起
了不小反響。我看過此劇之後，覺得導演對劇中夏洛克形象的處理
有過於簡單化的傾向，於是寫了這篇短文，發表在北京《外國戲
劇》一九八一年第一期。文章發表後曾引起一點反響，《外國戲
劇》編輯部邀請了此劇導演和主要演員，也邀請了幾位研究莎士比
亞的專家一起座談。記得對莎士比亞頗有研究的孫家繡教授坐在我
旁邊，一直表示贊同我的看法。其實此文批評的不僅僅是對莎士比
亞一個戲劇人物表現的妥當與否，更重要是呼籲走出文革「樣板
戲」的陰影，擺脫那種簡單化和臉譜式戲劇表演的俗套。

一九八一－－一九八三紀事

　　一九八一年我在北大碩士畢業，並留校在西語系工作，教基礎英語，記得曾經為歷史系世界史專業的學生上過英語課。那時文革剛過，一方面大家都希望思想解放，另一方面在大學的課程設置上仍然比較保守，總怕學生受西方資產階級思想的影響。然而七七級的大學生們思想特別開放，對知識有一種強烈的渴求，對西方的思想文化和文學傳統都充滿興趣。西語系英語專業的學生們要求系裏開西方文學批評課。朱光潛先生在五十年代初曾經講過這樣的課，但在八十年代，朱先生已達耄耋之年，不可能再給大學生們上課。我一直對文學批評理論有興趣，那時雖然還沒有畢業，系裏就讓我為七七級的同學開了西方文學批評課，從古希臘柏拉圖和亞里斯多德一直講到近代的文學批評。大概在八一或八二年秋季，我畢業留校不久，副系主任羅經國教授本來已開課講英國文學選讀，可是剛開學一個星期，他突然患了肝炎住院，系裏決定讓我接手教這門課。於是在北大畢業前後，我已講授了英國文學選讀和西方文學批評這樣比較專業的課程，對自己是很好的鍛煉。

　　曾任國際比較文學學會主席的荷蘭學者佛克馬（DouweFokkema）在八十年代初訪問北京，香港中文大學教授李達三（John Deeney）和當時在美國印第安那大學任教的歐陽禎教授等，都在那時到北大演講或訪問，國內逐漸興起對比較文學的興趣。季羨林先生發起成立北京大學比較文學研究小組，有李賦寧、楊周翰、樂黛雲和我參加，一共五人，並由我出面聯繫，聘請了錢鍾書先生為小組顧問。我負責編輯「北京大學比較文學研究通訊」，那是一種油印的非正式刊物，同時也編輯一套「北京大學比較文學研究叢書」。第一本是《比較文學譯文集》，由我從幾部外文書裏選出一些有代表性的文章，約請同屆的研究生同學們翻譯，在一九八一年由北大出版社出版。一九八四年又出版了我和溫儒敏共同編輯的《比較文學論文集》。我們在北大決定新辦一個刊物，因為北外已經有了《外國文學》雜誌，北大這個新雜誌就叫做《國外文學》。我約請錢鍾書先生把他原來發表過的一篇英文文章用中文重新改寫，發表在《國外文學》創刊號（一

九八二年第一期），這就是後來收在錢先生《七綴集》裏那篇《漢譯第一首英語詩〈人生頌〉及有關二三事》。

那時社科院計畫編一本介紹國外人文社會科學研究現狀的書，文學理論部分分為兩篇，蘇聯東歐文學理論由吳元邁先生執筆，西方文學理論部分希望錢鍾書先生執筆，或由錢先生推薦一人執筆。錢先生推薦了我，於是我儘量收集資料，準備寫一篇評介二十世紀西方文學理論的文章。北大圖書館藏書很豐富，不過當時國外新出版的書籍卻不多。恰好香港中文大學英文系在一九八二年三四月間，邀請我到香港訪問一個月，那是一次很好的機會，使我在香港可以購買一些西方文論的書籍帶回北京，為撰寫這篇文章提供了最新的資料。寫完那篇文章後，由錢鍾書先生介紹，《讀書》編輯部的董秀玉到北大來，約我以「現代西方文論略覽」為題寫一個專欄。於是從一九八三年五月至一九八四年三月，我在《讀書》每月發表一篇文章，接連介紹了當代西方文論。在文革之後，那些文章在國內最早介紹了從新批評、俄國形式主義到結構主義和解構主義等當代西方文論的主要流派，後來作為《讀書》文叢之一集成一本，題為《二十世紀西方文論述評》，一九八六年由三聯書店出版。

一九八二年春，哈佛燕京學社給北大去信，邀請我到哈佛做訪問學者。我給哈佛燕京學社寫信，要求在哈佛做研究生，並很快得到批准。我就在一九八三年十月下旬離開北大，到哈佛比較文學系讀博士。在我去美國之前，第一次中美比較文學研討會在北京舉行，中美各有十位學者參加。中國方面由錢鍾書先生負責組織，錢先生要我參加此會，我便寫了一篇英文論文，又譯成中文題為《詩無達詁》，發表在《文藝研究》一九八三年第四期。後來比較文學在國內逐漸發展，成立了各地和全國的學會，還有幾種比較文學刊物和一些書籍出版，但我因為去美國留學，後來又長期在美國任教，與國內的比較文學就失去了聯繫。二○○九年復旦大學出版社出版了我的《比較文學研究入門》，可以說使我重新回到國內比較文學研究的領域。

悲劇與死亡：莎士比亞悲劇研究

　　一提到悲劇，人們聯想到的總是痛苦和死亡。但悲劇是否一定要有一個悲慘的結局，主人公是否一定要在最後死去呢？換句話說，以死亡告終是否是悲劇在形式結構上的必然要求呢？拜倫曾以諧謔的口氣，略含譏誚地說：

> 凡悲劇的終場總免不了一死，
>
> 凡喜劇的結局總是燕爾新婚。[1]

或許這就是大多數人的看法，然而從西方戲劇的全部歷史看來，情形卻未必盡然如此。當古希臘人從酒神祭拜儀式的合唱和舞蹈中發展出最早的戲劇時，死的觀念並不是悲劇不可缺少的成分。亞理士多德在《詩學》中對悲劇作最早而且最有影響的理論闡述時，也沒有把主人公的死看成悲劇的要素。當然，希臘戲劇和伊莉莎白時代的英國戲劇有很大不同，亞理士多德的理論也不是普羅克拉斯提的鐵床，尤其對於莎士比亞這位文藝復興時代的巨人，任何金科玉律都是無力的。[2] 就是古典派大詩人蒲伯也說：「用亞理士多德的規則去評判莎士比亞，無異於用此國的法律去審判依據彼國

---

[1]　Lord Byron, *Don Juan*, Canto III.9.

[2]　普維克拉斯提（Procrustes），希臘傳說中的大盜，他把抓來的人放在一張鐵床上，高者斬去伸出床外部分，矮者強拉其身以與床齊。後人用普羅克拉斯提之床喻強迫人就範的戒律。

法律行動的人。」³ 莎士比亞自由奔放的創造才能不受任何理論規則的束
縛，他那些充滿激情和想像的悲劇傑作，他那悲喜雜糅的風格，大概古典
主義者所理解的亞理士多德也不會贊同。然而「古典主義者所理解的亞理
士多德」並不一定符合亞理士多德的真面目，那些「規則」即新古典主義
的三一律，也不應該由亞理士多德本人負責。⁴ 如果把《詩學》不是當作
聖論或教條，那就不難看出，亞里斯多德對希臘悲劇本質的認識是那麼深
刻，對悲劇結構的分析又是那麼嚴密，他提出的幾個主要概念確實可以應
用於西方各時代的悲劇，包括伊莉莎白時代的英國悲劇。那麼，回到我們
開頭提出的問題，關於悲劇結局，亞理士多德是怎麼說的呢？

《詩學》第六章那個著名的悲劇定義，並沒有提到結局問題。後來具
體討論悲劇佈局和效果的時候，亞理士多德在兩處提到結局，但這兩處的
意見似乎又有些自相矛盾。在第十三章第六節，他讚揚歐里庇底斯的劇本
結尾淒切動人，認為「這才是正確的結尾」，並稱歐里庇底斯為「最具有
悲劇性的詩人」。在第十四章第九節，他又認為在無可挽回的錯誤行動發
生之前，及時發現真相從而避免不幸，這種結尾「最好」。顯然，亞理士
多德認為悲劇的要義在於是一個嚴肅而完整的行動的模仿，這種模仿須激
起憐憫和恐懼並導致這些情緒的淨化；至於結尾是否直接表現為悲慘，好
像和悲劇的本質關係不大。事實上，希臘人崇尚平衡節制，決不允許在舞
臺上表演過度的恐怖和流血場面。就連埃斯庫羅斯這位「悲劇之父」，據
說也因為把復仇女神描寫得太令人毛骨悚然，曾遭到雅典觀眾的反對。他
寫的《奧瑞斯蒂亞》三部曲終結時，我們看見奧瑞斯特終於贖清了整個家
族的罪惡，成為一個新人，他面前展現出一片充滿希望的光明前途。⁵ 索

³ Alexander Pope, "Preface to his Edition of Shakespeare, 1725", in *Four Centuries of Shakespearian Criticism*, ed. Frank Kermode (New York: Avon Books, 1965), p. 67.
⁴ 關於戲劇情節、地點、時間統一的三一律，十六世紀先由斯卡里格（Scaliger）提出，由卡斯特爾維屈羅（Castelvetro）加以闡發，十七世紀成為新古典主義戲劇的定律。
⁵ 《奧瑞斯蒂亞》（*Oresteia*）包括《阿伽門農》、《奠酒人》和《復仇女神》三部作品，寫奧瑞斯特在神的指引下為父復仇的故事。

福克勒斯的《俄狄蒲斯王》大概是最典型的希臘悲劇，它出色地表現了人與命運的搏鬥，悲劇主角在命運的羅網中痛苦掙扎，顯示出崇高的精神力量，無論遭到怎樣嚴酷的打擊，他並沒有對生命絕望。[6] 在結尾時，俄狄蒲斯自願放逐自己，成為一個瞎眼乞丐到處流浪，但一路走去，將給他所到之處帶去智慧和安寧。許多希臘悲劇的結尾都是一種和解，達到崇高清明的境界，而不是以淒慘的死告終；在整個悲劇複雜的結構中，不幸結局只是一個並非必然的因素。這就是我們從希臘悲劇的實踐和亞理士多德的《詩學》中可以得出的結論。

　　基督教的興起導致異教戲劇的衰亡，但又正是基督教教會在中世紀的歐洲促成一種新戲劇的誕生。這就是所謂奇跡劇和道德劇。這兩種中世紀戲劇搬演聖經故事和聖徒傳說，或將善惡觀念擬人化，給抽象的說教罩上一個生動的戲劇外殼。它們所宣揚的，不外是關於人與神、人類原罪以及人類通過耶穌基督的獻生而得救的一套教義。隨著教會勢力的擴張，基督教思想成為統一全歐的意識形態，在這種情形下，悲劇概念為了與教義相符，也不能不發生很大變化。基督之死是一個無辜受害者的死，是殺死替人類贖罪的羔羊，從懲惡揚善的正義觀點看來是一種不可理解的犧牲。根據亞理士多德在《詩學》第十三章裏的說法，好人無辜受難算不得悲劇，但是，基督教的悲劇觀顯然突破了這一點。用著名的玄學派詩人和佈道者約翰・唐恩的話來說，基督之死有「一種死的悲哀感，他的心在死時是沉痛的，他感到天上的父捨棄了他」。[7] 人之死按《聖經・創世記》的說法，是亞當和夏娃違背上帝禁令的後果，是對原罪的懲罰，所以從正義觀點看來是可以理解的。但是，也正因為有了死亡，才更顯出人類未犯罪之前那種原初的幸福和永生的可能性。因此，基督之死和人之死都首先在宗教的意義上，被認為具有深刻的悲劇性。在那個時候，對悲劇概念的理解完全以關於犧牲和罪與罰的基督教神話為基礎，悲劇這個術語失去了原來嚴格

---

[6]　《俄狄蒲斯王》（*Oedipous Rex*）寫俄狄蒲斯受命運捉弄而殺父娶母的故事，在揭示命運不可遁逃的同時，塑造了一個堅毅而崇高的英雄。

[7]　John Donne, *X Sermons*, ed. Geoffrey Keynes (London, 1923), p. 4.

的含義，不僅指一種特定的戲劇形式，而且也可以指非戲劇作品。基督教
關於人的沉淪的觀念構成所有悲劇性故事的背景，不幸結局也越來越成為
悲劇結構的重要成分。喬叟的《坎特伯雷故事集》有一段常常被人引用的
話，能夠代表中世紀人們對悲劇的理解：

> 我要用悲劇的格調來吟詠
> 那些身居高位而淪落的人，
> 他們一旦遭逢種種不幸，
> 就再不能從災難中脫身；
> 因命運無常，蹤跡不定，
> 誰也無力阻擋它的行程；
> 不要信賴一時的榮華昌盛，
> 且記取這些真實的古訓。[8]

喬叟把這段話放在一個去坎特伯雷朝聖的僧侶口中，十分切合他的身分，
這正顯出詩人的高明。這個僧人講的「悲劇」，以路西弗和亞當的故事開
始，也即天使的沉淪和人的沉淪，恰好體現了基督教的悲劇觀。後來彌爾
頓的偉大史詩《失樂園》，也正是利用這兩個聖經故事題材，探討他感受
到的人生的悲劇性。

　　大約在喬叟寫作《坎特伯雷故事集》的同時，出現了一篇叫《死之舞
蹈》的寓言詩。這是死神與各色人物的對話，包括從教皇到平民的各階層
人物，很富於戲劇性，其中寓意不外說人生如何變化無常，充滿痛苦和罪
惡，要人們棄絕塵世，把希望寄託於死後的天堂。從十四世紀開始，死亡
主題在歐洲文學和視覺藝術中都非常流行。死之舞蹈不僅是詩歌的題材，
而且在繪畫中也得到表現。那些充滿中世紀神秘色彩的繪畫作品往往描繪

---

[8]　Jeffrey Chaucer, *The Complete Works of Geoffrey Chaucer,* ed. W. W. Skeat (Oxford, Oxford University Press, 1912), vol. IV, p. 244.

象徵死亡的一具屍體或可怕的骷髏，正把各種人引入墳墓。表現得較出色的當推小荷爾拜因；[9]那位天性中深含日爾曼嚴峻氣質的大畫家丟勒，也在著名的版畫《騎士、死神與魔鬼》（1513）中描繪過可怖的骷髏。[10]莎士比亞悲劇《哈姆萊特》第五幕有哈姆萊特拿著骷髏頭骨沉思的一段，在十六和十七世紀的肖像畫中，常常可以見到類似的形象。[11]教會用它那否定現世的病態思想影響著藝術，宣傳人世的虛妄，要人們隨時記住生之虛妄，死之將至。在這裏，我不可能詳述死亡主題如何滲透到中世紀和文藝復興早期的各門藝術之中，也無須闡明詩與繪畫在表現這個主題時的相互影響。[12]我只想說明，當英國戲劇即將在伊莉莎白時代達到空前繁榮，並在莎士比亞的天才作品中取得最高成就時，死亡意象的不斷出現標誌著帶有基督教色彩的宿命論觀念在歐洲思潮中不斷深化，成為一種普遍的意識。從本質上說來，這種基督教宿命論不利於悲劇，因為它否定人生和人的本質力量，而悲劇的使命卻是要表現人在苦難中展示的崇高。但是，在莎士比亞的偉大悲劇裏，死的意象被賦予嶄新的意義，成為揭示悲劇人物的英雄性格和精神力量的重要手段。

　　在伊莉莎白時代以及隨後一個時期，死亡一直是當時人們世界觀中一個重要的組成部分，是人生從搖籃到墳墓全部旅程的終點，與人生易老、世事無常的感覺密切相關。我們可以再引約翰‧唐恩的話說明，在基督教

---

[9] 小荷爾拜因（Holbein the younger），十六世紀德國畫家，後移居英國，為英王亨利八世的宮廷畫師。他是歐洲北部文藝復興繪畫的傑出代表，曾為著名的人文主義者艾拉斯謨（Erasmus）和湯瑪斯‧摩爾（Thomas More）繪肖像和書籍插圖。

[10] 丟勒（Albrecht Dürer, 1471-1528），文藝復興時代德國畫派的代表人物和藝術理論家。他的作品吸收義大利畫派之長，使之與北方的嚴肅氣質相結合，形成一種獨特的風格。

[11] 參見Roger M. Frye, "Ladies, Gentlemen, and Skulls: Hamlet and the Iconographic Traditions", *Shakespeare Quarterly* (Winter 1979): 15-28。有趣的是，在莎士比亞故鄉的教堂裏，這位詩人紀念像頂端雕著一個骷髏頭，詩人半身像上部的裝飾性雕刻中，有個小天使把手支撐著放在另一個骷髏頭上。

[12] 對此問題的論述，可參見 Willard Farnham, *The Medieval Heritage of Eelizbethan Tragedy*（Oxford: Blackwell, 1956）。法奈姆認為「遍及歐洲各地」繪畫中非常流行的死之舞蹈的主題，很可能來源於一部簡單的戲劇作品，見頁183-88。

宿命論影響之下，當時人對死亡抱著一種充滿神秘信仰的看法。唐恩在一篇佈道文中說，死的結局是三種意義上的解脫：「我們從死中、在死中和通過死獲得解脫，……進入永生。」[13] 另一位著名的宗教散文家傑利米‧泰勒則把虔信者的善終比喻成「從美麗的樹上落下成熟的果實」[14]。如果說這些話不過是重複中世紀的常談，表現了基督教傳統的禁慾主義觀念，即靠折磨肉體來得到聖潔，把死亡視為解救靈魂、擺脫肉體禁錮和人世痛苦，那麼在文藝復興時代，肉體一旦恢復了它本來的權利和尊嚴，人們也就把肉體的毀滅本身看成極大的痛苦。長期受到壓抑的人的本質一旦獲得解放，就在它自身和在這個現實世界的快樂中發現一個美的世界。中世紀對肉欲的譴責幾乎把人抽象為一個蒼白的幽靈，而文藝復興則重新給人以血肉，賦予人一個健全而優美的肉體。正是在這種解放的氣氛中，薄伽丘用他那使教士們蹙額的《十日談》嘲笑了唯靈主義和禁慾主義，提香和威洛內塞用明亮柔和的色彩去描繪裸體的女神們，[15] 而莎士比亞也在他發表的第一部長詩中，用盡華麗的辭藻和新奇的比喻去鋪陳維納斯火一般的情欲和誘惑。[16] 文藝復興時代的詩人渴求不朽以對抗人世的無常，希望用生育這種延續生命的自然手段，來反抗把一切化為烏有的死亡：

> 我們願最美的生靈不斷增長，
> 好讓美之玫瑰永不凋亡。[17]

---

[13] Donne, *X Sermons*, p. 146.

[14] Jeremy Taylor, *The Golden Grove: Selected Passages from the Sermons and Writings of Geoffrey Taylor*, ed. Logan Pearsall Smith (Oxford: The Clarendon Press, 1930), p. 49.

[15] 提香（Tiziano Vecellio, c. 1490-1576），威洛內塞（Paolo Veronese, 1528-1588），都是義大利文藝復興時代威尼斯畫派的著名代表，作品色彩豔麗豐富，充滿了現世生活的歡樂氣息。

[16] 莎士比亞的長詩《維納斯與阿都尼》發表於一五九三年，寫愛神維納斯愛上美少年阿都尼及對阿都尼的誘惑，全詩充滿熱情和想像，反映出肯定世俗之愛的人文主義精神。

[17] 莎士比亞《十四行詩集》第一首。十四行詩集中有許多首的主題都是詩人勸告一位輕英俊的朋友趕快結婚、生兒育女，讓他的美傳給後代，永遠保存。

莎士比亞十四行詩那些雄辯而才華橫溢的詩句，正是出自對人生幾何、美不常在的深刻認識，出自從吞噬一切的時間口中攫取片刻歡樂的強烈願望。人總不免於一死，這夢魘般的思想使當時人無論如何也擺脫不開，但它並不僅僅使人看到生之虛妄，也驅迫人們及時行樂。死之將至（memento mori）和及時行樂（carpe diem）這兩大主題的結合，正是文藝復興詩歌一個突出的特點。死神陰鬱的暗影似乎總是遊動在背景裏，而在那背景上展開的，就是錦緞般燦爛華美的伊莉莎白時代的文學。

在別的表現形式中，同樣的陰鬱也破壞了文藝復興早期那種樂觀的理想主義。梯里亞德說：「佈道像玩具熊一樣，是伊莉莎白時代普通人日常生活的一個組成部分。」[18] 我們從約翰‧唐恩和傑利米‧泰勒的佈道文中可以看出，很少有哪個時代的人會像他們那樣，終日沉緬於關於死亡、衰朽和罰入地獄受苦的冥想。法奈姆指出：「可以稱之為哥特式的那種歐洲基督教精神，總是強烈傾向於以死來結束悲劇，在死亡中給悲劇蓋上真實性的最後印記。」[19] 當時的精神氣氛如此，伊莉莎白時代悲劇一概以死亡告終，也就不足為奇了；而大約在同時的義大利，卡斯特爾維屈羅卻仍然主張，只要悲劇能使人強烈感受到人世的變化無常，也可以有快樂的結局。

然而，造成這樣一種陰鬱氣氛的原因是什麼呢？我們知道，基督教關於人的看法包含著一個固有的矛盾，它一方面承認人是上帝按自己的形象創造的，另一方面又有關於原罪的教義。這一點在約翰‧德維斯（Sir John Davies）的名詩《認識自己》（Nosce Teipsum, 1599）裏，有極妙的描述：

> 我知道我的肉體脆弱易損，
> 外力和病痛都能把它殺死；
> 我知道我的精神具有神性，
> 但智慧和意志都受到腐蝕。

---

[18] E. M. W. Tillyard, *The Elizabethan World Picture* (New York: Macmillan, 1944), p. 3.

[19] Farnham, *The Medieval Heritage of Eelizbethan Tragedy*, p. 421.

我知道我的靈魂能認識萬物，

但對一切卻又無知而盲目；

我也是自然中一個小小君主，

卻又會被最卑微的東西束縛。

我知道我的生命痛苦而短暫，

各色事物愚弄著我的感官：

總之，我知道自己是一個「人」

既值得驕傲，又深深地不幸。[20]

在文藝復興時代的早期，得到強調的是這種看法較光明的一面。那麼，為什麼在伊莉莎白時代的晚期，較陰暗的一面佔據了主要位置呢？

「伊莉莎白時代」這個用語，只是在我們把伊莉莎白一世方便地當做民族統一的象徵時，才有具體的意義。女王當政期間，這種民族統一使英國漸趨強盛，並在一五八八年擊敗西班牙無敵艦隊的戰役中，充分顯示了力量。女王非常成功地保持著王權與國會之間微妙的平衡，可是在伊莉莎白社會那看起來有條不紊的局面下，正發生著巨大的變化。其中影響到社會經濟結構的最劇烈的變化，就是資產階級新貴的興起——包括商人、羊毛販子、廠主、律師，還有能以強制手段提高租稅、更新產業的地主。殘酷的圈地運動使許多老佃農不得不離開租耕的土地，於是造成一大批流離失所、無業的「流民乞丐」。貧富的兩極分化、戰爭、通貨膨脹、瘟疫和自然災害，這一切都促成了舊日樂觀看法的瓦解，將一種苦澀憂鬱的精神貫注到當時的文藝創作裏。

不僅如此，統濟和社會的變化還必然反映到思想領域，在神學、科學、哲學和文藝中得到表現。伊莉莎白時代那種基本上是傳統的、多元結

---

[20] 轉引自 Theodore Spencer, *Shakespeare and the Nature of Man* (New York: Macmillan, 1943), p. 28.

合的世界觀，從根本上受到了新思潮的嚴重挑戰。中世紀以來的思想本是
以托勒密體系宇宙秩序的觀念作為基本模式，哥白尼在自然科學中的革命
卻動搖了對這種宇宙秩序的信仰。在政治領域中與之相應的等級制的觀
念，也隨之受到馬基雅弗里的挑戰，[21] 而懷疑論者蒙田則用他那閃爍著思
維的理性之光的問題「我知道什麼」（*Que sais-je?*）永遠摧毀了人們沾沾
自喜的盲目信念，使人再難自以為是上帝寵愛的造物。[22] 由此產生的後果
影響深遠。自然秩序的毀滅以及與之相關的政體和個人秩序的毀滅，造成
了那個動盪時代的精神危機，為詩人的悲劇觀提供了基礎。這一點在《特
洛伊羅斯與克瑞西達》中尤里塞斯關於「等級」的一段著名台詞裏，表述
得十分清楚：

> 一旦群星越軌相聚，陷於一片混亂，
> 就會有怎樣的天災、凶兆、叛變！
> 就會有怎樣的海嘯和地震！
> 猛烈的風暴！驚惶、變異和恐怖
> 就會破壞、摧毀、撕裂和滅絕
> 萬物井然有序的統一與和諧！
> 等級是實現一切宏圖的階梯，
> 啊，一旦動搖了等級，事業
> 也就無望。沒有等級的區分，
> 社會安定、學位高低、各業行會、
> 各地間的和平貿易、長子長女
> 與生俱來應當享有的權利、
> 老人、君主、帝王和優勝者的特權，

---

[21] 馬基雅弗里（Niccolò Machiavelli, 1469-1527），義大利作家和政治家，文藝復興
時代重要人物之一，所作《君主論》是近代政治思想史上一部名著。

[22] 蒙田（Michel Eyquem de Montaigne, 1533-1592），法國人文主義作家，所著《散
文集》開創了新的近代散文體裁。

又怎能夠得到承認而確立？

打亂了等級，拆去那根琴弦，

聽吧，將會有多麼刺耳的噪音。

一切都互相敵對：天下的水

都會猛漲起來，高過堤岸，

淹沒浸透這整個堅實的大地；

強壯的將憑體力欺凌孱弱，

野蠻的兒子將會打死父親；

強權將取代公理，是與非

將名不符實，混亂顛倒，

判明是非的正義也不復存在！

那時候，一切都得服從權力，

權力聽從意志，意志屈從貪欲，

而貪欲這頭無處不在的餓狼

依仗意志和權力的雙重輔助，

必定會吞噬宇宙間的一切，

最後吃掉它自己。（I.iii.94）[23]

　　有人認為在這段為秩序和等級辯護的話裏，莎士比亞藉戲劇人物之口宣傳忠於合法君主，譴責任何形式的叛亂。然而尤里塞斯在這裏不過是說，希臘大軍不能獲勝，都因為將士們不再保持森嚴的軍紀等級；這段形象性極豐富的台詞背後隱含的，顯然是詩人對一個正在迅速解體的社會的觀察和認識。莎士比亞從來不把當代事件直接搬進劇作中去，然而他正是通過超越日常的人生世相，拋棄直接說教的陳詞濫調，反而走向更深一層意義上的現實。如果說他的戲劇向自然舉起了一面鏡子，那麼這是一面具

---

[23] 圓括號中的大寫羅馬數字代表幕，小寫羅馬數字代表場，阿拉伯數字代表引文第一行在原文中的行數，如 I.iii.94 代表第一幕第三場第九四行。以下引文同此，不另注。

有魔力的稜鏡,它把生活的白光折射成一條五光十色、絢爛多彩的光帶,比起平鋪直敘的生活實錄來,不僅更加美麗,而且更能揭示事物的本質。在傳統的崩潰當中,詩人看到了他所珍視的人的理想觀念與他周圍的社會現實產生了不可調和的矛盾,他看到憂患、混亂、腐敗和罪惡似乎與人的命運內在地聯繫到一起。正是這種幻滅感、這種人文主義理想的危機,比傳統價值觀念的瓦解遠為深刻地決定了莎士比亞悲劇觀的形成,也可以說明為什麼他所有的悲劇都最後終結於不可避免的死亡。最後這一點是非常突出的,所以著名的評論家布拉德雷特別指出:「一個劇在結束時主角還活著,從充分的莎士比亞的意義上說來,就算不得是悲劇。」[24]

但是,並非任何死亡都能構成莎士比亞式的悲劇。那種意外的死,在可悲境地中由莫名其妙的厄運、小災小難或卑劣的罪過造成的死,至多能引得人們的一點哀憐,這只是一種帶著恩賜意味的含淚的同情,卻不是憐憫和恐懼這兩種悲劇情緒。在莎士比亞悲劇中,死亡絕不是偶然和無足輕重的,它總有深刻的內在原因,並能揭示悲劇的意義。

在探討造成悲劇的原因時,我們很自然地會遇到亞理士多德提出的另一個概念:hamartia即悲劇性「缺陷」的概念。和《詩學》中其他許多概念一樣,雖然hamartia在希臘文裏無疑是「錯誤」的意思,但在《詩學》裏究竟該作何解釋,卻歷來有各種看法。宿命論的解釋把悲劇主角的遭難歸於命運,即歸結於外在的超自然力量,這種力量在冥冥中預定了悲劇的災難,並完全不管個人功過,把它強加在悲劇人物頭上。宿命論者把悲劇缺陷理解為完全與人力無關的外在因素:

> 我們在天神那裏不過像頑童手中的蒼蠅,
> 他們會為了取樂而殺死我們。(《李爾王》IV. i. 36)

---

[24] A. C. Bradley, *Shakespearean Tragedy: Lectures on Hamlet, Othello, King Lear, Macbeth* (London: Macmillan, 1905), p. 7.

但是，這種看法顯然與我們的審美經驗和邏輯判斷相矛盾。一方面，悲劇人物並非像蒼蠅那樣無謂地死去，他們雖然遭遇不幸，而且往往正因為遭遇不幸，才得以顯露偉大的精神力量。另一方面，無論劇中出現怎樣的鬼魂或女巫，也無論有怎樣的神話傳說為劇情提供虛構的框架，卻沒有任何超自然力量能在悲劇世界裏創造奇跡。在悲劇世界裏，事件的發展始終遵循著自然秩序和自然規律，超自然的神怪成分不是決定悲劇的力量。悲劇行動完全按自然的因果關係的邏輯向前發展，一步步無可逆轉地走向毀滅和死亡的結局，每一步都是由那個最初觸發整個悲劇的嚴重行動產生出來，都是必然的後果。用批評家理查茲的話來說，這是所謂「內在的必然性」，這種必然性由於遵循著自身的邏輯，所以使整個戲劇行動顯得真實可信。[25]

然而悲劇人物的「缺陷」顯然不可能完全是外在的，不可能與個人的行動無關，因為他並不是任隨命運擺弄的可憐蟲，卻往往對造成悲劇情境負有一部分責任。可是，道德論的解釋卻走到另一個極端，把「缺陷」解釋為在道德意義上該受處罰的過錯。這樣一來，悲劇結局幾乎就是對罪過的正義懲罰。例如，德國批評家格爾維努斯就曾過分熱心地搜尋莎士比亞悲劇人物的道德弱點，並發現他們多多少少總有些罪有應得：羅密歐與茱麗葉遭到悲慘結局，是因為他們相愛得過了頭，鄧肯被殺要怪他去馬克白斯的城堡居然毫無戒備，苔絲狄蒙娜則是因為太不留心保管自己的手帕，等等。這些人都死得很慘，堅持道德論的批評家還要找出理由來說明他們好像該死，罪有應得，這不說是可惡，也至少是荒唐的。原來這是懲惡揚善的「詩的正義」觀念作怪，這類批評家認為，「如果詩不能顯出道德正義的規則，它就把自己降到比真正的歷史還低的地位」。[26] 亞理士多德在《詩學》第九章裏，的確說過詩比歷史更具有哲學意味、更嚴肅，但他指

[25] I. A. Richards, *Principles of Literary Criticism* (London: Routledge and Kegan Paul, 1925), p. 269.
[26] Georg Gottfried Gervinus, *Shakespeare Commentaries*, trans. F. E. Bunnètt, 2 vols. (London: Smith Elder, 1863), 1:28.

的是詩比歷史更能揭示事物的本質和規律，與道德論毫不相干。道德論批評家最感困難的是解釋李爾的小女兒柯狄利婭之死。儘管他們百般挑剔，宣稱她性格中有驕傲或固執的弱點，卻總難把問題說清楚。這種批評家認定悲劇必須表現正義原則，於是認為悲劇中的一切都必須是公平合理的；但是，悲劇之為悲劇，正由於其痛苦的不公正性。道德論者在把悲劇合理化的同時，也就不自覺地把不公正的痛苦說成是正當合理的，因而使他們自己似乎成了魔鬼的辯護士。

　　大多數悲劇人物都確實有傲慢或者別的什麼性格弱點。例如，我們很容易發覺哈姆萊特的憂鬱、奧塞羅的輕信、李爾的暴躁、馬克白斯的野心等等。然而這些個人性格上的弱點並不是悲劇最根本的原因，而只是在悲劇行動已經開始發展之後，才變成致命的因素，而且這些弱點本身又是悲劇人物地位或環境的產物。奧登（W. H. Auden）就曾強調悲劇人物突出地位的決定性意義：

　　　　……發現自己是罪犯或被迫做了罪犯這種悲劇情境，並不是由悲劇人物性格上的缺陷造成的，而是因為有這樣的缺陷，眾神降到他身上的懲罰。

　　　　希臘悲劇隱含著的悲觀結論似乎是這樣：一個人如果是主角，即突出的個人，那就必定犯了驕傲自大的罪，要受悲劇命運的懲罰；唯一的而且不可能由自己選擇的另一種可能，就是成為合唱隊中普通的一員，也就是說，成為普通群眾中的一分子：既要突出又要善良是不可能的。[27]

　　這種看法在著名批評家弗萊關於悲劇人物「暴露地位」的觀念中，闡述得更明確：

---

[27] 轉引自William K. Wimsatt Jr. and Cleanth Brooks, *Literary Criticism: A Short History* (New York: Alfred A. Knopf, 1957), p. 55.

發生在悲劇人物身上那被稱為悲劇的獨特事件，並不取決於這個人
物的道德狀況。如果說這一事件與他所做的某件事情有因果關係，
而且一般說來也都有這樣的關係，悲劇也只是在於行為後果的不可
避免，而不在於行為的道德含義之中。正因為如此，在悲劇中才出
現那種似乎矛盾的現象，即悲劇既喚起憐憫和恐懼，又把它們消
除。因此，亞里斯多德說的 *hamartia* 即「缺陷」，不一定是過失，
更不是什麼道德上的弱點，而很可能僅僅是一個強者處在暴露地位
上，就像柯狄利婭那樣。暴露地位往往是領導者的地位，處在這種
地位的人物既是突出的，同時又是孤立的，從而使我們感到悲劇特
有那種不可避免性與不和諧性的奇妙混合。[28]

　　在此「突出」和「暴露」這兩個詞清楚地表明，一個悲劇人物之所
以易受傷害，主要是因為他高於一般。弗萊說：「在人的環境中，悲劇人
物完全處在最高點上，以致他們好像不可避免地成為周圍力量的導體，高
樹比草叢更容易遭受雷擊。」[29] 最後這個生動比喻顯然來自那個關於蘆葦
和橡樹的古老寓言：挺拔的橡樹被雷電擊毀，柔軟曲屈的蘆葦卻安然無
恙。值得注意的是，東西方的古典作品裏都用過這同樣的比喻，描述社會
中傑出人物的危險處境。亞理士多德在《政治學》裏曾兩次提到彼里安德
（Periander）向米利都的暴君特拉希比洛斯（Thrasybulus）奉獻計謀，要
他「剪除長得高出一般的穀穗，那意思就是說，必須隨時除掉高出一般的
公民」。[30] 在中國古典作品裏，也可以找到用意十分接近的高樹的形象。
曹植曾在一首頗有悲劇意味的詩裏寫道：「高樹多悲風，海水揚其波。」[31]
大約與之同時的李康則在《運命論》中寫道：「故木秀於林，風必摧之；

[28] Northrop Frye, *Anatomy of Criticism: Four Essays* (Princeton: Princeton University Press, 1957), pp. 38, 207.

[29] 同前注，頁207。

[30] Aristotle, *Politics*, V.viii.7 (Cambridge: Harvard University Press, 1932), p. 443; III.viii. 3, p. 243.

[31] 曹植，《野田黃雀行》。

堆出於岸，流必湍之；行高於人，眾必非之。」錢鍾書認為，此「即老子
所謂：『高者抑之，有餘者損之』，亦即俗語之『樹大招風』。」[32] 在古
人頭腦裏，對於被風暴吹折的大樹顯然留下了深刻印象，形象地揭示出一
個高大的英雄人物的悲劇情境，他作為人在普通人之中，作為領導者又在
普通人之上，所以在力量的衝突中，他總是首當其衝地受到打擊。

在莎士比亞的劇作中，悲劇人物或者一開始就充分意識到自己的處
境，意識這種處境的意義和後果，或者在劇的結尾才達到這樣的認識，好
像水落石出後的發現或啟示。這些悲劇人物對自己所處情境的理解，往往
可以證明他們正是處在暴露地位上，不得不選擇對他說來唯一可能或必要
的行動。例如，哈姆萊特悲憤地歎息說：

> 時代脫了節：啊，多麼可恨，
> 我生來就是為把它重新整頓！（I. v.188）

這時他顯然已意識到自己的處境：作為丹麥王子，他不能不為父報仇，矯
正國家的腐敗流弊，這既是不可推卸的責任，也是不可剝奪的權利。這些
流弊體現為謀殺、荒淫、亂倫和陰謀，不僅充溢在克勞狄斯及其追隨者們
腐朽的世界裏，甚至也浸染到哈姆萊特本人的身心。哈姆萊特憂鬱惆悵，
常常想到死亡和腐朽，然而是病態的存在決定了他病態的思想意識。他把
世界稱為一座牢獄，很明顯，這不是他自己造成的，在這個劇開場的時
候，這牢獄裏所有的囚室和牢房都早已造好了——這是一個腐敗的世界，
而丹麥王子生來便是要清除這個世界的污穢和罪惡。再如篡位者馬克白
斯，他無疑是由謀殺和暴戾招來自己的毀滅；但即便是他，道德意義上的
弱點和暴露地位的情境也是密切不可分的。馬克白斯是一員勇猛戰將，他
立下豐功偉績，榮耀和恩寵接踵而至，使他晉升到不尋常的高位，也就把
他推上岌岌可危的暴露地位，使他在誘惑之下，像魔鬼撒旦那樣，自以為

[32] 錢鍾書，《管錐編》（北京：中華書局，1979），第三冊，頁1082。

再高一步就可以至高無上。[33] 在這個劇裏，莎士比亞寫了命運三女巫，似乎意在避免人們對馬克白斯的悲劇作純粹道德論的解釋，因為無論就戲劇本身或是就象徵意義而言，三女巫都代表著悲劇世界那種非人的強制性力量。她們在第一場裏互相告別時說的話：「美即醜，醜即美」（I.i.ll），迴響著悲劇性嘲諷的音調，說明極大的成功往往孕育痛苦可悲的失敗；馬克白斯上場說的第一句話：「我還從未見過這樣既醜又美的一天」（I.iii.38），則像音樂中主部和弦的再現那樣，與女巫的音調相呼應而共鳴，使人感到馬克白斯的沉淪固然包含他人格上的道德淪喪，卻又不可避免，似乎落入了魔法的陷阱。[34] 以常識的眼光看來，這種辭句重複不過是偶然巧合，馬克白斯的意思不過是說，這氣候極為惡劣的一天也是他戰績輝煌的美好日子。但從詩的角度說來，這種重複卻絕不是偶然：它強調了美與醜、禍與福、成功與失敗之間的辯證關係。這兩個重複出現的詞也因此而獲得一種言外之意，暗示那種悲劇的嘲諷，即在因與果錯綜複雜的作用下，美可能成為醜，而在馬克白斯那裏，美的確就轉化為醜。這個念頭絕不是從馬克白斯頭腦中憑空產生出來，也不僅僅是由於女巫們的預言，而是由於在誘惑的致命一刻，這兩種因素結合為一體。馬克白斯的悲劇之所以是悲劇，能夠引起恐懼和憐憫的感情，根本上就在於我們知道，正是這樣一種不幸的結合把他引入歧途，使他經歷了遠比一般意義上的道德沉淪更為可悲的沉淪。謀殺這一嚴重行動一旦成為事實，成為罪惡，就把他推到這樣不幸的地位上，使他不得不殺戮得更多來支撐那已經在頭上和心上壓得很重的王冠：

> 我在血泊之中
> 已經走得這麼遠，即便不再涉血前進，

---

[33] 參見John Milton, *Paradise Lost*, iv.50.

[34] 這裏「美」和「醜」的原文是 fair 和 foul，這兩個字同時又可以表示氣候的「好」和「壞」。莎士比亞在這裏一語雙關，含義深遠，但不是一般的文字遊戲，只是在譯文裏很難傳達。

後退也和向前一樣使人厭倦。（III. iv.135）

這句十分沉痛的話顯然帶著悔恨和絕望的意味，說明馬克白斯是鋌而走
險，明知不可而為之。在這裏，馬克白斯似乎有意識地選擇惡，但他的選
擇並不是完全自由的選擇，而是在進退維谷的困境壓力之下，不得不作出
決定，一個引起無數道德上的顧忌和嚴重後果的決定。馬克白斯之成為悲
劇人物，就在於他明白自己不得不選擇惡，並且為此而經歷內心的折磨。
假使他放下屠刀，立地成佛，那就會成為神話或傳奇故事中的人物，而不
是悲劇人物；假使他毫無內心衝突和痛苦，只是放肆地殺人，直至受到正
義懲罰而被殺，那麼他演出的就不是真正的悲劇，而是一齣拙劣的鬧劇。
換言之，馬克白斯的悲劇是並非殺人者的殺人，並非墮落者的墮落。《馬
克白斯》以及莎士比亞別的悲劇就這樣避開了道德責任與專斷的命運之間
截然的對立，悲劇人物由於悲劇力量的作用而沉淪，但悲劇力量不是作為
懲惡揚善的正義起作用，而是完全作為依據自然規律展開的必然性起作
用。在此我們可以看出，亞理士多德為悲劇下定義時說它首先是行動的模
仿，看來平常，實在用意十分深刻，因為這不僅意味著悲劇要靠行為動作
來表現，而且意味著必然性要靠一連串的行動來展開。因此，悲劇的核心
不是人物性格的刻畫，而是事件的進程，即情節。悲劇人物的缺陷也不是
性格弱點，而是情境與錯誤行動相結合產生的必然後果。可以說，悲劇缺
陷是倫理、邏輯和審美三方面因素的辯證統一。[35]

　　無論在希臘悲劇還是在莎士比亞悲劇中，主角往往由於不瞭解自己處境
的性質而犯錯誤。他不瞭解情況，出於無知甚至出於好意，卻犯下致命的過
錯，因而引起我們憐憫；儘管如此，他仍然受到懲罰，又引起我們的恐懼。
在悲劇裏，一切都在事件的邏輯中一環緊扣一環，錯誤即便是在不明真相的
情況下造成，悲劇結局卻作為必然後果接踵而至，把有罪與無辜一概毀滅。
悲劇世界雖按照規律發展，卻好像忽略了道德的正義；它的規律是自然規

---

[35] 參見朱光潛，《西方美學史》（北京：人民文學，1979），上卷，頁87。

律，是與道德無關的因果規律，而不是是與非、罪與罰的規律。哲人們常常指出，自然規律對人的意志和利益從來是漠然置之的。如老子就把天之道和人之道加以區別說：「天之道損有餘而補不足。人之道則不然。損不足以奉有餘。」[36] 天之道即自然規律，好像在萬物之間維持一種自然的平衡，所謂物盛當殺，於是長過一般的穀穗被剪除，高樹被摧折，處於暴露地位的英雄遭受痛苦和死亡。無論在自然或在人的行動中，都存在著必然性，而悲劇作為行動的模仿，總是引向規律的顯現或頓悟。表現在悲劇藝術中就是亞理士多德所謂「發現」（anagnorisis），即悲劇人物在劇情突然轉折的一刻，對真情的認識。[37] 這是悲劇情節發展的重要時刻，在這時眼睛終於睜開，一道閃電突然劃過夜空，悲劇人物不僅看清自己錯誤行動的全部意義，而且認識到已經無可挽回，永遠失去了另一種選擇的可能性。這種可能性在悲劇中極為重要，因為它是悲劇的否定中所肯定的東西，是高於悲劇世界的另一個理想世界和另一套合理的價值標準，人們正是按照這一套價值標準，評定和批判悲劇的結局。正是在這個意義上，悲劇才顯出從倫理即社會的角度看來，具有真正的道德意義，例如：奧賽羅殺死苔絲狄蒙娜時有一種錯誤的信念，認為「她必須死，否則她會背棄更多的男人」（V.ii.6）；但他後來終於認識到，自己「像一個愚昧的印度人」，他的手「拋掉了一顆比他整個部落還要可貴的珍珠」（V.ii.347）。他在痛苦中困惑地喊道：

> 我說，你們問問那個人形的惡魔，
> 他為什麼要這樣陷害我的肉體和靈魂？
> 　　　　　　　　　　　（V.ii.301）

這個問題之所以很難三言兩語作出回答，就因為他事實上要求說明的，不僅是個人的悲劇，而且是具有社會廣度的悲劇。伊阿古代表社會的惡，他

---

[36] 《老子》七七章，參且錢鍾書《管錐編》，第一冊，頁53。
[37] 見《詩學》第六章。

對奧賽羅的仇恨遠比一般的個人怨恨大得多，也可怕得多。這就可以說明，伊阿古的陰謀何以有一種幾乎非人的性質。許多批評家感到很難從個人恩怨的角度，充分解釋伊阿古作惡的動機，於是認為這是一種無緣無故的行動，用柯爾律治的話來說，是一種「沒有動機的惡意」（motiveless malignity）[38]。的確，對奧賽羅這個問題的回答始終不在這個劇本的範圍之內，但就奧賽羅而言，他無疑認識到了真情，明白自己陷入了黑暗謀害光明的罪惡陰謀之中。當他熄滅了苔絲狄蒙娜聖潔的光明時，他就破壞了生活的和諧，而他終於把自己與「野蠻的土耳其人」，即把自己與文明和美德的敵人等同起來，並親手懲罰了自己，好讓被破壞的和諧能最終通過自己心甘情願的死得到恢復。再如在《李爾王》中，李爾最初被自己作為國王和父親所享有的權威蒙蔽，看不到自己的弱點，以致失去了柯狄利婭。但他最後認識到自己也和別人一樣，只是一個人，而且既然是人，就也是「要害寒熱病的」（IV. vi. 105）。

> 你們都該遭瘟，全是兇手、叛逆！
> 我本來可以救活她，現在她卻永遠去了！
> 　　　　　　　　　　　　　（V.iii.270）

在這悲痛的呼號裏，可能與現實構成強烈的對比，一方面是傳奇的理想世界，在那裏愛與真可以獲得勝利，另一方面則是悲劇性的現實，在那裏無辜者在受難，邪惡者卻掌握著大權，為所欲為。於是，對於產生並縱容這種不公正和不道德情形的社會，柯狄利婭之死以及莎劇中所有善良者的死，就成為一種批判，獲得一種真正的倫理意義。

在莎士比亞的作品中，悲劇英雄的死同時也是英勇的死，而且正是這種英雄性突出了悲劇性。在《亨利五世》中，快嘴桂嫂樸實而滿懷同情地

---

[38] S. T. Coleridge, *Shakespeare and the Elizabethan Dramatists: Notes and Lectures* (Edinburgh: University of Edinburgh Press, 1905), p. 251。

描述了落魄的福斯塔夫之死（II.iii.9），那段描述頗適合福斯塔夫作為一個喜劇角色的特點，因為他的死沒有一點英雄氣概，喊著上帝而無信仰，詛咒著酒和女人，在人們心中引起的至多是一點同情和哀憐，卻沒有那種令人肅然起敬的崇高和悲壯。福斯塔夫說過「本能可是很要緊的，我只是出於本能才當了懦夫」（《亨利四世》上篇，II. iv.272）。我們可以把這句話與凱撒的一段話相比：

> 懦夫在臨終前就已死了多次，
> 勇士卻只會一次去品嘗死亡。
> 在我見過的一切怪事當中，
> 最奇怪的是人們的貪生怕死，
> 因為死亡本是必然的結局，
> 它該來的時候總是會來的。
> （《裘力斯·凱撒》，II.ii.32）

相形之下，喜劇人物與悲劇英雄的對比就十分明顯了。這也揭示出一個很普遍的道理：人固有一死，但死的意義卻可以有泰山鴻毛之分。莎劇中別的悲劇人物也對死抱著和凱撒同樣的態度。《李爾王》中的愛德伽說：

> 無論離開這個世界，
> 還是到這裏來，必須耐心等待，
> 一切都在於時機成熟。
> （V.ii.9）

哈姆萊特也說：

> 一隻麻雀的生死也有特別的天意註定。
> 註定了是現在，就不會是將來；如果不是

　　將來，就是現在；如果不是現在，也總是

　　在將來──一切只在隨時作好準備。

（V.ii.219）

　　這些悲劇人物承認死亡的必然性，同時也就征服了對死亡的畏懼，顯示出偉大的精神力量和英雄氣魄。他們即便在鬥爭中失敗、死亡，卻決不會喪失英雄的品格。莎士比亞悲劇人物之死是一種有清醒意識的犧牲，因為他們總是能認識到超出悲劇世界之上關於人和社會的更高標準；就悲劇的象徵意義說來，他們的死正是人為走向那更高標準必須付出的代價。[39]只有這樣的死──在黑暗中給人以光明、在毀滅中給人以希望、在否定中包含著肯定的死──才是必然的、有價值的、真正悲劇性的死。

附記：此文寫於一九八一年，是我在北大西語系碩士論文的前半部分。
　　　　我的碩士論文用英文寫成，全文發表在英文版《中國社會科學》
　　　　（*Social Sciences in China*）一九八二年第三期。我用中文將此部分
　　　　改寫成篇，發表在《中國社會科學》中文版一九八二年第三期。此
　　　　文後來曾獲中國青年社會科學工作者論文獎。這次結集，只在個別
　　　　地方文字上略有改動。

---

[39] 馬克白斯由於是「罪犯作悲劇主角」，也許是唯一的例外。但是，馬克白斯的悲劇正在於他雖然犯罪，卻又那麼厭恨罪惡；他的悲劇和別的悲劇一樣，具有我們在這裏討論過的幾個主要特點，馬克白斯對悲劇情境也有自己的認識。

評《英國文學史綱》

　　英國文學由別國人來寫歷史，這既表明英國文學在世界範圍內的重要性，也顯出各國研究者的學術水平。這樣的歷史也不乏佳作，像法國十九世紀的泰納（H. A. Taine）、二十世紀的儒塞朗（J. J. Jusserand）、勒古依（E. Legouis）和卡扎米昂（L. Cazamian）等，都是研究英國文學史的名家。直到目前，我們自己還沒有一部直接用中文寫的有影響的英國文學史，於是五十年代從俄文翻譯過來的一部阿尼克斯特著《英國文學史綱》，現在又重印出來，成為這一領域裏獨一無二的著作。因為是獨一無二，所以這部《史綱》影響頗大，不僅在一般讀者中流傳，而且被一些高等院校列為英美文學專業研究生的重要參考書，對教學和研究都起著指導作用。那麼，這本書究竟有多大參考價值，是否具有指導意義，就值得考究一番了。

　　中文本《史綱》是根據莫斯科一九五六年俄文原本翻譯的，它代表著蘇聯四十和五十年代的學術水平。作為一本文學史，它首先應當為讀者提供事實材料，並通過文學史料的描述和分析，見出文學發展的概略及規律。翻開這本《史綱》，作者在前言裏就告訴讀者：「我們不能局限於事實的斷定，我們認為必須給事實以正確的社會評價。」這話自然不錯，但問題在於首先要保證史料的準確和全面。

　　《史綱》在「事實的斷定」方面並不是那麼可靠。把羅塞蒂結婚之前十年寫的《幸福的女郎》「斷定」為「歌頌他的亡妻的詩」（參見中文本505頁注），就是一個例子。然而，在事實描述上不大準確，畢竟還把事

實提了出來，《史綱》更嚴重的問題卻在於完全抹煞英國文學史上一些重要的事實。講十八世紀文學完全不提約翰生（Samuel Johnson），講十九世紀初的小說隻字不提簡‧奧斯丁（Jane Austen），可以說是兩個突出的例子。約翰生本人不是大作家，但他卻影響著同時代的許多作家，影響著當時人們的文學趣味，以至在一些英國文學史著作中，往往把十八世紀後半期稱為「約翰生時代」，把他的《致賈斯特菲伯爵書》視為作家擺脫貴族監護的「獨立宣言」，在文學史上具有重要意義。簡‧奧斯丁是一位傑出的女作家，《傲慢與偏見》和《愛瑪》的作者。她的作品只描寫平常環境中的平常人物，她自己說是「鄉村家庭生活的圖畫」，卻用女作家特有的細膩筆觸描繪出她那個時代中產階級的生活習俗和心理狀態，並且在喜劇式的反諷中嘲弄了偏狹、自私和貪婪。《史綱》不提奧斯丁，對司各特則給予肯定的評價，說這位浪漫主義小說家有時能「對於過去的歷史事情作出深刻的現實主義的描寫」。事實上，正是司各特把奧斯丁的作品與法蘭德斯畫派的現實主義風格相比，最早給予它們肯定的評價。司各特在一八一六年十月的《季刊評論》上，認為奧斯丁像法蘭德斯畫派一樣，雖然描繪平凡事物，卻「酷肖自然，細緻入微，給讀者以快感」。現代的許多批評家則把奧斯丁與司各特相提並論，認為他們是十九世紀初英國最重要的小說家。但《史綱》的作者不知何故，對約翰生和奧斯丁卻一直保持緘默，似乎這兩個人在英國文學史上從來就不存在，讀者看完這六百多頁厚厚的一本書，對這兩人在文學史上的地位和影響竟一無所知，這就不能不大大影響到《史綱》的參考價值。這本書用二十多頁篇幅詳述高爾斯華綏小說的情節，卻沒有一語道及奧登（W. H. Auden）和葉芝（W. B. Yeats），對喬哀斯（J. Joyce）、勞倫斯（D. H. Lawrence）和艾略特（T. S. Eliot）則寥寥數語，除了「反動」、「頹廢」、「虛無」等斷語外，沒有任何深入的分析。史料的取捨安排這樣不平衡是和作者「左」的觀點分不開的，在作者看來，「資產階級發展的進步可能性」到十九世紀後半期便「已經終結」，二十世紀資產階級作家當然只能產生頹廢反動的文學。現在已經可以看得很清楚，這樣的論斷並不符合二十世紀西方文學的實際情形。

在「給事實以正確的社會評價」方面，《史綱》做得如何呢？在強調經驗和理性的十八世紀古典主義時代，科學和城市文明的進步創造了條件，使散文迅速發展起來，甚至這時的詩歌也帶著散文風味。《史綱》在解釋這一現象時說：「在十八世紀文學中，散文之所以較詩更為盛行，是由於資本主義社會中的平凡現實不能成為詩的創造的有用材料。」可是，十九世紀又是浪漫詩歌蓬勃發展的時代，這時英國資本主義社會的現實難道突然變得不平凡了？顯然，對詩的興衰這類複雜現象，用這種簡單化的論斷是無法說明問題的。《史綱》作出的許多評價和判斷都很武斷，如說《失樂園》「在頗大程度上不是一個有機的整體」，柯勒律治的詩「不能打動讀者的心弦」，「憲章運動對於文學的影響特別巨大」等等，這些話都缺乏歷史的依據，很難使人信服。

《史綱》在分析歷史現象時，往往從一些既定概念出發，對於十九世紀浪漫主義文學的評論就是一個例子。作者先提出「保守（反動）浪漫主義」和「進步（革命）浪漫主義」一對概念，把浪漫主義詩人劃分成「兩個互相對立的陣營」，然後再作片面的介紹和評價。《史綱》把拜倫說成是「英國浪漫主義最卓越的代表」，而華滋華斯為《抒情歌謠集》寫的有名的序言，則被斷定為「英國文學上反動浪漫主義的宣言」，一褒一貶都缺乏科學的分析和論證。由於先有了既定概念和結論，《史綱》對拜倫就一味揄揚，至於拜倫作品中那種厭世者的孤傲、悲觀和虛無主義傾向，則絕口不提，諱莫如深。另一方面，《史綱》把華滋華斯描述成「英國農民的宗法制度」的維護者，好像他希望回到中世紀去，卻不提華滋華斯在一八〇二年，即在發表被《史綱》定為「反動浪漫主義的宣言」那篇《抒情歌謠集序》之後兩年，還在一首著名的十四行詩裏歌頌英國革命時代的大詩人彌爾頓，籲請他回到英國人民中，「給我們自由、力量和美德」。就是在後來寫成的《序曲》裏，華滋華斯追憶法國革命對他的影響時，仍然充滿了激情。當然，雅各賓派的專政和拿破崙戰爭嚇壞了這位主張溫和改良的英國詩人，使他經歷了精神的危機，改變了對法國革命的態度。然而這在當時是許多知識份子的共同反應。與其說他反對革命的理想，不如

說他害怕流血和暴力。至於《抒情歌謠集序》，那是對十八世紀古典主義詩壇餘風的宣戰，主張摒除造作的陳辭濫調，用樸素清新的日常語言去抒寫純樸的自然和樸實的鄉村生活，認為「一切好詩都是強烈感情的自然流露，都出自在平靜中追憶的情緒」，並且宣稱「詩是一切知識的氣息和精神……同人的心靈一樣不朽」。華滋華斯的主張難免有偏頗的地方，但他提倡在詩中採取普通人的日常語言，卻也是從一個側面反映出民主思想的勃興；把這樣一篇文章稱為「反動」，不知道是根據怎樣一些理由。

問題不在於對某個作家的評價是否公允、恰當，而是只從政治概念出發，把某一時期的作家劃分為積極與消極、革命與反動兩個對立陣營這種做法，從根本上對文學史和文學批評產生了很壞的影響。這種庸俗社會學的方法把文學完全當成政治的附庸，把作品視為社會歷史文獻，它所能做的只是政治鑒定，而關於文學本身，卻不能為我們提供任何新鮮的認識。文學像別的任何學科一樣，有它自己的特殊性和規律，但人們容易承認物理學或化學的特性和規律，卻似乎很難承認文學的特性和規律。文學與政治、歷史、哲學密切相關，然而畢竟不是一回事。離開社會政治的變動來孤立地談文學發展，文學史就失去堅實的基礎，但離開文學本身的特性，不涉及語言、形象、體裁等形式因素的變化來談文學發展，文學史就被完全取消，變成政治史和社會思想史。阿尼克斯特這部《史綱》當然不是沒有一點參考價值，但在如何看待和評價文學這個根本問題上，雖然它宣稱用「人民性」和「藝術性」作標準，實際上卻不做真正藝術方面的分析，明顯地表現出以政治標準衡量一切的傾向。毋庸諱言，這種傾向的影響長期以來就一直存在，而且是使我們的文學評論落後的重要原因。我們把四十和五十年代蘇聯文藝學理論照搬過來，不假思索地接受，包括接受一些成問題的概念、術語，結果是把自己限制在別人制定的一套框框裏。這種框框是早該打破的了。

研究文學史不從史實中去得出結論，卻用剪裁過的史料去說明既定的結論，這是《史綱》在方法上一個嚴重的問題。這種用簡單的政治鑒定代替深入細緻的藝術分析的做法，使得《史綱》的文風呆板、枯澀，像一個

不大高明的教員板著面孔高頭講章，本來活潑有趣的材料，經他一講也變得索然寡味。作者似乎很遵從中國孔夫子「述而不作」的古訓，許多地方自己謙恭地退讓一旁，隆重地請出權威人士來發言。例如「莎士比亞的現實主義」一節，四頁多的篇幅就接連引歌德、別林斯基、普希金和萊辛等人的九段語錄。這類引文並非都那麼必要和重要，像引高爾基《俄國文學史》中一段話，說喬叟的《坎特伯雷故事集》「描寫一班各自為了俗務而旅行的人們」就是一例，因為這班人結伴同行並非為各自的俗務，而是為了去坎特伯雷朝聖進香。

總的說來，阿尼克斯特這部近五十萬言的《英國文學史綱》雖然也有一些參考價值，但其價值不大，講浪漫主義文學和二十世紀近代文學部分寫得尤其偏頗，如果把它作為唯一的而且是指導性的參考書，那實在會弊多於利。我相信，廣大的讀者都在期待我們自己的專家們寫出既有充分史料、又有實事求是的分析評價的另一部《英國文學史》。

附記：前蘇聯阿尼克斯特著《英國文學史綱》由戴鎦齡等人翻譯，人民文學出版社一九五九年十月初版，一九八〇年五月重印發行。此書在基本史料的把握上有許多瑕疵，在分析和評價方面更表現出以意識形態取代藝術批評的簡單化傾向。我讀過此書後寫了這篇書評，發表在一九八二年九月的《讀書》雜誌上。我認為此書中譯本在一九五九年出版猶有可說，在文革後的一九八〇年重印，則實在不可容忍。雖然這是短短一篇書評，但在當時卻講出了許多人的心聲。此文不僅在影響極大的《讀書》上發表，而且《中國社會科學》編輯讓我把它用英文寫出，發表在英文版 *Social Sciences in China* 上。英文報紙 *China Daily* 也報導了這篇書評。蕭乾先生還給我寫了一封信，特別表示贊同我對此書的批評。這篇書評和由它引起的反響，可以說從一個很小的側面，表露出了八十年代初中國的思想狀況，反映了人們要擺脫思想桎梏、追求思想解放的強烈願望。

詩無達詁

　　據柏拉圖記載，蘇格拉底曾挑出詩人們著作中一些精彩片斷，問他們這些詩的意義是什麼，卻發現「當時在場者幾乎無一不能比詩人們更好地談論他們的詩」。[1] 蘇格拉底（或者說柏拉圖）相信詩人們在神靈附體、陷入迷狂時才能歌唱，所且他們並沒有自覺的創作意圖，也不理解自己作品的意義。新批評派把注意力集中到作品本身，感到作者意圖在詮釋過程中總有點礙手礙腳的時候，難怪會徵引柏拉圖這段話來支持他們有名的「意圖迷誤」說了。他們褫奪了作者的權威之後，並沒有把它交給別人，而是留給了批評家們自己。文薩特（W. K. Wimsatt）和比爾茲利（M. Beardsley）不僅用「意圖迷誤」砍斷把作品繫在作者身上的繩索，又用「感受迷誤」砍斷了作品與讀者的聯繫。「感受迷誤」否定了一切從讀者所受影響的角度來評論一首詩的做法。新批評家說作品的意義是獨立存在的，實際上他們對於文學作品有如中世紀教會對於《聖經》，擁有唯一的闡釋權利。

　　當代更新的批評並不否定「意圖迷誤」，卻打破客觀本文的局限，猛烈抨擊「感受迷誤」，而在讀者反應中界定文學作品的意義。德國闡釋學權威伽達默就說，作品意義並不局限於作者原意，因為「它總是由解

---

[1] Plato, *The Apology* 22b, trans. Hugh Tredennick, *The Collected Dialogues of Plato, including the Letters*, eds. Edith Hamilton and Huntington Cairns (Princeton: Princeton University Press, 1963), p. 8.

釋者的歷史環境乃至全部客觀的歷史進程共同決定的」。[2] 所謂接受美學
（Rezeptionsästhetik）正是在研究各種理解之間的闡釋差距的基礎上建立起
來的。文學的產生和接受可以理解為由作者、作品和讀者這樣三個環節構
成的資訊傳遞過程。實證主義批評完全圍繞著作者，新批評則只顧作品，
當前的接受美學和讀者反應批評又似乎把讀者推到前臺。這情形用法國文
論家羅蘭·巴爾特戲劇性的語言說來就是：「為了給寫作以未來，就必須
推翻那個神話：讀者的誕生必須以作者的死亡為代價。」[3]

　　伽達默在說明闡釋何以不能以作者原意為準時說：「語言表達無論如
何都不僅不夠準確，需要再推敲，而且必然地總不能充分表情達意。」[4]
作者原意既然不能藉語言充分表達，也就不可能從有限的語言中去重現作
者原意。這不能不使我們想起中國古人類似的意見。《周易·繫辭上》：
「書不盡言，言不盡意，」就指出了語言達意能力的局限。歐陽修認為這
種說法不夠準確，因為古來聖賢之意畢竟有賴於書和言才保存下來，傳於
後世。因此他作了一點小小的修正，指出「書不盡言之煩而盡其要，言不
盡意之委曲而盡其理」（《歐陽文忠公文集》卷一百三十《繫辭說》）。
這正符合莊子的意見：「可以言論者，物之粗也，可以意致者，物之精
也」（《秋水》）；「意之所隨者，不可以言傳也」（《天道》）。然而
文學所要表現和描繪的不是粗略抽象的「理」，恰恰是具體事物的「委
曲」精微，所以對於其目的說來，文學語言似乎尤其有嚴重的局限性。陸
機《文賦》說：「恆患意不稱物，文不逮意，蓋非知之難，能之難也」；
劉勰《文心雕龍·神思》也說：「意翻空而易奇，言徵實而難巧也」；都
是就文學創作的方面，浩歎抒情表意的艱難。事實上不獨文學的抒情表
意，就是哲學的傳道明理，也往往如此。哲學家們常說，最高的理是無法

[2]　Hans-Georg Gadamer, *Truth and Method* (New York: Crossroad, 1975), p. 263.

[3]　Roland Barthes, "The Death of the Author", *Image-Music-Text*, trans. Stephen Heath (London: Fontana, 1977), p. 148.

[4]　Gadamer, "Semantics and Hermeneutics", in *Philosophical Hermeneutics*, trans. David E. Linge (Berkeley: University of California Press, 1976), p. 88.

用語言達出的，即《老子》開宗明義所謂：「道可道，非常道。名可名，非常名。」錢鍾書先生在評論老子這一命題時，徵引了許多哲人詩家慨歎和責難語言局限的話，指出這樣一個常見的矛盾：「立言之人句斟字酌、慎擇精研，而受言之人往往不獲盡解，且易曲解而滋誤解。『常恨言語淺，不如人意深』（劉禹錫《視刀環歌》），豈獨男女之情而已哉？」[5]

這也正是闡釋學力求解決的矛盾。由於作者和讀者存在於不同的時間空間裏，他們之間的時空距離從本體論角度說來是不可克服的，所以盡合作者原意的理解在本質上也就難以達到，而曲解和誤解倒會自然地產生。以施賴爾馬赫（Schleiermacher）和狄爾泰（Dilthey）為代表的傳統闡釋學企圖排除理解當中屬於解釋者自己歷史環境的成分，即主觀成見，最終達到作者原意的重建。但海德格爾把存在定義為在世界中的存在，定義為定在（Dasein），即總是限定在歷史性中的存在，這種歷史性也決定著存在者對世界的理解，於是德國闡釋學思想便發生了激烈的變化。自海德格爾強調了存在與時間的密切關係之後，新的闡釋學就不再尋求超越歷史環境的「透明的」理解，卻傾向於承認主觀成分的積極價值。正如伽達默所說，在海德格爾賦予理解以存在的意義之後，「就可以認為時間距離在闡釋上能產生積極結果」[6]。伽達默甚至宣稱：「成見是理解的前提。」[7]大衛·布萊奇則把一切批評都稱為主觀批評，因為「主觀性是每一個人認識事物的條件」。[8]由於語言的局限性和人的存在的歷史性，於是「人凡有理解，就總是不同」[9]。

另一方面，當我們說文學語言對於它的目的說來似乎尤其有嚴重局限性時，我們的用意不僅僅是這句話字面上的意思。因為文學語言的有趣正在其基本的反諷：詩人正是在慨歎找不到適當語言表達的同時，找到了比

---

[5] 錢鍾書，《管錐編》第二冊，頁406。

[6] Gadamer, *Truth and Method*, p. 264.

[7] 同前注，頁245及以下數頁。

[8] David Bleich, *Subjective Criticism* (Baltimore: Johns Hopkins University Press, 1978), p. 246.

[9] Gadamer, *Truth and Method*, p. 264.

直說更適當的語言表達。因此,詩人們寫到高潮時,往往放棄一切鋪敘形容,留下一片空白,而在讀者的想像中,這片空白卻比任何具體描寫更富於刺激,正所謂「此時無聲勝有聲」。李清照《鳳凰臺上憶吹簫》:「生怕離懷別苦,多少事、欲說還休,」勾畫出一位多情女子的無限愁苦。辛棄疾《醜奴兒》詞寫一個少年不懂得憂愁,而「為賦新詞強說愁」;老來飽經憂患,反而「欲說還休,欲說還休,卻道『天涼好個秋』」。在莎士比亞的名劇裏,哈姆萊特臨終最後的一句話:「此外唯餘沈默」(V.ii.358),也為我們提供了一個好例證——在驚心動魄的悲劇場面那個特定的語言環境裏,這沈默顯然比任何雄辯更能打動我們的心。法國詩人維尼的名句:「唯沈默偉大;其餘都是貧弱」(Seul le silence est grand; tout le reste est faiblesse),雖非為寫詩而發,卻未嘗不可藉以說明寫詩的道理。[10] 卡萊爾引德語古諺,「言語的白銀不如沈默的黃金」,更進一步改為:「言語不過一時,沈默屬於永恆。」[11] 這樣一來,本是無可奈何、消極的沈默一變而為意味深永、積極的沈默;本來由於語言的局限性,至理和深情都說不出來,但作家詩人們發現了語言的暗示性,許多東西就故意不說出來。實際上,語言的局限性和暗示性並不互相矛盾,反而互為依存。文字作為象徵符號總有其兩面性,如保羅‧里科所說:「掩飾與展示,藏與露,這兩種功能不再是互為外在的了,它們代表著同一種象徵功能的兩個方面。」[12]

　　希臘文學裏最有名的美女海倫,在荷馬的《伊利亞特》裏很少具體描寫。《伊利亞特》第三卷寫海倫登上城牆觀戰,沒有一個字描寫她的容貌儀態,只從特洛伊王侯們輕聲的讚歎中,側面寫出她的美。漢樂府《陌上桑》描寫美女羅敷最精彩的句子,也不是直陳,而是反襯:「行者見羅

---

[10] Alfred de Vigny, "La Mort du Loup".

[11] Thomas Carlyle, *Sartor Resartus*, 第二部第三章。

[12] Paul Ricoeur, "Hermeneutics: Approaches to Symbol", in *European Literary Theory and Practice: from Existential Phenomenology to Structuralism*, ed. Vernon W. Gras (New York: Delta Books, 1973), p. 90.

敷，下擔捋髭鬚。少年見羅敷，脫帽著帩頭。耕者忘其犁，鋤者忘其鋤。來歸相怨怒，但坐觀羅敷。」這樣寫都是為讀者的想像留出充分餘地，司空圖所謂「不著一字，盡得風流」（《詩品・含蓄》）。如果較早期的詩人抱怨自己沒有足夠的言語來抒寫胸臆，這種語言的不足現在卻成為打開詩意之謎的鑰匙。蘇軾說：「欲令詩語妙，無厭空且靜；靜故了群動，空故納萬境」（《送參寥師》）；姜夔說：「語貴含蓄」（《白石道人詩說》）；嚴羽《滄浪詩話》說：「語忌直，意忌淺，脈忌露，味忌短。」（《詩法》）；詩應如「空中之音，相中之色，水中之月，鏡中之像，言有盡而意無窮。」（《詩辨》）；都強調詩歌語言的暗示性和言外之意，要求詩達於一種空靈的境界。湯顯祖認為詩「以若有若無為美」（《玉茗堂文之四・如蘭一集序》），便是把含蓄朦朧作為詩的最高品格了。這種主張和西方象徵派以來的一些批評理論頗為切合。法國詩人魏爾侖似乎有很接近中國古人的文心，在被譽為象徵派宣言的《詩藝》（Art poétique）一詩裏，他宣稱：「最可貴是那灰色的歌，其中朦朧與清朗渾然莫辨」（Rien de plus cher que la chanson grise / Où l'indécis au précis se joint）。在同一題目的詩（Ars poetica）裏，美國詩人麥克利希（Archibald MacLeish）出語驚人，說詩當「無聲」（mute）、暗啞（dumb）、沈默（silent），「詩當無言，如眾鳥翩翻」（A poem should be wordless / As the flight of birds），甚至說：「詩無須意義，只須存在。」（A poem should not mean / But be）這種種說法都不外追求劉勰所謂「文外之重旨」、「復意」（《文心雕龍・隱秀》），都努力想「以不畫出、不說出示畫不出、說不出」。[13]

　　不僅講以禪入詩的神韻派強調語言的含蓄，就是主張「詩言志」、「文以載道」的儒家正統派，也講究《春秋》筆法，微言大義。孟子說：「言近而指遠者，善言也」（《盡心章句下》）；《周易》說：「夫《易》……其稱名也小，其取類也大，其旨遠，其辭文，其言曲而中。」

---

[13] 錢鍾書，《管錐編》第四冊，頁1359。參見《談藝錄》頁321-22。

（《繫辭下》）；即便強調的是意「旨」，但也主張不應直說而須「曲」致。董仲舒由此總結出「《詩》無達詁，《易》無達占，《春歌》無達辭」（《春秋繁露・精華》），更是有影響的提法。「詩無達詁」云云，誠然是漢儒解經製造的理論根據，目的完全在於便利他們斷章取義，給古代詩篇以符合儒家正統的解釋。「詩無達詁」只是詩的語言不能照字面直解，而絕不是承認理解的歷史性和多種解釋的合理合法。事實上，正是漢代的經學家們給《詩經》的每一句話都作出功利主義和道德論的解釋，乃至「詩的地位逐漸崇高了，詩的真義逐漸汨沒了」。[14] 因此，漢儒承認詩無達詁至多不過類似新批評派承認詩的含混和反諷，至於詩的內容或意義，他們都有相當明確而固定的解釋。可是，一旦承認詩的語言不能照字面直解，也就不可避免地為各種解釋打開了缺口。清代的沈德潛似乎意識到這一點，他說：「讀詩者心平氣和，涵泳浸漬，則意味自出，不宜自立意見，勉強求合也。況古人之言包含無盡，後人讀之，隨其性情淺深高下，各有會心。如好晨風而慈父感悟，講鹿鳴而兄弟同食，斯為得之。董子云：「詩無達詁，此物此志也」（《唐詩別裁・凡例》）。要是董仲舒能聽到這樣的話，他會作何感想呢？

　　在中國傳統文論裏，固然是文以載道、知人論世的儒家觀念占居主導，但自古以來對文學語言的複雜性和闡釋差距的可能性，也有充分的認識。《周易・繫辭上》：「仁者見之謂之仁，知者見之謂之知，」大概是最早肯定理解和認識之相對性的說法。具有反傳統思想的王充、葛洪反對一切都以古人為準，要求有更大的學術自由。王充說：「百夫之子，不同父母，殊類而生，不必相似，各以所稟，自為佳好。」（《論衡・自紀》）主張作文不必盡合於前人。葛洪認為德行粗而易見，文章則精而難識，「夫唯粗也，故銓衡有定焉；夫唯精也，故品藻難一焉」（《抱朴子・尚博》），則是從鑒賞品評的角度，要求一定程度的靈活性。對詩歌語言的兩面性深有體會的，要數晉代大詩人陶淵明。他的詩裏有這樣的句

---

[14] 羅根譯，《中國文學批評史》（北京：中華書局，1962），第一冊，頁71。

子：「此中有真意，欲辨已忘言。」（《飲酒》之五）而在他的文裏則有
「好讀書，不求甚解」《五柳先生傳》）這樣的名句。欲辨忘言是從寫
的角度講，不求甚解是由讀的方面看，前者是意識到語言的局限性，後者
則認識到語言的暗示性。不求甚解並非不能解或不願解，而是明白言與意
的複雜關係而不拘泥於唯一的解。謝榛《四溟詩話》說得很清楚：「詩有
可解、不可解、不必解，若水月鏡花，勿泥其跡可也。」（卷一・四）為
什麼詩有不可解呢？薛雪《一瓢詩話》有一段話好像在回答這個有趣的問
題，而且明顯地模仿《周易》裏的句式。他認為：杜甫詩「解之者不下數
百餘家，總無全璧」，原因在於它內涵豐富，從不同角度看可以見出不
同的意義，「兵家讀之為兵，道家讀之為道，治天下國家者讀之為政，
無往不可。」金聖歎評《西廂記》，也說它「斷斷不是淫書，斷斷是妙
文。……文者見之謂之文，淫者見之謂之淫耳」（《讀第六才子書西廂記
法之二》）。王夫之《薑齋詩話》更明確指出讀者的作用：「作者用一致
之思，讀者各以其情而自得。……人情之遊也無涯，而各以其情遇，斯
所貴於有詩。」（卷一・詩繹）這些例子都說明，中國傳統文評已經認
識到文學作品的意義與讀者體會之間密切的關係，而這一點也正是西方
現代文評十分關注的。由莊子關於言意粗精的分辨到蘇軾關於詩語空靜
的要求，直到李漁關於作詩作文的意見：「大約即不如離，近不如遠，
和盤托出，不若使人想像於無窮」（《笠翁文集・答同席諸子》），中
國古代的批評家實際上已意識到文學作品應有許多空白點，即羅曼・英
伽頓（Roman Ingarden）和伊塞爾（Wolfgang Iser）等人所謂「未定點」
（die Unbestimmtheitsstelle）。讀者在閱讀過程中發揮自己的理解力和想
像力，填補這些空白，各自在心目中見到作品的種種面貌。這就是說，中
國傳統文評裏所理解的作品，已經類似於伊塞爾所謂「呼喚結構」（die
Appellstrucktur）或義大利批評家厄科（Umberto Eco）所謂「開放作品」
（opera operta），它在讀者心中的具體化或最後實現，在頗大程度上取決
於讀者本人的性情、修養和經驗。

不僅如此，中國批評家還認識到，一篇作品裏的虛要以實作鋪墊，未定點要以相對穩定的結構作基礎。劉熙載說：「詩中固須得微妙語，然語語微妙，便不微妙。須是一路坦易中，忽然觸著，乃足令人神遠。」（《藝概卷二‧詩概》）羅蘭‧巴爾特在討論作品中的空白點時，用了一個也許是典型法國式的比喻，他說：「肉體最具挑逗性的部位不正是衣服稍微露開的那種地方嗎？⋯⋯恰如精神分析所證明的，正是這種間歇處最具刺激性。」[15] 這裏一位是清代的中國批評家，另一位是現代的法國批評家，他們的話說得很不相同，但他們講的道理不是很有些相通麼？伽達默認為文學作品總的意義「總是超出字面所表達的意義」，藝術語言「意味無窮」，就因為有「意義的過量」。[16] 這和司空圖所謂「韻外之致」、「味外之旨」（《與李生論詩書》），不是也很相象麼？李漁論戲劇的「小收煞」，認為「只是使人想不到、猜不著，便是好戲法、好戲文」（《閒情偶寄‧詞曲部‧小收煞》）；接受美學認為好的文學作品應不斷打破讀者的「期待水平」（Erwartungshorizont），和李漁的說法不是有異曲同工之妙麼？如果說詩無達詁導致承認作品結構的開放性，見仁見智最終承認讀者對作品意義的創造作用，那麼，認為接受美學和讀者反應批評的基本原理在中國傳統文評裏已能窺見一點眉目，也許並非牽強附會的無稽之談。當然，中國古人的意見往往不成系統，只是在批評靈感突然徹悟的時刻講出來的片言隻語，然而這些精闢見解往往義蘊深厚，並不因為零碎而減少其理論價值。我們作出這樣的比較，並不是說中國古人早已提出了現代西方的理論，只是指出兩者之間十分相近。然而相近並不是相等，在仔細審視之下，兩者的差異會更明顯而不容忽視。但是，正像海德格爾、伽達默和雅克‧德里達（Jacques Derrida）等人所強調的那樣，差異正是事物顯出特性和意義的前提。在這裏我們可以說，差異正是比較的理由。

[15] Roland Barthes, *Le plaisir du texte*, (Paris: Éditions du Seuil, 1973), p. 19.
[16] Gadamer, "Aesthetics and Hermeneutics", *Philosophical Hermeneutics*, pp. 101, 102.

　　從上面的討論可以看出，承認作品是開放結構，就必然承認闡釋的自由。自古以來，從功利和道德的觀點看待文學，對文學作品的意義和價值就總是提出唯一的解釋和唯一的標準。承認闡釋自由使我們能夠擺脫這種狹隘觀念，充分認識到鑒賞和批評是一個百花盛開的園地，那兒絕麗繽紛的色彩都各有價值和理由。葛洪說得好：「文貴豐贍，何必稱善如一口乎？」（《抱補子・辭義》），海德格爾所折服的詩人荷爾德林（Holderlin）也問道：「只能有唯一的一，這怪念頭從何而來？何必一切須統於一？」[1] 文學的創作是廣闊的領域，文學的闡釋又何必局限於唯一的權威？承認闡釋自由正是由於任何個人的理解和認識都受到這個人歷史存在的限制，都不具有絕對的真理性。換言之，闡釋自由正是以闡釋的局限性為前提，而不是意味著任何人可以不受限制、隨心所欲地作出自己別出心裁的解釋。因此，當斯坦利・費希認為「作品本文的客觀性只是一個幻想」時，他顯然把話說過了頭。[2] 沒有可讀可解的作品，也就不可能有閱讀和理解，擺脫本文客觀性的閱讀本身正是一個幻想。作品雖是開放的，有許多空白，但它的基本結構把讀者的反應引向一定的渠道，暗示出填補那些空白的一定方式。由此可知，在闡釋活動中和在一般哲學認識論中一樣，我們所謂自由並非必然的否定，而是必然的認識。

附記：此文寫於一九八二年，那時我受錢鍾書先生之命，參加在北京舉行　　　的第一次中美比較文學研討會，此即為參加會議準備的論文。原文　　　用英文寫成，後來我用中文改寫，發表在《文藝研究》一九八三年　　　冬季一期。這次收進文集，只在個別地方做了字句上的修改。

---

[1] 轉引自 Martin Heidegger, *Poetry, Language, Thought*, trans. Albert Hofstadter, (New York: Harper & Row, 1971), p. 219.

[2] Stanley E. Fish, "Literature in the Reader: Affective Stylistics", in *Reader-Response Criticism: From Formalism to Post-Structuralism*, ed. Jane P. Tompkins (1980), p. 82.

一九八三－一九九八紀事

從一九八三至一九九八，我在美國生活了十五年，因為在這段時間裏用中文寫作較少，所以就本書而言，這似乎像一長段空白，然而就我個人的生活經歷而言，這又是非常重要的階段。

哈佛大學在一九八三年七八月間已經寄給我辦理入學手續所有的表格和一張泛美航空公司機票，但辦護照卻花了很長時間，到一九八三年十月底才離開北京，經日本東京到紐約，最後抵達波士頓。我在文革中自學了十年，又在北大五年，到哈佛時，比一般從大學讀到研究生的美國同學年齡更大，也似乎比他們更成熟，一些認識的美國學者也把我當成來自北大的學者，而不僅是哈佛的研究生。在閱歷和在學識上，自己覺得都不遜於周圍同學，也從來沒有覺得有什麼競爭的緊迫感。不過在另一個層面上說來，與周圍的許多美國同學相比，我又深深感到我們這一代中國人拜文革之賜，整個比別人滯後了十年，說成熟固然未嘗不可，但其實是經歷過太多的磨難。記得作家阿城在哈佛來時，在我住的地方暢談愉快，通宵達旦，說過一句讓人難忘的話。他說美國華人雖多，卻一看就知道誰是從大陸來的，因為我們的磨難都寫在臉上，帶著「大陸氣色」。在八十年代初，情形的確如此。

一九八二年到北京參加比較文學研討會的美國代表團有十位學者，由普林斯頓大學厄爾・邁納（Earl Miner）教授為團長，斯坦福大學劉若愚教授為副團長，他們都知道我會去哈佛。一到美國，就有好幾個大學邀請我去演講。第一個去演講的地方是紐約州的瓦沙學院（Vassar College），坐落在風景秀麗的哈德遜河谷。我還去過賓夕伐尼亞大學演講，而這些演講中最重要的是由邁納教授發起，普林斯頓大學人文學院英文系、東亞系和比較文學系在一九八四年春邀請我去做艾伯哈德・法貝爾1915級紀念講座（Eberhard L. Faber Class of 1915 Memorial Lecture）。我在北京時已開始讀德里達（Jacques Derrida）的書，頗有些自己的看法，於是我以「道與邏各斯」為題，在普林斯頓演講。那次演講反應相當好，邁納教授建議我把講稿寄去芝加哥大學著名的《批評探索》（Critical Inquiry）雜誌，後來發表在一九八五年三月號上。

　　大概在八四年秋，耶魯大學的孫康宜教授給我打電話，告訴我說德里達那學期正在耶魯講課。我得知這消息很高興，能夠有機會親身見到在書上先認識的學者，這就是哈佛、耶魯這類名校可以提供的學術環境。我開車到紐黑汶，直接到德里達先生上課的教室，把我的文稿交給他。他很有興趣，說當晚就會讀我的文章，並約我第二天和他單獨見面交談。我的文章基本上是批評德里達，認為他以邏各斯中心主義為西方獨有，將中西文化截然對立起來，是一個錯誤。我在〈文化對立批判：論德里達及其影響〉一文中，已有詳細論述（見《中西文化研究十論》），在此就不必贅述。我和德里達先生見面談論，因為他完全不懂中文，自然無法和我爭論中國語言和思想傳統的問題，但他最後問我說，難道你認為邏各斯中心主義與道家思想是一樣的嗎？我回答他說，您是講差異的大師（*le maître de la différance*），既然邏各斯中心主義和道家思想之間加上一個「與」字，就像A與B，兩者在邏輯上就不可能完全一樣。可是因為您認為這二者絕然不同，互不相通，我才指出它們之間有可比之處。要是西方理論占壓倒優勢的傾向是完全否認東西方之間的差異，說中國與西方毫無區別，我也許又會採取另一個立場，論說它們之間的差異了。

　　在哈佛讀書時，不僅有機會到耶魯見到德里達先生，和他單獨見面交談了兩三個小時，也還有另一個機會在波士頓學院與德國哲學家伽達默（H-G. Gadamer）教授見面交談。我回憶那次見面的文章已收在本書裏。在哈佛六年，有時間可以潛心讀書，而且有大量在國內沒有讀過的書，收益很大。一方面可以跟從許多傑出的學者求學，另一方面也可以從哈佛各有專長和特色的研究生同學們當中互相切磋砥礪，激發研究的靈感和興趣。在哈佛上課得益很多的是聽一些造詣精深的學者講他們自己最深入的研究。如詹姆斯‧庫格爾（James Kugel）講《聖經》與文學批評，芭芭拉‧盧瓦爾斯基（Barbara Lewalski）講彌爾頓《失樂園》，傑羅姆‧巴克利（Jerome Buckley）講維多利亞時代文學批評，克勞迪奧‧紀廉（Claudio Guillon）講比較文學、斯坦利‧卡維爾（Stanley Cavell）講莎士比亞和精神分析等等。我上這些課寫的好幾篇期末論文都得到他們的鼓勵，後來

正式發表在美國一些學術刊物上。此外還有一些教授，雖然我沒有正式
上他們的課，但平時卻頗多交往，得益很多。如英文系的丹尼爾·愛倫
（Daniel Aaron）和摩頓·布隆菲爾德（Morton Bloomfield）教授，人類學
系的張光直教授，東亞系的史華慈（Benjamin Schwartz）教授等。斯拉夫
語系尤里·斯垂特爾（Jurij Striedter）教授生在俄國，長在德國，曾做過伽
達默的學生，以研究俄國形式主義和捷克結構主義理論著名。他知道我對
闡釋學有興趣，願意指導我的博士論文。尤里熟悉文學理論，做事一絲不
苟，思想清晰而講究邏輯聯繫，對我幫助很大。

　　在做研究生期間，我已經在《批評探索》、《比較文學》、《德克薩
斯語言文學研究》等幾種刊物上發表了好幾篇論文，也開始在哈佛講課。
發表在《比較文學》上的論文獲得哈佛大學蘇珊·安東尼·玻特比較文學
頭獎（Susan Anthony Porter Prize, first prize in Comparative Literature）。我
指導的一個大學生畢業論文寫巴赫金的小說理論，獲得哈佛大學一千美金
的胡卜斯獎，作為他的論文指導人，我也獲得五百美金的「胡卜斯大學生
教育傑出獎」（Thomas T. Hoopes Prize）。一九八九年在哈佛畢業時，有
三個地方可以選擇，加州大學河濱分校給我提供了最好的條件，於是去那
裏任比較文學教授，在南加州工作了將近十年。

　　在加州大學，我開始了在大學任教和研究的學術生涯。從助理教授開
始，後來升為副教授，再升為正教授，我負責系裏比較文學方面的工作。
在研究方面，一九九二年英文書《道與邏各斯》（*The Tao and the Logos*）
由杜克大學出版社出版，九八年另一部英文書《強力的對峙》（*Mighty
Opposites*）由斯坦福大學出版社出版，此外還有許多文章在美國學術刊物
上發表。一九九三年我被邀加入《近代中國》（*Modern China*）編輯部，一
九九五年加入《中國現代文學》（*Modern Chinese Literature and Culture*）編
輯部。一九九六年五月，斯德哥爾摩大學東方語言文學系邀請我做一位博
士論文答辯的主考，我第一次去了北歐的瑞典，逐漸建立起與瑞典和歐洲
學界的聯繫。

佛洛伊德的循環：從科學到闡釋藝術

　　一九〇九年九月，佛洛伊德應邀在美國麻省伍斯特市的克拉克大學發表一系列演講，這是心理分析第一次得到一所大學正式承認為一門新興科學，在其發展史上自有特殊的意義。在第三次演講快要結束之時，佛洛伊德談到他本人和他的同道在歐洲遇到的某些困難。他告訴在場的美國聽眾說：「你們聽見這話也許會覺得吃驚，可是我們在歐洲卻聽到過很多人對心理分析評頭品足，而這些人既不懂得也不應用心理分析技術，卻以顯然蔑視的態度，一味要求我們向他們證明我們結論的正確。」[1]佛洛伊德又說，這些對心理分析持懷疑態度的人並不懷疑自然科學用顯微鏡觀察的結果，只要他們自己在顯微鏡下能夠親眼看見平時用肉眼看不見的微生物，就立即可以消除懷疑。然而一說到心理分析，情形就很兩樣，其結論的正確性極難用尋常的辦法來證明：

> 心理分析力求把心理生活中受到壓抑的成分帶入意識領域；而對心理分析評頭品足的人也是一般的人，也有類似的壓抑，或許他們正不無困難地保持心理壓抑。因此這些受到壓抑的成分必然在他們身上引出像在我們醫治的病人身上表現出那種對抗，而且這對抗很容易裝扮成一種理智上的拒絕，提出種種理由。在我們的

---

[1] Sigmund Freud, "Five Lectures on Psycho-Analysis", *The Standard Edition of the Complete Psychological Works of Sigmund Freud*, 24 vols., General Editor James Strachey (London: Hogarth Press, 1953-74), 2:39.

病人提出這類理由來時，我們是可以用心理分析的基本原理來駁回的。[2]

如果心理分析本來是要深入到意識的最深處，探索意識層面之下各種心理本能的活動機制，那麼它所探測的領域就在意識的我思（cogito）之外，也非意識所可判斷品評者。在心理生活中提供推理和判斷的那些功能的結構，在心理分析中恰恰是有待探詢和考察的對象。在佛洛伊德看來，懷疑者要心理分析拿出證明來這種要求，很自然地本身就是一個證明，就是對抗的症狀，說明懷疑者需要接受心理分析的治療。很可注意的是，在我們上面所引佛洛伊德那段話裏，一開頭是談心理分析，那時心理分析還是被懷疑和評判的對象，還須證明自己的合理性，到結尾仍是談心理分析，可這時的心理分析已經在上下文裏處於完全不同的情形，它無須證明自己的合理，卻早已取得穩定的學術地位，其基本原理可以使分析者反駁持懷疑態度的人提出的種種辯難。換言之，心理分析這時已成為論證自己的必要條件。要證明心理分析理論的正確，就必須接受關於無意識活動的基本假設，而且作為一個情願相信其結果的病人去親身體驗心理分析。因此，佛洛伊德這段話的思路好像繞了一個圓圈，結尾的一點回到開頭，但它不是回到開頭被評判的被動地位，而是回去援救自己，為自己辯白。這段話思路的迴圈如果說能揭示任何東西，那就不過是揭示了心理分析論證的自圓其說性質。像語言或別的自足系統一樣，心理分析在論證自己合理性的時候，既不超出自身的範圍去訴諸外部世界，也不超出自己的原理而求助於任何客觀規律。就外在證據而言，心理分析不可能提供任何儀器設施，像用顯微鏡驗證自然科學的結果那樣，讓挑戰者自己親眼看見分析者所稱為人類深層心理的原貌。無意識永不可見，而只能用語言來間接描述，佛洛伊德自己也承認說：「目前似乎仍無可能從具體活動的方向上去接近它。」[3]

---

[2]　同上。

[3]　Freud, "The Claims of Psycho-Analysis to Scientific Interest", *The Standard Edition*, 13:179.

在這裏提出顯微鏡來相比是不無道理的，因為在驗證過程中，還有什麼比借助儀器觀察的視覺更直接的具體活動？還有什麼比「眼見為實」的簡單邏輯更能有效地使懷疑者信服？在實驗科學中，顯微鏡的確常常有助於奠定基礎，使人接受理論的推測。

　　然而，缺乏顯微鏡式的驗證並非證明心理分析的主要障礙。肉眼看不見的東西，我們稍加想像，便可以「心眼」視之。佛洛伊德說「哲學曾不斷探討無意識的問題」，但哲學不是把無意識看成「神秘不可捉摸、無法論證、與心智的關係模糊不清的東西」，就是認為無意識超乎心智之外，不屬於心理學的研究範圍。[4] 哲學無法把握幽邃的無意識，就乾脆把無意識說得玄而又玄，以此來掩飾自己的無能為力。那麼心理分析的貢獻可以說正是從理論上消除無意識的神秘性，不斷在夢、記憶、精神病症和幾乎人類生活的一切行為模式中觀測無意識的符號標記，並且從本能和欲念、挫折和意願滿足、壓抑和昇華等多方面，系統地解釋其間錯綜複雜的關係。一直被論證問題困擾的，正是這種佛洛伊德的闡釋學，正是心理分析理解和解釋無意識的方式，因為引起許多爭論的並不是無意識的不可見，而是心理分析學探討無意識的方式，不是證明無意識的存在，而是心理分析解釋的可信程度。佛洛伊德在演講中提到的困難，歸根到底來自心理分析內在的矛盾，即一方面它宣稱自己是科學，另一方面其本質又是語言的運用，無論就理論或就治療實踐而言，它都是靠談話來推進，通過語言的巧妙運用疏導鬱結的情意，達到精神宣洩的目的。對佛洛伊德的分析，路德維希‧維特根斯坦從方法學的角度提出疑問，而保羅‧利科則從語言方面予以辯解。我們可以看出，無論攻擊或辯護，都免不了涉及心理分析本身包含的這個矛盾。然而我們一旦把心理分析區別於精密科學，而把它視為一種闡釋藝術，這一矛盾及其內在的困難就立即可以解決了。

　　哲學家維特根斯坦一九三八年在英國劍橋大學作關於美學問題的演講，在一九四二至一九四六年間與拉什‧瑞斯（Rush Rhees）作關於佛洛

---

[4]　同上，178頁。

伊德的談話，在這當中他提出了對心理分析和尤其對佛洛伊德釋夢相當尖銳的批評。談論的焦點自然又是心理分析解釋的證明問題。維特根斯坦採取一種以自然科學模式為基礎的證明標準，即可預見性標準。「有關解釋的最重要的一點……就是能起實際作用，就是能使我們作出謀種預見。」[5] 換言之，正確解釋的證明在於這樣一種情況，即我們從那種解釋獲得的知識應使我們能夠設計並控制某種未來事件，在具備某種已知因素或有意重複某一程序的條件下，能夠預見這未來事件的後果。這樣，可預見性和可重複性的標準結合起來，就能夠以事實和經驗來確定某一解釋的是否正確。維特根斯坦發現，把這樣的標準應用於心理分析時，「許多這類（即心理分析的）解釋都不能像物理學的解釋那樣，可以用經驗來證明」（25頁），「他[按：指佛洛伊德]何以能稱一種分析為正確的分析，好像不是一個論證的問題。稱幻覺、夢為意願滿足這類說法，情形也是如此」（42頁）。佛洛伊德提出來的研究結果，都不是可以驗證的事實，而是「臆斷——是甚至先於假設之前早已形成的東西」（44頁）。由於臆斷甚至在解釋未始之前早已存在，而且正是解釋之所以形成的背景，所以整個心理分析幾乎就是一步步退回到一個預先固定的想法去的過程。「夢是意願滿足這說法之所以重要，主要在於它指向分析者想要的那種解釋，那種可以作為夢的解釋的東西」（47頁）。這就是說，心理分析解釋得出的結論正是分析者想要的結論，這結論可以恰好把夢圓滿地解釋成符合關於夢的無意識構成的假設。自由聯想技術使分析者很容易把夢的顯現內容之各細節相關聯，最後形成一個自足的結構，說明夢的潛在思想的邏輯。但是維特根斯坦說，邏輯的連貫並不能作為解釋的證明，「因為只要你一心想著某件事，某種煩惱或者生活中某個重大問題，——例如性的問題——那麼無論你從哪一點出發，聯想最終都必然把你引回到那個題目上去。佛洛伊德說，

---

[5] Ludwig Wittgenstein, *Lectures and Conversations on Aesthetics, Psychology and Religious Belief*, compiled from notes taken by YorickSmythies, Rush Rhees and James Taylor, ed. Cyril Barrett (Berkeley: University of California Press, 1967), p. 25.以下所引此書只在文中注明頁碼，不另注。

經過分析之後，夢顯得多麼合乎邏輯。這一點也不足為怪」（50-51頁）。
在佛洛伊德的主題成為心理分析解釋的出發點和結論時，這個主題也就成
為心理分析循環的框架，邏輯連貫性所證明的也就不過是其論證的循環。

　　在心理分析的治療實踐中，病人對於醫生的結論無論贊同或反對，都
沒有客觀證明的價值，因為[佛洛伊德]有時候說，使病人滿意的就是正確
的分析或正確的結論。有時候他又說，只有醫生知道什麼是夢的正確分析
或結論，病人並不知道；醫生可以說病人不對」（42頁）。所以無論哪種
情形都是醫生控制著病人，最終要讓病人相信，在他自己的童稚時代曾經
發生過某種事情，而且就是他後來發病的終極原因。維特根斯坦說：「這
並非事實的發現，而是以言辭奪人。」（27頁）換言之，心理分析並沒有
科學性，因為它不能用事實來證明，卻靠它本身的邏輯連貫性來說服人。

　　指責佛洛伊德控制病人的一切，維特根斯坦當然不是唯一的一人，也
不是最早的一人。心理分析從一開始就不斷受到這類指責，佛洛伊德也花
費了不少力氣來反駁。他告訴我們，有一位科學家對心理分析並無惡感，
卻也提出過同樣「誹謗性而且不公平的」指責：

> 他說我們在向病人作解釋的時候，遵循的是「橫豎你輸」的原則。
> 也就是說，假如病人同意我們的解釋，這解釋當然就是正確的；但
> 假如他不同意，那也不過是他心理對抗的標記，說明我們又是正確
> 的。這樣一來，無論那個被分析的可憐蟲對我們提出的解釋作何反
> 應，我們總是永遠正確。[6]

佛洛伊德爭辯說，醫生重建病人過去的歷史就像考古學家發掘古代建築遺
址一樣，是既客觀又科學的，而且分析者和考古學家都「有無可爭辯的權
利，可以通過彌補和組合存留下來的遺跡重建過去」。[7] 不過這一類比的

---

[6]　Freud, "Construction in Analysis", *The Standard Edition*, 23:257.
[7]　同上，259頁。

問題在於考古發掘出來的遺跡是實有其物，可以拿來放在顯微鏡下觀測，而心理的「遺跡」卻不可能把握在指掌之間。考古學的重建不是僅以語言記載為依據，而是以過去時代遺留下來的實物為依據，心理分析的重建只是心理狀態的文字記敘，而心理狀態又是看不見摸不著的東西，只能通過記敘，通過「夢的語言」才能為人所瞭解。於是我們可以意識到，佛洛伊德所謂「遺跡」、「餘物」等等術語，都是一些比喻的說法，是從意識的語言借用來描繪或者說象徵無意識的。我們研究佛洛伊德著作，就不可有片刻忽略這心理分析語言的比喻性質。保羅・利科（Paul Ricoeur）也曾指出，意識語言和無意識語言的混合在佛洛伊德著作中最應引起重視：「分析療法本身有賴於語言，更可說明無意識的準語言與普通語言的混雜。」[8]在佛洛伊德著作中，這種混雜甚為明顯，但這是否真是一種混雜呢？佛洛伊德極力把心理分析樹立為可以與自然科學相比的理論，時常爭辯說它有科學的權威性。在他看來，心理分析的語言似乎和自然科學的語言沒有什麼兩樣；他把心理分析和顯微鏡觀測的結果相比，這當中與其說暴露出一種混雜，不如說暴露出哈貝瑪斯（Jürgen Habermas）所謂「心理分析自以為是自然科學的自我誤解」。[9]只有心理分析具有科學的價值，才可以使佛洛伊德有足夠的信心毫不猶豫地把一切反對意見一概視為病態的心理對抗，或者視為心理療程沒有完結的標誌。病人的贊同固然沒有什麼驗證的價值，病人的否認也不說明什麼問題，甚至更沒有價值。佛洛伊德在著作中多次強調這一點。例如在所謂「鼠人」病案中，病人並不相信佛洛伊德的分析，而佛洛伊德寫道：「像這一類的討論，其目的從來就不在使人相服。……只有病人自己弄明白了分析所揭示的材料之後，他才會相信，而只要他還沒有完全相信，就說明材料還沒有被完全用盡。」[10]

---

[8]　Paul Ricoeur, *Freud and Philosophy: An Essay on Interpretation*, trans. Denis Savage (New Haven: Yale University Press, 1970), p. 405.

[9]　Jürgen Habermas, *Knowledge and Human Interests*, trans. J. T. Shapiro (Boston: Beacon Press, 1971), p. 247.

[10]　Freud, "Notes upon a Case of Obsessional Neurosis", *The Standard Edition*, 10:181n.

　　與此同時，佛洛伊德很清楚地知道，心理分析作為科學理論的地位並沒有確立，分析的證明仍是一大難題。例如在所謂「狼人」病案中，他分析「狼人」的夢，認為病人的一切問題都源於兒時看見父母行房事的所謂「原初場景」（primal scene），這就很難令人相信。連他自己也承認，這類場景很有可能是分析過程中的虛構，是一種「倒退回去的幻想」：

> 我已經提到人們可以找出幾種因素來，說明這類場景是倒退回去的幻想。與其是有這樣一種因素：就我自己目前的經驗而言，兒童時代所見的這類場景都不是治療中回憶出來的，而是分析推論的產物。[11]

可是佛洛伊德認為夢也是一種回憶，所以這類「幻想」和清醒的回憶並沒有根本的差別。他堅持認為對於心理分析的治療說來，它們有同等價值，也會引出同樣的結論。他很清楚「這一階段的症狀（怕狼和食欲紊亂等等），完全可能以另一種更簡單的方式來解釋，不用提出性的問題或性發展初期階段的問題」。佛洛伊德還說，不相信心理分析基本假設的人事實上「將更喜歡這另一種解釋，而我對此也毫無辦法」。[12]在討論夢的解釋問題一篇重要論文裏，佛洛伊德承認說，不僅夢的顯現內容可能受分析者的影響，而且必然通過解釋才能得到的潛在夢思「也可能受到分析者的影響或啟發」。他還進一步說：「如果有人要堅持認為，分析中可以利用的夢大部分都是受影響的夢，都是受分析者提示而產生的，那麼從分析理論的觀點出發是不可能反駁這種意見的。」[13]但是，佛洛伊德並不把心理分析看成僅僅是怎樣解釋的問題，也不僅僅是接受心理分析理論假設的問題，因為他堅信心理分析和任何科學理論一樣，有真理的價值。例如在「狼人」病案中，他就根本不留任何選擇的餘地：

---

[11] Freud, "From the History of an Infantile Neurosis", *The Standard Edition*, 17:50-51.

[12] 同上，107頁。

[13] Freud, "Remarks upon the Theory and Practice of Dream-Interpretation", *The Standard Edition*, 19:117.

　　　最終可以這樣說——（我看不出有任何別種可能）：以病人兒時精
　　神症狀為基礎的分析或者從頭至尾都是一片胡言亂語，要不就一切
　　都是完全照上面我所描述的那樣發生的。[14]

佛洛伊德在這裏說的話語氣堅決而絕對，很可以使我們意識到心理分析語
言所體現的權力問題。福柯在《瘋狂與文明》一書裏把這個問題講得很清
楚，西方對待瘋狂和精神病症的歷史揭示出社會的權力結構，在心理分
析的醫生和病人的關係中，我們可以看到「理性」對「非理性」的控制。
「如果治病的人可以隔離瘋狂，這並非由於他認識到了瘋狂，而是由於他
制服了瘋狂；對於實證主義說來似乎是客觀性的形象，不過是這種控制關
係的另一面而已。」[15]這種客觀性不過是控制權力的象徵，尤其在佛洛伊德
意識到心理分析證明之困難的同時，仍然堅持理論的權威性，更能顯出這
種控制關係的本質。

　　如果我們不把心理分析視為科學，也就無須用一般自然科學必需的
方式去證明它的結論，或者說其證明所採用的基本概念、方法和標準，都
和證明科學實驗結果所採用者不同。保羅・利科在解決心理分析闡釋的證
明問題時，正是這樣做的。利科承認「心理分析從來沒有很成功地說明
其基本原理是怎樣成立的，其闡釋是怎樣鑒定的，其理論又是怎樣論證
的」，而他認為這不成功的原因都在於「沒有提出一系列首先應該解決的
問題」。這些問題包括「心理分析中所謂事實是指什麼」，以及「理論和
分析經驗之間的關係問題這一方面是一種考察方法，另一方面同時又是一
種實際的治療」。[16]據利科的論說，心理分析的對象並非「可觀測的行為
事實」，而是在分析過程中可以用語言表述給對方的「報告」。換言之，

---

[14] Freud, "Infantile Neurosis", *The Standard Edition*, 17:56.

[15] Michel Foucault, *Madness and Civilization: A History of Insanity in the Age of Reason*, trans. Richard Howard (New York: Vintage Books, 1973), p. 272.

[16] Paul Ricoeur, "The Question of Proof in Freud's Psychoanalytic Writings", *The Philosophy of Paul Ricoeur: An Anthology of His Work*, ed. Charles E. Reagon and David Stewart (Boston: Beacon Press, 1978), p. 184.

在心理分析中看做事實的東西並非事實本身，而是發生過的事情在回憶當中的報告或敘述。既然在事實與敘述、經驗與語言之間有根本的區別，在「心理現實」和「物理現實」之間也自然會有顯然的分別，「以至於普通常識認為與現實相對的東西，在這裏恰好構成心理的現實」。[17] 一旦在心理分析中我們接受以報告代替事實，以心理現實代替物理現實，那麼證明問題就變成如何給真理和論證重新下定義的問題。利科說：「如果心理分析經驗是慾望變而成為語言，那麼最適合於此的真就不是存在的真（being-true），而是訴說的真（saying-true）。」[18] 這樣一來，心理分析闡釋中重要的就不是認識存在的事實，而是圓滿地建造一個敘述結構或「病案」，由此而解釋夢、幻想、精神病症等等無法綴讀的文本何以這樣支離破碎，不合邏輯，從而找出它們隱含的意義和因果關係。「所以證明分析論斷的要點在於，它最終是訴諸一種敘述結構，而正是由於有這樣一種敘述結構，我們才可以把孤立和互不相干的現象組合成『一個統一的事件過程或順序』。」[19] 換言之，心理分析解釋只要能使夢和精神病症狀的細節和斷片顯出條理來，只要能賦予無意識活動混亂難解的文本以秩序和意義，就是正確合理的解釋。我們可以看出，利科在這裏提出邏輯的連貫性來，作為心理分析闡釋的證明，而這正是維特根斯坦拒絕作為證明來接受的。據利科說，辨認「好的心理分析解釋」的標準之一，是要求它有「我們一般認為一個故事應當具有的那種敘述的條理」；他由此而把心理分析的敘述與「自希臘人、凱爾特人和日爾曼人的口頭史詩傳統以來的悠久敘事傳統」聯繫起來。[20] 可是心理分析如果可以納入敘述故事的悠久傳統之中，我們還用得著去擔心證明的問題嗎？我們難道會要求希臘、凱爾特和日爾曼的史詩傳統像實驗科學那樣論證自己的可靠性嗎？在利科的論述之中，基本的論證概念一個接一個地改變了基本性質：事實變為報告，存在的真變為

---

[17] 同上，186，187頁。

[18] 同上，202頁。

[19] 同上，204頁。

[20] 同上，209，210頁。

訴說的真，外在證據變為內在的連貫性等等。這一論述要求人們改變對許多概念基本含義的理解，用這種改變了的概念和語言去理解心理分析的語言。可是對於拒絕接受這一系列改變的人，這種論述很難有什麼說服力，它證明的不是心理分析有真理的價值，只是其有被人當成真理的要求。與此同時，利科把心理分析視為和史詩傳統相聯繫的一種敘述結構，說明其內在的邏輯，又可以說指出了從完全不同的另一個角度去研究心理分析的可能性，即不是把心理分析視為科學，而是注意它和人文學科的聯繫，尤其是心理分析對於語言和文學研究的意義。雅克‧拉康（Jacques Lacan）和法國結構主義理論家對佛洛伊德的研究，正是從這方面入手探討夢和語句結構的類似，心理分析對於理解語言文字的啟迪等等，從而超越了老式的心理分析批判在文學作品中尋找「戀母情結」或各種性象徵的局限。一旦我們明白心理分析不是科學，而是認識隱含意義的一種方式，是一種闡釋藝術，論證問題就成為不必要的負擔，終於可以解除了。

　　佛洛伊德儘管十分注重科學性，卻也明白說心理分析是「一種闡釋藝術」，「不能科以嚴格的戒律，而且為醫生發揮個人的技巧留有很大餘地」。[21]他常常承認心理分析的解釋並非生命之謎的唯一答案，如他在仔細分析了大藝術家達‧芬奇的一生及其作品之後說：「我們在這裏必須承認有一定程度的自由，那是不可能通過心理分析的手段再進一步證明肯定的。同樣，也沒有人有權利宣稱，這一系列壓抑的後果是唯一可能的後果。」[22]佛洛伊德曾設想，非醫學界的讀者大概會把他著名的朵拉（Dora）病案當成用虛構手法寫的真人真事小說來讀；事實上我們可以像詹姆斯‧希爾曼那樣說，佛洛伊德「同時在寫兩者：虛構小說加病案；而且自那時以來，這兩者在心理分析的歷史上就分割不開，病案就是寫虛構小說的一種方式」。[23]彼得‧布魯克斯在討論小說的著作裏不僅把佛洛伊德的著作視為一種「注重文本能動方面」的閱讀模式，比形式主義和結構主義模式

---

[21] Freud, "Two Encyclopaedia Articles", *The Standard Edition*, 18:239.

[22] Freud, "Leonardo da Vinci and a Memory of His Childhood", *The Standard Edition*, 11:135.

[23] James Hillman, *Healing Fiction* (Barrytown, NY: Station Hill Press, 1983), p. 5.

更有靈活變化的可能，而且認為佛洛伊德有意識地打破了事實與虛構的界限。佛洛伊德費了不少力氣對狼人的夢作出了解釋，重建了狼人一歲半時窺見父母行房事的所謂「原初場景」，可是接著又出人意料地去「抹煞」這辛辛苦苦建造起來的東西，對「原初場景」之是否實有其事提出懷疑。佛洛伊德承認「原初場景」可能是一種「倒退回去的幻想」，在布魯克斯看來有極重要的理論意義：

> 這一「決定」也許顯得不負責任，拋開了虛構和非虛構之間的一切區別，甚至顯得在佛洛伊德的解釋裏埋下一種自我摧毀的根基。……在這裏我們見到佛洛伊德思想中最大膽的時刻之一，他作為作者最具英勇氣概的舉動之一。[24]

這舉動之所以大膽而具英勇氣概，在於它承認了自相矛盾的危險，並且破壞了自己具有科學真理權威性的形象。佛洛伊德如果一直堅持最早的說法，不添加後來的說明，或者刪去原來分析中與後來的想法相抵觸的部分，就有可能顯得更前後圓滿，更有說服力；可是他卻把同一病案的兩種可能情形並列出來，而且沒有最後論定是事實抑或是幻想的問題。在布魯克斯看來，這種雙重邏輯表明佛洛伊德往往比人們設想的更為靈活，而且揭示出語言在人的自我認識中的重大作用：「一切敘述都可能不是引我們回到發生的事實，而是引向別的敘述，引我們認識到，人的形象是關於自己虛構出來的故事所形成的。」[25] 於是心理分析成為一種虛構的故事，然而又比自然科學能更靈活、更帶普遍性地揭示人的真相和實情，使我們得以理解真實與虛構之間複雜辯證的關係。讀佛洛伊德寫的病案就不同於讀真實事件的記載，而是讀虛構的故事，讀他對人類心理機制的解釋。這種解釋和別的各類解釋一樣，可能提供資訊、見解或啟發，也可能十分準確，但絕不會是唯一和最終的解釋。

---

[24] Peter Brooks, *Reading for the Plot: Design and Intention in Narrative* (New York: Vintage Books, 1985), pp. xiv, 276, 277.

[25] 同上，277頁。

　　由此看來，病案基本上是一種開放的敘述，可以在不斷調整的過程中吸收新的因素，而心理分析正如佛洛伊德自己所強調的那樣，實際上永遠是沒有完結的。結尾是為了使敘述圓滿完整而人為加上去的，所以結尾總是暫定的，圓滿的解釋也總是如此。在這裏，我們可以從正面去理解維特根斯坦說心理分析是以言辭奪人這句話。然而他並不是由於這個原因反對心理分析，他只是反對其自命為真理的態度。維特根斯坦說：「我也在以言辭奪人，我在說：『我不想你像那樣去看問題』」；「我在某種意義上是宣傳一種思想方法，同時反對另外一種。」[26] 換言之，在批評心理分析之中，維特根斯坦認為十分重要的一點，是開闢其他闡釋方法的可能性。這一點同時也可以揭示心理分析對於文學批評的意義。如果在佛洛伊德的解釋中，尋求夢和精神病症本來的原因是不可能最終達到的目的，那麼在文學作品的解釋中，追求原意或作者本來的意圖，將其視為產生文學作品的本源，也就徒勞無益了。

　　我們一旦把心理分析視為理解人的心理機能的一種方式，佛洛伊德的解釋也就可以成立，不過不是由於它能對無意識的精神活動作真實的描述，而是由於它能夠自圓其說，對接受其基本假設的人有它的說服力。我們甚至可以由此而更好地理解它何以對現代社會具有那樣大的魅力，成為現代社會裏「有治癒能力的虛構」（healing fiction）。可是心理分析如果只是一種解釋，並不排除別種解釋的可能性，那麼論證問題也就不存在了。因為即使在治療實踐方面，心理分析也很難提供足夠證據來證明自己之為真理。著名的「狼人」就可以做一個方便的例子。此人真名謝爾蓋・潘克耶夫，是一個俄國僑民，在十九世紀與二十世紀之交到佛洛伊德那裏接受治療，但是他在佛洛伊德死後還活了四十年，以九十二歲的高齡，於一九七九年在維也納去世。這個「狼人」在與一位奧地利記者的談話中，堅持說佛洛伊德並沒有完全治好他的病，他也從來沒有見過自己父母行房的所謂「原初場景」。他說：

---

[26] Wittgenstein, *Lectures and Conversations*, pp. 27, 28.

佛洛伊德把一切都追溯到他在釋夢中得出來的原初場景，可是那場景並不是夢裏出現的。他把白色的狼解釋為睡袍或者類似的東西，例如床單或者布，我總覺得有些牽強。夢裏窗戶開著，有狼坐在那裏那一節，和他的解釋，我不知道，好像差了十萬八千里。極其牽強。[27]

「狼人」的病案是否完全是憑空虛構呢？或者這不過又只是表明病人尚存有殘餘的對抗，說明心理分析治療本是永無了結之日的呢？無論如何，甚至治療實踐的結果也很難明確區分事實與虛構，從而使佛洛伊德為其理論常常宣稱的科學決定性失去根據。不僅對醫生，就是對病人說來，接受心理分析的基本假設也是產生療效的前提。所以說到底，心理分析家作為夢、精神病症和各種反常心理現象的解釋者，和別的解釋者一樣，都只能自成一家，聊備一說而已。

附記：佛洛伊德的心理分析理論在現代西方很有影響，而這是我在到美國之前完全不瞭解的。斯坦利·卡維爾（Stanley Cavell）教授在哈佛開課講莎士比亞批評，其中卻以佛洛伊德理論為主。我對那種簡單化的心理分析派文學批評頗不以為然，但卻也由此而產生興趣，在哈佛圖書館讀了佛洛伊德所有主要的著作。讀過之後，我覺得他有很多創見，也有寫得很精彩的文章，但基本上還是不能接受他的理論。佛洛伊德自己非常希望論證心理分析的科學性，這不過是他那個時代的局限，其實他精彩之處正在於對複雜現象的分析和解釋，儘管不是唯一可能的「科學的」解釋。此篇是讀佛洛伊德著作後的一點隨感，最初發表在一九八六年冬季出刊的《九州學林》上。

---

[1] Karin Obholzer, *The Wolf-Man, Sixty Years Later: Conversations with Freud's Controversial Patient*, trans. Michael Shaw (London: Routledge&Kegan Paul, 1982), p. 35.

一九九八-二○○○紀事

　　一九九八年，香港城市大學聘請我擔任比較文學與翻譯講座教授。美國大學裏沒有翻譯系，翻譯一般也不算研究，但到香港之後，我才發現這裏使用兩文三語，由於其特殊的歷史和這個大都市的國際化，香港的大學裏不僅有翻譯專業，而且很受學生歡迎。我一到香港，就應邀參加中文大學關於翻譯在香港的討論，又被邀請在香港翻譯學會演講。在中文大學的會上，我批評了香港政府當時推行的所謂「母語教育」政策（即在大部分中學用廣東話教學）。作為一個國際大都市，香港社會使用英語相當普遍，本來有很多學習英語的優越條件，然而正當內地大力推展英語學習之時，香港卻要丟掉自己已有的優勢，退縮回去用廣東話教學，在我看來實在是下策。所謂「母語」不過是一個帶感情色彩的比喻，誰會反對講自己母親說的話呢？可是還有另一個有名的比喻是「語言的牢房」，誰又願意一輩子住在一個牢房裏，不願走出去領略一下大千世界的無限風光呢？在日常生活的交往中，我們都有自己的方言土語，但在學校教學用最多人普遍使用的、最有傳播通訊能力的語言，才是最有利於學生的教育政策。多掌握一門外語，就多一點知識，也就多一分力量。在香港的英文報紙《南華早報》（*South China Morning Post*）上，我也撰文表示了自己的意見。在十多年後看來，這個意見是正確的，現在就連香港政府也已檢討了「母語教育」的失策。我在香港翻譯學會的演講用中文，一九九九年發表於《翻譯季刊》，現在已收在本書裏。我對技術層面的翻譯問題和翻譯研究興趣不大，但對翻譯的文化背景以及相關的理論問題，也即東西方跨文化理解問題，則深感興趣，覺得應當深入探討。

　　香港既保留許多中國傳統，又是高度國際化的環境，對於中西跨文化研究，可以說是一個理想的環境。香港中文大學《二十一世紀》雜誌邀請我參加編輯部。從一九九九年十二月至二〇〇〇年十二月，我和同在香港城市大學工作的鄭培凱教授為《明報》語文版寫專欄。我的專欄以語言文學為主題，每篇大約在六百字左右，前後相互關聯，計畫將來稍加擴展，形成一本書。這些短文曾與周振鶴、葛兆光兩位朋友在同一專欄上發表的文章合為一本，二〇〇二年由天津百花文藝出版社出版，書名取我一篇文

章的題目，題為《智術無涯》。不過這一版製作匆促，沒有適當說明，更有不少排印錯誤，將來還需要再校改訂正。

　　一九九二年在哈佛舉辦的一次學術會議上，與王元化先生初次見面，但一見面就談得很投合，後來也有書信往來。到香港後，葛兆光教授邀請我到清華大學訪問，於是在九八年十二月十六日到北京，在清華住了一個月。九九年元旦後到上海，王元化先生當時住在衡山賓館，就為我們一家在衡山賓館訂好房間。那幾天和王先生交談很多，有一晚甚至談到深夜一點多。他又讓我在上海圖書館與上海學界許多前輩和朋友見面，十分愉快。我有記述元化先生的文章，已收在此書裏。

　　二〇〇〇年元旦和別的新年沒有什麼特別不同，在那之前鬧得人心惶惶的電腦千年蟲問題（Y2K problem）並沒有出現。但二〇〇〇是所謂千禧年，世界由此而進入一個新的世紀，那就是它的特別之處。

翻譯與文化理解

　　所謂翻譯，當然是把一種語言的表述用另一種語言重新表述出來，然而從理論的角度看來，這種重新表述的可能以及準確程度，都不僅僅是一個技術層面的問題，而首先是文化觀念理解的問題。從事中西文學翻譯和比較研究的人，對此大概都有相當的體會。不過我想首先舉一個西方的例，說明文化理解是一個普遍性問題。德國詩人海涅寫過一本文筆很優美而且極恢諧俏皮的理論著作，叫做《論德國宗教與哲學的歷史》。他在這本書一開頭就說：

> 近來法國人以為，如果他們接觸到德國文學的精品，就可以瞭解德國了。其實他們只不過是從完全的蒙昧無知，進入到浮淺表皮的層次而已。只要他們沒有認識宗教和哲學在德國的意義，對他們說來，我們文學當中的精品就永遠只是一些無言的花朵，整個德國的精神就只會顯得枯澀難解。[1]

　　對於從事翻譯和研究翻譯的人，這段話很值得注意。首先，我們往往容易強調東西方的文化差異，有意無意地把整個西方視為一體。由海涅這段話可以看出，同在西歐而且在文化上有不少共同點的德國和法國，其實也有不小的差異，他們之間也有文化理解的問題。如果對德國的宗教、哲

---

[1] Heinrich Heine, *Concerning the History of Religion and Philosophy in Germany*, in *Selected Works*, trans. Helen M. Mustard (New York: Random House, 1973), p. 274.

學缺乏深入瞭解，法國人尚且不能真正理解德國文學作品，那麼遠在東方的我們要理解和翻譯歐洲文學，溝通東西方的文學和文化，促進兩方面的相互瞭解，其困難又將如何呢？此外，海涅的話還使我們認識到，文學與宗教、哲學、歷史等大的文化背景密切相關，不瞭解這類文化背景，外國的文學作品「就永遠只是一些無言的花朵」，不會對我們傾訴它們所蘊涵的思想和感情。換言之，要比較準確地理解和翻譯西方文學作品，在一般技術性的困難之外，首先有一個文化理解的問題。我們可以進一步說，沒有準確把握原文表述背後的文化觀念，翻譯就往往會發生偏差甚至完全錯誤。

且讓我舉一個具體的例子。在莎士比亞名劇《李爾王》（*King Lear*）的第三幕第一場，李爾把王位交給兩個大女兒掌管之後備受冷落，由憤怒而變為瘋狂，在疾風暴雨之夜衝向一片荒野。忠誠的肯特伯爵到荒原上來尋找國王，碰見李爾的一個侍臣，兩人有這樣一段對話：

> KENT　　I know you. Where's the king？
> GENTLEMAN　　Contending with the fretful elements;
> 　　　　　　　　Bids the wind blow the earth into the sea,
> 　　　　　　　　Or swell the curled waters' bove the main,
> 　　　　　　　　That things might change or cease, tears his white hair,
> 　　　　　　　　Which the impetuous blasts with eyeless rage
> 　　　　　　　　Catch in their fury, and make nothing of,
> 　　　　　　　　Strives in his little world of man to outscorn
> 　　　　　　　　The to-and-fro-conflicting wind and rain.
> 　　　　　　　　（*King Lear*, III.i.3）

這段話在朱生豪所譯《李爾王》中是這樣處理的：

> 肯特　我認識你。王上呢？
> 侍臣　正在跟暴怒的大自然競爭；他叫狂風把大地吹下海裏，叫泛

濫的波濤吞沒了陸地，使萬物都變了樣子或歸於毀滅；拉下
他的一根根白髮，讓挾著盲目的憤怒的暴風把它們捲得不知
去向；在他渺小的一身之內，正在進行著一場比暴風雨的衝
突更劇烈的鬥爭。[2]

　　在莎劇的各種翻譯中，朱生豪先生的譯文也許是最流暢自如，也是
讀者最多、最為知名的一種。他在極為艱難困苦的條件下，獨力完成莎劇
的翻譯工作，這不僅對中國的翻譯事業，而且對中國文學和文化，都是了
不起的貢獻。我現在挑出這個例子，絕無貶低朱譯莎劇的意思，而只是
想指出一個文化理解上的問題，看譯文在處理上是否恰當。如果像朱生
豪先生這樣的翻譯大家仍不免有這方面的問題，那麼文化理解與翻譯之
關係，就更值得我們重視了。我要提出的問題，就是原文裏的「his little
world of man」，在譯文裏用「他渺小的一身」來表達是否恰當？這裏所
謂「little world of man」就是 microcosm，即人作為「小宇宙」，這是相
對於 macrocosm 即自然界的大宇宙而言。按照莎士比亞時代自然與人相
對應的觀念，人這個小宇宙的身體器官和思想情緒包含了大自然中的種種
事物及其變化，所以荒原上的暴風雨可以說正是李爾內心百感交集、思緒
翻騰的寫照，外在的風暴不過是內心狀況的表露和顯現。在這裏，人是悲
劇的中心，李爾固然遭遇苦難，流落荒野，但作為悲劇人物，他的形象卻
是崇高的。這個道理，在研究文藝復興和十七世紀英國文學的專家蒂利亞
德那本有名的小書《伊利莎白時代的世界圖象》裏，講得非常清楚。[3] 十
九世紀英國散文名家蘭姆在論莎士比亞悲劇的一篇文章裏，曾提出莎劇
應該閱讀，而不能在舞臺上演出這樣一個看來很奇怪的觀念（It may seem
a paradox, but I cannot help being of the opinion that the plays of Shakespeare

---

[2] 《李爾王》，朱生豪譯，方平校，《莎士比亞全集》（五）（北京：人民文學出
版社，1994），484頁。
[3] See E. M. W. Tillyard, *The Elizabethan World Picture: A Study of the Idea of Order in the
Age of Shakespeare, Donne and Milton* (New York: Vintage Books, n. d.), pp. 87-100.

are less calculated for performance on a stage, than those of almost any other dramatist whatever）。[4] 他的論據之一就是李爾在暴風雨中在荒原上獨自行走的一幕，他認為「看表演李爾，看一個老頭在風雨交加之夜，被自己的兩個女兒趕出門來，拄一根拐杖在舞臺上步履蹣跚地走來走去，只會讓人覺得痛苦和厭惡」（So to see Lear acted, to see an old man tottering about the stage with a walking-stick, turned out of doors by his daughters in a rainy night, has nothing in it but what is painful and disgusting）。他又說：「李爾之偉大不在他的肉身，而在他的心智：其激情之澎湃就好像火山噴發：那才是那場狂風暴雨，把他心靈的大海都露出底來，給我們看其中所有豐富的內涵」（The greatness of Lear is not in corporal dimension, but in intellectual: the explosions of his passion are terrible as a volcano: they are storms turning up and disclosing to the bottom of that sea, his mind, with all its vast riches）。[5]

明白了這一點，我們再來看莎劇的翻譯，就可以看出「his little world of man」絕不是「他渺小的一身」，這裏的 little 固然是「小」，但並不是「渺小」。恰恰相反，正因為人在上帝所造的一切事物中最具靈性，地位最高，人這個小宇宙高於外在自然的大宇宙，李爾才可能傲視（outscorn）自然界中的狂風暴雨。用「他渺小的一身」來翻譯「his little world of man」，似乎就削弱了李爾作為悲劇人物的重要性，也就不可能讓讀者和觀眾明白，在狂風暴雨之中，李爾在精神上其實佔據著主導和中心的地位。上面討論的同一處原文，卞之琳先生的翻譯就處理得好一些。其中相關的兩句，卞譯是「竭力把內心的小天地上下翻騰，／要賽過反覆激蕩的風風雨雨。」[6]「內心的小天地」避免了「渺小」這個詞的貶意和不相干的聯想，但接下去的一句卻似乎不夠有力。比較起來，朱生豪譯文的音

---

[4] Charles Lamb, "On the Tragedies of Shakspeare", *Charles Lamb: Essays*, eds. Rosalind Vallance & John Hampden (London: The Folio Society, 1963), p. 23.

[5] Ibid., p. 32.

[6] 《里亞王》，見卞之琳譯《莎士比亞悲劇四種》（北京：人民文學出版社，1988），419頁。

調顯得更鏗鏘一些，其影響也更大。在近年出版的一種新譯文中，《李爾王》裏的這兩句被譯成「他卻要以那渺小的血肉之軀／去對橫衝直撞的風雨表示輕視。」[7] 這裏「渺小的血肉之軀」顯然受到朱譯的影響，而且接下去又與「橫衝直撞的風雨」相對照，更顯得「血肉之軀」的人相當「渺小」，這就與莎劇原文的含義相去更遠了。由此可見，沒有把握莎士比亞時代自然和人，即大宇宙和小宇宙之間有對應關係這種文化觀念，就很容易把 little 這樣一個看起來簡單的字理解得不夠準確，也就可能產生誤解和誤譯。

這裏順便可以說一句，西方這種自然與人，大宇宙和小宇宙相互感應的觀念，在中國也早已有之。《春秋繁露・人副天數》云：「天地之符，陰陽之副，常設於身，身猶天也，數與之相參，故命與之相連也。天以終歲之數，成人之身，故小節三百六十分，副日數也；大節十二分，副月數也；內有五藏，副五行數也；外有四肢，副四時數也；乍視乍瞑，副晝夜數也；乍剛乍柔，副冬夏也；乍哀乍樂，副陰陽也；心有計慮，副度數也；行有倫理，副天地也。」[8] 人與天地對應的關繫，或大宇宙和小宇宙的相互感應，中西雖然不同，卻都有類似的看法。問題是我們在思考和翻譯的時候，要在比較中留意到這類看法，卻相當困難。

李爾把王位讓給兩個忘恩負義的女兒，引發出一段極為悲哀傷痛的故事，以中國的傳統觀念看來，也許我們很容易從忠孝的方面去理解這齣悲劇的意義，而這就恰恰會妨礙我們真正深入地理解《李爾王》核心的思想觀念。當然，李爾的兩個大女兒在劇中是代表邪惡勢力的人物，但她們的邪惡並不是中國傳統觀念中那種忤逆不孝。悲劇絕不是好人無端受苦，惡人為所欲為，讓人氣悶的故事。悲劇人物始終佔有主導地位，也就應當為悲劇的產生負責，所以在相當大的程度上，是李爾自己造成了李爾的悲

---

[7] 《李爾王》，楊烈譯，見楊烈、楊東霞、羅漢等譯《莎士比亞精華》（上海：復旦大學出版社，1996）334頁。

[8] 鍾肇鵬主編，《春秋繁露校釋・校補本》（石家莊：河北人民出版社，2005），805頁。

劇。著名評論家威爾遜·奈特認為《李爾王》的核心是一種荒謬的意識，是人失去人的尊嚴和人格，世界變得完全沒有理性和邏輯，這在莎劇評論中至今仍然是有相當影響的意見。[9] 要在譯文中比較準確地傳達莎劇原文的含義，就不能不首先在西方文化和思想的背景上理解《李爾王》的意義。這對於譯者從把握全部譯文的基調，到處理劇中每一個細節的翻譯，都非常重要。就具體的翻譯工作而言，語言文字的知識當然是譯者必須具備的基本功夫，但廣泛的文化修養更是成功的翻譯不可或闕的要素。

上面所舉翻譯上值得商榷的一處，可以說明文化理解對於翻譯之重要。我想再舉一個例，說明文字細節的處理往往同時也牽涉到文化理解的問題。在《哈姆萊特》第一幕第四場，有哈姆萊特父親的鬼魂出現，而對於這鬼魂的性質，歷來有不少爭議。我們可以問，莎士比亞或者說十六世紀一般英國人，是否相信鬼魂的存在呢？《哈姆萊特》劇中的鬼魂是好還是壞？是來自煉獄的亡魂，還是惡魔一般害人的厲鬼？不少評論家指出，這些問題很難有確切的答案，不過大致說來，「大多數批評家的意見認為鬼魂是沒有說謊的，有少數人則認為，那鬼魂是魔鬼或魔鬼裝扮的」。[10] 究竟哈姆萊特父親的鬼魂可不可信，這對於理解全劇的情節都相當重要。哈姆萊特自己就發生過疑慮，不過在第一幕第四場初次見到鬼魂的時候，他似乎相信那鬼魂的確就是亡父的靈魂。原文是這樣：

HORATIO　look, my lord, it comes!

HAMLET　Angels and ministers of grace defend us!

　　　　　Be thou a spirit of health, or goblin damn'd,

　　　　　Bring with thee airs from heaven, or blasts from hell,

9　See G. Wilson Knight, "*King Lear* and the Comedy of the Grotesque", *The Wheel of Fire: Interpretations of Shakespearean Tragedy, with Three New Essays*, 5th rev. ed. (New York: Meridian Books, 1957), p. 168: "The core of the play is an absurdity, an indignity, an incongruity".

10　Cedric Watts, *Hamlet* (New York: Harvester-Wheatsheaf, 1988), p. 32.

Be thy intents wicked, or charitable,

Thou com'st in such a questionable shape

That I will speak to thee.

（*Hamlet*, I.iv.38）

朱生豪先生譯文如下：

霍拉旭　　瞧，殿下，它來了！

哈姆萊特　天使保佑我們！不管你是一個善良的靈魂或是萬惡的妖
　　　　　魔，不管你帶來了天上的和風或是地獄中的罡風，不管
　　　　　你的來意好壞，因為你的形狀是這樣引起我的懷疑，我
　　　　　要對你說話。[11]

這段話在楊烈譯《漢姆來提》中，可以明顯看出朱譯影響，又作了押韻的
努力，但在意義的傳達上不如朱譯準確：

貨勒修　　殿下，你看，他又來了。

漢姆來提　惟願天使和為善諸神保佑我們！
　　　　　你是該死的惡鬼，還是得救的陰魂，
　　　　　你帶著地獄的狂風，還是天上的風雲，
　　　　　你的用心十分險惡，還是非常寬仁，
　　　　　你到這裏來，似乎帶著很多疑問，
　　　　　使我不能不和你談論。[12]

卞之琳的譯文比較起來，在意義上也相差無幾：

---

[11] 《哈姆萊特》，朱生豪譯，吳興華校，《莎士比亞全集》（五），303頁。

[12] 《哈姆來提》，楊烈譯，見楊烈等譯《莎士比亞精華》，29-30頁。

　　霍　殿下看，它來了！

　　哈　消災降福的諸天使保佑我們！

　　　　不論你是神靈還是妖魔，

　　　　帶來的是天風還是地獄的煞氣，

　　　　不論你的來意是好是壞，

　　　　你既然帶了這樣個可疑的形狀，

　　　　我要對你說話。[13]

　　我在此想討論的是一個詞的翻譯問題，即上面所引一段話最後一句裏的questionable shape，這在朱譯裏是「引起懷疑」，在楊譯裏是「帶著很多疑問」，在卞譯裏是「可疑的形狀」。當然，在莎士比亞用語中，question有當代英語通常的含義，即表示「問題」、「疑問」，《哈姆萊特》第三幕第一場的名句，To be, or not to be, that is the question（III.i.55），就是這樣的用法。朱生豪譯為「生存還是毀滅，這是一個值得考慮的問題」；卞之琳譯為「活下去還是不活：這是問題」；都是準確的翻譯。不過哈姆萊特在第一幕第四場說的那句話，卻似乎並沒有懷疑鬼魂的真假，因為他在緊接下去的一句就說，I'll call thee Hamlet,/King, father, royal Dane（朱譯：「我要叫你哈姆萊特，君王，父親！尊嚴的丹麥先王」）。由此看來，他並不懷疑這鬼魂就是他先父的亡魂。原來 questionable 在這裏並不是「可疑」，這個字按照一些評注家的解釋，在這裏是 inviting talk 即「有話要說」的意思。[14] 類似的用法在莎士比亞其他作品裏可以找到旁證，例如長詩 *The Rape of Lucrece* 裏，有這樣的幾句：

　　For then is Tarquin brought unto his bed,

　　Intending weariness with heavy sprite；

---

[13] 《哈姆雷特》，見卞之琳譯《莎士比亞悲劇四種》，32-33頁。

[14] 我用的是 *The Riverside Shakespeare*, textual editor G. Blackmore Evans (Boston: Houghton Mifflin, 1974)。

For after supper long he questioned

With modest Lucrece, and wore out the night.

（*The Rape of Lucrece*, 120）

　　這裏的 questioned 正是「談話」、「交談」的意思。收在北京人民文學出版社《莎士比亞全集》裏楊德豫的譯文，便是這樣翻譯的：

　　　　於是塔昆被引到供他安寢的處所，

　　　　自稱身子困乏，精神也不復振作；

　　　　因為他晚餐以後，與魯克麗絲對坐，

　　　　交談了不短的時光，不覺把夜晚消磨。[15]

如果我們知道 questioned 在這裏是「交談」，那麼哈姆萊特見到父親亡魂時，他所謂 questionable shape 也就不是說那鬼魂形跡可疑，而是說看那鬼魂的樣子，好像有什麼要緊的話想對他說。這樣我們就可以理解，為什麼哈姆萊特不顧友人的百般勸阻，無論如何一定要追隨那三緘其口的鬼魂，去聽他揭示丹麥王國中可怕的秘密。這裏按照一般理解，把 questionable 譯成「可疑」、「懷疑」可能就不大準確，而且在鬼魂可信與否的問題上，譯者似乎有越俎代庖，替哈姆萊特作決定的嫌疑。

　　以上討論的是英譯中的例子，以下我想舉一個中譯英的例。在中國古代典藉的翻譯中，Burton Watson 作出過很大貢獻，功不可沒。正如上面舉出朱生豪莎劇譯文中一處來商榷，並不表示我對朱譯的貢獻有任何懷疑一樣，我在此舉出 Watson 譯文中的一處來討論，也並不減少我對他譯介中國古代典籍所作努力的敬意。我要討論的是《莊子‧外物》結尾極有名一段話之翻譯，原文是：「荃者所以在魚，得魚而忘荃；蹄者所以在兔，得兔

---

[15] 《魯克麗絲受辱記》，楊德豫譯，《莎士比亞全集》（六）（北京：人民文學出版社，1994），435頁。

而忘蹄；言者所以在意，得意而忘言。吾安得夫忘言之人而與之言哉？」
下面是 Watson 的英譯：

> The fish trap exists because of the fish; once you've gotten the fish, you
> can forget the trap. The rabbit snare exists because of the rabbit, once you've
> gotten the rabbit, you can forget the snare. Words exist because of meaning;
> once you've gotten the meaning, you can forget the words. Where can I find
> a man who has forgotten words so I can have a word with him？[16]

　　從字面上看，這段譯文流暢自如，並無不當，但這裏的問題不在語句，
而在對莊子原文哲理意義的理解。此處不那麼顯眼的一個難點，就在如何處
理原文中最後那一個問句。按 Watson 的譯文，a man who has forgotten words
固然是「忘言之人」，但英文裏的完成時態（perfect tense:「has forgotten」）
表示此人已經忘掉了言，而莊子既然尚未「與之言」，他所忘的就並非莊子
之言。從上下文看，莊子認為言就像捕魚兔的荃蹄一樣，不過是達意的工
具，一旦目的達到，就應該廢棄遺忘，所以他尋求的是能忘莊子之言而得
莊子之意的人。這樣看來，Watson 的翻譯沒有把握住莊子這句話的含意，
如果略加修改，把動詞由完成時態轉變為將來時態，譯成 Where can I find
the man who will forget words so that I can have a word with him，才能準確傳
達莊子原文的意義。
　　文化理解對於翻譯之重要，尤其在討論一些基本觀念的可譯性問
題時，最能夠顯露出來。例如十七至十八世紀在梵蒂岡教廷展開的所謂
「中國儀禮之爭」，就很能使我們明白這一點。明末來華傳教的利瑪竇
（Matteo Ricci）在希求東西方文化的融合中，採用許多中國固有的名詞術
語來翻譯基督教的觀念，如「天」、「上帝」、「天主」等等，但在他死

---

[16] *The Complete Works of Chuang Tzu*, trans. Burton Watson (New York: Columbia
University Press, 1968), p. 302.

後，繼任管理中國教務的耶穌會傳教士龍華民（Nicolb Longobardi）就推翻利瑪竇的傳教方式，堅持認為中國的教徒不能祭孔祭祖，中文作為異教徒的語言，根本不可能傳達基督教的觀念和精神價值。按照龍華民等堅持原教旨的純粹主義者們的意見，根本就應當「廢除『天』、『上帝』、『天主』、『靈魂』等名詞，一律採用拉丁文譯音」。[17] 這個例子可以說明，語言上的純粹主義與文化上的純粹主義是不可分的，兩者都在堅持語言文化的固有本質當中，根本否認翻譯的可能，也就否認了不同文化之間有溝通交往的可能。然而翻譯本來就不是原文的同語反覆，不是所謂「文化本質」的複製，而是探求不同語言文化之間觀念價值的對應或對等，以便有不同語言和文化傳統的人們得以相互溝通和交往。溝通可能比較粗糙，交往就需要更為深入的理解，所以詞語的翻譯往往是一個由粗而精的過程，同時也是認識逐漸深化的過程。一個外來的概念或術語往往一開始很難找到恰當的對譯，但我們不能說根本無法找到對應的詞語，甚至進一步斷言根本沒有形成類似概念的可能。承認翻譯的困難是一回事，根本否認翻譯的可能則是另一回事。

值得注意的是，有些研究中國文化和思想的西方漢學家們往往抱著文化相對主義的偏見，否認翻譯的可能性。例如謝和耐（Jacques Gernet）在討論基督教與中國問題時，就把在中國傳教的困難歸結為東西方語言文化和思維模式上的根本差別，斷言「在世界各國的語言中，中國語言有一個十分獨特的特點，就是沒有在詞形上作系統區別的語法範疇：動詞和形容詞、副詞和補語、主語和屬性之間似乎完全沒有區分」。他更進一步說：「中文裏沒有一個字表示存在的意思，無法傳達『在』或『本質』的概念，而這一概念在希臘文裏用名詞 *ousia* 或中性詞 *to on* 就可以很方便地表達清除。因此，超然於現象界之上、作為永恆不變之實在那個意義上的存在觀念，也許對一個中國人說來，就很難設想。」[18] 這樣一來，中西

---

[17] 羅光，《教廷與中國使節史》（臺北：傳記文學出版社，1983），81頁。

[18] Jacques Gernet, *China and the Christian Impact: A Conflict of Cultures*, trans. Janet Lloyd (Cambridge: Cambridge University Press, 1985), p. 241: "Of all the languages

方比較的結果，對謝和耐而言就只是證明中國與西方在文化和思想觀念上絕然不同，證明「印歐語言的結構幫助希臘文化的世界——其後又幫助基督教世界——形成超驗和永恆不變的現實之概念，而此現實是與感官感知的、轉瞬即逝的現實全然相對的」。[19] 由語言的差異和翻譯之困難，謝和耐最後引出一個含義相當深遠的結論，即認為十七世紀西方傳教士們在中國傳教的努力之所以失敗，歸根到底是因為他們實際上「面對的是另外一種人類」。[20] 這一說法所包含的文化上的意醖，實在值得人三思。不過我相信，翻譯不僅從來就在實際上存在，而且對我們認識世界、認識人生作出了非常重大的貢獻。否認翻譯，尤其是否認不同語言文化之間存在可譯性，往往會引出文化間的誤解甚至對立的結果。最後讓我引安托萬·伯爾曼一句精闢的話來作結，他說：「翻譯的目的，即用文字打開與他者的關係，通過與外來東西的交往豐富自己，這和每一文化的種族中心主義結構，和每個社會都希望成為毫無雜質的純粹整體那種自戀心理，都是直接相反對的。」[21] 這句話把翻譯和文化理解之間的關係以及這二者之重要，

---

in the world, Chinese has the peculiar, distinctive feature of possessing no grammatical categories systematically differentiated by morphology: there appears to be nothing to distinguish a verb from an adjective, an adverb from a complement, a subject from an attribute. The fact is that, in Chinese, these categories only exist by implicit and arbitrary reference to other languages which do possess them. Furthermore, there was no word to denote existence in Chinese, nothing to convey the concept of being or essence, which in Greek is so conveniently expressed by the noun *ousia* or the neuter *to on*. Consequently, the notion of being, in the sense of an eternal and constant reality, above and beyond that which is phenomenal, was perhaps more difficult to conceive, for a Chinese."

[19] Ibid., p. 244: "A comparison between the Chinese and Western situations confirms Benveniste's analysis: the structure of Indo-European languages seems to have helped the Greek world——and thereafter the Christian one——to conceive the idea of realities that are transcendental and immutable as opposed to realities which are perceived by the senses and which are transitory."

[20] Ibid., p. 247: "They [the missionaries in the 17th century] found themselves in the presence of a different kind of humanity."

[21] Antoine Berman, *The Experience of the Foreign: Culture and Translation in Romantic Germany*, trans. S. Heyvaert (Albany: State University of New York Press, 1992), p. 4:

都講得相當清楚了。我們因此可以說,翻譯是超越種族中心主義之狹隘和自我封閉之愚昧最有效的手段之一,而翻譯之重要也就在此。

附記:翻譯可以說有兩個不同概念,或者說是兩個不同層次的問題。在具體技術的層面,翻譯是把一種語言表達的意思,用另一種語言來表達;在更根本的概念層面,翻譯則往往涉及兩種語言和思維習慣的問題,所以翻譯的恰當與否,往往取決於對語言表達背後文化背景的理解。而翻譯是否可能,又往往是對兩種文化是否可以相互溝通和理解的討論。本文試圖結合這兩個方面來討論翻譯問題。此文是在香港翻譯學會的演講稿,最初發表在香港《翻譯季刊》一九九九年11-12期。

"The very aim of translation──to open up in writing a certain relation with the Other, to fertilize what is one's Own through the mediation of what is Foreign──is diametrically opposed to the ethnocentric structure of every culture, that species of narcissism by which every society wants to be a pure and unadulterated Whole."

二〇〇〇－二〇〇五紀事

　　二〇〇一年，我在香港城市大學成立了跨文化研究中心。成立此中心，最先是李歐梵教授的想法，以中西文化的互動交流為主要研究方向。馬可波羅在元代到中國，標誌著中西最早的接觸，但思想文化層面的交流則始於明末義大利耶穌會教士利瑪竇（Matteo Ricci）到中國之後。二〇〇一年恰好是利瑪竇到北京四百周年紀念，城大跨文化中心以此為契機，十月中在香港召開了一個國際學術研討會，邀請了包括林毓生、張灝、朱維錚、葛兆光、周振鶴、黃時鑒、孟華、黃一農、徐光台、沈國威等兩岸三地和海外許多著名中國學者，以及來自歐洲和美國的一些著名學者，如艾朗諾（Ronald Egan）、林理璋（Richard John Lynn）、蘇源熙（Haun Saussy）、卜正民（Timothy Brook）、司馬富（Richard J. Smith）等人。耶魯大學研究中國歷史的史景遷（Jonathan Spence）教授在會前做一個演講，劍橋大學研究希臘和中國古代思想的羅界（G. E. R. Lloyd）教授在會上做了主題演講。跨文化研究中心辦一個由我主編的英文刊物*Ex/Change*，一年三期，稿件都來自我認識的學界同行和朋友，大部分來稿是英文，原稿為中文則請人譯成英文，全部稿件都經我編輯審定後付印。*Ex/Change*的文章深入淺出，並配以精心挑選的彩色插圖，所以這份刊物很受歡迎，不僅許多圖書館都來索取，而且有包括ProQuest在內的兩三家公司都幾次來信聯繫，希望交給他們在網上發售。

　　在香港辦這樣一個跨文化研究中心幾乎十分理想，這個中心也從二〇〇一年一直辦到二〇〇六年，*Ex/Change*一共出了十六期。然而理想和現實總是有距離，有矛盾。跨文化研究中心一直聘請國內和海外一些傑出的學者來短期訪問，做研究，但因為他們不是城大的教授，儘管他們發表研究成果時都提到城大跨文化研究中心的資助，但從大學規章制度的角度看來，他們的研究畢竟不能算是城大的研究成果，也就無益於城大的評估和排名。當城大評鑒各中心的委員會指出這點時，跨文化研究中心已經成功辦了五年，雖然有點可惜，我還是決定將中心關閉了。

　　二〇〇二年多倫多大學邀請我在二〇〇五年去做亞歷山大講座的主講人。這是北美文學研究領域很重要的講座，從一九二八年開始，每年請

一位學者做三至四次演講，然後將講稿整理成書出版。亞歷山大講座傳統上以英國文學為主，主講人都是歐美的著名學者，包括如哈佛的白璧德（Irving Babbit, 1930），劍橋的蒂利亞德（E. M. W. Tillyard, 1948），多倫多的弗萊（Northrop Frye, 1965），布里斯托的弗蘭克‧凱慕德（Frank Kermode, 1967），哈佛的貝特（W. J. Bate, 1968）等。後來講座內容稍為擴大，一九九九年請了巴黎大學朱麗亞‧克麗斯蒂娃（Julia Kristeva）主講，二〇〇二年請了美國著名黑人女作家托尼‧莫里遜（Toni Morrison），二〇〇四年請了英國馬克思主義批評家特瑞‧伊格爾頓（Terry Eagleton）。自此講座設立以來，我是唯一一個受到邀請做亞歷山大講座的亞洲人。二〇〇五年二月底三月初，我在多倫多大學做了四次亞歷山大演講，第一次演講有多倫多電視臺錄製成Big Idea節目，曾在加拿大多次播放。這些演講內容後來集成一本書，題為*Unexpected Affinities*，兩年後由多倫多大學出版社出版。

　　二〇〇四年我應邀到多倫多大學人文中心訪問一個半月，在多倫多大學比較文學中心開了一個研究生專題課。

　　在二〇〇〇年前後，以歷史系黃俊傑教授為主持人，在台大有一個研究儒家經典在整個東亞的闡釋傳統的計畫。我應臺灣教育部邀請，與勞思光、劉述先兩位先生一起擔任這個在臺灣稱為「卓越計畫」的評審，每年都去參加評審會議。二〇〇四年春，時在臺灣清華大學任教的劉兆玄教授主持一項多學科「人與自然」的通識教育研究計畫，邀請我做了從文學藝術看人與自然的系列演講。二〇〇五年台大成立人文社會高等研究院，我被聘為台大高等研究院指導委員會委員。九十年代中，在德國認識了龍應台，成為好朋友。二〇〇三年，她卸任臺北市文化局局長後，我請她到香港，在城市大學訪問一年。

　　在十九世紀末和二十世紀初，歐洲學者曾出版幾種世界文學史著作，但所謂世界文學史，卻基本上是歐洲文學史，或以歐洲文學為絕大部分內容。在我們這個時代，文化多元的觀念已成為學界共識，徹底打破歐洲中心主義，真正從世界不同文學傳統出發，撰寫一部文學的世界史，已成

為許多學者的願望。二〇〇四年在斯德哥爾摩舉辦了一個文學世界史寫作的國際研討會，與會者來自世界不同文學和文化傳統。會後組成一個國際核心小組，構想出撰寫一部多卷本文學之世界史的計畫。我成為這個小組成員，其他成員還包括哈佛大學大衛・丹姆諾什（David Damrosch）、賓州州立大學傑拉爾・卡迪爾（Djelal Kadir）、印地安納大學愛琳・朱利安（Eileen Julien）、貝魯特美國大學阿薩德・卡伊阿拉（As'ad Khairallah）、印度德里大學哈利什・屈梵蒂（Harish Trivedi）、瑞典學者安德斯・彼得森（Anders Pettersson）、波・烏塔斯（Bo Utas）、貢妮娜・林德貝格（Gunilla Lindberg-Wada）等一共十人。我們將全世界文學劃分為六大區域，把全部文學史分為四大段，組織一個團隊分四卷撰寫文學的世界史，預計在二〇一三年左右由Blackwell出版社出版。

二〇〇五年，復旦大學出版社出版了《中西文化研究十論》，其中包括一些發表過的中文文章，也有原文為英文、由我自己譯成中文的文章。

二〇〇五年對我說來最重要的是美國康奈爾（Cornell）大學出版社出版了我的第三部英文著作*Allegoresis: Reading Canonical Literature East and West*，中文可譯為《諷寓解釋：論東西方經典的閱讀》。這是我在《道與邏各斯》寫成之後，就開始構思寫作的一部書，探討何以經典往往有超出字面意義的諷寓解釋，這種解釋的性質如何，其闡釋方法有何特點，文本字面的本意與其引申意之間關係如何，諷寓解釋有何影響，產生怎樣的後果等等。此書論及猶太教和基督教的《聖經》闡釋，儒家經典的評注，討論作為諷寓的烏托邦與反烏托邦文學，諷寓性的政治解釋及其危險等諸多問題。此書出版後，李歐梵教授與李熾昌教授專為我的書在香港中文大學組織了一個討論會。在美國、香港等地的幾種書刊上，此書得到了許多好評。

閒話康橋

　　康橋，現在通譯劍橋，作為英文Cambridge的譯名頗有些特別，因為這前半的「康」或「劍」都是譯Cam之音，後半的「橋」字卻譯意。現在大家都知道英國著名的劍橋大學，但二十世紀初詩人徐志摩在那裏短暫住過一時，卻譯其地名為「康橋」，於是在我心目中，「康橋」不僅是古色古香的舊譯名，而且帶一點浪漫朦朧的詩意。不過說起那裏著名的大學，劍橋已是約定俗成的定譯，就不宜隨意更改。

　　記得在唸中學的時候，就讀過徐志摩《再別康橋》裏這些詩句：

> 輕輕的我走了，
> 　　正如我輕輕的來；
> 我輕輕的招手，
> 　　作別西天的雲彩。
>
> 那河畔的金柳，
> 　　是夕陽中的新娘；
> 波光裏的艷影，
> 　　在我的心頭蕩漾。

這隱約帶有雪萊（P. B. Shelley）影子的詩句曾使我閉目遐思，遙想異國的康橋。不過那是六十年代初，盡管詩中那柔緩抑鬱的情調極能契合年輕人

的心靈和感受，卻與當時的時風格格不入。於是想像中由那些詩句喚起的康橋，也就極為悠遠，極為飄渺，其渺茫易碎，更甚於徐志摩詩中那「揉碎在浮藻間，沉澱著彩虹似的夢。」

差不多二十年之後，經過幾乎是滄海桑田之變，我離開北京負笈哈佛。說來也巧，哈佛所在的小城也叫康橋。美國東部先由英國殖民，所以地名多取自英國本土，尤其東北部由緬因到馬薩諸塞、康涅狄格等六州合稱新英格蘭，許多地名與英國相同，也就毫不足怪。我沒有到徐志摩描繪過的康橋，卻去了美國麻省的康橋，於是康橋這地名，在我便有一種親切感。英國的康橋有一條康河（River Cam），美國的康橋也有一條查爾斯河（Charles River），過河就是波士頓。徐志摩有一篇回憶英國康橋的散文，基本上就全在寫康河。雖然他自謂在劍橋大學王家學院（King's College）有「一個特別生的資格，隨意選科聽講」，但就其文章看來，他在那裏只逗留一年，似乎大部分時間都用來欣賞康橋的秀麗風光，或沉醉於河畔花草的馨香，或迷戀星光下顫動的水色，而他文中對劍橋大學則著墨極少。也許詩人性情但喜自然山水之嫵媚，卻不喜學院生活之清苦，在河畔林間流連忘返，可以低徊吟詠，而在故紙堆裏鑽研枯燥的學問，卻不宜抒發於詩文。詩人在《再別康橋》中，表白他的一個心願說：

> 軟泥上的青荇，
> 　　油油的在水底招搖；
> 在康河的柔波裏，
> 　　我甘心做一條水草！

這當然是詩的誇張，或者詩的奇想，但無論如何，那是何等的瀟灑自如，而迥異於學者之捧書面壁，焚膏繼晷，兀兀窮年。只有像彌爾頓（John Milton）那樣大學問家型的詩人，才會以才學入詩，在詩裏抱怨世人不重學術。彌爾頓曾就讀劍橋大學基督學院，在一六四五年發表了一篇討論婚姻離異的論文。他用一個冷僻的希臘字作論文標題，有人看不懂，他就寫

了一首十四行詩譏刺那些人的無知，並在詩中懷念劍橋大學第一任希臘文教授契克爵士，說盡管那時的人和後代的人一樣，視學問如寇仇，契克爵士卻教會了劍橋和英王愛德華讀希臘文（Thy age, like ours, O Soul of Sir *John Cheke*,/ Hated not Learning worse than Toad or Asp;/ When thou taught'st *Cambridge*, and King *Edward* Greek）。彌爾頓詩中的劍橋或康橋，於是與古典學問聯繫在一起。盡管一九一九年之後，劍橋大學已不再要求學生必修希臘文，但古典學術深厚的傳統，就像中世紀以來的教堂和各學院建築一樣，仍然保存到今天，使劍橋成為世界聞名的一個學術重鎮。

雖然我自中學時起，就心儀徐志摩在詩文裏描繪過的康橋，但卻很久無緣造訪。最近隨香港城市大學張信剛校長到歐洲幾個大學訪問，才第一次到英國康橋，領略了那裏秀麗的風光，也感受到那裏濃厚的學術氣氛。我們從倫敦乘火車到康橋，再乘計程車去劍橋大學。這個城市不大，與大學融為一體，所以計程車開動不久，很快就看見一個古老大學城的風貌。劍橋大學成立最早的彼得毫斯學院（Peterhouse College）建於一二八一至八四年，到現在已有七百多年歷史，其實自十三世紀起，整個康橋就以這不斷成長的大學為主導。到十六世紀，在整個歐洲極負盛名的人文學者伊拉斯莫斯（Erasmus）到劍橋大學任教三年（1511-14），一面完成編輯、注釋《新約全書》的工作，翻譯許多希臘羅馬古典名著，一面講授神學和希臘文。他使劍橋大學與歐洲大陸的學術聯繫起來，從此成為西方一個重要的學術中心。近代以來，更有很多著名學者曾在劍橋大學任教，或曾在那裏學習，科學家如牛頓、達爾文，哲學家如羅素、維特根斯坦，經濟學家如凱恩斯，作家如福斯特（E. M. Foster），文學批評家如燕卜蓀（William Empson）、里維斯（F. R. Leavis）等，多少與劍橋大學都有些關係，是劍橋可以引以為榮的傑出人物。羅素和燕卜蓀都到中國來過，另外一位跟中國研究分不開的著名學者，則是研究中國科技史卓有成就的李約瑟（Joseph Needham）博士，他主持編寫的多卷本《中國科技與文明》在國際學術界享有很高威望。一九八三年，在康橋一條幽靜的小路上，終於

建起了李約瑟研究所（Needham Research Institute），可以把李約瑟博士開拓的研究計劃長期繼續下去。

　　我們一到康橋，首先就去李約瑟研究所，那是歐洲研究中國科技文明史的中心。所長何丙郁教授，劍橋大學古代哲學與科學榮休教授、前達爾文學院院長和東亞科學史基金會主席羅界爵士（Sir Geoffrey Lloyd），不久前都剛到城大來過，參加在城大舉辦的中國科學史研討會。城大跨文化研究中心為紀念利瑪竇抵京四百週年舉辦中西文化互動學術研討會，羅界爵士還為我們作了主題演講，強調在中西思想和文化之間，並不存在不可逾越的鴻溝，不同文化並非必然產生誤解。他以利瑪竇為例，說明西方人如果對中國文化有誤解，仔細考察起來，也往往是歷史、信仰或其他一些原因造成，而並非在根本的邏輯思維方式上，誤解不可避免。我們在城大曾有熱烈的討論，這次在康橋重逢，聚談更為歡暢。研究所副所長古克禮（Christopher Cullen）博士告訴我，李約瑟研究所時常邀請學者去做研究，舉辦研討會。他們不僅有很好的研究設備，而且有一個建造精美的圖書館，收藏有關中國文明與東亞科技史的各種書刊。館長莫弗特（John Moffett）先生十分熱情，不僅給我們看了研究所的圖書館，而且帶我們穿過劍橋最新的羅賓遜學院（Robinson College），去參觀大學主圖書館。在那裏負責中文部的艾超世（Charles Aylmer）先生，是我二十年前在北大時就認識的老朋友，他為我們詳細介紹了劍橋大學圖書館，還帶我們參觀了部分書庫、閱覽室、目錄部和善本室。劍橋大學圖書館是英國法定的出版收藏處之一，英國出版的任何書籍，都要寄存一本在此，而圖書館的經費就用來採購國外的出版物。所以這裏的收藏極富，可以說應有盡有。劍橋大學主圖書館古老而舒適，既寬敞明亮，有各種現代設施，又隨處給人一種厚重的歷史感，使人覺得這裏真是知識和學術的殿堂。在這圖書館裏，無論管理員還是讀者，大家都很安靜，誰也不會破壞這學術殿堂肅穆莊重的氣氛。對一個愛書的人說來，這才真是具有無窮吸引力的聖地，可以叫人流連忘返的樂園。

　　今年秋天英國氣候偏暖，到康橋雖已在十一月下旬，卻仍見許多大樹枝葉豐茂，樹葉的顏色綠者蒼翠欲滴，紅者欲燃如火，也有透明的鮮黃色，好似落日把黃金熔化了，灑在一片片葉子上，更有或深或淺的紫色、褐色、石青色，構成一片色彩斑斕的金秋氣象。康橋秋日之美使我想起另一個康橋，想起當年哈佛的諸多師友，想起美國新英格蘭秋天林莽色澤之美，所以雖是初來乍到，英國的康橋卻給我一種似曾相識的感覺。於是我默想，我一定會再來拜會康橋，為了這林色之美，也為了在這裏的學術殿堂中，得到更多精神的滋養。

2001年12月17日寫畢

附記：二〇〇一年十一月底，隨香港城市大學張信剛校長到歐洲訪問荷蘭萊頓大學、法國巴黎大學和英國倫敦、牛津和劍橋大學，那是我第一次到英國劍橋，印象頗深。返回香港後在年底寫成此文，最初發表在《明報月刊》二〇〇二年五月號，後來又在《萬象》同年七月號上轉載。

哈佛雜憶

　　去冬歐遊歸來，寫了一篇短文〈閒話康橋〉，前不久寄給《萬象》發表。然而著名的康橋（Cambridge）起碼有兩處，一在英國，詩人徐志摩曾用他浪漫的筆調描繪過，那是劍橋大學所在之地，拙文「閒話」者即為此。此外還有－－處在美國麻省，是哈佛大學和麻省理工學院之所在，有查爾斯河環繞城的南面和東面流過，使康橋與波士頓隔河相望。一九八三至一九八九年我在哈佛學習，對美國麻省的康橋和查爾斯河一帶較為熟悉，夏天曾在河畔聽過波士頓波普樂團（Boston Pop）舉行的露天音樂會，沿河駕車或在橋上步行，更不知往返過多少遍。不過對我說來，查爾斯河的柔波固然優美，卻畢竟不如哈佛的樓宇給我更多親切的回憶。離開哈佛十多年了，我仍然清楚記得初到學校時住過的研究生宿舍柯南樓（Conant Hall），也記得後來住過的幾處地方。哈佛燕京學社座落在神學院路二號，門前有一對神氣的中國石獅子，裏面是收藏極富的東亞圖書館。壯麗的威德納（Widener）圖書館則在哈佛園內，前面是一片開闊的草坪，正對著有白色尖頂鐘樓的紀念教堂。這主圖書館的正門很高，許多級寬闊的石台階引至一排希臘式廊柱，然後是一扇鐵鑄大門，頗為氣派。館內收藏圖書三百多萬種，是全世界最大的大學圖書館。近旁一圓形建築是霍通（Houghton）善本圖書館，其中收藏各種手稿和珍本，為研究西方人文歷史提供豐富的原始材料。佛格（Fogg）藝術博物館收藏西方造型藝術精品，我很驚訝地發現，這雖然只是一個大學博物館，其中卻有從文藝復興到古典主義、從十九世紀印象派直至二十世紀的許多傑作。在書籍

和明信片上早見過的一些名畫，想不到原作就藏在這裏。哈佛的薩克勒（Sackler）博物館收藏古希臘羅馬藝術以及古代亞洲和伊斯蘭藝術，其中尤以中國古代青銅器和玉器的收藏著稱。此外，我也常去拉芒（Lamont）圖書館、皮玻第（Peabody）人類學和考古學博物館，還有鮑伊斯頓（Boylston）大樓。我在比較文學系讀博士，系辦公室就在這座樓上，樓前有一隻大石龜，背上托著一塊大石碑，在哈佛校園裏，來自中國這塊石碑顯得別有一番風味。

因為哈佛和麻省理工學院都在康橋，這個城市充滿了濃厚的學術氣氛。尤其在小小的哈佛廣場一帶，有好多家各具特色的書店、咖啡館、商店和餐館。這裏的書店面向大學讀者，各種學術著作應有盡有，而且從清晨開到深夜。無論陽光和煦的春日，或冰雪覆蓋的寒冬，哈佛廣場總是十分熱鬧，而在熙來攘往的人群中，很多是大學生和研究生。他們衣著各異，但大多整潔簡樸，在淡雅中顯出各自的趣味和修養。他們或挾著一包書匆匆趕去上課，或三五成群地坐在一起交談。如果你留心他們的談話，就會常常發覺當中有不少人來自世界各地，在英語之外，還會聽到一些別的語言，使人感到這裏的確具有「國際性」。他們的談話和舉動往往比較快捷，康橋這個大學城充滿年輕人特有的活力與朝氣，似乎色彩繽紛，給人以新鮮明亮的感覺。

哈佛有不少滿腹學問的名教授，從他們那裏當然可以學到很多。我到哈佛比較文學系時，哈利・列文（Harry Levin）教授剛退休，後來只在系裏的聚會上見過他幾次，也聽他作過一兩次演講。他的演講總是旁徵博引，引用數種歐洲語言的名言警句，既淵博又恢諧而機智。我自己覺得受益最多的幾門課，其中之一是聽傑姆士・庫格爾（James Kugel）講《聖經》與西方文學批評的發展。但那不是講一般的文學批評，也不是把《聖經》當文學作品來讀，而是討論經典與整個文化傳統之關係，涉及許多文化史上的大問題。就在那門課上，我第一次讀聖奧古斯丁《基督教教義》一書，發現那薄薄的一本小書包含了許多極有意思、在西方歷史上也極有影響的一些觀念，而奧古斯丁對閱讀過程和不同符號的分析，可以說在千

年以前，早已得現代符號學理論之先聲。我為那門課寫的期末論文得到庫格爾教授好評，後來投稿《比較文學》（*Comparative Literature*），刊發在一九八七年夏季號上。哈佛英文系教授芭芭娜·盧瓦爾斯基（Barbara Lewalski）是彌爾頓專家，跟她讀《失樂園》真是韻味十足，用這部重要作品來檢驗當代各派批評理論，對瞭解這些理論的得失，也很有用處。英文系研究維多利亞時代文學的權威傑洛姆·巴克利（Jerome Buckley）教授，退休前最後一次開課講十九世紀三大批評家阿諾德、裴德和王爾德，十分精彩。我上此課得益很多，期末寫了一篇論文討論作為文學批評家和理論家的王爾德，也頗得巴克利教授讚賞。在最後一堂課上，他當眾念了給我的好評，並鼓勵我去發表。後來我投稿《德克薩斯文學與語言研究》（*TSLL*），果然被採用，發表在一九八八年春季號。數年後斯坦福大學的伽格尼爾（Regenia Gagnier）教授編一本英美有關王爾德的論文集，還收了我那篇文章。我在中國沒有真正接觸過佛洛伊德心理分析學，有一個學期聽哲學系教授斯坦利·卡維爾（Stanley Cavell）講心理分析與莎士比亞，就到圖書館借來五卷本佛洛伊德的主要著作瀏覽一遍，又選讀多卷本全集中一些重要篇章。看完之後，自覺頗有收益，但也覺得那種理論很多地方荒唐牽強，無法使人信服。佛洛伊德有他獨到的見解，他在西方的影響更不容忽視，不過心理分析用在文學批評上，往往弊多於利。用佛洛伊德來深入探討文學敘述問題，我所知寫得最好的一本書，是耶魯大學教授布魯克斯（Peter Brooks）所著《研讀情節》（*Reading for the Plot*），但一般所謂佛洛伊德派文學理論，卻大多故弄玄虛，以蒙昧充深刻，反不如佛洛伊德本人的文字明白曉暢，令人佩服。更重要的是，佛洛伊德對自己的理論常常反躬自問，絕非如有些教條主義的心理分析派批評家那麼自信。

　　哈佛除了學問淵博的教授之外，更有很多聰明好學的大學生和研究生，所以在哈佛學習，不僅從教授們那裏學到知識，更能在與同學的切磋砥礪中，互相啟迪，激發新的思想。比較文學系的研究生們各有不同的研究範圍，甚至掌握的語言也不一樣，他們多半研究歐洲各國各時期的文學，大家在一起交談，尤其能互相激勵，長益新知。在取得博士資格

的大考之前，我和另外兩位美國同學一起準備，萊絲麗（Leslie Dunton-Downer）是比較文學系的同學，她專攻中世紀歐洲文學，並很有寫作才能，畢業後據美國作家愛倫・坡一作品改寫的歌劇，曾獲一項重要的藝術獎。另一位是英文系同學寶拉（Paula Blank），她專門研究文藝復興時期英國文學。她們兩人各有專長，讀書很多。我們每週聚會一次，把歐洲文學史分不同階段，每人負責報告一個階段或一個主題，然後互相提問研討。與同學互相探討對答，是我在哈佛學習收獲頗豐的一段愉快經歷。

在哈佛指導我論文的老師是尤里・施垂特爾（Jurij Striedter）教授，他生在俄國，長在德國，是德國康斯坦斯學派開創人物之一，後來受聘到哈佛任教。他論俄國形式主義和捷克結構主義的著作，在學術界很有影響。因為我研究文學闡釋學，而他在德國曾師從闡釋學大師伽達默（H. G. Gadamer），對闡釋學和接受美學造詣很深，所以他指導我做論文。不過他因為不懂中文，就請東亞系教授歐文（Stephen Owen）協助他審讀論文。施垂特爾教授頗有德國學者思辨精微，認真嚴謹的學風，讀我的論文一絲不苟，對我幫助很大。歐文教授有很多討論中國古詩及文論的著作，尤其在翻譯介紹中國古典文學和文論方面，作出了不少貢獻。在有關中國文學的許多問題上，我和他的看法往往不盡相同，但我們在一起討論中國古典文學，也頗為愉快。

在哈佛還有幾位教授，雖然我沒有正式上他們的課，但常在一起交談，形成亦師亦友的關係，使我時常想到他們，感念於懷。英文系中世紀文學專家布隆菲德（Morton Bloomfield）教授約我一起吃過幾次午飯，也請我上他家去過，對我研究諷寓（allegory）文學大加鼓勵，也給我很多指點。人類學系的張光直教授不僅是考古專家，也是美食家，對中國飲食傳統深有研究。他和我常常光顧哈佛廣場的幾家餐館，尤其喜歡去馬薩諸塞大道一家叫海豚（The Dolphin's）的希臘式海鮮館。他一面吃飯，一面關切我的學習情況，海闊天空地無所不談。我極敬重的還有史華茲（Benjamin Schwartz）教授，他不僅研究中國近代史和古代思想史很有成就，而且對西方文化傳統有十分深入的瞭解，遠非一般漢學家可比。我們

常在一起散步交談，他很鼓勵我比較研究中西文學和文化。我反對把中西文化截然對立的看法，更得到他的支持和贊同。後來我的英文著作《道與邏各斯》獲得列文森書獎的榮譽獎，就得力於史華茲教授的推薦。以上這三位在哈佛結識的師友，現在都已作古，但他們的著作永在，他們在學術界的盛名和影響亦將長存不朽。他們的學術思想和我對他們的尊敬和感激，用這樣寥寥數語，實在不能道其萬一，但說起康橋，念及哈佛，就不能不想起他們的音容笑貌，哪怕簡短的幾句話，在我也總算表達了自己一點思念緬懷之情。

在哈佛交談極多的，還有英文系的丹尼爾‧艾倫（Daniel Aaron）教授，他雖然早已退休，但由於他的聲望和對學術的貢獻，也由於他精力過人，一直積極從事研究和寫作，哈佛校長特別讓英文系保留他的辦公室。他住在學校附近，每天騎自行車到校，連星期天也不例外。我常到他辦公室和他聊天，談學問，談時事，談中國，談美國，無論什麼話題，都可以推心置腹，暢所欲言。丹尼爾到過中國，對中國很感興趣，尤其關心中國知識分子的情形。社科院的趙一凡就是他在中國訪問時見到，後來成為他的學生。我到哈佛不久便認識了他，很快成為經常見面的忘年之交。他常常叼著一隻大煙斗，坐在那張寫字檯後面，一面聽我講，一面提出一些問題或發表一通意見，或者給我談論有關美國歷史和文學的問題。他寫的文章，文字簡練生動，讀來真是一種享受，而他的談話也既有學問又很風趣，與他交談總是十分愉快。我寫的英文文章，他幾乎都要拿去一份，仔細看過之後給我提出意見。他曾指點我說，作文要特別留意動詞的運用和把握句子節奏，避免拖遝冗贅。在寫作和學術研究上，丹尼爾的確給了我很多幫助。最近十年間，他都在寫一部回憶錄，但不是著眼於個人經歷，而是通過他的經歷，尤其他一生中結識的許多人物，寫出二十世紀的美國歷史。前不久接到他一封信，說起去年9‧11恐怖主義分子襲擊之後的情形，認為美國經受這樣一種前所未有的打擊，在社會和經濟生活上都發生了深刻變化。他說，這一巨變和美國歷史上其他重大危機一樣，「引出了我的同胞們最好和最壞的方面，到目前為止，最好的方面佔主導，儘管已

經產生了一些極惡劣的後果。總的說來,紐約人表現出了一種不動聲色的英雄主義(a quiet heroism)」。他還告訴我說,他的回憶錄基本上已經完成,並寄給我在《哈佛雜誌》上發表的一段,寫在美國經濟大蕭條的三十年代中,他從芝加哥乘車來康橋,到哈佛做研究生的過程。這部由個人回憶角度寫的二十世紀美國史,預計二〇〇三年在美國出版。丹尼爾在信中寫道:「我發現到了八十九歲,我的行動甚至和十年前相比,也已經大不如前。我騎自行車倒還勝任愉快,但女孩子們已經走得比我快(這徵兆大為不妙),而且我記人姓名的能力也大有衰退。」大約兩年前我在久別之後重到哈佛,恰好是個星期天,可是和十多年前一樣,丹尼爾仍然在他辦公室裏。我在那裏和他見面,契闊談讌,親切如故,好像昨天才見過面一樣。他的精神依然矍鑠,聲音依然爽朗,談起話來依然那麼條理分明,興味盎然。我祝願丹尼爾活到一百多歲,而且相信這絕不成問題。

哈佛的師友中,有不少來自大陸、台灣、香港等地的華人。大概從一九八三年年底起,大家每月聚會一次,或在陸惠風先生家,或在卞趙如蘭女士家,每次請一人主講,講完之後自由討論,或議時事,或論學術,海闊天空,無所不談。這仿效十八世紀法國沙龍式的聚會,參加者不僅有波士頓地區的華人朋友,而且有少數幾位研究中國學問、講得一口流利漢語的西方人。張光直先生來自德國的高足羅泰(Lothar von Falkenhausen),就常常參加這樣的聚會。我們為這每月的聚會取名「康橋新語」,這當然取意魏晉清談,同時也以「康橋」二字,點明我們在美國哈佛這樣一個特殊的文化環境裏,舉行這一沙龍聚會。在哈佛這樣的聚會,我參加了六年。一九九八年到香港城市大學工作,從紐約來的鄭培凱教授恰好也到城大,他當年也曾常常參加「康橋新語」的聚會,我們現在成為同事,就一起在香港辦起了類似的文化沙龍。城大張信剛校長有很深的人文素養,他和夫人周敏民女士在校長住宅辦起了規模更大的文化沙龍,於是每月有一個晚上,城盧高朋滿座,談文化,論學術,更時有傑出的表演藝術家現身說法,既讓大家欣賞藝術,又談論與之有關的話題。無論在康橋或在香港,在哈佛或在城大,這種文化沙龍為提高我們生活的素質,都極為重

要。據聞以前有香港是「文化沙漠」的說法，可是近年來香港人才薈萃，大陸、台灣和海外學術界、文化界人士過往香港者更不計其數，誰還能說香港沒有文化呢？我們的文化沙龍與當年哈佛的「康橋新語」一樣，目的都是希望在緊張忙碌之中，在市井繁華之外，為我們自己開闢一片自由的空間，可以以超然的態度，討論有關文化的種種問題。這自由空間需要我們自己去創造，這自由空間裏的人文關懷，也正是我當年在康橋深深感受到的氛圍和精神。

　　離開康橋十多年了，這當中我也曾回哈佛去過幾次，但畢竟有新的工作，新的環境，有新的道路，更有新的進取，和做研究生的階段已經很不一樣。有時回想起來，我文革後考入北京大學讀碩士，後來留北大任教，在北京前後五年，那是生活中一次大的轉折。在北大任教兩年後，我到哈佛繼續攻讀，在康橋前後六年，那是生活中又一次大的轉折。先哲有言，謂生命有限而智術無涯，正因為學無止境，人的一生應該是一個不斷學習的過程。而在我的學習過程中，能有機緣到北大和哈佛求學，可以說是我的幸運。我每想起康橋，便有一份親切感，念及哈佛，也總有許多愉快的記憶。我覺得這些記憶也許像上好葡萄釀出的好酒，時間愈久，會變得愈加香醇。

附記：此文寫畢於二〇〇二年五月十八日，發表在《萬象》二〇〇二年八月號，到現在不覺又是近十年過去了。今年（二〇一〇）四月十二日，我應邀到哈佛比較文學系做波吉奧利講座的演講（Renato Poggioli Lecture），又故地重遊，引起不少回憶。很高興的是又見到已經九十八歲高齡的丹尼爾‧艾倫教授，而且仍然是在他辦公室裏與他交談。他的回憶錄題為《美國研究者》（*The Americanist*），已經由密西根大學出版社在二〇〇七年出版。丹尼爾親筆題贈他的書給我，我也把自己恰好也在二〇〇七年由多倫多大學出版社出的英文著作送給他。思想、學術、研究和著述，這的確就是哈佛，也是我在哈佛得到最可寶貴的東西。

理性對話的可能：讀《信仰或非信仰》感言

　　我一向喜讀義大利文學批評家和作家艾柯（Umberto Eco）的著作，前不久讀了他與米蘭大主教馬蒂尼（Cardinal Martini）一番對話的英譯本，覺得應該推薦給更多的讀者。這時恰好到臺北參加一個文化研討會，在敦化南路的誠品書店裏，發現此書已有中譯本，書名題為《信仰或非信仰——哲學大師與樞機主教的對談》，譯者林佩瑜，二○○二年由臺灣究竟出版社印行，書前面有輔仁大學神學院房志榮神父和中央研究院文哲所劉述先教授的導讀推薦。現在我就據這個中譯本，談談這本值得一讀的小書。不過引文有個別欠妥的地方，我已另據紐約拱廊出版社（Arcade）二○○○年Minna Proctor的英譯本作了修改。

　　在二○○○年即將來臨之際，義大利一家報社邀請艾柯與馬蒂尼兩人以通信方式對談，共同探討一些重大問題。兩人的對話在一九九七年結集出版，就是這本題為《信仰或非信仰》的書。當初報社編輯邀請兩人對話時，無非因為一個新千禧年在即，宗教信仰和世俗理性問題可能引起人們注意，但也許他們自己也沒有意識到，這一想法多麼新穎，多麼有創意。這場對話的結果會如此成功，更是他們始料所未及。《信仰或非信仰》篇幅不大，總共一百來頁，原版是義大利文。此書一出便好評如潮，引起各界讀者廣泛注意，現在已有好幾種語言的譯本問世。在中文的讀者圈裏，也許艾柯已不是一個陌生名字，但卡羅・馬蒂尼則知者尚少，所以我有必要在此先將兩人略作介紹。艾柯是義大利波隆納（Bologna）大學符號學教授，研究讀者和作品的閱讀過程，也研究歐洲中世紀思想和美學，曾撰

有《讀者的作用》、《中世紀的美與藝術》、《托瑪斯・阿奎那的美學理論》、《詮釋與過度詮釋》等學術專著。在學術界以外，艾柯也極享盛名，那是因為他寫過幾部很成功的小說，包括《玫瑰之名》、《傅柯的鐘擺》以及《鮑多利諾》等。這些小說取材中世紀歷史傳說，包含許多宗教和哲學的成分，屬學者型小說，但書中情節複雜曲折，引人入勝，在市場上又很成功，成為讀者喜愛的暢銷書。《玫瑰之名》在八十年代曾改編為電影，由名演員康納利（Sean Connery）擔任主角，也很受歡迎。艾柯在這場關於信仰和非信仰的對話中，持非信徒的立場，以人的理性、認識能力和道德品格為倫理的基礎，但他又是一位造詣精深的學者，熟知聖徒奧古斯丁和阿奎那的著作，對人生的神秘性和宗教感深有體會。卡羅・馬蒂尼則是著名的天主教格雷戈利大學校長，研究《新約》聖經的權威學者，著述甚豐。他是耶穌會教士，一九七九年教皇若望・保祿二世任命他為紅衣主教（或譯樞機主教）。在近二十年來，他一直擔任米蘭教區大主教，每年都專為不信教的人作一系列公開演講，邀請公眾來討論大家關切的各類問題。米蘭是義大利名城、重要的金融和時裝設計中心，電影、戲劇、音樂會和歌舞表演等文化活動十分豐富，但馬蒂尼穿上華美而莊嚴的大主教衣袍登臺開講時，卻可以吸引各界人士，從教士、學者、政府官員、銀行家到時裝模特兒，無不應聲而來，洗耳恭聽。馬蒂尼所作這系列演講，已成為米蘭人每年不可錯過的一件大事。在與艾柯對話中，馬蒂尼雖是羅馬天主教徒，但對世俗社會及其各種問題又抱有極大同情，也深有瞭解。

　　《信仰或非信仰》包括四次對話，每次有兩封信一問一答，所以一共是八封通信。前面三次對話都由艾柯先提出問題，馬蒂尼作出回應，最後一次則由馬蒂尼發問，艾柯作答。四次對話討論的都是在西方社會得到大多數人關心的重大問題，包括末世與時間的終結；生命的開始與墮胎的爭論；婦女與天主教會；以及信仰與道德的基礎。艾柯和馬蒂尼討論這些問題，都遠遠超出直接現實的表面，而從歷史、宗教和哲學的角度追根索源，所以他們的對話把這類問題的討論提到一個很高的層次，既有理論深度，又有厚重的歷史感。對話雙方都很有學養，可以說代表了歐洲文化中

宗教信仰和世俗理性這兩種不同而又都很精緻豐富的傳統，所以他們在對話中能夠提出一連串極富挑戰性的問題，也作出經過慎重考慮而又巧妙的回答，讀來十分精彩。雖然他們對所討論問題的看法差異很大，而且各自堅守自己的信念和立場，但卻互相尊重，表現出高度文明的修養，所以很能啟發大眾，引導我們對一些重大問題作深入細緻的思考。

　　因為這番對話正是在一個舊的千禧年結束，一個新的千禧年即將來臨之際進行，所以艾柯首先把《新約》聖經《啟示錄》描繪世界行將終結時各種可怕的災變異象，與二十世紀完結時人類面臨的真實危險相比較。我們雖然沒有見到聖約翰所描繪末世的夢魘；沒有七位天使吹響號角，引發自然界的各種災變；沒有魔鬼軍隊鋪天蓋地而來；沒有怪獸從海中浮起，鯨吞人類，但現實世界中的災難也足以令人心驚膽戰，如核廢料擴散；酸雨和臭氧層破洞；熱帶雨林迅速消失；地球產生溫室效應；隨處可見的貧窮、饑荒、暴力衝突；無法治癒的疾病；利用基因工程複製人類等等，都令人不能不憂慮人類世界的未來。面對如此危機四伏的景象，還有甚麼可以給人以希望呢？人們應該怎樣理解歷史的進程，而這進程又將引我們到何處去呢？自奧古斯丁以來，基督教的歷史觀乃是一目的論觀念，把歷史視為由時間引向永恆的一種前進旅程。不信教者則不然，他們力求理解歷史，把歷史看成一個不斷改進的過程，因為「只有對歷史的軌跡有一種體認（即使不相信基督復臨），人們才可能愛塵世裏的真實，並且——出於慈悲地——相信世間仍有『希望』」。艾柯認為《啟示錄》描繪的是末世的夢魘，但馬蒂尼卻說「《啟示錄》要強調的不是此世的挫敗，而是一種圓滿經驗的延長，換句話說，就是早期教會解釋的『拯救』」。他又說，為了明白歷史進程及末世的意義並且糾正過去的錯誤，「這個末日必須是個絕對終結[按：此處林譯「出路」欠準確]，它必須是價值的最終聲明，必須能夠照亮我們在現世所做的努力，並賦予它們重要性」。雖然馬蒂尼並未明言，但他所謂絕對終結只能是基督教末世論（eschatology）的觀念，即相信我們已生活在時間的終點，基督即將第二次降臨並對一切人做最後審判。然而是否只有基督教末世論這樣的終結觀念才使歷史的意義明確、是

否只有基督教信仰才可能為希望和有意義的行動提供堅實的基礎，這都還是懸而未決的問題。在艾柯和馬蒂尼的對話中，這個問題也還會不斷出現。

在兩人下一輪的對話中，艾柯直截了當提出在天主教會內外都爭得很激烈的一個問題，即生命從哪一時刻開始，以及關於墮胎的爭論。在進入嚴肅討論之前，艾柯先提到不同的生命概念，話說得十分詼諧。他說有些「激進的生態主義者」相信所謂「大地母親」是有生命的，而為了讓「大地母親」能繼續活下去，人類大概不得不滅絕。此外，「還有素食主義者主張犧牲植物的生命，以保存動物的生命；也有東方的苦行者掩住嘴巴，以免誤吞或殺死看不見的微生物」。艾柯自己並不贊成這類稀奇古怪甚至虛假做作的行為，卻只是做一個正常人。他說：「我們當中的大多數人會對屠殺豬隻的想法感到害怕，卻都樂意吃豬肉；我絕不願在公園裏踩爛一隻毛毛蟲，卻對蚊子從不留情；我對蜜蜂和黃蜂有差別待遇（兩者都對人命造成威脅，但是我只肯定前者的好處，不肯定後者）。」不過接下來便是一個嚴肅問題：究竟何謂生命，生命從哪一刻開始？艾柯指出聖托瑪斯對此曾有細緻周密的探討，認為胚胎的發育先經過植物性階段，然後經過感官階段，再接受「智識精神」而具人性。不過神學的討論並沒有作出最後的結論，唯一可以明確肯定的是，「基督教神學的核心存在著這樣一個門檻性的問題（薄如紙張的門檻）；過了這道門檻，先前的假設、初胚……被認定是具備理性的動物，一個凡人」。門檻的比喻的確很形象，只要跨過那道門檻，非生命就發生質的變化而成為生命。決定生命的潛在性在哪一刻變為生命的現實性，這在世俗的非信徒也同樣困難。於是艾柯作出結論說：「或許我們被定罪為只配知道有個奇跡產生的過程，而嬰兒是這個奇跡的產物；在這段過程中，想要準確找出我們何時有權介入或不再有權干預，都是不可能且無法討論的。因此，這個決定不是應該永遠放棄不做，就是本身即帶有風險，是母親必須單獨在上帝面前或是在個人良知與人性的法庭上面對的風險。」如果把艾柯這段話說得明確些，那就是無論教會還是政府，都無權在墮胎問題上正當做出任何決定，即便要做決定，也只能由母親一人依據自己的良知來作決斷。

　　馬蒂尼在回應時，首先引述《新約》福音書中對肉體生命（bios）、靈魂生命（psychē）和神的生命（zoē）之區別。他說，世界上每個人都被召喚來參與神的生命，也正是神的生命賦予人的肉體生命以意義。至於艾柯提出「門檻」在何處的問題，他回答說就在受孕的一刻。他說：「從受孕的那一刻開始，新生命就已經誕生；在此，『新』代表它是跟它所由來的兩個結合個體截然不同。」在這個問題上，雙方的意見顯然完全不同。艾柯把「生命在何時開始」視為人生一大神秘，最終沒有明確答案，而馬蒂尼雖然承認自己「不是哲學家或生物學家，不願擅自詮釋這些問題」，卻認定生命就在受孕的一刻開始。果真如此，墮胎便是謀害生命，也就決不能聽之任之。然而無論就科學或就神學而論，這個問題都相當複雜難定，所以在兩人的對話中，我認為艾柯提出那個「薄如紙張的門檻」在何處，或生命在哪一時刻開始的問題，並沒有真正得到回答。馬蒂尼主教只是重申了天主教會的立場，但對教外的非信徒說來，那並不一定有充分的說服力，所以人們也許至多只能尊重這一立場，最終還是各持己見而已。

　　在第三次對話中，艾柯提出另一個挑戰性問題，即天主教會何以不委任婦女為神職人員。他首先承認，人們無權干預宗教團體的自主，只要這類團體的行為不違法，人們也無權迫使他們改變其行為。以天主教會譴責離婚為例，艾柯說：「如果想要成為天主教徒，就別離婚；如果想離婚，請選擇做新教徒。你只有在以下的情形可以抗議：你不是天主教徒，但是教廷卻命令你不能離婚。」按同樣的道理，「如果我是一個願意不計任何代價、一心一意想要成為教士的女人，我會選擇成為埃及女神伊希斯（Isis）的信徒，絕對不會為難教宗」。然而一個知識份子試圖理解教會的行為，則又另當別論，而且是完全合理的。艾柯熟讀基督教經典，幾乎從教會內部一個自己人的角度來提問，即從教義的觀點出發，為神職人員排除女性從《聖經》經文中去尋找合理的依據。在這裏艾柯引經據典，最後證明一點，就是《聖經》上記載有關耶穌或《舊約》中人物的生平作為，都受到當時歷史條件的限制，所以不一定永遠適用或普遍適用。例如「耶穌認為凱撒在地中海一帶擁有強大的政治勢力，所以有必要向凱撒納

貢」，這並不等於當代歐洲的納稅人「應該向哈布斯堡王朝的後代子孫納稅」。按同樣的道理，「若上帝決定以三位一體的第二種形體降生在巴勒斯坦，祂必定被迫化身為男人，不然說出來的話便不具權威」，這也純粹是歷史的偶然。接下去艾柯就提出一個大膽的假設：「如果耶穌是在幾百年後於山頂女先知如普里絲西拉（Priscilla）和麥西米拉（Maximilla）享受盛名的時代才出現，就很有可能化身為女人，或許是羅馬文明時代受到極高尊重的維斯太貞女（vestal virgins，譯注：在羅馬灶神殿中守護神火的年輕未婚女子）。」艾柯更進一步指出，基督是為男人和女人犧牲自己的，他「無視於風俗習慣，授予女性徒眾最高的特權」，而且「唯一生而不帶原罪的人是一個女人」，此外，「最先看到耶穌復活的是女人，不是男人」。於是艾柯問道：「耶穌的這些行為簡直已經挑戰當時的法律到了幾乎違法的地步，這些暗示難道還不足以說明他希望傳達性別平等的概念嗎？」艾柯接下去討論了聖托瑪斯‧阿奎那的名著《神學大全》，發現恰好在神職是否專為男性而設這個問題上，聖托瑪斯也曾大傷腦筋。這位聖徒條分縷析的論證最後歸結到一點，即「性別是在妊娠後期偶然發生的」，然而歷史的局限使他不可能宣稱兩性平等，也不可能使他承認女性可以擔任神職。艾柯仔細搜尋，都無法在《聖經》或聖托瑪斯的著作中，為排除女性擔任神職找到教義上合理的依據，於是他以此向馬蒂尼主教提出問題。

　　如果說艾柯超出歷史的偶然去尋求教義或理論上的合理依據，馬蒂尼則恰恰強調特定的歷史和傳統乃是天主教會行動決策的基礎。對艾柯關於耶穌有可能化身為女人的假設，他回答說：「神學不是探討可能性的科學，也不是研究『若……，則會發生……』的學問，只能從啟示的歷史事實出發去試圖理解。」他又說：「這不是一個尋找先驗性理由的問題，而是我們接受上帝以特別的方式、透過特殊的歷史與我們溝通，其特殊性至今仍影響我們的行為。」這些話聽來也許使人覺得相當保守，不過其中顯示出對歷史和傳統極度的尊重，也自有一種力量。馬蒂尼說：「教會的行為深植於傳統，而在過去這兩千年的歷史中，如此的行為標準並未真正偏

離傳統，顯示出這不單與抽象或演繹的理由有關，也和某些神秘的理由有關。」他總結說：「我們對抗的不只是人類的理性，還有教會不願違背救贖之事的意願；教會是因為救贖而產生的，這並非來自人的思想，而是來自神的旨意。」教會對過去歷史和傳統的記憶極長，要革故鼎新也就極慢。然而馬蒂尼最後似乎恰恰作出了革新的承諾，因為他說：「教會自知仍未完全瞭解自身存在與禮讚的神秘意義，但是依然滿懷信心迎向承諾圓滿的未來，這不是因為人類簡單的期望或慾望，而是神的承諾。」他最後引了聖托瑪斯《神學大全》一段極感人的話作結，在這段話裏，聖托瑪斯又是引聖奧古斯丁的話：「神的兒子應從女人那裏獲得肉體，乃是神的命定……因為唯有如此，人性才得以顯為尊貴。這是奧古斯丁為何要說『人類的解放必須擴及兩性』的原因。」

在第四次對話時，輪到馬蒂尼向艾柯發問了，而他所問的是非信徒道德行為的基礎。馬蒂尼認為倫理必須要有超驗或宗教的基礎，「因為所有的宗教或有不同的表現形式，實際上都擁有某些超經驗的神秘做為其道德規範的基礎」。他引漢斯‧昆（Hans Küng）的話說：「宗教可以明確地闡釋何以道德、規範與倫理價值必須被無條件地遵守（不是只有在方便的時候），並且貫穿宇宙、放諸四海皆準（包括所有階級、身分與人種），人類只有相信自己是被一個絕對至高的力量創造，才有活下去的力量。」對他說來，沒有「形上原則或位格神信仰」做基礎，就不可能有道德行為。艾柯對此的回應，是提出一種完全的自然倫理，也就是把關懷人的身體及其需要，以及承認別人同樣的需要，作為道德原則的基礎。他堅信「有些觀念是普遍存在於各個文化的，而且它們都指涉我們身體在空間中的位置」。人類是身體直立的動物，又有四肢可以旁舒，有感覺和知覺，艾柯由這個簡單事實得出一些最基本的觀念，即人可以分辨上下、左右、動靜，有情感、記憶和語言。他進一步得出結論認為，我們都有自由行動和自由表達自己的需求和權利，而限制這種自由就會造成對人肉體或精神上的傷害。艾柯認為只要有這種自然的「普遍語義學」觀念，即使沒有任何形上或超驗的成分，我們也已經有了「道德體系的基礎，那就是我們首

先應該尊重他人的身體權利，包括言論與思考的權利」。至於宗教，如果像狹隘民族主義一樣，只認同自己那個有限的團體，而不承認團體之外他人的權利，那也完全不能保證杜絕不道德的行為。艾柯舉了一些例證，都是抱著這種狹隘團體意識的人犯下的罪惡，包括「濫殺無辜、將基督徒推入獅口、聖巴爾多祿茂日大屠殺（St. Bartholomew's Day Massacre，譯注：十六世紀羅馬天主教勢力屠殺巴黎數萬名新教徒的血腥事件）、焚燒異教徒、設立集中營、思想審查、強迫兒童進入礦坑工作，以及今日在波士尼亞上演的種種窮兇惡極」。艾柯說，承認他人的權利「不是什麼模糊的情感取向，而是一個基本情境」，因為歸根結蒂，「是他人的凝視在定義我們和決定我們」。因此無須形上或超驗的成分，無須信仰一個人格化的神或上帝，而以人類合理的品格和開放的眼光為基礎，就完全可能建立起倫理和美德。至於宗教信仰，歷史上許許多多宗教衝突已經可以證明，即使有了道德的絕對基礎，「仍無法使具有分辨是非善惡觀念的信徒免於犯罪」。不過艾柯終究沒有「將信仰超經驗上帝的信徒和不信仰任何更高存有的人劃分成兩個對立的陣營」。他由此而為世俗的非信仰者留出空間和餘地，可以體會人生當中的奇妙和神秘，可以保留某種形式的宗教情操，而無須信奉某一特定形式的宗教，無須加入某一教會或宗教團體。

　　認識到人類理性的有限，並在此之上願意接受人生的神秘，這種開放的胸懷在我看來恰好在更高的層次上合乎理性，而且有一種悲劇式的、動人的力量。從俄狄普斯到哈姆萊特，最偉大的悲劇在啟迪人生真理當中，不正是向我們揭示人的這種有限性，使我們在自我認識中對宇宙人生的無窮可能性採取開放的態度嗎？也許較之一般形式化的宗教信仰，這是更為深刻的宗教情操，因為在這個層次上，宗教和理性並不絕對對立，而成為探究人生、認識真理兩種不同的形式，經過對話和溝通，未嘗不可以殊途而同歸。所以在我看來，在這關於信仰和非信仰的對話中，艾柯似乎對宗教始終抱著尊重和極力去理解的態度，而相比之下，馬蒂尼作為紅衣主教和歐洲天主教大公會議一位領袖人物，說話似乎就更為審慎，反覆強調信仰、神秘、歷史和傳統，而這恰好是艾柯提出問題時，希望能仔細審視探

討的。《莊子‧知北遊》早說：「辯不如默，道不可聞。」歐洲中世紀的神秘主義者也認為，神聖是沈默的，所以批判性的分析和辯論也許從來就不是信仰者之所長。然而無論審視我們周圍的環境還是整個世界的局勢，我們面對那麼多的困難和問題，艾柯和馬蒂尼的對話確實具有典範意義，因為他們兩人都各自有經過深思熟慮的堅定立場，但又都帶著同情理解的態度和深厚的學養向對方伸出手去，力求達到溝通的目的。他們的對話還有另一種典範意義，那就是他們向讀者開放，激發我們繼續思考，探討我們在社會人生中面臨的重大問題。以這樣一本一百來頁的小書而包含如此豐富的知識、智慧和批判性思考，艾柯和馬蒂尼的對話確實值得世界各地讀者的注意和讚賞。以中文讀者而論，也許他們對話的內容與我們身邊最迫切的問題不一定直接相關，然而他們討論問題的方式和達到的層次，他們對話當中那種豐富的文化內涵，不也正可以給我們啟迪，為我們提供一個典範嗎？使我們能超越狹隘的局限，以更開闊的眼光和胸懷去關切人生基本和深刻的問題，這正是我們在心靈上從這本小書能夠得到的一點收穫。

附記：在二○○○年即一個新的千年紀（millennium）來臨之際，西方有許多有關的討論，而以我所見，艾柯與馬蒂尼主教的對話為最有意義也最能給人啟發，於是寫了這篇讀後感言。此文寫於二○○三年初，最初發表於二○○三年秋季《九州學林》創刊號。

諷寓

　　諷寓（Allegory）按其希臘文詞源意義，意為另一種（*allos*）說話（*agoreuein*），所以其基本含意是指在表面意義之外，還有另一層寓意的作品。從古代希臘到當代西方，諷寓都是極為常見的文藝形式，而由於這種形式涉及語言結構和多層意義的問題，有關諷寓及其解釋的討論往往和語言性質、闡釋學、經典與閱讀等眾多理論問題密切相關，而諷寓也就不同於一般文藝形式，成為文藝作品中極具理論意義、極有代表性的類型。

大背景解說

　　人類用語言來指事、表情、達意，然而語言和事物有差異，語言和使用語言者所要表達的意念也可能有差異，於是語言的字面和語言要表達的內容之間，或者用語言學和文論常用的術語來說，在能指（signifier）和所指（signified）之間，就可能產生差距。諷寓就是在能指和所指之間有明顯差異的作品，包括文學作品和造型藝術作品，這類作品在其直接和表面的意義之外，還有另一層比喻的意義。當然，比喻這種修辭手法也在字面之外，還有另一層意義，但一般說來，比喻是局部的，往往限於一個意象，以一句或幾句話為範圍，而諷寓卻往往以全部作品為範圍，所以諷寓的另一個定義是範圍擴大的、持久的比喻。但局部和全部、多與少的分別不是那麼絕對，而且除比喻之外，還有其他一些修辭手法和文學體裁，例如寓

言、童話等等，也都明顯有字面之外的含意。這些不同修辭手法或文學體裁難以嚴格區分，但大致說來，童話基本上是為兒童講的故事或民間傳說，其中往往包括超現實的神怪成分，但以人，尤其是年輕人為主角，寓言則往往以動物為主角，托動物之口傳達某種智慧或哲理。然而童話和寓言雖然都有寓意，但形式比較簡短，寓意也比較明確，相對說來，諷寓就更複雜一些。在習慣上，各類作品都有一定的稱呼，如古希臘伊索以動物為主角講的故事稱為fable，新約《聖經》裏基督佈道講的故事稱為parable，這類故事都是在字面之外，另有一層含義，但習慣上卻都不叫allegory即諷寓。在歷史發展中，諷寓往往和文化傳統中被奉為經典的作品有較深的聯繫，要深入理解諷寓，就有必要約略知道這一觀念發展的歷史。

一、諷寓的觀念史

從歷史發展的情形說來，諷寓觀念的產生可以追溯到西元前六世紀，起源於哲學家們對荷馬史詩的解釋。荷馬史詩凝聚了希臘遠古的神話、歷史和宗教信仰，在古希臘是眾人皆知的經典。但隨著哲學的興起，出現了所謂哲學與詩之爭，有些哲學家質疑荷馬史詩中神人交雜的描寫，尤其認為荷馬把諸神描繪得像人一樣，有各種弱點，如互相欺詐、嫉妒，有極強的虛榮心和報復心等等，這實在是褻瀆神聖，不能教給人宗教虔誠，也不能為人們提供道德的典範。柏拉圖就說過，雖然他尊重像荷馬這樣的詩人，但他設計的理想國卻不容許這樣的詩人存在，而必須把他逐出門外（《理想國》3.398a）。這最能代表哲學興起之後，思辯理性對傳統史詩的挑戰。然而哲學總是追求在事物的表面現象之下，探索其本質和深層的原因，對荷馬的哲學解釋也不例外。於是有一些哲學家，尤其是斯多葛派哲學家，便提出不那麼直觀卻帶哲理的解釋。他們認為荷馬史詩複雜精深，在神話故事的字面意義之外，還深藏著關於宇宙和人生的重要意義，諷寓（allegory）和諷寓解釋（allegoresis）的觀念便由此產生。前者著眼於作品本身的意義結構，後者著眼於作品的解讀，但二者實在緊密關聯，很難分開來討論。

　　斯多葛派給神話以自然的解釋，認為眾神之王宙斯代表萬物的本源，其他諸神都是他的延伸。他們認為宇宙自然和人互相關聯，這一觀念對後來中世紀所謂自然大宇宙（macrocosm）和人的小宇宙（microcosm）對照感應的諷寓關係，有十分重要的影響。按照這一觀念，觀測天象可以有助於瞭解人事，所以星相學在中世紀有重要發展。在一定程度上，這種想法頗類似中國古代所謂「天人合一」的觀念。

　　據現代學者們的研究結果，荷馬史詩源於古代的口頭吟唱文學，不是自覺的諷寓作品。但羅馬詩人維吉爾（Virgil）有意識摹仿經過諷寓解釋的荷馬史詩，創作出羅馬文學中最重要的史詩《伊尼德》（*Aeneid*），就成為自覺的諷寓作品。於是在希臘羅馬古典傳統中，諷寓成為重要的文學形式。

　　西元一世紀初，北非名城亞歷山德里亞是希臘化時期一個文明中心，生活在這裏的一位猶太人斐羅（Philo）熟知希臘古典，深受希臘哲學和文藝影響。斐羅最早把荷馬史詩的諷寓解釋法引入希伯萊《聖經》的解釋，對諷寓和諷寓解釋的發展起了十分重要的作用。他認為《聖經》的字面意義並不重要，經文的解讀必須以追尋精神意義為目的，而精神意義總是「喜歡藏而不露」，所以「只有本性聰慧、有優良品德而又受過基本訓練的人，才有條件接受經文諷寓解釋法的教導」。斐羅總在字面之外追尋精神意義，卻忽略經文文字本身，這對後來基督教的《聖經》闡釋有很大影響。在早期基督教教父長老中，生活在二至三世紀的奧利根（Origen, ca. 185-254）就把諷寓解釋更進一步發展，提到理論化高度。他所著《論第一原理》的第四部專論《聖經》的解讀，是第一部基督教闡釋理論著作。奧利根說：「正如人有肉體、靈魂和精神，上帝為拯救人類所設的經文亦如是。」（II.4）這一看法在中世紀得到進一步發展，成為《聖經》有四層意義的理論。奧利根又說：「就全部《聖經》而言，我們的看法是全部經文都必有精神意義，但並非全部經文都有實體意義。事實上，有很多地方全然不可能有實體的意義。」（III.5）舊約《聖經》中有一篇〈雅歌〉，在形式上可能是古希伯萊婚禮頌歌，文字極為優雅動人，抒寫「耶路撒冷的女兒」春心蕩漾、思念情人的心態，真可謂淋漓盡致。〈雅歌〉中有許

多新奇鮮明的意象描繪少女的美麗，從頭到腳寫女性身體的各個部分，具
體入微，色彩濃郁而豔麗，帶有強烈的性愛的意味。〈雅歌〉和《聖經》
中其他篇章很不相同，通篇無一字道及上帝及其律法，卻充滿情與色，很
像一首世俗情歌。但這樣的作品居然又是《聖經》之一篇，成為猶太教和
基督教都接受的宗教經典，在《聖經》闡釋上，就成為歷來需要解決的一
個問題。猶太拉比們早把〈雅歌〉解釋為歌頌上帝與以色列之愛，基督教
教父們則把它解釋為歌頌上帝與新以色列即基督教教會之愛。他們都把
〈雅歌〉那些具體的描繪和帶性愛色彩的意象，統統說成是諷寓，是以世
俗肉體的愛象徵聖潔的精神之愛。奧利根最有名的著作就是對〈雅歌〉的
闡釋，他完全否定經文字面意義，甚至認為沒有擺脫肉慾衝動的人不可讀
〈雅歌〉，因為不懂如何從精神意義去理解經文，而僅從字面意義去讀
〈雅歌〉，就有誤解經文的危險。奧利根對〈雅歌〉的評論可以說代表基
督教《聖經》闡釋中最極端的諷寓解釋，但諷寓解釋又絕不僅只對〈雅
歌〉一篇，也不僅限於西方傳統，因為在字面意義之外去追求精神意義，
可以說是所有經典評注傳統共同的特點之一。在中國古典傳統中，以美
刺、諷諫來解釋《詩經》所有的作品，尤其是十五國風中許多民歌類情
詩，如以〈關雎〉為美「后妃之德」，〈靜女〉為刺「衛君無道，夫人無
德」等等，就是一種超出字面意義的諷寓解釋。

　　無論中國或西方，諷寓都和經典密切相關。荷馬史詩、《聖經》或儒
家經典，都不是簡單的文學作品，一旦人們將其奉為經典，就期待這些作
品含義深遠，包含宗教、哲學或道德的真理，而絕不僅止於字面直解的意
義。由此可見，諷寓解釋往往有宗教、哲學、倫理或政治的出發點，帶有
很強的意識形態色彩。當某一意識形態暫居主導時，以此意識形態為基礎
的諷寓解釋也成為主導，被人們普遍接受。由於同樣的原因，當某一意識
形態喪失主導地位時，建立在此基礎上的諷寓解釋也就相應失去權威和說
服力，被人們批判甚至拋棄。在近代西方，隨著教會的力量在啟蒙時代以
後逐漸衰落，歐洲社會越來越世俗化，基督教諷寓解釋也慢慢失去了在中
世紀那種無庸質疑的權威性。到十八世紀末，諷寓的重要性越來越低落，

似乎它本身是沒有意義的外殼，只指向自身之外的某種意義。與此同時，象徵則被視為與諷寓完全相反的另一個範疇，它自身既是具體的形象，又有形象以外的象徵意義，但其具體形象本身又是實在的，而並非僅僅是寄託意義的外殼。康德《判斷力批判》第五十九節論美為道德上善的象徵，就充分肯定了象徵在美學上的重要性，對後來象徵概念的發展很有影響。經過歌德、席勒，尤其是哲學家謝林的進一步探討，象徵與諷寓的分別越來越成為十九世紀美學和文藝理論中一個重要議題。謝林在《藝術哲學》中說：「絕對藝術再現的要求是：全無分別的再現，即普遍完全就是特殊，特殊也同時完全是普遍，而不是僅僅代表普遍的意義。」總之，象徵既是具體形象，又具普遍性，成為文學藝術的本質特徵，而諷寓則被貶低為寄寓教義的簡單宣傳品，在美學上似乎沒有什麼價值。

　　二十世紀六十年代之後，各種後現代主義理論逐漸興起，對語言和現實事物之間的關係、對意義的明確性和穩定性、對能指和所指的對應關係、對客觀、真理等等基本觀念，都提出質疑，同時又強調各種差異，大談語言達意的困難，突出意義的斷裂。如拉康（Jacques Lacan）把精神分裂定義為「表意鏈條的斷裂」，傑姆遜（或譯詹明信，Fredric Jameson）就認為那是對後現代狀況最準確的描述，是從語言學和精神分析學的角度，對後現代社會普遍的文化斷裂所做的最佳解釋。由於後現代理論家們強調文化斷裂、強調能指和所指之間的錯位，他們就把諷寓重新扶上理論的前臺，認為諷寓恰好可以代表後現代所突出的斷裂和差異。諷寓在十八世紀末和十九世紀的浪漫時代受到貶責，浪漫主義、象徵主義和現代主義都重視象徵而忽略諷寓，在二十世紀後現代理論中，就恰好可以解構這一歷史，把諷寓作為被邊緣化的概念翻身解放，重新回到理論探討的中心來。諷寓曾被認為本身沒有意義而純粹指向外在的意義，後現代理論認為語言和意義之間本來就呈斷裂狀態，所以本身沒有意義的諷寓恰好最能配合後現代主義對當代文化和社會狀況的看法，成為解構的良機。本雅明曾對諷寓作過探討，並幾乎把它等同於語言本身，保羅‧德曼等後結構主義者認為語言是自我解構的，閱讀和理解是不可能的，而諷寓就恰好最能代表這

種「不可讀性」（unreadability）。這些看法對後現代主義理論恢復諷寓的地位，都相當有影響。

然而就其在形象之外另有寓意這一點說來，象徵和諷寓並沒有本質的區別。浪漫主義美學貶低諷寓，把象徵視為唯一可以表現藝術和審美價值的概念，固然過於片面，後現代主義理論拋棄象徵，強調只有諷寓能真正代表語言的解構性以及歷史和文化的斷裂，又何嘗不是言過其實，走向另一個極端？從歷史的角度看，後現代主義理論重新肯定諷寓，其實是為了區別於浪漫主義和現代主義而獨樹一幟，所以前者所肯定的，後者就概然否定，這與象徵和諷寓本身的性質並沒有邏輯和理論上說來的必然聯繫。

二、諷寓、經典、闡釋學

讓我們再回到諷寓的基本定義，即諷寓是在表面意義之外、還有另一層寓意的文學藝術作品。一般說來，文藝作品都不僅僅是簡單表述，而有言外之意，有特別的內涵和意蘊，所以諷寓和象徵可以說都是文藝的本質特徵。在西方藝術傳統中，有很多諷寓繪畫作品，把善惡智愚之類的抽象概念用具體形象表現出來，或用少年、成年和老年人的不同形象，表現時間和人生盛衰的道理。這類諷寓藝術作品在表現一般世俗抽象概念之外，也常常表現宗教題材，含有宗教的寓意。甚至風景和靜物也在表現自然風物之外，可以有諷寓意義。例如十七世紀著名的荷蘭靜物畫，畫面往往是絢爛的花卉、豐盛的食品、昂貴的餐具、華麗的擺設，看來表現商人的富裕和世俗生活的享樂。但如果你仔細觀察，在豔麗的花草中往往會發現有一些枯枝和散落的花瓣，有蒼蠅、蜥蜴、蛇蠍之類的蟲豸，而在讓人饞涎欲滴、已經熟透的瓜果中，突然有一兩個已經發霉腐爛。這就是以繪畫藝術的方式，表現物盛而衰，人必有一死（*memento mori*）的觀念，這也正是中世紀以來基督教宗教藝術一個重要的主題。還有一種題目叫「虛空」（*Vanitas*）的靜物畫，這題目本身就取自舊約〈傳道書〉第一章第二節：「傳道者說，虛空的虛空、虛空的虛空，凡事都是虛空。」這類靜物畫的佈局往往在花卉果實之外，還有書籍或樂譜，有擺在桌上的琴瑟或其他樂

器，還有計時的沙漏，燃過大半的殘燭，而最令人矚目的是赫然一個空髑髏，那空空的眼窩正對著看畫人的眼睛。這類作品提醒人們，世俗的享樂和富貴榮華到頭來都是空無虛幻，其諷寓含義顯而易見。

　　不過總體而言，諷寓和尤其是諷寓解釋，在歷史上都往往和文字的經典密切相關，因此我們可以說，諷寓不是一般作品的特徵，而尤其是經典作品及其解釋的特徵。諷寓最初產生就與荷馬在古希臘的經典地位有關，而在西方文化史上，諷寓也是由荷馬的解釋發展到《聖經》的解釋，而這兩種解釋對近代闡釋學的發展都相當重要。我們在前面已經提到基督教教父哲學家奧利根以諷寓來解釋舊約〈雅歌〉，現在可以再簡單談談在整個《聖經》闡釋傳統中，尤其在處理舊約和新約之間的關係時，諷寓所起的作用。從歷史上看，基督教乃從猶太教發展而來，基督教《聖經》繼承了猶太教經典，稱為舊約，而記載耶穌生平和教義的各書，就形成新約。如何從基督教的觀點來解釋舊約，就成為基督教神學很重要的闡釋問題。基督教神學家利用諷寓解釋的辦法，認為舊約中所載的人和事，都在字面意義之外有更深或更高的精神意義，那就是符合基督教教義的精神意義。在諷寓之外，他們往往還同時應用另一種闡釋手法，就是類型論（typology），即把舊約與新約連貫起來，在舊約所記載的人物和事件中，尋找預示耶穌基督的成分。上面我們討論〈雅歌〉的諷寓解釋時，已經提到猶太拉比們認為那是講上帝與以色列之間的愛，而基督教教父們則說那是講基督與新以色列即基督教教會之間的愛，那就已經是諷寓和類型論結合的解釋。此外，舊約〈出埃及記〉載摩西帶領以色列人穿過紅海，逃出埃及，基督教類型論和諷寓解釋就認為，那預示了基督和所有基督徒的受洗禮。再例如舊約〈創世紀〉第二十二章載上帝為考驗亞伯拉罕的忠誠，要他把自己唯一的兒子以撒帶到摩利亞地山上，殺來給神獻為燔祭。以撒背負木柴走到山上，搭好祭台，但亞伯拉罕正準備揮刀殺以撒時，上帝卻派天使阻止了他，讚揚他願意犧牲自己唯一的兒子，獻給神為燔祭，證明了他的虔誠，所以不要傷害他的兒子。在猶太教的解釋裏，這段戲劇性故事的主角是亞伯拉罕，主要意義是講亞伯拉罕如何忠於上帝。但在基督教

神學的解釋裏，這段經文在這一層表面意義之外，還另有諷寓的意義，而在這諷寓中，故事的主角不再是亞伯拉罕，而是以撒，因為以撒是預示基督的一個類型。就像耶穌基督是上帝唯一的兒子，卻為了拯救人類而犧牲一樣，以撒也是亞伯拉罕唯一的兒子，卻完全無辜而要被獻為燔祭犧牲。以撒自己背負木柴，走到山上的祭台去，就好像基督背負木頭的十字架，走向他被釘十字架的髑髏地去。如此等等，都是類型論在新舊約之間找出可以類比之處，而以撒就在類型諷寓中變成主角，成為在耶穌基督之前與之相類似並預示基督來臨的人物。

　　諷寓和類型論走到極端，的確會把帶有濃厚意識形態色彩的意義強加在原文之上。但另一方面，經典之為經典，就是在不同時代不同狀況下，都能對當時人們面臨的問題作出回應，具有指導意義。由此可見，經典的意義不能完全局限於歷史和字面直解的所謂本義，而總在字面之外有更深或更高的含義。如何在字面意義和諷寓意義之間達到合理的平衡，正是闡釋學上一個重要問題。西方闡釋學（或譯詮釋學，hermeneutics）發展的源頭，就一方面是自荷馬的諷寓解釋以來研究希臘羅馬古典語言的闡釋傳統，另一方面是解讀《聖經》的宗教神學的闡釋傳統。由於諷寓和這兩個傳統都密切相關，其對闡釋學發展的意義，也就不言而喻了。其實在任何文化傳統中，經典、諷寓和闡釋都密切相關。在中國傳統中，儒家有四書五經、道家和佛家也都有各自的經典，這些經典在歷代有各種注疏，而中國文化的許多基本價值觀念就在這些經典和評注的傳承之中得以形成，並廣為流布。在傳統中出現有關理解和解釋的各種問題，就成為闡釋學形成的基礎。如果說研究希臘羅馬古典語言的闡釋學關注的是具體作品的解釋問題，研究《聖經》的闡釋學關注的是如何理解經文的問題，那麼在這些具體闡釋問題之上，探討有關理解和解釋的普遍性理論問題，就是現代闡釋學所研究的範圍。

　　如果一個文本的意義在字面本身已經完全明確，毫無誤解的可能，解釋就沒有必要，如果其意義完全不能從字面本身去尋索，無處著手去理解，解釋也就沒有可能，而闡釋現象之產生正在這兩個極端之間。其實人

總是追求意義的明確，希望通過正確理解，把握周圍的環境和事物，所以人生的各方面，都隨時有理解和解釋的需要，在人類生存的基本境況中，闡釋也就成為一普遍現象。換言之，我們所面對的事物和情境，在大多數情形下不是簡單清楚、一目了然的，其意義都往往在表面之外，需要理解和闡釋。這就是諷寓和象徵之所以普遍存在的基礎，只不過作為明確意識到的創作手法和闡釋策略，諷寓和象徵更是文學藝術的特色，和傳統的經典和評注密切相關。

三、詮釋和過度詮釋

　　既然意義的理解是普遍的闡釋現象，理解的準確與否就十分重要。對基督教神學很有影響的聖奧古斯丁在《基督教教義》一書中，討論如何正確解讀《聖經》，就特別強調分辨需要直解的自然符號和需要理解其寓意的比喻性符號，指出二者絕不可混淆。他認為總體說來，《聖經》有寓意部分經文的含義，都已經在可以直解的部分明確講出。另一位重要的神學家、生活在十三世紀的聖托瑪斯・阿奎那更明確說，對《聖經》的任何諷寓解釋都必須以經文本身的字面意義為基礎。到十六世紀，發動歐洲宗教改革的馬丁・路德則強調，《聖經》本身意義明確，是一部人人可以讀懂的書。所以在西方基督教闡釋學中，由奧古斯丁到阿奎那再到路德，有一個注重文本的傳統，儘管諷寓解釋一直存在並發生影響，但對《聖經》的詮釋不可能過分脫離經文的字面意義，不著邊際地憑空臆度。當代著名義大利學者和作家艾柯（Umberto Eco）提出「過度詮釋」的概念，認為文本自身對其解讀有一定的限制，在理解和闡釋中，如果超過文本意義及其靈活理解的合理範圍，把顯然與文本字面很不相同的意義強加於其上，那就是過度詮釋。

　　由於經典在宗教、政治、社會和整個文化生活中佔有重要地位，經典的闡釋也非常重要，而闡釋權往往和宗教、政治和社會的權力相關。在中世紀歐洲，教會權威也就是《聖經》闡釋的最高權威，而且教會使用經過認可的拉丁文譯本，只有教士才有權講解經文。一般人不懂拉丁文，也

不可能解釋《聖經》，但即便懂拉丁，如果對經文作出不同於教會的解釋，也會被視為異端，受宗教裁判的迫害，甚至被處死。歐洲宗教改革以來，《聖經》被翻譯成歐洲各種現代語言，每個基督徒可以自己閱讀《聖經》，這既使基督教信仰擺脫教會的控制，同時也使歐洲各民族語言達到成熟，標誌著現代民族國家的形成。隨著宗教改革以後歐洲的世俗化，啟蒙和理性逐漸取代了宗教在政治、社會和精神生活各方面的權威地位。儘管在現代西方社會和各派教會裏，對《聖經》仍然有各種不同的解釋，但完全脫離文本的過度詮釋畢竟沒有多大說服力。在中國文化裏，以儒家政治倫理的觀念來闡釋經典本文是傳統經學的主流，許多方面和西方《聖經》闡釋中的諷寓解釋相當接近。中世紀歐洲曾有宗教裁判所，用嚴酷的手段控制不同於教會正統的異端思想，梵蒂岡還有一個長長的禁書目錄，力求杜絕異端思想的傳播。中國歷史上也同樣有控制異端思想的各種手段，清代康、雍、乾三朝的文字獄更深文周納，造成萬馬齊喑的慘澹局面。在思想控制方面，歪曲文本字面意義的「過度詮釋」往往起很大作用，所以無論是經典還是其他文本的解釋，都既不能死板地拘泥於字面，也不能脫離文本字面意義，或斷章取義，或指鹿為馬，使闡釋失去合理可信的說服力。如何取得合理的詮釋而避免不合理的過度詮釋，這是我們在政治、文化和社會生活中隨時面對的問題。

四、結語

　　最基本意義上的諷寓概念，即在表面之外隱含另一層意義，的確是帶普遍性的語言現象，包括藝術和其他形式的語言。在歷史上很長的時期，無論中國或西方，諷寓都與經典的闡釋有關，往往代表正統的意識形態，但現代世界是世俗化的世界，無論宗教、政治或倫理觀念都沒有中世紀那種強制的權威性，經典概念也由無庸質疑的神聖典籍擴大為有重要影響和代表重要文化價值的作品。以中國文化而論，傳統上經、史、子、集的分類，就很明確規定只有《詩》、《書》、《易》、《禮》、《春秋》才算經，其他浩如煙海的著述都不能稱為經。後來經的觀念逐漸擴大，到清代

有十三經，就包括了其他一些典籍，而現代所謂經典，更是一個廣義的觀
念，包括文藝創作中有影響的重要作品。與此相應，諷寓的概念也逐漸擴
大，由過去與傳統經典及其闡釋相關，逐漸成為廣義的諷寓，即任何在表
面意義之外，還包含另一層意義的作品。在這個廣泛的意義上，諷寓是普
遍的，但後現代理論強調諷寓代表了表意鏈條的斷裂，代表了當代社會文
化本身的斷裂，則又言過其實。事實上，我們無論是在日常生活中使用一
般語言交流，或是在文藝作品中通過藝術的語言來表達思想感情，都既有
相對穩定的可能表情達意，也有可能因為辭不達意而煩惱，由意義的含混
而感困惑，或者受制於自身表達能力的局限。表達可能成功，也可能遭遇
困難而發生誤解，因此，僅執一端而不顧其餘，以為語言和現實完全一一
對應，毫無差距，或者完全相反，以為語言根本無法明確表達意義，任何
表達都註定有所謂「失語」的困難，甚至否認有順利表達、真實再現的可
能，進而否認有真實本身，都終究是自欺欺人、站不住腳的片面看法。
從積極的方面看來，表達的多樣和可能，意義的含蓄和豐富，使經典性
的作品不可窮盡，而這就是諷寓總會存在，也總值得我們進一步去探討的
原因。

2003年7月12日
完稿於香港九龍瑰麗新村

參考書目

Augustine, Saint. *On Christian Doctrine*. Trans. D. W. Robertson, Jr. Indianapolis: Bobbs-
　　Merrill, 1958.

Bloomfield, Morton W. "Allegory as Interpretation". *New Literary History* 1 Winter
　　1972: 301-317.

Daniélou, Jean. *From Shadow to Reality: Studies in the Biblical Typology of the Fathers*.
　　Trans. Wulstan Hibberd. Westminster, Md.: Newman, 1960.

De Man, Paul. *Allegories of Reading: Figural Language in Rousseau, Nietzsche, Rilke, and Proust*. New Haven: Yale University Press, 1979.

Eco, Umberto with Richard Rorty, Jonathan Culler and Christine Brooke-Rose. *Interpretation and overinterpretation*. Cambridge: Cambridge University Press, 1992.（中譯本：艾柯等著，《詮釋與過度詮釋》，王宇根譯。香港：牛津大學出版社，1995）

Fletcher, Angus. *Allegory: The Theory of a Symbolic Mode*. Ithaca, NY: Cornell University Press, 1964.

Froehlich, Karlfried (ed. and trans.). *Biblical Interpretation in the Early Church*. Philadelphia: Fortress Press, 1984.

Gollwitzer, Helmut. *Das hoche Lied der Liebe*. Munich: Chr. Kaiser, 1978.

Henderson, John B. *Scripture, Canon, and Commentary: A Comparison of Confucian and Western Exegesis*. Princeton: Princeton University Press, 1991.

Lamberton, Robert. *Homer the Theologian: Neoplatonist Allegorical Reading and the Growth of the Epic Tradition*. Berkeley: University of California Press, 1986.

Langmuir, Erika. *Pocket Guides: Allegory*. London: National Gallery Publications, 1997.

Lewis, C. S. *The Allegory of Love: A Study of Medieval Tradition*. New York: Oxford University Press, 1958.

Murrin, Michael. *The Allegorical Epic: Essays in Its Rise and Decline*. Chicago: University of Chicago Press, 1980.

Quilligan, Maureen. *The Language of Allegory: Defining the Genre*. Ithaca, NY: Cornell University Press, 1979.

Schwartz, Regina (ed.). *The Book and the Text: The Bible and Literary Theory*. Cambridge, Mass.: Basil Blackwell, 1990.

Stern, David. *Parables in Midrash: Narrative and Exegesis in Rabbinic Literature*. Cambridge, Mass.: Harvard University Press, 1991.

Tate, J. "On the History of Allegorism". *The Classical Quarterly* 28. April 1934: 105-114.

Whitman, Jon. *Allegory: The Dynamics of an Ancient and Medieval Technique*. Cambridge, Mass.: Harvard University Press, 1987.

Zhang Longxi. "Historicizing the Postmodern Allegory". *Texas Studies in Literature and Language*, vol. 36, no. 2, Austin, TX, Summer 1994, pp. 212-231.

Zhang Longxi. *Allegoresis: Reading Canonical Literature East and West*. Ithaca: Cornell University Press, 2005.w

附記：此文是為《外國文學》雜誌「文論講座——概念與術語」專欄撰寫
　　　的條目，最初發表在《外國文學》二〇〇三年十一月號，後來收在
　　　趙一凡、張中載、李德恩主編的《西方文論關鍵字》一書裏。諷寓
　　　和諷寓解釋是我很感興趣的研究課題，我的英文著作*Allegoresis*就
　　　是討論這一題目，二〇〇五年由康奈爾大學出版社出版。討論諷寓
　　　不只是討論一個概念術語，而是涉及中西文學和文化是否可以比較
　　　和溝通的根本問題。

有學術的思想，有思想的學術：
王元化先生著作讀後隨筆

　　早在八十年代初，我和曾任北大中文系主任的溫儒敏兄合編過一本
《比較文學論文集》，那是北京大學比較文學研究叢書的第二種，一九八
四年由北大出版。此書收錄中國學者有關中西比較研究的論著，其中選了
王元化先生著《文心雕龍創作論》討論劉勰譬喻說與歌德意蘊說的部分。
元化先生融會中西文論，以歌德關於藝術作品是用具體形式體現事物本質
的「意蘊說」，來與劉勰《文心雕龍·比興》所謂「稱名也小，取類也
大」的「譬喻說」相比較，對二者的異同和各自的局限，都作了十分精到
的評論。劉勰認為名和類是以小見大，以局部代表整體，例如《詩經》開
篇第一首「關雎」，就是用禽鳥的具體形象，來表現「后妃之德」這較為
抽象的意思，所以類似以此喻彼的譬喻，其中「蘊涵了個別與一般的關
係」。[1] 以具體個別的形象來表現一般而具普遍意義的思想觀念，可以說
是文藝的特性，但劉勰主張「徵聖」、「宗經」，並說「文章之用，實經
典枝條」，就有點把文學視為工具，也就有以文載道的局限。歌德反對
「譬喻文學」，認為在那種文學作品裏，具體的藝術形象「只是作為一般
的一個例證或例子」，違反藝術本性，所以他的「意蘊說」更注重文藝作
品本身的審美價值，而不把文藝視為宣講抽象觀念的工具。如果我們把歌
德這句話放在十八至十九世紀德國美學發展的環境裏來看，就知道這代表

---

[1]　王元化，《文心雕龍講疏》（上海：上海古籍，1992），頁152。

了當時對諷寓（allegory）和象徵（symbol）兩個概念的不同理解。諷寓好像只是宣傳教義的工具，是一個簡單的外殼，和內在觀念沒有直接有機的聯繫，而象徵則不同，它本身是有意義的形象，同時又能體現更帶普遍性的觀念。歌德和德國一些哲學家、文學家一樣，都把諷寓看成中世紀神學觀念的簡單圖解，一旦理解了觀念，那圖解就完全無用，可以棄之如敝屣，而象徵則代表自身具有價值的藝術，是內在觀念在具體形式中的完美顯現，其中很難把形式與內容作機械的區分。王元化先生討論《文心雕龍》，梳理其在中國傳統文論中的承傳和影響，又把西方美學和文藝理論來做比較，使現代的讀者更容易瞭解其中一些重要觀念，這在《文心雕龍》研究中，的確獨具一格，別開生面。我和儒敏兄很佩服王先生的學識和研究成果，於是把《文心雕龍創作論》比較劉勰與歌德的部分，收進我們合編的《論文集》裏。

那時候我在北京，尚無緣識荊。幾乎十年之後，我已在加州大學任教，杜維明教授一九九二年九月在哈佛大學舉辦一個學術會議，邀我參加，在那次會上，我才第一次與元化先生見面。王先生為會議提交的論文是「『達巷黨人』與海外評注」，其中以《論語》章句的解釋為例，糾正海外一些漢學家理解中國古代典籍的錯誤。那篇文章以具體例證說明，在學術研究中，文字訓詁的基本訓練是多麼重要，而且通過評點國外學者理解和研究的得失，與海外幾位著名漢學家展開對話，表現出中國學者在國學研究上深厚的功力和開闊的眼光，讀後不能不令人深為感佩。在哈佛和元化先生見面暢談，十分愉快。會後返回加州，更時有書信往來，又拜讀了先生好幾種著作，使我對他的思想和學問有了更深一層的瞭解，也加深了我的仰慕之情。一九九八年我從美國到香港城市大學工作，由葛兆光兄安排，清華大學人文學院邀請我去訪問。十二月中到北京，一九九九年元旦後我們一家人第一次到上海。元化先生早已安排好，元月六日在上海圖書館舉辦一個座談會，使我有機會與許多我敬佩的學界前輩和朋友們見面，包括早已認識的朱維錚教授，還有初次見面的唐振常、徐中玉、錢谷融、周振鶴教授以及傅傑、錢文中等一些年輕朋友。有好幾位雖是初次見面，卻一見如故，

大家談起來思想見解都十分投合。那是我初次到上海，那蓬勃發展的都市建設、可觀的學術陣營和濃厚的文化氣氛，都給我留下很深的印象。

　　那次滬上之行也使我有機會與元化先生長談，聆聽他對東西方學術和思想十分精闢的見解。記得有一個晚上，我在他住的房間和他談話一直到半夜一點多，先生談興猶濃，毫無倦意，但我生怕耽誤他睡眠，有礙身體健康，才首先告辭出來。最近數年裏，我又到過上海幾次，每次總要去拜望元化先生。從這些交往當中我深深感到，王元化先生是當今中國文化和學術界一位重要的領袖人物，同時又是一位十分謙和厚道的長者。他十分注重傳統學問扎實的訓練和基礎，長於考據訓詁，同時又具有現代知識份子注重個人人格和權益、關心公共事務、爭取社會公正和自由的特色。所以他的學問既包括傳統的國學研究，又注重五四前後近現代中國的思想和學術，同時對西方哲學、歷史、美學和文學，也有很深的造詣；他討論黑格爾和盧梭的思想，評論莎士比亞戲劇，都有許多獨到的見解，而且這些學術研究又都與我們這個時代面臨的問題密切相關。二〇〇四年，上海古籍出版社出版了王先生的《思辨錄》，其中收錄了一九四〇年至二〇〇二年的各類札記，分類編纂，並附人名索引和編年索引，王先生認為這是他六十餘年來札記的定本。同年，文匯出版社又收錄他二〇〇〇年以後寫成的另一些文章，第一次結集，編為《清園近作集》出版。到了二十一世紀，王先生已入耄耋之年，近年來目力不佳，寫信作文只能口述，須請人筆錄，可是讀他這些近作，卻深感其思想之活躍敏銳、注意範圍之廣、思考論述之深，都不減於當年。在此我不揣淺陋，就以這兩部書為主，略述拜讀元化先生著作之後的一點淺見，希望引起學界和廣大讀者更深入的研究和探討。

　　王先生的著作有一個重要特點，就是既有深厚獨立的學術，又有對我們所處時代和社會深切的關懷，而學術獨立這一思想本身，就正是我們必須關切注意的社會文化問題之一。他曾提出「有學術的思想和有思想的學術」，而且明確闡述了二者的關係，認為「學術思想的價值，只存在於學術思想本身之中，學術研究必須提供充分的論據，進行有說服力的論證，

作出科學性的論斷；而不能以游離學術之外的意圖（哪怕是最美好的）、口號（哪怕是最革命的）、立場（哪怕是最先進的）這些東西來頂替充數」。他還進一步強調說：「學術是有其獨立自主性的，是有其自身價值的。」[2] 這種學術獨立的主張並不是一個簡單的認識或信念，而是王先生對近代中國歷史和中國知識份子的遭遇長期反思的結果。對中國近百年歷史稍有認識的人都知道，有多少戕害中國人根本利益之舉，有多少箝制思想、壓制學術的粗暴行為，都是假美好意圖、革命口號和先進立場之名以行，而這些意圖、口號和立場曾贏得許多知識份子的支持和擁戴。王先生認為反思是「一種憂患意識」，因為一旦「自己曾經那麼真誠相信的信念，在歷史的實踐中已露出明顯的破綻」，作為知識份子就有責任「對過去的信念加以反省，以尋求真知」。[3] 他所謂「反思」是從德國哲學中吸取的概念，即Nachdenken，英文譯為reflection或contemplation，王先生讀黑格爾《小邏輯》筆記中有「反思」一節，摘引黑格爾的話說：「反思以思想本身為內容，力求思想自覺其為思想」。[4] 然而在王先生那裏，這種反思不僅是哲學意義上的自我認識和省視，也更是知識份子為了思考和解決我們所處時代的現實問題，應當隨時躬行的思想意識的實踐。

　　王先生這種反思和自我省視的歷程，都清清楚楚記錄在《思辨錄》自序裏。每次反思都是由政治的大變動、思想觀念的大震動所激發，而這種變動和震動並不只是個人的遭遇，更反映出當時國家和社會的狀況。他自謂有三次大的反思，而反思的重要結果是擺脫了過去被奉為普遍真理而實際上頗可質疑的思想桎梏，其中首要的就是打破對普遍性、規律性本身的迷信和盲從。通過對黑格爾哲學的重新思考和認識，王先生得出結論說：「事物雖有一定的運動過程、因果關係，但如果以為一切事物都具有規律性，那就成問題了」（序，頁6）。黑格爾所謂「普遍性」和盧梭認為代

---

[2]　王元化，《清園近作集》（上海：文匯，2004），頁3。

[3]　王元化，《思辨錄》（上海：上海古籍，2004），頁2。以下引用此書，只在文中注明頁碼。

[4]　王元化，《讀黑格爾》（南昌：百花洲文藝出版社，1997），頁1。

表社會普遍利益的「公意」，尤其在社會實踐的層面上，都往往有以普遍囊括個別，以集體囊括個人，以公囊括私，甚而取代私的傾向。王先生對此傾向提出質疑說：「囊括了特殊性和個體性於自身之內的普遍性以外，哪里還存在獨立自在的個性呢？但我們必須承認，獨立自在的個性，有些方面是不可能被普遍性所涵蓋，或統攝於其自身之內的。我從黑格爾那裏發現了這種同一哲學，再從他的前輩盧梭那裏認識到這種同一哲學運用在國家學說中的危險性，這是我在第三次反思中一個重要的收穫」（序，頁7）。普遍真理和公意往往自詡以理性、邏輯為基礎，代表道德上的善，於是具有毋庸質疑的絕對合理性。王先生通過反思，對這種自認完善合理的盲目信念，提出深刻的批判。他說：「把人的精神力量和理性力量作為信念的人，往往會產生一種偏頗。認為人能認識一切，可以達到終極真理，但他們往往並不理解懷疑的意義，不能像古代哲人蘇格拉底所說的『我知我之不知』，或像我國孔子說的：『知之為知之，不知為不知，是知也。』所以，一旦自以為掌握了真理，就成了獨斷論者，認為反對自己的人，就是反對真理的異端，於是就將這種人視為敵人。結果只能是：不把他們消滅，就將他們改造成符合自己觀念的那樣的人」（序，頁7-8）。認識到人的認識能力本身有局限，正是蘇格拉底所揭示的哲學之最高智慧，也就是希臘哲學教人要「認識自己」（*gnothi seauton*, know thyself）的道理。孔子說：「知之為知之，不知為不知，是知也。」也是承認認識的局限，講的是同樣的道理。以中國近現代歷史的經驗說來，這一認識最重要的意義就在消除盲從絕對權威——那種自認為代表了公意和真理的絕對權威。

王先生對歷史、政治和文化的反思，首先集中在五四以來的思想史，提出批判性地審視五四的「意圖倫理」、「激進情緒」、「功利主義」和「庸俗進化論」等四個方面。把這四方面影響綜合起來看，我認為他要批判的並不是五四本身或五四的精神，而是五四以來對傳統文化的片面否定，以及自認為掌握了真理而產生的獨斷論。所以王先生避免非此即彼的對立，一方面重新介紹杜亞泉，肯定王國維、陳寅恪等堅持中國文化傳統的學者，另一方面又提出五四精神乃「獨立之精神，自由之思想」（頁27），而且在

一般人熟知的科學和民主之外，特別提出五四的思想成就「主要在個性解放方面，這是一個『人的覺醒』時代」（頁31）。五四時代個性的解放和覺醒，長期以來並不受到論者重視，這正好說明對五四或五四研究需要認真反思，在新的歷史條件下，重新發掘五四傳統中這一極有意義的方面。由此可知，王先生的反思是辯證思維所謂揚棄，即吸取正面價值而擯除負面影響，而絕不是簡單否定五四。國外曾有學者把五四和文革混為一談，他則特別闡明二者的區別，明確說「『五四』運動是被壓迫者的運動，是向指揮刀進行反抗。……『文革』雖然號稱大民主，實際上卻是御用的革命」（頁41）。王先生反思所強調的要點，是認識和肯定個人存在的價值，而在這一點上，他正是繼承了五四的思想成就。他對盧梭《社會契約論》的批判思考，也是突出此點，所以他特別批評盧梭的「公意」和代表此「公意」的「立法者」所體現的烏托邦思想。他指出，盧梭「把確認什麼是公意什麼不是公意的能力賦予一個立法者，說他像一個牧羊人對他的羊群那樣具有優越性，把他視若神明，這確是一種危險的理論」。太多的歷史事實已經一再證明，一旦這種掌握了一切權力的立法者自詡為代表公意的「集體中的領袖，那麼它的後果將是難以想像的」（頁65）。由此我們可以看出，元化先生的反思是以理性和正視事物的實際情形為依據，既有歷史、哲學等學術的內容，在我們的社會政治生活中又有深刻的思想內涵和實際意義。什麼是有學術的思想和有思想的學術，這就是最好的說明。

　　由盧梭的社會理論，王先生轉而討論中國傳統中固有的尚同貴公思想如何泯滅個性，最精彩是他批評韓非發揮申、商刑名法術之學，為君主進言，出謀劃策，教以如何玩弄權術，驅使臣民，禁錮思想。他品評晚清以來思想人物，也一方面指出曾國藩等精於傳統馭人的宦術，另一方面又特別注重如郭嵩燾等革新派人物和湖南新政等改良的實踐，尤其稱道特立獨行、極具個性的龔自珍，認為定盦提出的「情」與「自我」觀念，正是「要擺脫一切束縛個性的枷鎖」（頁126）。只要我們注意到這些評論龔自珍的文章，有好幾篇作於文革中的七十年代，就可以明瞭其與現實相關聯的思想意義。他討論劉師培和中國近代無政府主義思潮，也明確說「我的

反思是想要發掘極左思想的根源」，其與現實問題的聯繫更顯而易見（頁150）。《思辯錄》中許多評論和回憶近代學人的文字，也莫不如此，尤其是評論顧准，有許多精闢見解值得我們反覆深思。

　　王先生討論東西方哲學，也同樣具有強烈的現實感。例如討論現象與本質，他不僅批評把本質無限擴大以至取代現象的謬誤，而且聯繫到文藝創作中那種「把所有的優點或缺點集中到一個人身上的典型論」。文革「樣板戲」裏那些儘量拔高或儘量醜化而毫無真實感的英雄和反面人物，豈不就是這種「典型論」的產物？王先生指出，這類「悍然違反真實的作品」不但「曾風靡一時」，而且「至今尚流傳不息」（頁218）。又如評論韓非以法術解釋老子，侯外廬《中國思想通史》和任繼愈《中國哲學史》都曾引用韓非的解釋來代替老子本意，王先生不但依據原文對此提出批評，更重要的是指出韓非以「君主本位主義的政治思想」曲解老子的道法自然，「離開了老子的道德本義，由宇宙觀而一變為霸術論」（頁237）。他又指出，我們熟知的矛盾論，最早見於韓非《難一篇》，而韓非所謂矛盾，是指「賢舜則去堯之明察，聖堯則去舜之德化，不可兩得也」。這是說堯為君，舜為臣，如果堯是聖君明主，天下太平，舜就不可能有所作為；如果舜能解決天下許多問題，成為賢相功臣，就證明堯算不上是明察民間疾苦的好君主。按韓非的意思，「天下只有聖主，而決無什麼賢臣」，於是「從這種君主本位出發，得出君臣不可兩譽是自然的」（頁239）。君臣都賢明，有什麼不好呢？但韓非以君主為唯一之善，有明君就不能有賢臣，所以把本來沒有矛盾的事情也絕對對立起來，成為非此即彼的矛盾。元化先生評論韓非的一段話，一針見血揭示出把矛盾絕對化的危險，有明確的社會意義：

> 韓非毫無節度地濫用不可兩立的矛盾律，不僅把它硬套在非對抗性的矛盾上，而且機械地把它擴大到去解決那些本來應該是辯證統一的關係上。例如，他認為情和貌或質和文這些形式和內容的關係，由於是對立面的關係，因此這些對立面的解決只能是一方

消滅另一方,而不是在它們的和解裏。凡是不同的就是相反的,
兩者之間,非此即彼,只能是絕對互相排斥的。這種形而上學的
矛盾論,口頭說說還不要緊,一旦付諸實踐,就要產生極大惡果
(頁240)。

王先生研究《文心雕龍》,對魏晉時代的思想自然特別注意,而他
之注重魏晉思想,大概一方面是因為兩漢獨尊儒術的局面瓦解之後,魏晉
玄學有恢復先秦諸子百家爭鳴的活躍性和一定程度的思想自由,另一方面
魏晉又是佛學融入中國而擴大思想範圍的時代。此外,魏晉玄學在道德倫
理之外探討宇宙本題的問題,在哲學的意義上有特別價值。王先生認為,
「魏晉玄學中的本末之辨、有無之辨、言意之辨等等都涉及本體論的討
論」(頁243),而且「中國先秦時代,就有不少名辯學家」,並以此批駁
認為中國沒有哲學,或中國哲學沒有思辨思維的謬見(頁245)。他對魏晉
時期大量翻譯佛經,豐富中國文化和思想傳統,也十分讚賞。在討論儒家
傳統時,他闡述《論語》「達巷黨人」和「子見南子」等篇章,引證各家
注解,博洽圓通,寫得很有說服力。還有一些考訂名物制度的文章,也十
分精彩,在此不能一一詳述。我只舉很有代表性的一例,即有關「扶桑」
的討論。《辭海》「扶桑」條釋文中,把扶桑說成「我國對日本的舊稱」
(頁280)。王先生糾正這種說法,指出《離騷》中最早提到的扶桑,歷來
注釋都說明是日出處生長的神木,而非地名。我還可以舉出屈原《九歌・
東君》首句為證:「暾將出兮東方,照吾檻兮扶桑」,描寫的正是朝霞映
照在扶桑樹上的景象。王先生徵引由漢至六朝的許多詩文,又分析《梁
書・東夷傳》原文,通過詳細考證,說明扶桑在古代從來沒有作為日本的
代稱,即使把扶桑理解為一國之名,那也是「指日本以東的另一個國家」
(頁281)。日本的確有人以扶桑為其國名,但那是「以日出處自況,含
有自大之意」,而日本的大多數學者也「經反覆探討,認定扶桑乃是中國
人的東方幻想國,並得到了普遍的承認」(頁284)。王先生反對以推理
代替實際考察,重視訓詁考據。他討論《論語》章句和考證「扶桑」的文

章，就在這方面為我們提供了很好的範例。不僅如此，他還主編《學術集林》，提倡繼承前人考據訓詁的成果，在學術界產生了很好的影響。

王先生札記中有好幾則是讀黑格爾《美學》的心得。他把黑格爾美學觀念與其哲學體系聯貫起來理解，很能給我們啟發。例如他討論黑格爾美的觀念，強調在成功的藝術中，「內在意蘊和表現它的外在形象必須顯現為完滿的通體融貫，……形成和諧一致的有機體」（頁303）。這一點很值得我們注意。正如在國學研究中，王先生反對脫離字句訓詁，空講義理，在美學和文藝理論中，他也批評那種只講主題思想，不注意表現形式的偏向。黑格爾把理念和感性顯現視為一個完整不可分而且和諧一致的有機體，就為糾正這種偏向，提供了一種理論依據。當然，美學只是黑格爾哲學體系的一部分，而他整個體系所描述的是理念或絕對精神的發展過程。許多研究黑格爾的學者們都認識到，黑格爾哲學體系，尤其他在《精神現象學》一書裏的表述，好像描寫一個人在外在經驗中成長的教育小說（Bildungsroman），而其敘述的線索是理念或絕對精神通過異化和外在經驗，變得成熟，最終回到更深和更高的自我意識。在此精神發展過程中，藝術只是一個階段，而且是一個必然被超越的階段。如果簡單概括黑格爾《美學》的敘述，我們就可以看出，《美學》三段式的邏輯論證同時也勾畫出藝術史的三段式發展。黑格爾認為東方以古埃及藝術為代表的「象徵藝術」是這發展的初級階段，那時物質的外在形式厚重凝滯，精神內容不能充分表現在粗笨的物質形式裏。以古希臘藝術為代表的「古典藝術」超越了這種局限，達到內容和形式完美和諧的統一平衡，在藝術史上才體現出理念得到感性顯現的美。但理念的進一步發展也必然會打破這種平衡統一，所以當中世紀基督教藝術出現之後，精神的內容就不再可能充分表現在藝術的物質形式裏。隨著古希臘藝術的消亡，藝術的黃金時代也就結束了。黑格爾把中世紀以來的藝術都稱為「浪漫藝術」，其中理念或精神內容已超越物質形式，於是就藝術而言，也就喪失了完美的平衡統一。如果說古埃及「象徵藝術」的缺陷，在於物質過重於精神，那麼中世紀以來「浪漫藝術」的問題就恰好相反，是物質形式不足以負載其精神內容。

所以黑格爾曾有一句有名的話，說藝術對於我們，已經是「屬於過去的東西」。[5] 正如一位論者所說，黑格爾在《美學》中提出有名的「藝術已死」的命題，「並同時出現了宗教觀點，而以此觀點看來，藝術不再是對神性自覺反思的最高形式」。[6] 黑格爾最終以哲學取代藝術，認為只有在哲學裏，理念才可能復歸而成為純粹的精神和絕對的自我意識。在讀黑格爾《美學》札記裏，王先生也批評黑格爾的三段論述成了一個公式，「黑格爾為了把藝術理想的自我深化運動納入這個公式中，使用了思辨哲學的強制手段，因而使他在敘述每一環節的過渡時都顯得牽強、晦澀」。不過王先生更注重的是從黑格爾那裏吸取精闢有用的見解，所以他接著就說：「只要打破他的體系，我們就可以發現在黑格爾思辨結構的框架中蘊含著某些現實內容」（頁313）。他研讀黑格爾和其他外國文藝理論，都著重在從中吸取有用的成分，以利於我們自己文藝理論的建設。例如他把謝赫《古畫品錄》所標舉的「氣韻生動」和劉勰《文心雕龍》所說「外文綺交，內義脈注」，與黑格爾《美學》的「生氣灌注」之論相比較，就很能啟發我們如何在中西文論的相互映照中，發掘出新意和新看法。

王先生特別強調，在詮釋古人和外國理論的基礎上提出新的見解時，必須注意把握原著本義。他提出「根柢無易其固，而裁斷必出於己」（頁335），並對不顧原義，任意發揮的所謂「創造性詮釋學」，多次提出批評。王先生說有一「海外友人H先生」，作文闡發「創造性詮釋學任務，即在於替原作者說出『應謂』與『必謂』兩層次內容」。我不知道這位H先生，但我可以肯定，海外的詮釋學（我主張譯為闡釋學）並非提倡不顧原文本意，逞臆妄說，因為海外最有影響的闡釋學著作，即伽達默（H. G. Gadamer）著《真理與方法》，絕沒有教人以主觀臆測來代替對原文的理解。義大利著名作家和文論家艾柯（Umberto Eco）有《詮釋與過度詮釋》

---

[5] G. W. F. Hegel, *Aesthetics*, trans. T. M. Knox (Oxford: Oxford University Press, 1975), vol. I, p. 11.

[6] Allen Speight, *Hegel, Literature and the Problem of Agency* (Cambridge: Cambridge University Press, 2001), p. 39.

一書，他反對「過度詮釋」，也正是要避免把解釋者的主觀意見強加給作品原文。的確，施賴爾馬赫在十九世紀最先使闡釋學形成系統理論時，提出闡釋學的任務是要「和作者一樣理解其作品，甚至比作者本人更理解其作品」。[7]但為達到這一目的，他強調的恰恰是反覆理解字句和全篇文理，以及作品與作者思想之關係，從局部到整體，又從整體到局部，這就是著名的「闡釋循環」概念；但他絕沒有提倡主觀臆說，強人從己。我在拙著《道與邏各斯》一書裏，曾簡述德國闡釋學的由來以及在文學理論中的運用，但我們對海外闡釋學理論，還需要更多介紹，更準確的理解，更深入的研究。我很贊成王先生的看法，即我們「不僅不反對，而且還贊同以屬入海外新理論（只要是推動理論前進的）的新觀點來詮釋古人著述，但不可流入比附，強古人以從己意」（頁178）。王先生考釋《文心雕龍》詞語的文章，就力求正確理解原文本意，同時又提出自己的見解。他討論文藝創作、形象思維等問題的幾篇短文，也都是如此。

　　在這篇文章裏，我無法全面評述元化先生的學術和思想。從中國古代典籍、傳統文論到西方美學和文學，從劉勰到莎士比亞、黑格爾、別林斯基和契訶夫，從文學、書畫到戲劇和電影，王先生論述涉及的範圍極廣，獨到精闢的見解也極多。不過在本文結束之前，我想再就我特別感興趣的一個問題，略談我的看法。這就是二〇〇一年九月，王先生在上海和法國哲學家德里達的見面晤談。在中西思想文化的交流中，這是一件很有意義的事。那次晤談是由當時法國駐滬總領事郁白（Nicolas Chapuis）先生安排的，隨後郁白先生調離上海到別處任職，途經香港，我曾安排他在二〇〇一年十二月十四日，到香港城市大學做一次演講。他在香港時，曾談起王先生與德里達的會面，但沒有詳談，而在我印象中，他似乎覺得兩方面都缺乏瞭解，沒有達到他所希望的結果。《清園近作集》有錢文中一篇訪談錄，說王先生與德里達「兩個多鐘頭的對話中，中心話題由德里達教授在

---

[7] F. E. D. Schleiermacher, *Hermeneutics: The Handwritten Manuscripts*, trans. James Duke and Jack Forstman (Missoula, Mont.: Scholars Press, 1977), p. 112.

餐桌上的一句『中國有思想，但沒有哲學』而形成」。[8] 王先生自己在《思辨錄》中也約略談起此事說：「德里達說中國沒有哲學而只有思想，曾引起一些人的誤會，以為是對中國文化的貶低，其實他所謂哲學指的是類似西方哲學性質的那種哲學。西方哲學照他看源於希臘，是以邏各斯為中心的。而這正是他試圖加以解構的。雖然如此，但他這樣說，我以為可能是西方研究魏晉玄學的人不多，所以往往把它忽視了」（頁244）。以我看來，以為德里達貶低中國文化，確實是誤會了，因為他說中國沒有哲學，正是一種讚揚，因為那就證明在邏各斯中心主義之外，仍然有文明存在。不過哲人對話，重要的不在於感情上的親疏褒貶，而在於陳述和判斷是否真實合理。說中國沒有源於希臘的哲學，那是自然，因為古代中國有中國哲學，卻沒有來自希臘的哲學。不過這就好像說中國人講的是中文，不是希臘語或法語，那是不必大學者來告訴我們，一般人都明白的簡單事實。但如果把哲學定義為源於希臘的邏各斯中心主義傳統，並認為在此傳統之外的都不能稱為哲學，那就難免有以歐洲為唯一標準之嫌。

　　王先生在談德里達的文章後面，緊接著就談到黑格爾，說黑格爾在《哲學史演講錄》裏，也「認為孔子學說只能算是一種道德箴言，嚴格地說來，不能稱為是真正的哲學」。王先生批評黑格爾，說他「這些講法，可能有些偏頗」（頁245）。生活在十九世紀的黑格爾說中國沒有哲學，的確是在貶低中國文化。他還說過中國的語言文字不宜思辨，也同樣是歐洲中心主義偏見。德里達解構黑格爾，批判其歐洲中心主義，可是在以為中國沒有哲學這一點上，他和黑格爾的看法卻毫無二致，只是態度有所不同。在此我們要問的是，無論態度如何，思想根源是歐洲中心主義還是解構主義，說中國沒有哲學究竟有沒有道理？黑格爾認為中文不宜思辨，又舉德文Aufhebung（現在通譯「揚棄」）一詞含相反二義為最能代表辯證思維。錢鍾書先生《管錐編》開篇即以「易之三名」為說，駁之甚詳，並批評黑格爾「無知而掉以輕心，發為高論，……遂使東西海之名理同者如南

8　王元化，《清園近作集》，頁26。

北海之馬牛風，則不得不為承學之士惜之」。[9]對黑格爾的歐洲中心主義偏見，我們大概很容易明白其謬誤。那麼德里達所謂中國沒有哲學，又是什麼意思呢？德里達所謂哲學，首先是從語言與思維的關係來構想的，也就是他所謂「邏各斯中心主義：拼音文字的形而上學」。[10]希臘文「邏各斯」（logos）既是口說的話，又是話裏所說的道理，而所謂邏各斯中心主義（logocentrism）或語音中心主義（phonocentrism），就是以口頭語言接近內在思維而高於書寫文字這樣一種傳統觀念。德里達認為整個的西方哲學史，「不僅從柏拉圖到黑格爾（甚至包括萊布尼茲），而且超出這些顯而易見的界限，從蘇格拉底之前諸家到海德格爾，一般都把真理之源歸於邏各斯：真理的歷史，真理之真理的歷史，從來就是貶低書寫文字，是在『圓滿的』口頭語言之外壓抑書寫文字的歷史」。[11]可是中國傳統中所謂「道」，也既是口說的話（「道白」之道），也是話裏所說的意思（「道理」之道），而中國傳統也有以口頭內在語言高於書寫文字的觀念。《老子》首章所謂「道可道，非常道；名可名，非常名」；《莊子》所謂「道不可言，言而非也」；所謂「得意而忘言」；《易‧繫辭上》所謂「書不盡言，言不盡意」等，都表現出類似邏各斯中心主義那種貶低外在語言和書寫文字的思想觀念。拙著《道與邏各斯》對德里達誤解中國語言文化，曾提出批評，在復旦大學即將出版的《中西文化研究十論》中，對西方一些學者將東西方文化對立起來的錯誤傾向，也有更進一步的討論和批判。

　　我認為德里達和黑格爾所謂中國沒有哲學，雖然一為褒，一為貶，但其實質內容並沒有區別，就中國古代思想而言，都是無知妄說。從黑格爾到德里達，甚至從更早的時代開始，西方傳統中就有把事物對立起來的傾向，而東西文化的對立或文化相對主義，在許多學者，包括研究中國的漢學家們當中，都頗有影響。元化先生指出中國先秦時有名辨之學，在魏晉

---

[9] 錢鍾書，《管錐編》（北京：中華書局，1979），第一冊　頁2。

[10] Jacques Derrida, *Of Grammatology*, trans. Gayatri Chakravorty Spivak (Baltimore: Johns Hopkins University Press, 1976), p. 3.

[11] 同上。

玄學中，更有本末之辨、有無之辨、言意之辨等涉及本體論問題的討論，說明中國並非沒有類似希臘哲學那樣的思辨探討。他說得很對：「起源於希臘的西方哲學和中國從先秦發端的哲學，從基本方面來說，只是在思維方式和表達方式上不同，而在研討的實質問題上，並沒有太大的殊異，雖然兩者往往會作出不同方面的探索，甚至是相反的結論」。不同文化傳統之間當然存在差異，但這些差異只是程度或重點上不同，而非本質上非此即彼的對立。正如元化先生所說：「如果不同文化的概念都是不同質的，那也就不存在文化上的比較研究問題了。」[12] 隨著東西方之間的交往日益頻繁，我們在學術研究方面如果希望能在前人成果的基礎上，更向前邁進一步，大概就須超越單一文化眼界的局限，在文化的比較研究上多下功夫。在這方面，元化先生以堅實的國學為基礎，又廣泛涉獵西方美學和文藝理論，從中吸取有用的方法和見解，然後提出自己的獨特看法，就為我們樹立了很好的典範。我們期待著元化先生以其睿智和學識，繼續給我們更多思考的成果。

附記：此文寫於二〇〇五年七月，最初發表在上海《文景》二〇〇五年八月號。那時元化先生尚健在，但他在二〇〇八年仙逝，現在已經兩年多過去了。現在將此文收在本書裏，以此對一位思想深邃而又對現實社會有深切關懷的前輩，表示我由衷的敬佩和緬懷。

---

[12] 王元化，《清園近作集》，頁30，32。

馬可波羅時代歐洲人對東方的認識

　　西方對亞洲，尤其是東亞地區最早作出比較詳細描述的著作，應該就是大名鼎鼎的《馬可波羅行記》。十三世紀時，歐洲商人已經深入西亞各國，對印度也有所瞭解，但在馬可波羅（1254-1325?）到中國之前，歐洲人對東亞的瞭解卻相當模糊，基本上局限在古老的傳說和基督教神學觀念之中。中世紀歐洲對世界的理解，可以從所謂TO地圖看出來，這種地圖是圓形，即O形，圓圓的一圈表示海洋環繞大地，中間則是一個T字形，上面一橫代表頓河與尼羅河，在那上面是亞洲，占了地圖的上半。T字形中間的一豎代表地中海，其左右分別是歐洲和非洲。這三個洲上面寫著挪亞三個兒子的名字，分別是閃（Shem）、含（Ham）和雅弗（Japheth）。這是來自《聖經‧創世記》的觀念，說大洪水之後，挪亞方舟停了下來，他的三個兒子分別去到世界的不同地方，閃去東方，含去南方，雅弗去了西方，所以他們分別成為亞洲、非洲和歐洲人的祖先。《創世記》第十章記載挪亞三個兒子及其子孫後代的姓名，說分居各地的人「都是挪亞三個兒子的宗族，各隨他們的支派立國，洪水以後，他們在地上分為邦國」。中世紀歐洲人常常把亞洲等同於印度，並有聖徒湯瑪斯在印度傳教的傳說。此外，西元前四世紀時，馬其頓的亞歷山大曾帶兵到達印度，而有關亞歷山大東征的傳說故事，在中世紀歐洲十分流行，其中有關於兇悍的亞馬孫女戰士（Amazons）的傳說，還有亞歷山大大帝征服的各種奇形怪狀的妖魔種族，包括狗頭人身的基諾色法人（Cynocephali）、頭長在胸口的布勒米人（Blemmyae）、獨腳人（Sciopods）等等。莎士比亞著名悲劇《奧瑟

羅》第一幕第三場，奧瑟羅描述他在各處征戰的經歷和遭遇，就提到他曾見過「吃人的蠻族，還有頭長在肩下的怪人」。在歐洲中世紀關於東方的想像中，除當時歐洲人並不知道的大象、駱駝和犀牛之外，還有各種怪異的動物，包括純粹虛構的獨角獸（unicorns）和獅身鷹首的有翼怪獸（griffins）等等。當時歐洲人對亞洲，尤其是東亞具體的地理位置，更是懵然無知。

　　十二世紀遠東一些遊牧民族的興起，在歐洲人心中引起不小的震撼，而由於這些民族和伊斯蘭教徒有不同信仰，甚至發生衝突，他們也同時引起歐洲基督教徒的幻想。歐洲的基督徒希望在東方能找到一支盟軍，兩面夾擊，共同對付信奉伊斯蘭的穆斯林教徒。這就是中世紀產生所謂長老約翰（Prester John）這一傳說最根本的原因。十二世紀著名的史家，弗萊興的主教奧托（Bishop Otto of Freising，卒於1158年），在其所著《編年史》中最早講述了長老約翰的故事。那時歐洲人從東征的十字軍那裏，已經知道東方有一些強悍的民族。在一一四四年的聖誕前夕，信奉伊斯蘭教的塞爾柱人（Seljuks）攻佔了哀德薩（Edessa，即今土耳其鄰近敘利亞的城市烏爾發Urfa）。據奧托主教記載，一一四五年，教皇尤金紐斯三世（Eugenius III）在義大利中部維特波城（Viterbo）接見了來自敘利亞和亞美尼亞教會的代表，其中有一位伽巴拉（Jabala即今黎巴嫩之朱拜勒Jubayl）的主教于格（Hugh）。這位主教不辭辛勞，遠來教廷的目的，是想翻越阿爾卑斯山，向奧托的侄子、皇帝康拉德三世（Conrad III）尋求軍事援助。由此看來，在發動第二次十字軍遠征（1145-49）當中，敘利亞教會的確起過一定作用。後來，奧托本人就參加了這次十字軍遠征。據奧托說，教皇接見敘利亞教會代表時，他本人在場，當時親耳聽于格主教說，在波斯和亞美尼亞以東極遠的地方，有一位身兼國王和祭司（rex et sacerdos）的長老約翰（Presbyter Johannes），說他是耶穌降生時，從東方來朝拜聖嬰的三位賢人（the Three Magi）的後代，所以他虔信基督，曾率領信奉景教即聶思脫里派的基督徒，與波斯人和麥底人（Medes）交戰，大獲全勝。長老約翰希望收復被穆斯林人奪取的聖地耶路撒冷，但受阻於底格里斯河，無法西進。他曾沿河北上，希望冬季寒冷時，河水凍結，他

的軍隊可以從冰上走過去。可惜一連數年，氣候都十分暖和，底格里斯河沒有結冰，使他最後不得不帶兵折回。[1]

　　後來有人在奧托所述故事的基礎上，把有關馬其頓亞歷山大以及在印度傳教的聖徒湯瑪斯的傳說揉和起來，在一一六四年前後編造出充滿離奇幻想的所謂《長老約翰書》。這託名長老約翰寫的一封信，從十二世紀到十六世紀在歐洲廣為流傳，遠比奧托的《編年史》更受歡迎，有拉丁、希伯萊、德、法、英、義大利、普羅旺斯等各種歐洲語言的抄本，一共有一百二十多種稿本保存至今。此信不同版本的內容各有差異，收信人或名為尤金紐斯的教皇，或名為曼努哀或弗雷德里克的拜占庭皇帝，這三者都是十二世紀與奧托主教同時代的人，即教皇尤金紐斯三世（1145-53在位），皇帝曼努哀一世（Manuel I Comnemus，1143-80在位）和弗雷德里克一世（Frederick I Barbarossa，1152-90在位）。信中極力渲染長老約翰的軍隊如何神奇威猛，所向披靡，其中有剽悍的亞馬孫女戰士，還有舊約《聖經》中提到的歌格（Gog）和瑪歌格（Magog），這兩者在新約《啟示錄》中，都是世界末日到來時出現的吃人魔怪，後來在有關亞歷山大的傳說中，又成為被亞歷山大征服的妖魔，長年被關在高加索山的鐵門後面。在《長老約翰書》中，歌格和瑪歌格都受長老約翰控制，像豢養的猛獸那樣，平時鎖在鐵門後面，作戰時釋放出來，對付敵人。此信把長老約翰治下的龐大王國描繪得不僅強大無比，而且像樂園一樣美好富足，遍地是寶石，到處流著乳和蜜，沒有蛇蠍猛獸，人民都安居樂業。按列奧納多·奧爾什基的說法，這簡直就是「具有普遍吸引力的一個文學的烏托邦」。[2]信中說長老約翰希望向西挺進，到聖地耶路撒冷來朝拜耶穌聖墓的古老教堂，同時會一路斬殺，殲滅基督信仰的敵人，即伊斯蘭教徒。

[1] Otto of Freising, *Chronica sive historia de duobus civitatibus*, 7.32ff. Cited in Peter G. Bietenholz, *Historia and Fabula: Myths and Legends in Historical Thought from Antiquity to the Modern Age* (Leiden: E. J. Brill, 1994), p. 130.
[2] Leonardo Olschki, *Marco Polo's Asia. An Introduction to His "Description of the World" Called "Il Milione"*, trans. John A. Scott (Berkeley: University of California Press, 1960), p. 388.

正如研究歐洲歷史上各種神話傳說的學者比騰霍茨所說，學者們經過
研究認為，長老約翰擊敗伊斯蘭教徒的傳說，大概是附會於當時的一個歷
史事件。因為在一一四一年，建國不久的契丹國（Qara Khitai）在撒馬爾
干附近的伽凡大草原（Qatvan steppe）上，擊敗了波斯塞爾柱王朝的蘇丹
桑賈爾（Sultan Sanjar）和他率領的穆斯林軍隊。契丹雖然以佛教徒為主，
卻有一小部分人是聶思脫里派基督徒。所以比騰霍茨認為，就長老約翰神
話的產生而言，這一歷史事件「對於神話的形成曾起過一定作用」。[3] 我國
元史專家楊志玖先生也依據英國學者亨利‧玉爾（Henry Yule）的考證，
指出長老約翰其人，很有可能就是「建立西遼的耶律大石，因為他在1141
年曾打敗了波斯塞爾柱王朝的蘇丹（國王）桑賈爾（Sandjar），而耶律大
石當時被稱為葛兒汗（亦作菊兒罕或古兒罕、局兒罕，義為眾部或全部之
主），此名轉為拉丁文為Gurkhan，在西突厥語音中則讀如Yurhan，與約翰
（Yochanan或Johannes）相似」。[4] 在關於馬可波羅的一部近著裏，英國學
者約翰‧拉納也認為，「耶律大石，那個部分基督教化了的契丹國之王」
擊敗塞爾柱蘇丹桑賈爾的歷史事實可能「最早引起關於『國王兼祭司的約
翰』那些謠傳」。[5] 但在關於長老約翰的傳說當中，歷史只有若隱若現的
一點影子，神話卻充滿了離奇幻想和生動情節，在中世紀歐洲人心目中，
傳說代表了神秘的東方，但也就代替了現實的東方。所以比騰霍茨得出結
論說，「此神話的發展主要是基於抗擊穆斯林、保護聖地的需要。在東方
有一股同樣信奉基督教的強大力量，必然使人興奮不已，尤其在伊斯蘭從
伊比利亞半島到巴爾幹半島把西方基督教國家完全包圍起來的情況下，有
可能在東方開闢攻擊穆斯林世界的第二戰線，更使歐洲人充滿了急切的期
待」。[6] 在馬可波羅到中國之前，歐洲人對東方的瞭解大致就停留在這樣一

---

[3] Bietenholz, *Historia and Fabula*, p. 132.
[4] 楊志玖，《馬可波羅在中國》（天津：南開大學出版社，1999），頁162-63。
[5] John Larner, *Marco Polo and the Discovery of the World* (New Haven: Yale University Press, 1999), p. 14.
[6] Bietenholz, *Historia and Fabula*, p. 132.

個水平，而長老約翰的傳說一直在歐洲流傳，成為中世紀和文藝復興時期西方歷史神話一個經久不衰的主題。

　　蒙古孛兒只斤氏的鐵木真在一二〇六年建國，改稱成吉思汗。他和他的子孫後代帶領軍隊不久就消滅了中國北方的遼和金，並向南方的南宋逼近。同時，成吉思汗的蒙古帝國迅速向西擴展，從伏爾加河沿岸直到波蘭、匈牙利等東歐和中歐諸國，橫跨歐亞大陸從蒙古草原一直延伸到黑海。在蒙古軍隊攻擊之下，長期阻隔在歐洲和東亞之間伊斯蘭教國家的勢力被瓦解或削弱，於是有膽識的歐洲商人可以穿過從前被伊斯蘭教控制的地區，直接到從未到過的亞洲去貿易。歐洲人剛剛聽說蒙古帝國的消息時，曾產生舊日的幻想。例如一二一九年，阿克爾（Acre）主教雅克・德・維特里（Jacques de Vitry）就曾告訴教徒們說，統率印度的「大衛王」正率領兇猛的勇士向西推進，一路上「吃掉」了不少「撒拉森人」即穆斯林教徒。但蒙古的鐵騎不僅摧毀穆斯林軍隊，也無情攻打波蘭和匈牙利等基督教國家，很快就打破了歐洲基督徒的這類幻想。為了能瞭解蒙古人（歐洲亦稱之為韃靼人），應付歐洲面臨這新的威脅，教皇格利戈里九世（1227-1241在位）及其後繼者英諾森四世（1243-1254在位），都很希望得到關於蒙古帝國的確切消息。於是最先到東方去的歐洲人或者是像馬可波羅的父親和叔父那樣的商人，或者就是傳教士，而第一個從亞洲把蒙古人的消息直接帶回歐洲的，是一個多明我會教士、匈牙利人朱利安（Fra Julian）。不過朱利安只渡過伏爾加河，抵達西伯利亞西部邊緣，並沒有直接遇見過蒙古軍隊。此人在一二三六年回到羅馬，他對東方的報導只算得虛實摻半，如他描述韃靼人擴展到波斯和俄國的情形十分真切，但描繪成吉思汗的宮殿就完全是老一套的虛構幻想，而且他完全不知道在東亞有相當數量的聶思脫里派基督徒。但朱利安明確意識到，蒙古人是歐洲的威脅，他們的最終目的是要打到羅馬來，征服歐洲和全世界。

　　一二四三年，英諾森四世當選教皇，不久就派出傳教士帶信去亞洲，一方面刺探蒙古帝國的情報，另一方面希望勸戒蒙古人歸依基督教。其中較重要的是方濟各會教士、義大利人伽賓尼（Giovanni di Pian di

Carpine）。他在一二四五年從法國里昂出發，把教皇的信直接交給蒙古皇帝貴由，並向教皇報告說貴由身邊有一些僕從是基督徒，他們都相信這位蒙古皇帝「很快就會變成基督徒了」。[7] 另一個方濟各會教士、法國人魯布魯克的威廉（William of Rubruck），在法國國王路易九世支持下，於一二五三年出發，用了兩年時間完成使命，向歐洲詳細報告了蒙古帝國的情形。正如亨利‧玉爾所說，這位威廉教士「儘管在交流方面有種種困難，而且他的譯員很不稱職，但他卻不僅在有關亞洲人的氣質、地理、人種以及習俗，而且在有關宗教和語言等方面，都搜集了大量的具體材料，這些材料還出奇地真實或很接近於真實」。[8] 然而這位魯布魯克的威廉雖然善於觀察和描述，弄清了頓河與伏爾加河的發源和流向，甚至最早在西方文獻中提到高麗即韓國，對蒙古人的生活和習俗更有較詳細準確的報告，但他畢竟只到了蒙古，沒有更往南進入中國的中原地區。至於對歐洲地理知識的增長，這些傳教士們的著作就更沒有什麼影響。對歐洲人有關亞洲、尤其是中國的知識作出重要貢獻，又特別在地理知識方面作出貢獻的，還是要等待另一位重要人物，那就是在這兩位方濟各會教士之後二、三十年到東方去的馬可波羅。

　　一二七一年，年輕的馬可波羅隨父親和叔父從家鄉威尼斯起程，沿古代絲綢之路東行。那一年正是忽必烈定國號為元，蒙古帝國迅速向南推進之時。在那之後不到十年，蒙元帝國便在一二七九年滅掉南宋，統治了整個中國。這就是說，馬可波羅比他的前輩們有更多機會觀察更大面積的蒙古帝國疆土，對其地理和社會習俗的瞭解也就更多，更可靠。波羅一家在一二七五年抵達上都（今內蒙古多倫縣境內），其後又到元大都（今北京），受到元世祖忽必烈善待。據馬可自述，他頗得忽必烈信任，曾被派

---

[7] *The Journey of William of Rubruck to the Eastern Parts of the World, 1253-55, as Narrated by Himself, with Two Accounts of the Earlier Journey of John of Pian de Carpine*, trans. Woodville Rockhill (London: the Hakluyt Society, 1900; reprinted, New Delhi: Asian Educational Services, 1998), p. 29.

[8] Henry Yule, *Ency. Brit.*, xxi, 47, quoted in W. W. Rockhill, "Introductory Notice" , ibid., p. xxxvi.

往西南、江南為忽必烈辦事，到過西安、開封、成都、南京、鎮江、揚州、蘇州、杭州、福州、泉州等大城市，對各地的風土人情都有直接的瞭解，在其著名的《行記》中也有詳略不等的敘述。但是馬可波羅此書的情況比較複雜，因為這書並不是他本人所寫。馬可波羅一二九五年從中國回到威尼斯，隨後一年，威尼斯與熱那亞交戰，他從軍被俘，在熱那亞監獄中遇見比薩人魯斯提切諾（Rustichello da Pisa），於是由馬可口述，魯斯提切諾執筆，完成了使馬可波羅名垂青史的著作。馬可年輕時就離開威尼斯去東方，並沒有受過很好教育，完全不懂如何把他不尋常的經歷組織為一本書，而這位魯斯提切諾則是個傳奇故事作者，熟悉當時歐洲傳奇文學的傳統和寫作程式，所以馬可和魯斯提切諾在獄中相遇合作，可以說是相當幸運的一件事。大概在一二九九年七月，威尼斯和熱那亞簽訂合約，馬可也獲釋回到威尼斯家裏，同時他的書在歐洲竟大受歡迎，在其後二十五年間有法文、法蘭克－義大利文、塔斯加尼方言、威尼斯方言、拉丁文，可能還有德文的譯本。正如約翰·拉納所說，「作者尚在的時候就有這麼多譯本，這在中世紀是前所未有的記錄」。[9] 不過魯斯提切諾在記錄馬可的敘述時，未免也會施展他敷衍中世紀騎士傳說故事的伎倆，添油加醋，踵事增華。這固然使馬可的書多一些離奇古怪的異國情調，更受歡迎，但也就在可靠性上打了折扣，使當時和後代的讀者，都有不少人懷疑馬可的敘述是否真實。然而馬可是生活在十三世紀的人，他的知識和想像都不會超越他那個時代，我們不應該以現代人對現實合理性的理解來套用到他和魯斯提切諾身上，也不必認為《行記》中明顯誇張虛構的地方，都一定是魯斯提切諾一人的編造。更重要的是，馬可此書瑕不掩瑜，我們不能因為其中有虛構誇張之處，就全盤否定其真實性和價值。

　　在此我不妨談談對馬可波羅此書質疑的問題。十六世紀義大利地理學家楊巴蒂斯塔·拉姆修（Giambattista Ramusio, 1485-1557）在《航行遊記》（*Navigazioni e viaggi*）一書裏，記載了一個傳說，說馬可波羅一二

---

[9]　Larner, *Marco Polo and the Discovery of the World*, p. 44.

九五年隨父親和叔父從東方返回威尼斯老家時，由於離家已經二十四年，住在家裏的親戚們都已認不得他們，後來他們把身上韃靼人樣式的服裝割開，從衣服的夾縫裏取出許多珍珠寶石來，才使親戚們相信，他們確實從中國回來了。這個故事是西方文學裏一個有悠久傳統的老套子，其經典的模式就是荷馬史詩《奧德修記》第十九部裏，離家十年的奧德修斯歸來之後，被老奶媽認出來那個情節。不過這個傳說表現了馬可波羅的書一直遭遇到的問題，那就是書中的敘述是否值得人相信。據說同時代的讀者大多不相信馬可的敘述，尤其他把忽必烈治下的蒙元帝國描繪得那麼繁榮發達，他們都覺得難以置信。在學者們當中，歷來也不乏懷疑馬可之人。大英圖書館負責中文部的弗蘭西絲・伍德（Frances Wood）一九九五年出版《馬可波羅到過中國嗎？》一書，題目就直截了當提出疑問，在讀者中頗有些影響。持懷疑態度的人除了指出馬可書中一些明顯誇張不可信之處而外，更指出他沒有提到一些現在一般西方人認為是典型的中國事物，例如長城、中醫和針灸、茶和茶館、用漁鷹捕魚、女人纏小腳，還有中國的文字和書法、儒家、道家等等。最後還有一點，就是遍查元代中國的文獻，也找不到馬可波羅的名字。其實要回答這些質疑並不很難，因為馬可波羅到中國時，正是忽必烈消滅南宋之後，他和蒙古宮廷貴族交往，就很難瞭解被壓迫的南方漢族人的生活和文化。持懷疑態度的人以馬可書中所無來立論，卻忽略他書中所有而且寫得真實可靠的內容，就很難有說服力。至於元代中國文獻裏沒有提到馬可波羅的名字，楊志玖的辯護說得很有道理：「在元朝，先於或後於馬可波羅來華的西方人而留有《行紀》或其他名目的記錄的為數不少，如小亞美尼亞國王海屯，義大利教士柏朗嘉賓，法國教士魯布魯克，義大利教士鄂多立克，摩洛哥旅行家伊本・白圖泰等等。」這些人及其記載都並沒有遭人懷疑，可是他們的名字在中國史籍中，也都無跡可尋。更為有趣的是：「元末來華的羅馬教皇使者馬黎諾里於至正二年（1342年）七月到達上都，向元順帝獻馬，此事見於《元史》及元人文集中。《元史》說：『是月，拂郎國貢異馬，長一丈一尺三寸。高六尺四寸，身純黑，後二蹄皆白。』對馬描繪細緻，卻不提獻馬者人

名。重馬而輕人！如以不見人名為準，是不是可以斷定這些人都沒有到過中國，他們的著述是聽來的還是抄來的呢？為什麼對馬可波羅如此苛刻要求呢？」[10] 在研究馬可波羅的中國學者中，楊志玖先生確實是馬可最強有力的辯護者。

　　早在一九四一年，揚志玖在研究元代回族歷史時，偶然發現明成祖永樂五年修畢的《永樂大典》卷19418「勘」字韻中，有引元朝《經世大典・站赤門》至元二十七年（1290）的一段公文，其中說：「尚書阿難答、都事別不花等奏：平章沙不丁上言：『今年三月奉旨，遣兀魯呔、阿必失呵、火者，取道馬八兒，往阿魯渾大王位下。』」[11] 揚志玖立即敏感地意識到，這裏幾個外國人名正好和馬可波羅書中很重要的一段提到的人名完全吻合：兀魯呔即馬可所說Ulatai，阿必失呵即Abushka，火者即Koja，阿魯渾即Arghun，馬八兒即Maabar，印度東南一帶海岸地區。馬可書中說，東韃靼君主阿魯渾之妃卜魯罕（Bulagan）臨死時囑咐，非其族人不得繼其位為妃。於是阿魯渾大王派遣兀剌台、阿卜思哈及火者為使臣，到大汗忽必烈處，而大汗挑選卜魯罕族人闊闊真（Kokachin）公主，與三使者回去與之成婚。這三位使者臨行時，要求熟悉海路的馬可波羅及其父親和叔父同行。據馬可說：「大汗寵愛此三拉丁人甚切，……茲不得已割愛，許他們偕使者三人護送賜妃前往。」[12] 據此，這是波羅父子叔侄三人能夠離開大汗，最終回到威尼斯的原因。雖然《永樂大典》這段文字沒有直接提馬可波羅的名字，但在元代公文的漢語文獻中，這卻是能證明馬可敘述之可靠性最有力的旁證。揚志玖在《永樂大典》一段看似尋常而且枯燥的公文中，看出與馬可波羅書中敘述可以互相印證的內容，實在是很有價值的發現。可是，雖然美國學者柯立夫（F. W. Cleaves）一九七六年就在《哈佛亞洲研究學刊》（*Harvard Journal of Asiatic Studies*）上撰文介紹過揚志玖在《永樂大典》中的發現和推論，但揚先生的研究成果至今在西方仍然不大

---

[10] 楊志玖，《馬可波羅在中國》，頁157-58。

[11] 《永樂大典》，全十冊（北京：中華書局，1986），第8冊，頁7211。

[12] 《馬可波羅行紀》，馮承鈞譯（上海：上海書店出版社，2001），頁24。

為人所知。例如近年來有關馬可波羅寫得相當好的一本書,即約翰‧拉納著《馬可波羅和世界的發現》,就沒有提揚志玖,而且書中一個注雖然提到柯立夫那篇文章,卻把卷數和頁碼都弄錯了,可見也沒有仔細看過柯立夫此文。我認為中國學者重要的考證和研究成果,值得多作介紹,也值得國際學術界給予更大重視。

至於馬可的同時代人,他們大多不相信其敘述的真實,並不是因為馬可書中有太多離奇怪異之事,而是因為馬可把忽必烈治下的中國描繪成中世紀基督教世界之外一個繁榮文明的社會。他述大汗忽必烈之偉業說:「忽必烈汗,猶言諸君主之大君主,或皇帝。彼實有權被此名號,蓋其為人類元祖阿聃(Adam,按今通譯亞當)以來迄於今日世上從來未見廣有人民、土地、財貨之強大君主。」[13] 馬可把忽必烈說成是比基督教和伊斯蘭教國家所有君主更強大的君主,就使當時歐洲的讀者覺得難以置信。正如馬丁‧戈斯曼所說:馬可「被人認為言過其實,主要原因就在其敘述與傳統的蒙古人形象完全相反。人們很難相信,在一二四〇至四一年間幾乎要毀滅歐洲那些野蠻人,在組織和文明程度上,已經達到馬可在書中描繪那樣的水平」。[14] 其實馬可書中並沒有很多荒唐的敘述,倒是半個世紀之後充滿稀奇古怪事物的《曼德維爾爵士遊記》(*The Travels of Sir John Mandeville,* circa 1356),一般人並不覺得荒唐而不可信。這部《遊記》流傳甚廣,至今尚有三百種不同語言的抄本存於歐洲各大圖書館裏,為馬可書抄本的四倍之多。[15] 馬可書中雖然也寫到長老約翰,描述神秘的山中老人如何訓練刺客,但馬可的敘述大部分是平鋪直敘,沒有什麼超乎常理或神奇怪誕的事物。正如楊志玖所說:「馬可波羅書中記載了大量的有關中

---

[13] 《馬可波羅行紀》,頁181。

[14] Martin Gosman, "Marco Polo's Voyages: The Conflict between Confirmation and Observation", in Zweder von Martels (ed.), *Travel Fact and Travel Fiction: Studies on Fiction, Literary Tradtion, Scholarly Discovery and Observation in Travel Writing* (Leiden: E. J. Brill, 1994), pp. 76-77.

[15] 參見Giles Milton, *The Riddle and the Knight: In Search of Sir John Mandeville* (London: Hodder and Stoughton, 2001), p. 3.

國的政治、經濟、社會情況，人物活動和風土人情，其中大部分都可在中國文獻中得到證實。其中不免有誇大失實或錯誤等缺陷，但總體上可以說是『基本屬實』。」[16] 對馬可波羅一書的真偽，大概總會有人提出質疑，但我認為更有意義的是看馬可波羅之書究竟是怎樣一本書，此書對歐洲人認識東方，尤其是中國，是否曾有重大貢獻和影響。

　　馬可波羅的書常常被稱為《遊記》，但仔細看此書記載，其安排組織並沒有按照旅行的路線，所以它既不是記錄冒險經歷，也不是單純描繪旅途所見。馬可雖然跟從經商的父親和叔父到東方，但其書也並不是專講商業貿易。約翰‧拉納認為，我們可以把馬可之書視為「基本上是一部講地理的書」，而且是一部相當獨特的地理書，因為「事實是在中世紀地理學的傳統裏，從索里努斯（Solinus）到伊昔多（Isidore），再到戈蘇因（Gossuin），都找不到類似馬可波羅之書那樣的著作。」[17] 馬可波羅是第一個把東方的地理、社會和風土人情通過親身經歷描述出來的歐洲人，他書中寫到的許多地方是歐洲人前此聞所未聞的，所以他的書在十三世紀的確是獨特的著作，而且極大豐富了歐洲人對東方的瞭解和知識。馬可書中描寫的汗八里（即北京），曾引起歐洲人的想像。他描繪南方的行在（即杭州），極言其「燦爛華麗」，說那是「世界最富麗名貴之城」。[18] 他寫刺桐（即福建泉州），說「印度一切船舶運載香料及其他一切貴重貨物鹹蒞此港。是亦為一切蠻子商人常至之港，由是商貨寶石珍珠輸入之多竟至不可思議，然後由此港轉販蠻子境內。我敢言亞歷山大（Alexandrie）或他港運載胡椒一船赴諸基督教國，乃至此刺桐港者，則有船舶百餘」。[19] 由馬可的描述，我們可以想見當時泉州商港繁忙的景況及其在中西交通貿易上之重要地位。除中國各地之外，馬可的書對印度和中亞各國也做了詳略程度不同的描述。他在歐洲第一個提到日本，而且「在十六世紀之前，

---

[16] 楊志玖，《馬可波羅在中國》，頁116。

[17] Larner, *Marco Polo and the Discovery of the World*, p. 77.

[18] 《馬可波羅行紀》，頁353。

[19] 同前注，頁375-76。

是西方提到日本的唯一一處」。[20] 正如拉納所說：「此書最得力處在其組織，逐步而穩妥地一個接一個敘述不同民族、地區、城市，每一個都自有其行政機構、宗教信仰、自然資源、物質產品以及其他特點，各各不同。在此之前和之後，都再沒有第二個人曾給西方如此大量的新的地理知識。」[21] 馬可和他的合作者魯斯提切諾當然不是在自覺地撰寫地理學著作，但《馬可波羅行紀》在西方地理學的發展上，確實起了非常重要的作用。

在一五〇〇年之前，歐洲繪製的世界地圖基本上不能真實反映亞洲的情形。例如哈特曼‧舍德爾（Hartman Schedel）一四九五年出版的《紐倫堡編年史》（Nuremberg Chronicle），就有一幅仍然依據聖經上的觀念繪製的世界地圖，分別在世界的東、南和西方畫上挪亞的三個兒子，而地圖的形狀和現代地圖相差很大，與其說是地理學意義上的地圖，毋寧說是神學意義上的地圖。現在仍然存在的歐洲早期地圖中，最早吸收馬可波羅書中提供的知識來代表亞洲地理的，是大概一三八〇年左右由一個猶太人亞伯拉罕‧克列斯克（Abraham Cresques）繪製的著名的卡塔蘭地圖（Catalan Atlas）。這是繪在八塊木板上的地圖，每塊板長六十九公分，寬39公分，其東方部分既基於過去的傳說，也吸收當時可以得到的旅行者的記錄，其中包括十四世紀到過中國的鄂多立克（Odoric da Pordenone），因為地圖上有鄂多立克提到過的Zincolan（即廣州）和Mingio（即寧波）。但卡塔蘭地圖表現東方主要的依據，毫無疑問是馬可波羅書中的材料，包括二十九個馬可提到過名字的城市。雖然這幅地圖還遠遠不是現代地圖的樣子，但正是在這幅地圖上，「中國在西方才第一次在地圖上呈現為一個可以識別的，可以說是理性的形狀」。[22] 由於卡塔蘭地圖的影響，尤其隨著人文主義的興起，對地理的研究在十五世紀逐漸受到重視。也正是在這時，馬可波羅的書開始發生更大影響。十五世紀初，阿列佐的多明尼柯‧迪‧班狄

---

[20] Larner, *Marco Polo and the Discovery of the World*, p. 94.

[21] 同前注，頁97。

[22] 同前注，頁136。

諾（Domenico di Bandino of Arezzo）在他編輯的一部三十五卷本的百科全書裏，就把馬可書中的材料大量吸收在有關地理的部分。

十五世紀中，大約在一四三九至一四四二年之間，另一位威尼斯人尼柯羅‧孔蒂（Niccolò Conti）到印度、馬來西亞、爪哇、越南等國之後，經孟加拉、阿比西尼亞和埃及返回義大利，在弗羅倫薩面見教皇尤金紐斯四世。他講述自己在東方的經歷，對歐洲關於亞洲地理的知識大有影響，而他的經歷有力地證實了馬可波羅敘述的可靠性。在那以後，《馬可波羅行紀》逐漸受人重視，而在文藝復興時代，此書與但丁《神曲》以及托瑪斯‧阿奎那《神學總匯》等著作，成為人文主義者注重的經典，從而產生了廣泛的影響。

在今天，當我們重新探討東西方接觸的歷史時，馬可波羅在東方的經歷及其著述，可以說又有特別的意義。東西方接觸的歷史，尤其在十九世紀西方帝國主義和殖民主義向外擴張的時代，是西方列強侵略和壓迫東方民族的歷史，其影響直到今天仍然存在。正是在這一背景之上，我們可以理解塞義德（Edward Said）批判東方主義的意義，也可以瞭解反對殖民主義和西方霸權的後殖民主義理論的激進意義。然而東西方接觸和交流的歷史不只是十九世紀以來的近代史，以東方主義來概括東西方之間的整個關係，不僅偏頗片面，而且對於如何促進東西方各民族的相互理解和共處，也並不能起積極的作用。與此同時，我們又看見西方以薩繆爾‧亨廷頓（Samuel Huntington）為代表的文明衝突論，認為未來世界的衝突將是西方基督教文化與東方伊斯蘭文化和儒家文化的衝突。這種理論不僅不能化解衝突，反而可能為現實中的西方霸權及其政治和軍事策略提供理論依據。在這樣的環境下，我們再回過去看馬可波羅那個時代，就可以看見那是一個完全不同的世界，在那個世界裏，馬可講述他到東方的經歷，其動機是想描述和瞭解不同文化，是對世界不同民族及其生活習俗的好奇心和求知慾，而不是幾個世紀之後那種殖民者的征服和佔有的慾望。在這個意義上，馬可波羅可以說為東西方文化的接觸和相互理解提供了另一種模式，而且是更能促進不同文化共存的模式。如何在這一模式的基礎上考慮

東西方關係，從過去的歷史中吸取有益的啟迪，是我們今天在跨文化研究中應該去做的事情。

　　二〇〇四年是馬可波羅誕生七百五十周年，讓我們懷著敬佩的心情，紀念這位在東西方跨文化理解中走出最先幾步、做出了重大貢獻的威尼斯人。

附記：二〇〇二年五月，多倫多大學舉辦「馬可波羅與東西方的接觸」
　　　國際學術研討會，我應邀做主題發言，在論文中特別介紹了楊志
　　　玖先生的研究，強調中國和海外學界應該多溝通，多交流。該文
　　　已收在多倫多大學出版的會議論文集裏，見Zhang Longxi, "Marco
　　　Polo, Chinese Cultural Identity, and an Alternative Model of East-West
　　　Encounter", in Suzanne Conklin Akbari and Amilcare A. Iannucci (eds.),
　　　Marco Polo and the Encounter of East and West (Toronto: University of
　　　Toronto Press, 2008), pp. 280-96。此文寫於二〇〇五年九月，是在
　　　英文論文基礎上擴充增改，寫成後曾在復旦大學歷史地理研究所演
　　　講，隨後發表在《文景》二〇〇五年十月號。這次收進文集，在個
　　　別地方略有修改。

二○○五－二○○八紀事

　　二〇〇五年我在多倫多大學所做亞歷山大講座的演講，二〇〇七年年初由多倫多大學出版社出版，題為*Unexpected Affinities*。香港城市大學為此舉辦了新書發佈會，邀請李歐梵教授講評。來參加的人除了城大同事之外，還有其他一些朋友參加，如龍應台、杜博妮（Bonnie McDougall）以及我的哈佛同學、在加州大學洛杉磯分校任教的羅泰（Lothar von Falkenhausen）等。

　　二〇〇七年三月，復旦大學文史研究院成立，葛兆光任院長，我被聘為文史研究院國際評鑒委員會委員。

　　二〇〇七年三月，獲教育部特聘長江講座教授稱號，為期三年，每年在北京外國語大學短期講學。

　　二〇〇七年四月，加州大學聖地牙哥分校舉辦了討論中國研究的學術會議，我參加此會的文章評論美國在研究中國歷史方面的幾種不同模式，後來發表在美國《歷史與理論》（*History and Theory*）刊物上。

　　二〇〇七年六月，歐洲布里爾出版社（Brill）聘請我和德國學者史耐德（Axel Schneider）共同主編布里爾中國人文學術叢書，把中國學者用中文寫的學術著作翻譯成英文，介紹給西方學界和讀者。我為這套叢書寫了一篇總序，指出現在西方學界不能再忽略中國學者的學術成就，所以把中文學術著作譯成英文，由西方有聲望的出版社發行，是亟待完成的一件工作。目前已出版的有洪子誠《中國當代文學史》（Michael Day譯）和陳來《傳統與現代》（Edmund Ryden譯）。駱玉明《簡明中國文學史》已由我在哈佛的老同學葉揚譯畢，不久即將出版。陳平原的一部書由倫敦大學賀曉麥（Michel Hockx）翻譯，不久可望完成。葛兆光的《中國思想史》已經確定杜邁可（Michael Duke）和丘慧芬合譯，此外還有榮新江、羅志田等人的著作，正在尋找合適的譯者。這套叢書最難在物色譯者，因為好的譯者不僅要熟悉英文學術論著的語言風格，而且對所譯學術著作要有一定瞭解，否則譯文必然會在文字表達和思想內容的轉述方面，產生各種錯誤。然而這套叢書是一項重要工作，我和史耐德共同努力，希望盡力把這件事做好。

　　香港城市大學在二〇〇七－〇八學年設立了全校教員公開競爭的研究獎，由本校教授和校外專家組成評審委員會，我獲得了大獎（Grand Award）。

　　臺灣文化界著名出版家郝明義先生為我在臺灣用繁體字出了一本文集，題為《五色韻母》，二〇〇八年十一月由大塊文化在臺北出版。

走近那不勒斯的哲人：
論維柯對歷史哲學和文學批評的貢獻

　　楊巴蒂斯塔・維柯（Giambattista Vico）是義大利著名哲學家。二〇〇五年十一月，我應邀參加在那不勒斯舉行的「維柯與東方」學術研討會，第一次去到這位著名哲人的故鄉。在那不勒斯一條小街上，至今還可以看到三百多年前維柯父親開的一個小書店，不過現在已經不是書店，而是為旅遊者賣聖像、蠟燭和小天使之類商品的小店。據維柯在《自傳》裏說，他小時候幫父親在店裏幹活，爬上一個梯子去取書，卻一不小心倒跌下來，頭先著地，腦部受到很大傷害。可是誰知道呢？說不定就是那一摔，上天把一個本來要做書店老闆的經營盤算的心計，從維柯的腦子裏給摔了出去，才造就了今日那不勒斯可以引以為傲的一位哲人。在十八世紀，維柯的確是一個怪才，他的思想是邏輯和詩意想像的融合，而且逆當時的思想潮流而動。在二十世紀，維柯被視為近代人文和社會科學一個主要的奠基者，在西方思想領域佔據十分重要的位置。在我國，朱光潛先生晚年最後做的工作，就是翻譯了維柯的主要著作《新科學》，但我們對維柯並沒有許多深入的研究。這次有機會到維柯的故鄉參加討論他著作的會議，我覺得對那不勒斯這位哲人，似乎有了更具體的印象，也有更深入一步的瞭解。

　　維柯的貢獻首先在歷史哲學。西方史學可以追溯到古希臘歷史家希洛多德和修昔底斯的著作，但西方史學理論或歷史哲學則是近代思想的產物。歷史哲學不僅討論歷史家如何陳述過去發生的事件，而且更要自覺意識到歷史敘述本身的歷史及其理論問題。在《歷史之謎》一書中，美國學

者布魯斯・馬茲利希曾把歷史哲學形象地比喻成希臘神話中人面獅身的怪物斯芬克斯，因為那個著名的斯芬克斯之謎，正是向人提出關於人的過去之謎。這個著名的謎語是：「什麼動物早上用四條腿，中午用兩條腿，晚上又用三條腿走路？」聰明的伊底帕斯回答說，那動物就是人，因為嬰兒用四肢爬行，成年人用兩腿走路，老人則拄著拐杖，好像有三條腿。人從嬰兒到老年的成長，正是一個由蒙昧到有知識，由自然本能到有成熟意識的過程。所以馬茲利希說，「斯芬克斯把人阻攔在時間的十字路口，用謎語問他何以從自然本能的生命上升到歷史存在的意識」。[1] 歷史哲學要回答的正是這個斯芬克斯之謎，即探討人的歷史存在意識如何形成，並追尋歷史事件對現在有什麼意義。馬茲利希討論西方對歷史哲學做出重大貢獻的思想家，第一個就標舉義大利思想家維柯。為什麼呢？這就先得從十七至十八世紀歐洲思想界的大致情形說起，尤其要約略知道當時思想界主流對歷史的看法。

　　十七到十八世紀，歐洲經過文藝復興和宗教改革，擺脫了中世紀神學和經院哲學的束縛，近代科學思想開始取得長足的進步。哈威（William Harvey）發現了人體的血液循環，玻義爾（Robert Boyle）在化學上，惠根斯（Christian Huygens）在光學上，都取得重大成就。那是產生了開普勒、伽利略和牛頓的時代，科學和理性成為那個時代的主潮。與此相應，在思想界最有影響的是笛卡爾的理性主義哲學。針對基督教的神啟信仰和唯靈主義，理性和基於理性的判斷成為啟蒙時代的思想標誌，集中體現在笛卡爾的一句名言裏，那就是「我思，故我在」。笛卡爾認為，那是他「所尋求那種哲學的第一原理」。[2] 笛卡爾從懷疑教條、信念以及一切外在事物出發，最終得出結論，認為唯一無庸質疑的，只有那正在思考和懷疑的自我意識本身，所以思考的理性的自我（cogito）是建立確切知識的唯一基礎。

---

[1]　Bruce Mazlish, *The Riddle of History: The Great Speculators from Vico to Freud* (New York: Harper & Row, 1966), p. 1.

[2]　René Descartes, *Discourse on Method and Related Writings*, trans. Desmond M. Clarke (London: Penguin, 1999), p. 25.

後來康德在《什麼是啟蒙？》一文中也明確地說，啟蒙就是擺脫盲從，放膽去獨立思考：「『敢於使用自己的理性！』——這就是啟蒙的箴言。」[3]可見啟蒙就是擺脫宗教神學的束縛，放膽用理性來思考。不過笛卡爾把理性的範圍劃得太窄，在方法上以數學為模式，則頗有局限。他由理性出發作出判斷，採取邏輯演繹的辦法，認為從思維的自我推出去，人的思想比人的身體更可知，也比外在事物更可知。幾何學定理那種純粹邏輯演繹得出的結論，最能代表可靠的真知，而人們生活中充滿混亂和矛盾、不可能明確數量化的各個方面，如歷史、文學、政治、社會等等，都不是科學的真知。正如馬茲利希所說，「笛卡爾強調純思維建構一個真切可靠的幾何世界的能力，而否認歷史可以稱為科學，因為歷史既不遵從、也不可能使用他那套思維方法的簡單原理」。[4]可見笛卡爾是把幾何公理作為表述真知最明確、清晰的形式，而科學與人文的分野也就從那時開始，一直對思想和學術發生了深刻影響。

笛卡爾本人是一位傑出的數學家，在創立解析幾何學方面做出重要貢獻，而總的說來，他十分注重內省的思辨和數學演繹的推理，而不大注重傳統的人文學科，包括歷史。在《談方法》這本書裏，笛卡爾回憶自己的學習過程，說「我認為我已經花費了夠多的時間去學習語言，甚至去讀古典作品，讀古人的歷史和傳說，因為和過去時代的人對話就好比旅行。……可是花太多時間旅行，最終反而會對自己的國家陌生；如果太急於去瞭解過去時代發生的事情，就往往會對當代非常無知」。[5]他顯然認為歷史知識是沒有意義的。在文藝復興時代，人們曾相信歷史，尤其是古希臘羅馬的歷史著作，可以給人提供道德的教訓，所以很重視學習歷史。但隨著科學在十七世紀的發展，歷史、文學等人文知識就逐漸喪失中心地位，一步步退到邊緣。笛卡爾就代表了這樣一個時代的趨勢。

---

[3]　Immanuel Kant, "What Is Enlightenment?" trans. Lewis White Beck, in *Philosophical Writings*, ed. Ernst Behler (New York: Continuum, 1986), p. 263.

[4]　Mazlish, *The Riddle of History*, p. 24.

[5]　Descartes, *Discourse on Method and Related Writings*, p. 8.

在很大程度上，文藝復興可以說是義大利的黃金時代，那時在文學藝術的許多領域，義大利人都取得輝煌成就，而且影響遍及歐洲。維柯的故鄉那不勒斯便是義大利人文傳統重要的中心之一，著名畫家如喬托（Giotto），詩人作家如彼特拉克（Petrarch）、薄伽邱（Boccaccio）、塔索（Torquato Tasso）等人，都曾與那不勒斯結下不解之緣。作為義大利人文傳統自覺的繼承人，維柯對笛卡爾輕視人文學科非常不滿。他在《自傳》裏抱怨說，十六世紀的人文傳統本來有希望在那不勒斯重振聲威，但突然之間人們都轉向笛卡爾，去「研究笛卡爾的《沉思錄》及其姊妹篇《談方法》，而他在這兩本書裏都明確表示不贊成學習語言，不主張讀演說家、歷史家和詩人的著作，卻只樹立他的思辨哲學、物理學和數學」。[6]在科學、理性和笛卡爾主義在歐洲思想界占居主導地位的環境裏，維柯就這樣匹馬單槍地對笛卡爾提出挑戰，把人文學科，尤其是歷史，提到高於自然科學的位置。相對於十七世紀以來所理解的科學，即關於自然的知識，維柯提出有關人文學科的理論。我們現在所謂科學（英文science，義大利文scienza，來自拉丁文scientia），在維柯那個時代還是知識的通稱，並非專指關於自然的知識。笛卡爾開始了近代對科學的理解，但維柯與之針鋒相對，把自己關於歷史和人文知識的著作稱為《新科學》（Scienza nuova）。這部著作在維柯當時並沒有引起歐洲思想界特別注意，但通過義大利學者克羅奇（Benedetto Croce）和尼柯里尼（Fausto Nicolini）等人的努力，《新科學》在二十世紀越來越受到哲學和社會科學各領域學者們的重視，成為近代西方思想一部重要的經典。

維柯雖然不滿意笛卡爾的影響，他自己提出的理論卻帶有強烈的笛卡爾理性主義色彩，所以維柯《自傳》的英譯者在導言裏特別指出，「笛卡爾最偉大的批評者本人，也正是義大利最偉大的笛卡爾主義者」。[7]維柯論證歷史和人文知識為確切可靠的真知，其論證方法正是典型笛卡爾式的邏

---

[6] Giambattista Vico, *The Autobiography of Giambattista Vico*, trans. Max Harold Fisch and Thomas Goddard Bergin (Ithaca: Cornell University Press, 1944), pp. 137-38.

[7] 同前注，頁36。

輯。他和笛卡爾一樣，認為我們自己創造的東西，才是我們最能夠明確認識的，即他著名的「創造即真知」（*verum ipsum factum*）的原則。但正如以塞亞・柏林所說，維柯把這個原則運用到歷史研究上，是走出了「真正革命性的一步」。[8] 在維柯之前，英國哲學家霍布斯也曾和笛卡爾一樣，以幾何學的數理演繹為真知的標準，但他用這種方法來論證政治哲學的可靠性。霍布斯說：「幾何學是可以證明的，因為幾何推論中使用的線和數都是我們自己設定規劃的；政治哲學也是可以證明的，因為是我們自己創造了社會和國家。」和笛卡爾不同，霍布斯由此對自然科學提出質疑，因為他緊接著就說：「因為我們並不知道自然物體的構造，卻只能從其效果去尋求答案，所以就無法證明我們尋找的原因是什麼，只能說可能是什麼。」[9] 維柯也許受到霍布斯這段話啟發，但又與霍布斯不同，因為霍布斯對歷史極為輕視，而維柯則將霍布斯證明真知的方法和觀念大加發揮，論證歷史為可靠的知識。柏林認為維柯接受了霍布斯的觀念，卻又「把這一觀念轉化過來，極大地增強了其範圍和深度」。[10] 維柯把這種論證方法用於古代歷史，用於遠古時代人們的幻想和神話，提出一些獨創的論點來論證人文學科的歷史為是比自然科學更為真確可靠的知識。

在霍布斯之外，維柯的思想淵源還可以追溯到義大利的人文主義傳統，因為早在十四世紀，詩人彼特拉克已經提出，《聖經》上說人是按上帝的形象創造出來的（imago Dei），那是說明人的尊嚴最強有力的證據。他又特別強調說，人是按造物主上帝的形象所創造的（Dei Creatoris），所以人正是在發揮自己的創造能力時，最能表現上帝的恩寵，也顯示人的尊嚴。換言之，「人也有能力根據自己的需要和目的來創造自己的世界」。[11]

---

[8] Isaiah Berlin, *Three Critics of the Enlightenment: Vico, Hamann, Herder*, ed. Henry Hardy (London: Pimlico, 2000), p. 46.

[9] Thomas Hobbes, "To the Right Honourable Henry Lord Pierrepont", *The Collected Works of Thomas Hobbes*, ed. William Molesworth, 12 vols. (London: Routledge/ Thoemmes, 1994), vol. VII, p. 184.

[10] Berlin, *Three Critics of the Enlightenment*, p. 47.

[11] E. Kessler, "Vico's Effort to Establish the Foundation for the Humanities", in *Vico: Past*

可見在義大利人文主義傳統中，彼特拉克早已提出那個重要觀念，即上帝創造自然，所以只有上帝才知道自然的秘密，而人類則創造了社會歷史，所以人可以認識社會歷史。在文藝復興時代，這一觀念成為人文主義肯定人本身價值的重要依據之一，而維柯提出「創造即真知」的原則，正是回到義大利人文主義傳統的論證，把基督教的一個重要觀念，世俗化為人類認識的原理。在《新科學》著名的一段話裏，維柯說：

> 人類社會的世界無疑是人創造的，因此其原理也就可以在人類心智的變化中去尋找。只要仔細思量這一點，誰都會感到驚訝，何以哲學家們會竭盡全力去研究自然，卻忽略了研究各民族的世界，而自然界既是上帝所造，也就獨為上帝所知，人類社會的世界既為人所造，也就是人能夠認識的。[12]

維柯把「創造即真知」的原則運用於歷史研究，就扭轉了笛卡爾輕視人文和歷史的偏向，證明歷史知識才是真正可靠的知識。這在思想史上，無論在當時還是在我們這個時代，都是極為重要的洞見。在總結維柯在思想史上的意義時，馬茲利希說：「要說明維柯的成就，簡單一句話概括起來，我們可以說他的著作預示了研究人類歷史的各種現代方法。特別可以指出的是，他預告了歷史主義的發展，而按德國史學家邁因內克（Friedrich Meinecke）的描述，歷史主義乃是『西方思想一次根本性的革命。』」[13] 說得更具體一些，維柯的著作預示了後來在哲學、宗教、語言學、法學和政治學等許多領域一些重要的思想和理論。無論赫爾德（Herder）和黑格爾、狄爾泰和斯邦格勒的哲學思想，或是尼布林

---

and Present*, ed. Giorgio Tagliacozzo (Atlantic Highlands: Humanities Press, 1981), p. 83.

[12] Giambattista Vico, *The New Science of Giambattista Vico*, trans. Thomas Goddard Bergin and Max Harold Fisch (Ithaca: Cornell University Press, 1984), § 331, p. 96. 參見朱光潛譯維柯《新科學》（北京：人民文學，1986），第331節，頁134-35。

[13] Mazlish, *The Riddle of History*, p. 12.

（Niebuhr）和莫姆森（Mommsen）的羅馬史研究，無論沃爾夫（Wolf）的荷馬研究、巴霍芬（Bachofen）的神話研究、格林（Grimm）的語源學研究，薩維尼（Savigny）對法律的歷史理解，或是馬克思和索列爾（Sorel）的階級鬥爭理論，都可以在維柯《新科學》中找到思想的萌芽。

　　因此，我們可以說維柯是現代社會科學許多領域的先驅和奠基者，而在他的眾多貢獻中最值得注意的，當然是構成了所謂「西方思想一次根本性革命」的歷史主義。理性主義的偏見之一，是把過去時代的歷史視為充滿謬誤和混亂的黑暗時代，用現代人理性和文明的標準去衡量，似乎古代和中世紀都是民智未開、原始野蠻的時期。古代人的信仰在現代理性主義者看來，不過是荒謬的迷信。可是維柯卻提出完全不同的看法，認為古代信仰的表現形式，如希臘神話，其實是古人認識世界的一種方式，體現了他所謂「詩性智慧」。在《新科學》裏，維柯自謂要闡明人類宗教、語言、政治、經濟、家庭、社會等諸方面的起源，而且要闡明人如何在這樣的歷史過程中，「在一定意義上創造出人自己」。那實在是包羅萬象的研究，所以他自謂其新科學「同時是人類觀念、習俗和行為的歷史」。[14] 在論述維柯著《新科學》的目的時，恩斯特・凱西列說：「維柯要求的是關於人類文明的哲學——一種能探測並且解釋歷史進程和人類文化發展之基本規律的哲學。正是由於完成這樣一個基本任務，維柯的著作在哲學上便具有重要意義。」[15]維柯把古代神話放在古代歷史的環境當中，以同情的想像去理解古代人類不同的思維途經，解釋神話和宗教信仰的起源，而不是用理性主義的標準來判斷一切，這就開拓了歷史研究的領域。從當時的歷史環境去理解歷史現象，這正是歷史主義的要義。

　　埃利希・奧爾巴赫尤其從美學的角度，盛讚維柯的歷史主義觀念，認為歷史主義就是「相信每一種文明和每一個時代都自有達到其審美完善

---

[14] Vico, *New Science*, §§ 367, 368, p. 112. 參見朱譯《新科學》第367，368節，頁155-56。

[15] Ernst Cassirer, *Symbol, Myth, and Culture*, ed. Donald Phillip Verene (New Haven: Yale University Press, 1979), p. 105.

的可能性；不同民族、不同時代的藝術作品，以及他們一般的生活方式，都必須理解為各自不同環境條件的產物，也必須按其本身的發展來個別判斷，而不能使用美和醜的絕對尺度」。[16] 奧爾巴赫特別提出三點，認為那是維柯在美學和歷史研究方面作出的重大貢獻。第一點是發現古代人類有「詩性智慧」，有「創造並維護典章制度的能力，而這些制度以神話為象徵」。這一「詩」的觀念與現代藝術表現的形式密切相關。第二點是認識論，即認為人類創造的歷史及其發展，都保存在人的心智當中，所以人通過研究和想像，可以重新在心中喚起歷史的本象，達到真切的理解。奧爾巴赫認為，由這一認識論，維柯便「創造了他的同時代人完全不知道的歷史理解原則」。最後第三點，就是維柯的歷史和變化的觀念。尤其在認識人性方面，當時大多數論者都相信絕對不變的人性，維柯則提出「人類歷史的本性」，認為人性在歷史中形成，也隨歷史而變化，這就把「人類歷史和人性等同起來，把人性視為歷史的一種作用」。[17] 我們只要稍加思索就可以看出，維柯這些觀念和思想在現代的人文和社會科學領域中，都有重大而深刻的影響。拋棄理性主義絕對唯一的觀念和標準，由不同歷史時代本身的發展狀況去理解過去，就預示了現代人類學、民俗學和社會學的基本觀念和研究方法。維柯認為人類和人創造的一切都在不斷變化，而在變化中去看待歷史和人性本身的發展，就為歷史研究在基本觀念和方法上，奠定了理論基礎，成為近代史學的發端。馬茲利希把維柯作為西方歷史哲學第一位重要的理論家，原因就在於此。

　　維柯認為古代人類有「詩性智慧」，他們由自然中的生活經驗創造出各種神話，所以他們是「詩人」，也就是希臘文原來意義上的「創造者」。這種「詩」的創造是以形象來表現，而不是以邏輯來推理，代表了古代人類對自然的認識和回應。所以維柯說，要瞭解古代歷史，「第一個要學習的科學就是神話學，即對寓言的解釋」，因為「這類寓言故事就是

---

[16] Erich Auerbach, "Vico and Aesthetic Historism", *Scenes from the Drama of European Literature: Six Essays* (New York: Meridian Books, 1959), pp. 183-84.

[17] 同前注，頁197-98。

異教民族最初的歷史」。[18] 維柯對詩、比喻和神話的論述，對現代文學批評有很大影響。加拿大著名批評家弗萊就很重視維柯的理論，他的神話批評或原型批評以及文學類型歷史循環的觀念，都直接受維柯的影響。弗萊讚揚維柯對於「在文明整體中詩性衝動的歷史作用」，有一般思想家難以達到的識力和洞見。[19] 愛德華・賽義德也很重視維柯，在他影響深遠的《東方主義》一書中，就利用維柯「創造即真知」的原則，論證西方所理解和描述的東方，其實是西方人在西方本身的歷史和文化環境中，依據他們的意識構想出來的東方。賽義德說：「我們必須認真看待維柯偉大的發現，即人們創造自己的歷史，人們能認識的也正是他們自己所創造的；我們必須把這發現擴大到地理概念上去：作為地理的和文化的實體──更不要說作為歷史的實體──『東方』和『西方』這樣的地域觀念都是人造的。」[20] 後來在回顧《東方主義》一書引起的問題和爭論時，他又再次強調說：「正如維柯所謂各民族的世界一樣，東方和西方都是人創造出來的事實，因此必須作為組成人類社會世界之必要成分來研究，而不是作為神造或自然的世界來研究。」[21] 舉弗萊和賽義德這兩個比較著名的例子，就可以說明在現代批評理論中，維柯的《新科學》提供了十分豐富的思想資源，繼續在西方思想中發揮重要作用。

　　現在讓我們看看，維柯在近代人文和社會科學中開拓的歷史主義，對於認識西方以外的文化和文學藝術，又有怎樣的影響呢？奧爾巴赫特別讚賞維柯審美歷史主義在藝術鑒賞和文學批評中的作用。他認為十九世紀初以來西方審美視野的擴大，應該歸功於維柯開拓的這種歷史主義，也正是由於這種歷史主義更開闊的新視野，現代人才得以認識古代文明和異國文明的獨立價值，培養真正寬廣的審美趣味和判斷力。奧爾巴赫把維柯的

---

[18] Vico, *New Science*, § 51, p. 33. 參見朱譯《新科學》第51節，頁43。

[19] Northrop Frye, *The Critical Path: An Essay on the Social Context of Literary Criticism* (Bloomington: Indiana University Press, 1971), p. 34.

[20] Edward W. Said, *Orientalism* (London. Routledge and Kegan Paul, 1978), pp. 4-5.

[21] Edward W. Said, "Orientalism Reconsidered", *Reflections on Exile and Other Essays* (Cambridge, Mass.: Harvard University Press, 2003), p. 199.

《新科學》視為歷史研究中「哥白尼式的發現」，並認為在《新科學》影響之下，「誰也不會因為哥特式大教堂或中國式廟宇不符合古典美的模式而說它們醜，誰也不會認為《羅蘭之歌》野蠻粗疏，不值得和伏爾泰精緻完美的《昂利亞德》相提並論。我們須從歷史上去感覺和判斷的思想已經如此深入人心，甚至到了習而相忘的程度。我們以樂於理解的一視同仁的態度，去欣賞不同時代的音樂、詩和藝術」。[22] 然而我們仔細看《新科學》中提到中國或東方之處，就會看到維柯自己的觀念仍然受當時知識和見解的局限，奧爾巴赫熱烈讚賞那種開闊眼光和寬廣的審美趣味，與其說是維柯自己所實踐的批評，毋寧說是奧爾巴赫從維柯《新科學》的理論原則引發出來的觀念。維柯自己的評論總是把中國視為古老而停滯的文明，而且總是把中國與古埃及相提並論。他說中國人「正像埃及人那樣，使用象形文字來書寫」。他們「由於和其他民族沒有來往，孤陋寡聞，沒有真正的時間觀念，所以吹噓自己有千萬年之古久」。[23]如果說時間的觀念是形成歷史意識的前提，那麼缺乏時間觀念也就意味著在技藝和文明發展方面，一種史前時代的粗笨和原始。維柯把孔子的哲學和「埃及人的祭司典籍」相比，認為都很「粗糙笨拙」，幾乎全是講究「凡俗的道德」。[24] 中國畫在他看來也「極為粗糙」，因為中國人「還不知道如何在繪畫中投影，如何襯出高光」。他甚至連中國瓷器也不喜歡，認為中國人「在燒制的技術方面，和埃及人一樣缺乏技巧」。[25] 維柯對中國歷史、思想和藝術這類評論，與奧爾巴赫讚揚那種審美歷史主義，那種「以樂於理解的一視同仁的態度，去欣賞不同時代的音樂、詩和藝術」的胸懷，不是相差太遠了嗎？奧爾巴赫論述的歷史主義「相信每一種文明和每一個時代都自有達到其審美完善的可能性；不同民族、不同時代的藝術作品，以及他們一般

---

[22] Erich Auerbach, "Vico's Contribution to Literary Criticism", in *Studia Philologica et Litteraria in Honorem L. Spitzer*, eds. A. G. Hatcher and K. L. Selig (Bern: Franke, 1958), p. 33.

[23] Vico, *New Science*, § § 50, 83, pp. 32, 45. 參見朱譯《新科學》第50，83節，頁42，61。

[24] 同前注，§ 50, p. 33. 參見朱譯《新科學》第50節，頁43。

[25] 同前注，§ 99, p. 51. 參見朱譯《新科學》第99節，頁70。

的生活方式，都必須理解為各自不同環境條件的產物，也必須按其本身的
發展來個別判斷，而不能使用美和醜的絕對尺度」，相比之下，維柯對東
方具體的評論不是全然不同了嗎？

　　我們應該怎樣看待維柯的歷史主義理論和他的批評實踐之間明顯的差
距呢？怎樣理解那不勒斯這位哲人對中國和東方未免偏頗的見解呢？其實
維柯否認中國歷史之古老，和當時他所處的環境有關。十七世紀以來，在
耶穌會傳教士影響下，歐洲有不少人認為中國具有世界上最古老的文明。
在中國傳教的耶穌會教士衛匡國（Martino Martini）就曾宣稱：「中國第
一位皇帝必定在紀元前2952年，即在大洪水發生之前六百年，就已開始即
位治國。」[26] 還有人認為亞當並不是最早的人，大洪水只發生在世界某些
部分，並沒有淹沒全世界。這類想法後來成為異端，受到宗教裁判所的嚴
厲懲罰。1691年，維柯在那不勒斯的一些朋友就曾被指控傳播這類異端思
想，受到宗教裁判所的迫害。維柯看到這一危險，便不能不格外小心，所
以在著述中「特別注意要明確聲稱，聖經上記載的神聖歷史是人類所知最
古的歷史」。[27] 除此之外，維柯對東方也確實缺乏瞭解，為維柯作傳的彼
得‧伯克就評論說，「以他那個時代的人而言，維柯對亞洲和美洲的歷史
竟很少有什麼興趣」。[28] 所以，在維柯的著作中，我們如果想尋求奧爾巴
赫所說那種審美歷史主義開闊的眼光和寬廣的審美趣味，起碼就中國和東
方的情形而言，就會感到相當失望。

　　然而對維柯評論得最為透徹的是以塞亞‧柏林（Isaiah Berlin），他
說：「維柯的功績不在於發現新的事實，而在於提出新問題，作出新建
議，建立起新範疇，而我們回答這些新問題，考慮這些新建議，把握這些
新範疇，就會完全改變看法，對在理解歷史當中什麼事實很重要，為什麼
重要，都會產生不同的觀念。」[29] 維柯對中國和東方或許所知有限，但他

---

[26] Peter Burke, *Vico* (Oxford: Oxford University Press, 1985), p. 65.
[27] 同前注，頁67。
[28] 同前注，頁69。
[29] Berlin, *Three Critics of the Enlightenment*, pp. 89-90.

關於研究人類社會歷史的主要思想，至今仍然有其意義和影響。我們可以
同意柏林的意見，即「思想觀念的重要性和影響不一定有賴於包含這些思
想觀念的系統是否合理，是否有價值」。就維柯而言，就像柏拉圖、斯賓
諾薩、萊布尼茲或康德的情形一樣，儘管他們的哲學體系難免有弊病，有
判斷錯誤，或表述不當，觀察不周，但他們主要思想的價值卻是無可否認
的，因為如柏林所說：「這些哲學家們發展出一些思想觀念，其深度和力
量永遠改變了思想的歷史，或者說他們提出了一些問題，而這些問題從此
促使思想家們不斷去思考。」[30] 要索居在十八世紀那不勒斯的維柯能真正
欣賞中國和東方的文明，也許本身就是不現實的企望，但這並不妨礙維柯
在開拓西方思想的範圍和視野方面，能夠做出重大的貢獻。

　　從跨文化研究的角度來看，我們又發現維柯的主要思想的確可以引
向奧爾巴赫盛讚那種視野的開拓，以及對不同藝術表現和文化形式一視同
仁的態度。奧爾巴赫頌揚維柯的歷史主義，畢竟是很有見地的，因為維柯
提出歷史理解的重要觀念，就為理解不同文化奠定了理論基礎，在我們今
天尤其有實際意義。我在前面已經引用過維柯重要的一段話，即「人類社
會的世界無疑是人創造的，因此其原理也就可以在人類心智的變化中去尋
找」。他顯然認為人類各民族的世界是可以認識的，而「人類心智的變
化」就是認識人類社會及其歷史的途經。維柯曾舉宗教、婚禮和葬禮這
「三種永恆而普遍的習俗」作為例證，認為「所有的民族，無論野蠻或是
文明，哪怕他們在時間和空間上互相距離遙遠，因而各自獨立創建起來，
卻都保持這樣三種人類的習俗：他們都有某種宗教，都舉行隆重的婚禮，
都安葬死者」。[31] 這三種習俗代表一種跨文化的普遍經驗，維柯認為無論
其文明發展程度如何，所有民族都有這類普遍的經驗。

　　在理解人類習俗、禮儀和制度上，這就是一種跨文化的理解途徑，因
為維柯認為這類習俗、禮儀、制度都可以在比較中得到理解。通過「人類

---

[30] 同前注，頁12，13。
[31] Vico, *New Science*, § 333, p. 97. 參見朱譯《新科學》第333節，頁135。

心智的變化」，即通過同感和想像，使我們設身處地去感受，就可能瞭解不同民族和不同時代的文化。柏林解釋維柯的用意說：「我的同時代人也許和我距離遙遠，與我有不同習慣、語言或性格，但通過想像，我卻可以理解他們的感情、思想和行為，而這同一種想像力，也最終可以使我理解遙遠的文化。」[32] 正是對人類同情理解的能力有這樣的信念，維柯才把遠古神話認真看待成古代人類「詩性智慧」的表現，而不是將其視為迷信，當成初民蒙昧無知的遺跡而拋棄。他深信無論古今，無論是自己的傳統或是外來文化，我們都可以認識。他說：「由人類各種制度的性質所決定，各民族必定有一種共通的內在語言，這種語言可以把握人類社會生活中各種可能事物的實質，而這些事物千姿百態，這種語言也就依此用形形色色變化的方式來表現事物的實質。」[33] 換言之，儘管文化及其表現形式各不相同，但在這些表面互相差異的形式下面，卻有一種各民族共同的內在語言，可以跨越不同文化，使互相之間得以理解和交流。維柯認為在世界各種不同語言的格言和諺語中，可以找到這種共同內在語言的證據，因為這些格言和諺語千差萬別，卻似乎是一種共通的普遍語言，為理解人類各民族的歷史，提供了一把鑰匙。在維柯留下的思想遺產中，這是對我們今天的世界很有價值的一點，即不同民族和文化必須超越所有差異，找到一條交流的途徑，真正展開文明之間的對話，找到能夠把各民族聯繫起來的共同內在的語言。比較起維柯在《新科學》裏對中國和東方所做的具體評論，這一要點，即對人類共同性質和可以互相溝通的信念，是維柯對跨文化理解作出的遠為重要得多的貢獻。

附記：二○○五年十一月在維柯故鄉、義大利那不勒斯舉辦了「維柯與東方」國際學術研討會，此文英文初稿即為參加此會所寫，現已發表在羅馬出版的論文集裏，見Zhang Longxi, "Vico and East-West

---

[32] Berlin, *Three Critics of the Enlightenment*, p. 50.
[33] Vico, *New Science*, § 161, p. 67. 參見朱譯《新科學》第161節，頁92。

Cross-Cultural Understanding", in David Armando, Federico Masini, Manuela Sanna (eds.), *Vico e l'Oriente: Cina, Giappone, Corea* (Roma: Tiellemedia Editore, 2008), pp. 99-107。本文是在英文稿基礎上擴充改寫而成,曾於二〇〇五年底在臺灣中央研究院文哲所演講,後來發表在《萬象》二〇〇六年七月號。這次結集,在文字上稍有修改。

錦里讀書記

　　離開成都二十多年了，現在回想起來，覺得那是一個文風很淳厚的地方，而那文風之厚，尤其在艱難之際越發能顯出底蘊來。記得上高小和中學的時候，常到西郊浣花溪畔的杜甫草堂去玩，喜歡背誦樓臺亭閣到處可見的楹聯。在供奉杜甫塑像的工部祠前，有咸豐年間任四川學政的何紹基題的一副對聯：「錦水春風公占卻，草堂人日我歸來。」工部祠前有幾樹臘梅，長得疏落有致，初春時分梅花盛開，或紅若胭脂，或黃如嫩玉，遠遠就可以聞到一陣幽香。所以在正月初七的人日遊草堂，別有一番風味。在草堂寺，也許晚清顧復初所撰的對聯最有名：「異代不同時，問如此江山龍蟠虎臥幾詩客？先生亦流寓，有長留天地月白風清一草堂。」小時候雖然不能完全體會這對聯的意思，卻總覺得讀起來抑揚頓挫，韻味十足，也就一直記得。另外使我印象很深，後來一直不忘的是陳毅元帥在草堂的題詞，取杜工部的兩句詩：「新松恨不高千尺，惡竹應須斬萬竿。」這兩句讀來十分痛快，似乎能從中體味杜甫的沉鬱，也更能想見陳毅自己的性格。

　　成都南郊有紀念劉備的漢昭烈廟，可是成都人都稱之為武侯祠，說明在人們心目中，神機妙算，而且「鞠躬盡瘁，死而後已」的諸葛亮，遠重於那位靠人扶持的劉皇叔。武侯祠的楹聯也很多，其中有集杜甫詩句的一聯：「三分割據紆籌策，萬古雲霄一羽毛。」那飄在萬古雲霄中一片羽毛的形象，實在令人難忘，讀來使人有一種莫名的感動。在諸葛亮殿有見牆上石刻的杜詩《蜀相》，尤其開頭這幾句：「丞相祠堂何處尋？錦官城外柏森森。映階碧草自春色，隔葉黃鸝空好音」，再看看庭院中的古柏，便

對這些詩句有格外親切的體會。這幾句詩使我想見遠在唐代，杜甫就已在城郊去憑弔過諸葛武侯，於是覺得在這些詩句中，似乎找到了和千年以上的過去一種特殊的聯繫，而在默默感悟之中，也似乎無意間獲得了一種深厚的歷史感。其實在小時候，這些都由耳濡目染得來，渾不知歷史感為何物，但也正因為如此，對文史，對讀書，便自然發展出純粹的興趣。所謂純粹，就是在其本身的樂趣和價值之外，別無任何實際利害的打算。我在開頭所說淳厚的文風，就是在這種對知識的純粹興趣和追求中形成的風氣。

　　然而對於求知而言，二十世紀六十年代後期到七十年代初卻是極為不利的一段。那時候說讀書無用好像理直氣壯，報紙上就經常有偉人宏論，說讀書越多越蠢，知識越多越反動，於是知識份子被名為臭老九，幾乎等同於階級敵人。當時有幾個囊括一切的概念，否定了一切知識：凡中國古代屬封建主義，西方屬資本主義，蘇聯東歐屬修正主義，封資修都在破除之列，於是古今中外的文化知識無一不是毒草。我們這個具有數千年深厚文化傳統的國家，一時間好像與一切文化為敵，要向古今中外的文化宣戰。我這個人沒有什麼地方觀念，也決不認為四川人有什麼特別，但我很小就聽大人們說過一句話，道是「天下未亂蜀先亂，天下已治蜀後治。」可以肯定的是，對當時那種狀態，多數人是反感的。我那時候充滿了年輕人的反叛精神，對報紙上公開宣揚的讀書無用論和大肆吹捧的白卷英雄，都從心底裏反感、厭惡。我不相信杜甫那些優美而感人肺腑的詩句、莎士比亞那些深刻而動人的戲劇作品，居然是必須剷除的毒草！而且我發現在我周圍的同學朋友中，有我這樣想法的並不在少數。一位中學老師黃遵儒，在那年頭名字就犯忌，而且屬於「牛鬼蛇神」之類，於是取魯迅詩句之意改名民牛。他在學校以長於書法有名，在我們這幫學生幾乎全數下鄉之際，他用極工整的楷書抄錄兩首魯迅的詩送給我，我珍藏至今。這些詩句表達的憂悶心情，對於我們當時的情形頗為貼切。

　　從一九六九至一九七二在農村插隊落戶的三年裏，有許多和我一樣的知青對書本和知識，都有如饑似渴的追求。我們互相傳閱僅有的幾本書，討論一些跟當時的生活現實沒有一絲關聯的問題。我下鄉時，中學一位英

文老師潘森林先生把抄家劫餘的兩本書送給我，一本是希臘羅馬文學的英譯，另一本是英美文學選讀。山村裏沒有電，我只有一盞用墨水瓶做的煤油燈，每天晚上就著那如豆的微光，一直讀到深夜。雖然那時候物質生活很艱苦，或許恰恰因為物質生活艱苦，我們就完全沉浸在精神的世界裏，不僅讀文學，而且還特別喜愛哲學。知青們為了思想的交流，相隔再遠，也要時常來往。記得一位綽號叫野貓的朋友為了來交談，到晚上一定要約我和他趕夜路騎車到另一個生產隊去，可是在鄉間伸手不見五指的黑夜裏絆倒，人從自行車上摔下來，門牙被磕斷了兩顆。我一直為此感到內疚，可是在那艱難的歲月裏，為了一夕清談，好像什麼都值得。記得曾與一位比我年稍長的朋友陳晶通信，每封信都寫好幾頁。我們談文學、美學和哲學，談普希金和托爾斯泰，談雪萊和華茲華斯，談魯迅和林語堂，也談柏拉圖、亞里斯多德和黑格爾。我們那時候的談論也許並非沒有一點深度，而那份真摯和熱忱更是絕對純粹的。「嚶其鳴兮，求其友聲。」記得陳晶寫來的第一封信，就引了《小雅·伐木》裏這古老的詩句，正可以道出我們那時候的心情。

在鄉下的知青生活，看似單純，卻又很複雜。我們看見農村的貧困，農民生活的艱苦，既有深切的同情，卻又因為落戶在此，身處其中，而且是到農村來接受「再教育」，所以不是也不可能是那種居高臨下式的同情，而不過是自憐而憐人。又因為身不由己，不知將來會如何，完全不能把握自己的命運，所以隨時有受困而無奈的感覺。那種困境不只是物質的匱乏，更是精神的枯竭。身邊貧乏困苦的現實和無盡的精神追求之間的脫節，可以說是知青生活最大的特點，不知有多少痛苦，多少悲劇和喜劇，都從這裏發生。不過那時候我們畢竟年輕，有旺盛的生命力，更有壓抑不住的精神。和我一道下鄉的同學，都各有自己的愛好和特點。其中一位叫謝洪，後來進了中央戲劇學院、成為電影導演，但在那時候他無法施展自己的表演才能，幾乎把鄉下的生活變成舞臺，隨時顯得很有戲劇性。我的好友張愛和極有音樂才能，現在參與編輯一本和音樂有關的雜誌。在鄉下，他拉起手風琴來，那悠揚的樂聲好像可以使我們拋開身邊的煩惱，進

入另一個美好的時空和世界。我那時有一本奧地利作家斐利克斯‧薩爾騰（Felix Salten）的名著《小鹿斑比》，我把它譯成中文，由謝洪用戲劇演員的腔調來朗誦，那傷感而帶哲理的故事，讓大家聽了時常感動不已。回想那些艱難的歲月，在困苦中仍然有對知識的熱烈追求，在貧乏中仍然有精神的慰藉，既有痛苦，也有歡笑，實在永遠也不會忘記。

　　一九七二年春天，我從四川德昌的山村被調回城市，在成都市汽車運輸公司的車隊當了五年修理工。那時候工間裏完全沒有正常作業，我每天都背一個書包去上班，一有空隙時間，立即到碱水池把油污的手洗一洗，在別人打牌或聊天的時候，就拿出一本書來讀。我喜歡藝術，有一幫畫畫的朋友。其中一位叫朱成，現在已是頗有成就的藝術家，但那時和我同是運輸公司的工人。說起這幫喜愛美術的朋友，當時在成都有不少業餘繪畫愛好者，都各在工廠或別的單位工作。他們簡陋的家裏，往往藏著一幅幅國畫或油畫。他們也常常在一起畫，互相切磋。後來四川美術學院重新招生，他們當中好幾位都去了重慶，成為一代相當成功的藝術家。不過三十多年前，這些文化藝術的根苗都還在惡劣的環境裏自生自滅，全憑個人興趣和愛好在那裏堅持。我和朱成在工廠認識後，他知道我懂英文，就問我有沒有見過原文的莎士比亞全集。我當然回答說，從來沒有見過，他就說可以替我找一本。我以為他是在吹牛或者開玩笑，可是第二天，他果然拿來一本精裝書，正是多卷本莎士比亞全集收有十四行詩的一本。我大為驚訝，朱成才告訴我說，那是他一個朋友父親的藏書，老先生不相信現在居然還有年輕人能讀這樣的書，所以借出此書的條件是要看書的人翻譯一首詩，如果真能譯出一首來，他就可以再借其他的書。我喜出望外，立即選譯了一首，交給朱成去覆命。莎士比亞一百多首十四行詩，我已不記得譯的是哪一首，可是那首譯詩就像《天方夜譚》阿里巴巴與四十大盜那個故事裏開門的咒語，為我打開了一個書籍的寶藏。

　　歐陽子雋先生曾在舊《中央日報》當過記者，喜歡讀古書，也喜歡英文，當年曾和在成都的外國人時常來往，收集了很多英文原版書。他後來在成都一個百貨公司做售貨員，為人謙和，與同事們和睦相處，在文革

中居然把他最心愛的藏書保存了下來。歐陽先生對文化受到摧殘感到痛心疾首，看見我譯的詩，發現居然有年輕人還能讀莎士比亞，高興異常，立即請我到他家裏去。記得我第一次到他的住處，在一個破舊的小院子裏，一間極簡陋的房子，但一走進去，就看見緊靠牆壁一排木板做成書架，密密層層放滿了各種舊書，其中大部分是英文書。我們一見面，歐陽先生就慷慨地對我說：「我這些書就是你的書，你任何時候都可以來讀。」在那年頭，書不是被燒毀，就是被封存，想不到在一間舊房子裏，竟保存了英國文學和歷史的許多經典。在「破四舊」的一陣風暴裏，成都也到處有抄家、焚書的舉動，可是歐陽先生的書卻能保留下來，幾乎是個奇跡。這是否和這個城市古來的文風有一點關係呢？在激進口號的喧囂聲中，在政治運動轟轟烈烈的表面之下，是否文化和典籍就像龍蟠虎臥，沉潛於平民百姓之家，在為我們自己保存一點精神的根基呢？無論如何，由於一個偶然的機緣，我三十年前在成都居然找到了許多英文原版書，也出於純粹求知的興趣，比較系統地閱讀了英國文學的經典名著。

　　在歐陽先生那裏，我不僅第一次讀到莎士比亞全集，而且讀了從喬叟的《坎特伯雷故事集》、彌爾頓的《失樂園》到十九世紀浪漫派詩人、小說家和散文家的主要作品。如果說下鄉三年，讀希臘羅馬文學有一點收穫，那麼在歐陽先生那裏，我就第一次讀到了對英國語言有很大影響的欽定本《聖經》，又稱詹姆斯王譯本（The King James Bible）。我知道在西方文化中，希臘古典和《聖經》可以說是兩個主要的源頭，而欽定本《聖經》的英文有一種特別的魅力，有很高的文學價值，於是我把這本書從頭到尾讀了兩遍。在歐陽先生那裏，我還借閱了法國史家泰納（Hyppolyte Taine, 1828-93）著名的《英國文學史》。他在那本書裏提出文學的產生取決於作家所屬的社會群體、文化環境和時代氛圍（即他所謂race, milieu, moment），在十九世紀末和二十世紀初的歐洲文學批評中，曾造成相當影響。當時我讀得最勤，可能獲益也最大的是帕格瑞夫（T. T. Palgrave）所編《金庫英詩選》（The Golden Treasury）。這部詩選初版於一八六一年，後來不斷補充再版，其流行程度很像我們的《唐詩三百首》。我從這部選

集裏翻譯了大概三百首詩，這在我是很好的練習，因為讀詩是獲得敏銳語感最佳的途徑。熟悉詩的語言可以幫助我們把握語言的音調節奏，輕重緩急，詞句和語意的平衡，在自己說話和寫作的時候，就知道如何組織篇章，遣詞造句。英語和漢語在語句組織、節奏和表達方式上都很不相同，只有多讀英國文學經典，尤其是詩，才可能最好地獲得英語的語感，增強自己的信心，能夠把英語運用自如。與此同時，就像德國大詩人歌德說過的那樣，瞭解一種外語可以反過來幫助提高對自己母語的認識，也就會增強自己的語言能力。七十年代初在成都相當特殊的環境裏，儘管沒有學校提供條件，沒有老師指點，我卻由於結識了歐陽子雋先生而讀了不少英國文學名著。我永遠感謝歐陽先生在最艱難的日子裏，為我打開書的寶藏，提供精神的食糧，這對於我後來的發展，的確起了關鍵作用。可是當時讀書完全出於興趣，絕沒有想到未來有任何發展，也沒有考慮知識有任何實際用處。可是正像《莊子・外物》所說，「知無用而始可與言用矣」，用與無用是一種辯證關係，知識的積累首先要有求知的慾望和純粹的興趣，文風的形成靠的不是實用，而是對知識文化本身的追求。

　　我在歐陽先生那裏不僅借書、讀書，也經常聚在一起談論，談書，談文學和文化傳統，自然也談那時讓人焦慮擔憂的時事。時常參加的還有他的兒女，陽旦、陽含、陽芳，有時候還有別的幾個年輕人。歐陽先生的兩個兒子陽旦和陽芳，一個喜愛大提琴，一個學練小提琴，後來都成了專業的音樂工作者，陽含則去了美國，現在在一個律師事務所工作。回想當年在那個陋室裏的交談，實在令人永遠懷念。歐陽先生把當時的聚會，都詳細寫在他的日記裏，多年後我在成都重新見到他老人家，他還把當年的日記翻出來，讀給我聽。成都人所謂擺龍門陣，在互相瞭解的朋友之間，可以說無所不談。對當時否定文學和文化，對人類文化採取虛無主義的做法，我們是用讀書的實際來回應的。這倒不是有意為之，也更沒有任何實際的考慮，而是在成都這個有淳厚讀書風氣的地方，讀書人自然的反應。說不定兩千多年前，秦始皇焚書坑儒的時候，讀書人大概也像這樣在下面議論，並且把舊書典籍藏起來，使中國文化傳統繼續存在。畢竟秦皇漢

武，略輸文采，在二十世紀的中國，要使文化知識完全斷絕，更是談何容易。在三十多年前極為艱難的環境裏，成都這個地方使我能找到書籍，找到可以推心置腹交談的朋友，得以不斷自學，在書籍中找到自己的精神寄託和慰藉。這使我永遠感激我的故鄉，也對我們自己知識文化傳統的生命力，永遠充滿了信心。

　　　　　　　　2006年7月2日初稿於香港九龍瑰麗新村寓所
　　　　　　　　7月4日完稿於德國埃森人文研究院（KWI）

附記：此文寫於二〇〇六年七月，最初發表在《書城》二〇〇六年八月
　　　號。我不是特別注重地方觀念的人，但對我說來，我的故鄉成都又
　　　確實是一個有厚重歷史感和濃郁文化氣息的城市。哪怕在文革最壓
　　　抑人的年代，成都仍然有人藏書，也有人讀書，這就是我隨時對自
　　　己的文化傳統都具有信心的基礎。

生命的轉捩點：回憶文革後的高考

　　我並不喜歡憶舊，哪怕我們這代人見證了中國近三四十年來翻天覆地的變化，而且就個人經歷而言，回想三十多年前的自己，也幾乎有恍若隔世之感。胡適有《四十自述》，我就覺得這位胡博士老氣，四十出頭，不過人到中年，後面的路還很長，怎麼就清倉盤點了呢？我現在早過了四十，可是關於回憶，就常有這樣矛盾的心情。一方面感到數十年間經歷過的變化，有時候連自己都覺得不可思議，但另一方面，現在要做的事很多，沒有時間停下來憶舊。不斷做事而且有事可做，這是生命充實的證明，是一種好的、實在的感覺。可是《書屋》的編輯朋友要我寫一篇文章，回憶三十年前恢復高考時的情形，卻又立即勾起我的興趣，因為那是我生命中一個重大的轉折，而且對於文革十年累積起來的歷屆畢業生，那都是一個重大轉折。

　　文革開始，從小學到大學都「停課鬧革命」，而且一停就是十年，中國的教育完全停頓中斷。傳統上中國人曾經相信「萬般皆下品，惟有讀書高」，不僅尊重知識，以知書識禮為榮，而且很早就建立起以文取士的考試制度。比較起講究血統、門閥世襲的制度來，那無疑是更合理、也更開放的制度。文革的情形則恰恰相反，紅衛兵一開始就喊出「龍生龍，鳳生鳳，老鼠生兒打地洞」的口號，按家庭出身把人分為「紅五類」、「黑五類」，赤裸裸的血統論甚囂塵上。知識份子被稱為「臭老九」，讀書越多越蠢，居然堂而皇之成為正統觀念。在我們這個文明古國，讀書和教育似乎成了壞事，應當被革除。當然，文革中也不是沒有復課的舉動，一九七

三年就曾恢復考試，但那次並不是全面恢復高考，因為知識青年們不能自己報考，而須由「革委會」推薦指定。結果不僅沒有選拔出品學皆優的人才，反而出了一個「白卷英雄」張鐵生，使讀書無用、知識有罪更成為當時政治輿論的主流，把中國的教育進一步推入蒙昧的深淵。可是對已經識字開竅、下放到農村或在工廠工作的知青們說來，求知實在是生命的需要，而且外在的物質條件越是簡陋困乏，精神的需求反而越強烈、越迫切。

　　從一九六九到一九七二，我在四川德昌茨達公社下鄉三年，後來回到成都，在市汽車運輸公司做工人五年。在那些年月裏，雖然生活和學習的條件都很差，但完全出於求知的需要和純粹的興趣，我一直堅持自學。那時候沒有什麼書，沒有老師指點，憑自己摸索學外文，在別人看來也許很苦，在我自己卻有無窮的樂趣。茨達山村裏沒有電，我晚上就著一盞煤油燈的微光，往往一直讀到深夜。記得離開農村回成都時，取下靠牆釘著用來放書的一塊木板，我發現木板上面的牆壁是灰白色，下面的牆壁三年來卻被油煙燻成黝黑，積了厚厚一層油灰。取開木板，牆壁上下黑白分明。韓愈《進學解》有名句說：「焚膏油以繼晷，恆兀兀以窮年。」看到牆壁上那一層油灰，我似乎對這句話頗有些體會。

　　回到成都，由於偶然的機緣，我有幸結識了藏有許多英文書的歐陽子雋先生。在文革抄家、焚書的劫難中，這位老先生見還有年輕人喜歡讀書，能夠讀書，不禁引做同道知己，結為忘年之交，於是慨然將藏書對我開放。那時求知的慾望由於受到外在環境的壓抑，反而拒絕外在，完全沉浸在內在自我的精神追求之中。讀書如癡似狂，與幾個可以推心置腹的朋友談讀書、談學問、談時政，雖然清貧如洗，在我卻是一種純粹而且高尚的享受。那是極艱難的歲月，也是極有理想的歲月，是極貧困的日子，也是精神上極豐富的日子。那時候讀書沒有、也不可能有絲毫實際利害的打算，但也正因為如此，在朋友之間形成的是一種純粹追求知識的風氣，即以知識本身為目的而發奮讀書的風氣。

　　當年幫助我的人，除歐陽子雋先生之外，還有曾在成都電訊工程學院擔任過圖書館館長的鄧光祿先生。他熱心幫我找書，曾帶我去四川大學

圖書館，又去認識四川醫學院的劉正剛先生。但當時還在文革之中，大學裏的氣氛反而比學院之外更緊張嚴峻。圖書館完全封閉，一本書也借不出來，知識份子則不斷受批判，人人自危，很難有心思談學問。不過我認識了川大外文系的解毓葵教授，在七十年代初，我有時到他家裏去請教，和他交談，得益不少。記得解先生十分欣賞英國詩人雪萊，曾說用屈賦騷體來翻譯雪萊的《西風頌》，必定最能傳其神韻。我還去拜訪過曾任川大副校長、但在五七年被劃為右派的謝文炳先生，他是川大外文系的名教授，對英詩很有研究。那時候謝先生獨自一人住在一間很小的房子裏，室內好像沒有什麼書，空空如也。我懷著一腔熱情，到他住處登門造訪，想和他討論我讀得正入迷的一部《金庫英詩選》，然而我見到的卻是一位蒼白瘦弱、心灰意懶的老人。我說我正在讀英詩，很希望得到他指教，但是謝先生卻含著一種悲憫的眼光看著我，對我說：「你看我弄了一輩子英詩，現在落得這個樣子，你年輕人還讀這些幹什麼呢？」我那時頗有點失望，但我可以想見文革中先生的遭遇，也就沒有再說什麼。確實，在當時那種嚴峻的政治氣氛和壓抑的社會環境裏，如此唐突到大學裏去找教授們談學問，尤其是談被視為毒草的西方文學、英美詩歌，實在太幼稚，太理想了。當時也只有像我那樣在學院之外，沒有人指導，也沒有人監管，才可能憑著個人興趣和自我完善的欲望讀一點書，在求知的道路上踽踽獨行。

不過人生的變化實在難以預料。大概在一九七四年，科學院四川分院下屬的生物研究所研製了一種治冠心病的新藥，準備參加廣州交易會，需要把藥的說明書譯成英文。生物所一直沒有找到合適的譯者，後來通過朋友推薦，由我翻譯了這種藥的說明書。生物所的研究員們很滿意。他們費了很大力氣，終於在一九七六年把我從汽車運輸公司車隊調去生物所做專業翻譯。比較起文學和詩的語言來，科技英語實在很簡單，所以生物所的翻譯工作在我十分輕鬆。我在生物所一年，除翻譯一些科技資料之外，還譯了兩本書，一本是由中文譯成英文的《大熊貓》，一九八〇年在北京由科學出版社出版，另一本是由英文譯成中文的《蛇類》，也由科學出版社在一九八一年出版。這兩本譯作是我最早的出版物，但我的興趣始終在文

學，所以我繼續自學，抽時間譯詩，並且譯出了法國史家泰納著《英國文學史》論莎士比亞的一章。

就在這時候，文革結束，中國的大學恢復了高考，對成千上萬的知識青年說來，這真是扭轉乾坤的大變化，是令人砰然心動的大好機會，但也是突如其來的嚴峻挑戰。文革十年，從初一到高三積累了數量極大所謂「老三屆」的歷屆畢業生，高考的競爭相當激烈。對大多數人說來，學業中斷了十年，要在短時間內復習準備，參加考試，又是談何容易。我的許多中學同學，這時大都已回到城裏工作，紛紛報考。可是中學階段學到那點基本知識，已經丟棄得太久，現在要重新拾回來，要彌補失去的歲月和已經遺忘的知識，真是難之又難。這時大家才深深感到，丟失了的十年是多麼可貴而且可惜。在時間的壓力下，有人焦頭爛額，也有人使出怪招。我認識的同學中，就有幾位仁兄竟然接連到醫院去治痔瘡，以此得到較長的病假，多一點時間複習。我的同學中很多人通過復習和高考，後來都得到機會，在不同的大專院校學得一技之長，走向不同的工作崗位。當然，考試是一種競爭，其中有成功者，也必然有失敗者。記得有人告訴我，成都有一位考生，高考沒有成功，他便自我解嘲說，那一次高考實乃「以國家之長，攻我之短」，大家一時傳為佳話。其實，無論自己報考的志願是否得到滿足，無論考入哪一所大學，起碼大家都有了一次變動轉折的機會，也都重新恢復了對知識的信念和重視。中斷十年的教育得以重生，那才是最重要的意義。

那時候我作為中學畢業生，可以去參加大學本科生考試，也可以選擇以「同等學歷」參加研究生考試。我自忖已經失去了十年光陰，而我對自己的英語程度也有些自信，所以決定直接報考研究生。雖然前此一兩年，我到川大拜訪謝文炳先生沒有什麼結果，但其實謝先生心裏已經記住了我。恢復高考時，他托人叫我去見他，鼓勵我報考川大英語專業的研究生。他說他瞭解川大外文系的情形，以我的英語水平，考研究生絕無問題。當時報考可以填寫兩個志願，謝先生建議我兩個志願都填川大。於是我報考了川大，並按照指定的參考書準備考試。可是那年謝先生自己並沒

有招研究生，而川大招生的專業是研究英語教學和語法。我雖然報考了川大，卻一直不甘心，因為我的興趣不在語法和語言教學，我希望研究的是文學。當時只有北大西方語言文學系有英美文學研究專業，但北大是中國最高學府，指導教授是朱光潛、李賦寧、楊周翰、趙蘿蕤這樣名揚遐邇的大學者。當時就連我中學的好友們都認為，我以中學畢業的學歷，直接考研究生已經跳過了一大級，還要報考北大研究生，似乎有點異想天開。然而我的妻子（那時還是我的女朋友）很支持我考北大，覺得至少第一志願應該填北大。她說：「你今年考不上北大，明年還可以再考川大。如果不去試，你怎麼知道自己能不能考上北大？去試過了，才免得將來後悔。」這話確實有道理，但中學畢業和北大研究生差距實在太大，我還是猶豫不決。

那時科學院四川分院的院長是作家馬識途先生。他是西南聯大畢業生，在聯大是中共地下黨員，後來是四川省委書記之一，兼任四川科分院院長。我工作的生物所是科分院下屬機構，所以到生物所之後，有機會認識了馬識途先生。馬先生是作家，當然對文學有興趣。他知道我喜歡文學，也讀過我翻譯泰納論莎士比亞的文章，對我的英語能力和文學修養頗為讚賞。那時有人告訴我說，希望考研究生的人可以把平時的習作寄到想報考的學校去，請教授評定是否合格。馬識途先生就對我說，他當年在西南聯大認識的一些朋友，其中有的在北大任教。他要我用英語寫一篇文章，他願意替我寄到北大去。我那時候想，如果我寫一篇評英國文學作品的論文，以我中學畢業的背景，很可能別人不相信，甚至會懷疑我是從什麼書裏抄來的。而我從來喜歡中國古典文學，也看過一些外國學者翻譯的唐詩，於是決定用英文寫一篇文章，專門討論外國人翻譯李白、杜甫詩的得失。這樣的題目比較特別，大概不容易被人懷疑為抄襲之作。文章寫好之後，我交給馬識途先生，他再寄到北大去。

可是此後很久都沒有音訊，我以為不會有什麼結果了。但就在報名日期即將截止的最後幾天，我突然收到北大歷史系許師謙教授從北京發來的電報，要我改考北大。我正猶豫間，又收到許教授的信，信上說他收到馬識途先生寄去我那篇文章，就轉給北大西語系，後來由系主任李賦寧教授

親自看過了。許先生說在西南聯大時,他曾上過李賦寧先生教的法文課,算是李先生的學生,一九五二年院系調整以後,他在北大工作,和李賦寧先生成為同事。然而數十年來,他們在北大校園裏見面,也只是點點頭打個招呼,互道寒暄而已,李先生從來沒有上他住的宿舍去過。許先生說,李賦寧教授看了我那篇文章之後,親自第一次上他家裏來,說一定要讓這個四川的學生報考北大。讀完許先生的信之後,我興奮不已,立即到報名處要求改考北大。我記得報名處的工作人員把我訓斥了一通,說報名日期馬上就要截止,研究生考試也很快就要開始了,你一直按照川大指定的參考書在準備,這時候突然要改考北大,不是發神經病是什麼?但我堅持要改,說考不上是我自己的事,不要別人負責,他們最終還是讓我改了報考北大。

那年研究生考試分兩次,我在成都參加初試,得了96分,覺得很滿意。不久就得到通知,去北京參加複試。記得那是一九七七年秋天,我從成都乘火車一路北上,到北大後才知道,全國各地有四十來位考生匯集到北大西語系,來參加英語專業包括書面和口語的複試,而且他們的初試成績大多在90分以上。後來聽老先生們說,他們初試出題時以為,多年以來,我們的大學教育從來沒有真正重視過西方文學,再加上十年文革,教育中斷,他們擔心題目如果太深,就沒有人能考得上。可是沒有想到,全國不僅有很多人報考北大英美文學專業研究生,而且初試成績遠遠超過他們的預想。那年英語專業研究生只取十多人,為了把考分拉開,他們不得不大大增加了複試題的難度。複試題不僅涉及範圍廣泛的英美文學專業知識,而且考生依據自己知識的深淺,可以作不同層次的回答。例如有一道題問:在莎士比亞戲劇裏,有哪個人物在兩出劇裏都出現過?為什麼?答案是著名的喜劇人物福斯塔夫(Sir John Falstaff),他分別出現在《亨利四世》(Henry IV)和《溫莎的風流婦人們》(The Merry Wives of Windsor)兩出劇裏,而究其原因,則據說是莎士比亞劇團在演出《亨利四世》的時候相當成功,女王伊莉莎白一世看了以後非常高興,說想要在別的劇目裏,再看見福斯塔夫。於是莎士比亞在寫《溫莎的風流婦人們》時,讓滑

稽可笑的福斯塔夫再度登場。類似這樣的問題很多，這類題目不僅考一般的英文程度，還考有關英國文學史的常識，靈活而有趣，可以使考生發揮自己的能力。

在北大複試除了筆試之外，還有口試，由楊周翰教授主考。楊先生後來是我的指導教授，帶領我研究莎士比亞和文藝復興時代的英國文學。楊先生曾告訴我說，複試時他「擊節讚賞」我筆試的考卷，但知道我是自學英語，就很擔心我的口語有問題。但口試時，我的聽說能力使他也很滿意。在口試中，記得楊先生曾問我什麼是Apocalypse，我回答說那是關於未來的啟示，尤其指《聖經》中有關世界末日的啟示錄。他看出我對英文《聖經》有些瞭解，而這對於研究文藝復興和十七世紀的英國文學十分重要，便滿意地點頭稱是。考試完畢後，李賦寧先生私下告訴我，說我考了研究生第一名。我那時候激動的心情，到現在還記得很清楚，李先生溫和的笑容，也歷歷如在目前。我能夠報考北大，和李先生的鼓勵直接相關。我到北京參加複試，才第一次見到李先生，對他表示由衷的感激。現在周翰師和賦甯師都已歸道山，可是他們對我的關愛和教誨，卻使我永遠感懷在心。李賦寧先生在他的回憶錄裏，有憶及一九七八年招收文革後第一批研究生的一段，其中特別提到馬識途先生把我推薦給北大歷史系的許師謙教授，許先生又把我那篇英文論文交給李先生。李賦寧先生寫道：「許同志把張隆溪的作品拿給我看，問是否能達到北大英語系碩士研究生的標準。我看後，立即鼓勵他報考。他那年31歲，考試成績在第一次錄取的12名碩士生中名列第一」（見《學習英語與從事英語工作的人生歷程》，北大出版社2005年版，146頁）。

離那次研究生考試，現在已經整整三十年過去了，但回想起來，生命中那一次重大的轉折仍然使我慨然感歎，尤其對李賦寧先生、楊周翰先生，對其他幾位賞識過我、幫助過我的前輩，我都永遠充滿了感激。想當年復試完畢，我帶著按捺不住的愉快心情從北京返回成都，向家人和朋友報告大好消息。不久，《四川日報》曾以「鍥而不捨，金石可鏤」為題，報導了我自學考入北大西語系，並獲得總分第一名成績的事。那並不僅僅

是我個人的榮耀，而是對我們那一代人在艱難困苦中追求知識的肯定。三十年前恢復高考，可以說是中國走向改革開放最初也最為關鍵的一步。文革十年的封閉和嚴重內耗，不僅在國力上，而且在人才上，都使中國處於枯竭的窮境。要扭轉那種艱難的局面，在百廢待興的時刻，首先恢復中斷的教育，重新注重人才培養，實在是刻不容緩之舉。文革後招收的第一批學生，無論是七七級的大學生還是七八年進校的第一屆研究生，大多是優秀的人才，這已經成為社會上一種普遍的共識。在各個領域裏，他們當中許多人現在都擔當重任，成為他們各自專業的帶頭人。現在回想起來，三十年前那場競爭和考試，的確值得我們認真領會其劃時代的意義。

> 2007年4月16日初稿於美國賓州州立大學旅舍
> 27日定稿於香港九龍瑰麗新村寓所

附記：文革之後恢復高校考試招生，是改革開放中一件非常重大的事情。對於當時尚年輕的一代甚至幾代人，那都是一個翻天覆地的大變化。就我個人而言，那的確是生命當中一個重大的轉捩點，使自己的生活從那之後發生了以前無法想像的改變。此文是應《書屋》編輯朋友之請而寫，最初發表在《書屋》二〇〇七年八月號。

中國古代的類比思想

　　司馬遷在《史記‧太史公自序》裏，以孔子著《春秋》為先例，證明寫歷史是記述過往以明王道，辨人事，別是非，而且引孔子的話說：「我欲載之空言，不如見之於行事之深切著明也」。因此，古人認為歷史敘述可以明道德，理政治，為治國治人者提供參考。所以北宋司馬光修史稱《資治通鑒》，而謂「六經皆史」的清人章學誠也在《文史通義》開篇就說：「古人未嘗離事而言理」。因此在中國，從孔子著《春秋》開始，歷史就在為人們提供例證和借鑒，由此而證明自己的合理性，也就是說，歷史家們強調，歷史事實和事件作為具體例子，比抽象說理能更有效地教給人道德原則和哲理智慧。

　　然而通過具體例證來傳達有一定抽象涵義的觀念，卻並非歷史學家的專利。東漢時候的趙歧注《孟子》，就引用了司馬遷引用過孔子所說那同樣的話，以此來描繪孟子如何用歸納法，即如何從具體事實和例子得出普遍性結論，來論述他對人性等問題的看法。孟子主張人性善，可是他並沒有由某種先驗性的抽象前提來立論，而是採用類比的辦法，用水由上而下流動這一毫不相干的類比，來論證他的觀點。孟子說：「人性之善也，猶水之就下也。人無有不善，水無有不下」。我們也許會覺得這句話很奇怪，因為孟子並沒有首先奠定一個邏輯的基礎，說明水和人性如何相似而可以類比。這一類比性是在較有說服力的別處地方建立起來的，孟子肯定說，人對於別人的痛苦，在內在本性上都必然抱一種同情，在此他又用類比，假設「人乍見孺子將入於井」這樣一個具體情景，然後說任何人遇見

這樣的緊急情形，「皆有怵惕惻隱之心：非所以內交於孺子之父母也，非所以要譽於鄉黨朋友也，非惡其聲而然也。由是觀之，無惻隱之心，非人也」。同樣，孟子論述人性善之普遍，也是從口味和其他感覺的具體例子得出結論。他說：「口之於味，有同嗜焉；耳之於聲，有同聽焉；目之於色，有同美焉。至於心，獨無所同然乎？心之所同然者，何也？謂理也，義也。聖人先得我心之所同然耳。故理義之悅我心，猶芻豢之悅我口。」以上這些就都是類比思想的例子，這是在兩個不同事物或情景當中找出對應關係的思想方法，所以基本上是一種聯想或隱喻的思維方式。葛兆光在《中國思想史》裏有「作為思想史的漢字」一節，就把中國古代這種類比思想追溯到中國古代語言文字的形成，認為中國古人「不習慣於抽象而習慣於具象，中國綿延幾千年的、以象形為基礎的漢字更強化和鞏固這種思維的特徵」。中國古代這種類比思想是「常常憑著對事物可以感知的特徵為依據，通過感覺與聯想，以隱喻的方式進行繫聯」；甚至認為中國古代的思想世界有一種「感覺主義傾向」（見葛著《七世紀前中國的知識、思想與信仰世界》，115，119，122頁）。從語言與思維的密切關聯中，我們的確可以看出在中國古代，類比思想是非常突出的一個特點。

　　類比或對應在中國古代的環境裏，有非常豐富的內涵。我們可以想到中國古代的天下觀或宇宙觀，這在漢代已充分發展，其因素則早見於先秦，不僅在《周易》裏可以看到，在道家和其他諸子著作中也早現端倪。春秋戰國時代中國許多思想家都有一個共同而且古已有之的看法，即認為天體星辰的世界與地上的人事互相關聯感應。到漢代更逐漸建立起一整套互相關聯的系統，其中道、陰陽、四季、五行等等都是最重要的概念，規範著中國思想世界中的一切事物。《周易‧繫辭上》：「天尊地卑，乾坤定矣。」八卦之首乾可為天、為首、為父、為馬、為大赤，第二卦坤則為地、為腹、為母、為牛、為黑等。孤立地看來，這些卦象似乎沒有什麼道理，可是把它們放在一起，如天、首、父、馬、大赤等等，就顯出乾卦某種陽剛的性質，而地、腹、母、牛、黑色等等，又顯出坤卦某種陰柔的性質。所以這些意象都和某一個卦形成類比的關係，都部分地暗示這一卦的性質或本質。

把這些意象一一相對並列，如天與地、首與腹、父與母、馬與牛、赤與黑等等，就更呈現出一種意義明朗的形狀，表明乾與坤之間有陽與陰、剛與柔、上與下、尊與卑的關係。因此，我們由具體意象及其相互關係中，可以認識到乾卦與坤卦的性質，也由這些意象的象徵意義中，得出八卦這樣一個抽象觀念的系統。類比思想就是從具體引向抽象，或者說在具體中顯示出抽象。

天道和人世的對應也許是最早也最重要的類比。我們可以再引《周易‧說卦》裏的話：昔聖人作《易》，「以立天之道曰陰與陽，立地之道曰柔與剛，立人之道曰仁與義。兼三才而兩之，故《易》六畫而成卦」。在這裏，天、地、人這三才的對應關係，是用中國古代詩文裏典型的駢偶句式來表述的，或許我們可以說，正是中國古代的類比思想為中國詩文裏這種駢偶句式提供了思想基礎。《繫辭下》有一段著名的話講八卦起源，清楚描述古人如何從具體事物及其圖形中創造出抽象符號，而那段話也是取典型的駢偶句法來表達的：「古者庖犧氏之王天下也，仰則觀象於天，俯則觀法於地，觀鳥獸之文與地之宜，近取諸身，遠取諸物，於是始作八卦，以通神明之德，以類萬物之情」。聖王能夠理解天地人之間的對應關係，並從天地自然可見的跡象中得出對於人世的意義。所以《管子‧心術下》說：「聖人一言解之，上察於天，下察於地。」由此可見，思想中的類比產生出語言表述中的駢偶對仗，兩者都指出具體和抽象、個別和一般、意象和所包含的普遍意義之間的對應關係。

可是，類比思想即從個別例證得出一般結論，是否中國所特有獨具的呢？或換一個說法，中國語言是否像某些漢學家所說那樣，是一物質性具體指事的語言，是只有字面直解意義的語言，而難於表達有別於具體或個別的抽象概念呢？確切無疑的答案是否定的。只有把一種文化的豐富複雜大刀闊斧地削減成一付漫畫式的簡單形象，才可能把整整一個文化傳統與別的傳統對立起來，描繪出一幅黑白分明的圖畫。中國的具體思維與西方的抽象邏輯之間的對立，或者中國的內在與西方的超越之間的對立，就是這樣一幅面目全非的圖畫。事實是類比、聯想或隱喻式思維在東西方不

同傳統中都有，在古代尤其如此。恩斯特・凱西列就指出過，每一種語言都有一個神話語言的過去，其中類比思維佔據了主導地位，即「整體的每一部分就都是那個整體；每一個例子都等同於那一類別」。他又繼續說，這種隱喻思維的基本原則就是「以局部代全體的原則」（Ernst Cassirer, *Language and Myth*, p. 92）。凱西列認為，在現代社會中，語言也許已經喪失了直接經驗的豐富性和隱喻的力量，但是在詩裏，「語言不僅還保留著它原創的力量，而且不斷更新這種力量；在詩裏，語言經歷一種永遠的靈魂轉世的變化，同時達到肉體和精神的再生」（同上，98頁）。無論在中國還是在西方，都發生了由類比思維和隱喻語言到現代邏輯推理和概念表述的變化，所以把類比思維視為獨特的「中國思維方式」，就好像把中國凍結凝固在遙遠的古代，而認為只有西方才經歷了近代歷史中所有充滿活力的激烈轉化，而那顯然是錯誤的看法。

英國批評家提利亞德曾提出有名的說法，指出在「伊莉莎白時代的世界圖像」中，類比或感應是一個非常重要的部分。自然是一個大宇宙，而人則是一個小宇宙。「人被稱為一個小宇宙」，那是莎士比亞時代的尋常觀念，而究其原因，「則是因為人具有宇宙所有的特性」（E.M.W. Tillyard, *The Elizabethan World Picture*, p. 66）。那是文藝復興時代人文主義者繼承下來的中世紀世界圖像，在那個圖像中看來，世界是一個井然有序的宇宙，其中一切事物都互相關聯，構成一個存在的大鏈條（a great Chain of Being）。我們要深入理解莎士比亞、彌爾頓、約翰・唐恩和十六至十七世紀文學、哲學和宗教中許多其他重要作品，就必須瞭解那個時代天與地、自然和人類互相感應的重要觀念。

至於從歷史中選取具體例子來教人道德的原則，那也是文藝復興時代一個很尋常的觀念。薄伽丘（1313-1375）著 *De Casibus Virorum Illustrium*（《名人例證》），就開創了一個帶強烈道德教訓意味的史傳傳統。英國一部多人撰著的書就遵從這一傳統，題為《為官員提供的鏡子》（*A Mirror for Magistrates*），這部書初版於一五五九年，後來增加內容，不斷重印，一直到十七世紀初還有新版印行。這本書的標題無疑會使人想起中國司馬

光的《資治通鑑》，因為這兩部書都藉歷史來教人道德原則和政治的智慧，都好像讓人在一面鏡子裏照見自己，明白人的行為舉止將會帶來無可避免的後果。馬基雅維里（1469-1527）相信，研究遠古可以為現在提供教訓，而羅馬史特別有典範意義，因為在古代世界裏，羅馬帝國是最成功的政體。他認為歷史具有典範和教育意義的觀念，在他《論里維前十年之治》（*Discorsi sopra la prima deca di Tito Livio*, 1513-19）一書裏表現得最明白。所有這些都是西方典範式史學思想的代表性例子，和中國古代史家對歷史及其用途的看法，並沒有什麼絕大差異。

　　不同文化傳統當然互不相同，但這只是程度上的不同，而非類別上的差異。如果說類比思想從具體例子出發，得出普遍適用的結論來當成原則，那麼帶普遍意義的結論本身就已經是抽象的觀念。中國的八卦就是這種抽象一個很好的例子，因為每一卦都是那些具體意象抽象出來的本質，卻又有別於所有那些意象。例如乾代表天、首、父、馬、大赤等共有的那種抽象性質，坤則代表地、腹、母、牛、黑色等共有的抽象性質。正由於這種抽象性質，這些卦才無法譯成任何別的名。另一個例子當然就是道，那是不可名的。老子承認說，甚至道這個名，也是不知其名而隨意名之。中國有許多這樣的術語，如道、氣、陰、陽、乾、坤，以及從哲學到文學批評裏廣泛使用的一整套術語，都在那個意義上說來是不可名、不可譯的。然而通過合理細緻的解釋來翻譯這些術語，又極為重要，因為只有這樣，我們才可能跨越東西方文化的差異，達到相互理解和溝通。充分認識不同程度的文化差異，而又不將其絕對化，不使之彼此排斥，這是我們所有的人都應該去完成的任務，只有努力去完成這一任務，我們才可能建立起一個有不同文化傳統而又互相容忍、和平相處的世界。

附記：此文是受韓國延世大學《真理與自由》雜誌邀請而寫，一方面希望
　　　講出中國古代以事言理的傳統，但又特別注意不要陷入一種把東西
　　　方思想截然對立的錯誤，以為這種類比思想為中國或東方獨有，而
　　　西方則講究本質的抽象。原文用英文寫成，中文稿發表在上海《文

景》二〇〇六年十二月號，韓文譯本發表在《真理與自由》二〇〇七年春季號。

記與德國闡釋學大師伽達默的交談

　　從一九八三年四月到一九八四年三月，我在《讀書》雜誌上曾每月發表一篇文章，連續評介二十世紀西方文論，而在各種文論中，我對闡釋學（德文為Hermeneutik, 英文為hermeneutics）尤其感興趣。這有兩個原因，一個是西方各種不同的文學理論和批評方法，雖然都各有道理，但往往發展到極致，就變得偏激，惟獨闡釋學不是一種可以套用的現成方法，所以沒有那種教條式的偏狹和獨斷。另一個原因是闡釋學所討論的語言、理解和解釋的問題，在中國文化傳統中也大量存在，可資比較的材料很豐富，所以在中西比較中，闡釋學是很有潛力的研究領域。二十世紀闡釋學最重要的著作，無疑是德國哲學家伽達默（H-G Gadamer）所著《真理與方法》一書。我那時細讀此書，對闡釋學的原理和發展脈絡有一些瞭解，也很佩服伽達默的淵博和深入。

　　我在一九八三年十月，從北大到了哈佛。正像友人鄭培凱兄半開玩笑說我的那樣，和許多研究生不同，我一到哈佛，早已有些想法，知道我的博士論文要做什麼。我在哈佛比較文學系學西方文論，而研究興趣則集中在中西比較範圍內文學的闡釋學。恰好伽達默在鄰近的波士頓學院（Boston College）講學，我當然很有興趣。於是在一九八四年十月十日，由一位朋友開車，帶我到位於栗子山（Chestnut Hill）的波士頓學院，聽伽達默教授講課。我那位朋友名叫彼得・杜立根（Peter Durigon），家住在哈佛所在的康橋，是一位年輕的律師，但對哲學很有興趣，我就是在一個討論現象學的聚會上與他相識。那時他好像為伽達默提供一些稅務方面的參

考資訊，所以認識這位著名的哲學家。我們到了波士頓學院，找到伽達默授課的教室。這位著名的德國哲學家生於一九〇〇年，所以那年他已八十四歲，但精神矍鑠、目光敏銳、一頭銀髮，面容和藹可親，儼然一派哲人學者的風度。伽達默英語講得很流利，聲音雖然不大，卻很清楚。記得那天上課，他講的是哲學（philosophia）這個概念在柏拉圖和亞里斯多德那裏不同的含義，辨析精微，很有意思。講課完畢後，杜立根帶我過去，介紹我和這位哲學家認識。

伽達默曾師從海德格爾，是二十世紀最重要的思想家之一。他的主要著作《真理與方法》在他六十歲那年才出版，但出版之後，立即在德國和歐洲哲學界發生很大影響。伽達默在一九六八年從海德堡大學退休，之後多次到美國訪問講學，尤其與波士頓學院關係密切。這是耶穌會教士在一八六三年創辦的一所教會大學，歷來注重希臘拉丁古典語文的訓練和人文教育，而伽達默特別重視古典語文，也許那是他與波士頓學院關係很深的一個原因。我拜訪他是在一九八四年，不知那年是否他最後一次去美國講學。後來伽達默教授於二〇〇二年三月在海德堡去世，高壽一百零二歲。

伽達默先生知道我從中國來，在哈佛學習，對他的理論很感興趣，表示非常高興。那一學期他在波士頓學院專講柏拉圖和亞里斯多德，但和我上課的時間有衝突，我不能每週都去聽課。所以我說很希望有機會和他單獨見面談談，他也表示有興趣。於是我回到康橋之後不久，就寫信給伽達默教授，希望能約一個時間見面。信寄出去一個月，一直沒有回音，我正以為這位大名鼎鼎的哲學家大概要事太多，不願見一個剛剛從中國來讀書的研究生，卻突然在一九八四年十一月二十六日得到他用德文手書的回信。此信開頭就說：「Mit Schrecken finde ich unter meiner Papierm dein unbeantworteten Brief vom 15. Oktober. Bitte entschuldigen Sie! Das ist das Alter und seine Fehlhandlungen!」（在我的一堆文件下面，我十分驚懼地發現你十月十五日來信，至今尚未回復。實在抱歉！這就叫年老昏聵！）接下去他就告訴我他的電話號碼，希望我下週電話聯繫，並且說：「Vielleicht finden wir einen Zeitpunkt für eine längere Unterhaltung. Es würde mich *sehr* interessieren, Ihre Reaktion kennen zu lernen.」（也許我們可以找一個時間長談。我非常有興趣知道你的回應。）我得信後很高興，就打電話聯繫，約好了時間見面。

一九八四年十二月一日是一個禮拜六，那天仍然由杜立根先生駕車，和我一起到燈塔街（Beacon Street）246號伽達默教授的住處。那是一座很舒適漂亮的小樓房，正對波士頓學院的一道門。下午兩點整，我們到樓房門口，輕輕按了一下門鈴。伽達默先生出來開門，讓我們到進門右邊一間小客廳坐下。這位老人走路有一點瘸，可是精神爽朗，特別是他那雙眼睛很明亮，使我想起在北大和朱光潛先生見面，朱先生那炯炯的目光。伽達默教授先親自為我們去煮咖啡，並且解釋說，在德國人看來，美國的咖啡簡直算不得咖啡，太淡，而歐洲人喝咖啡是為了提神，不是為解渴。我們由歐洲人喝咖啡，很自然說到中國人喝茶，於是就以這樣輕鬆的話題，開始了我們一個下午的談話。

我告訴伽達默先生說，我讀過一些二十世紀西方文論和哲學的書籍之後，覺得德國闡釋學和接受美學最有吸引力，也最有用，並且與中國傳統文論中的許多論點十分契合，可以互相參照比較。接受美學的兩位理論家堯斯（Hans Robert Jauss）和伊塞爾（Wolfgang Iser）曾是伽達默的學生，他們在文論中的建樹也很值得與中國詩論相比較。伽達默先生聽我講了這番話後，說他對東方的智慧懷著極大的尊敬。他的老師海德格爾在第一次世界大戰之後，也很重視東方的哲學思想，甚至一度想學習中文，後來因為中文實在太難而作罷。但是在海德格爾晚期的哲學中，很明顯有東方思想的影響。說起東方人，伽達默說他父親是一位藥物化學教授，曾有好幾位東方來的學生。他記得父親常邀請學生到他們家裏來，其中有日本人，也有中國人。伽達默先生幽默地回憶當年情景，說中國學生大多數德語講得很好，日本學生的德語卻總是很糟糕。當時在德國教授們當中流傳一個笑話，說一位教授請他的一個日本學生去聽音樂會，演奏的都是古典名曲。後來主人問那位日本客人印象如何，他卻說，「很好，很好，在指揮沒有來之前都很好！」看來這是諷刺一般日本人缺乏能感受音樂的耳朵，

也就影響到他們模仿外語的發音。我想起在哈佛曾見到在費正清中心訪問的三好將夫教授（Masao Miyoshi），他自己是日本人，卻對我大大抱怨日本人學不好外語，在美國住幾十年也講不好英語。可見認為日本人外語差，不完全是外國人的種族偏見。

伽達默先生說，他對中國哲學瞭解得很少，要我原諒他的談話和提問難免外行（dilettantish）。他要我談談我所說的中國闡釋學究竟如何。我就說，中國古代早有闡釋差距的意識，承認語言達意的局限和理解的相對性和歷史性，所謂「見仁見智」，「詩無達詁」，都是講理解的不確定。我特別舉李商隱《錦瑟》詩的不同解釋為例，說明各種解釋都從一個基本假設出發，或以此詩為悼亡之作，或以為自傷之作，又或以此詩乃寫詩或音樂的情調。有了基本假設之後，各種解釋都在假設的框架之內解讀詩中的詞句和意象，於是形成局部與全體、整首詩與詩中細節之間的闡釋循環。伽達默先生對此很感興趣，問我中文詞義何以能引出這許多不同解釋，又說西方現代詩自馬拉美（Stéphane Mallarmé）之後，也常常有類似情形，即詞義和本文結構留出很大餘地，讓解釋者去進一步發揮。我說西方詩自法國象徵派以來，尤其注重含蓄，就十分接近中國詩的意味。法國詩人韋爾倫（Paul Verlaine）在《詩的藝術》裏說：「Rien de plus cher que la chanson grise / Où l'indécis au précis se joint.」（沒有什麼比那灰暗的歌更可貴，其中曖昧與清晰合而為一）。伽達默也舉英國玄學派詩人為例，認為有類似的含蓄。我認為一般說來，西方語言有許多表示詞與詞之間關係的介詞和連詞，就把詞句的含蓄大大限制住了。相對而言，中文較少這種限制，沒有那麼多介詞和連詞，所以解釋的範圍較大，往往有更多餘地。西方雖然也有省略虛詞的修辭手法（asyndeton），但介詞往往不省。中國古詩則少用介詞，甚至少用如、似等字的明喻，而且形式短小，一行五字或七字，所以必須儘量精簡，以簡潔的文言更求簡潔，以最少的文字表現最豐富的意義。由於詩句簡短，讀者就在閱讀中發揮想像，自己去補充其中暗含的關係。《錦瑟》一詩是比較極端的例子，但是中國詩講含蓄，重暗示而不重直白，講微言大義，說詩則講意在言外，主張反覆沉潛，以得言

外之意，的確有一個悠長的傳統，也有明確的闡釋意識。伽達默先生對我講這種中國的闡釋意識，表現出極大的興趣。

我們接下去談闡釋標準，也就是美國批評家赫施（E. D. Hirsch）所謂解釋的有效性（validity of interpretation）。我提到赫施在他書裏對伽達默批評很多，認為伽達默的闡釋學是主觀相對論，而赫施則主張客觀批評，認為一切闡釋必須以符合作者的原來意圖為標準。伽達默當然知道赫施的批評，他幽默地說，赫施已經把他批評得體無完膚（completely shattered）。可是把闡釋限制在作者原意的範圍內既不實際，也在理論上站不住腳，因為人的存在之本體差距既是一個理論問題，也是一種實際狀況。我們既不可能，也無必要完全以作者原意為準。莎士比亞從來沒有說過，他作品的用意是什麼。托爾斯泰曾說，《安娜‧卡列寧娜》的意義如果可以用一句話說出來，也就用不著寫《安娜‧卡列寧娜》了。所以作者原意只是闡釋者構想出來的東西，不可能是赫施所謂客觀批評的基礎。回到價值判斷的標準問題，伽達默說，我們在批評的實際操作中，其實可以知道什麼是好的解釋，什麼是不好的解釋。好的解釋會儘量把文本的細節都考慮進去，做出最圓滿、最合理的解釋。在這裏，伽達默顯出德國歷史語言學的深厚傳統，特別注重對文本語言文字的理解和把握，所以他說，他對翻譯總是抱懷疑態度，總覺得只有自己去把握原文的語言，他才放心。也正是基於這一點，他覺得自己無法真正深入瞭解東方的哲學思想，只能通過翻譯知道老子、莊子的一點大意，所以對東方哲學，他不願隨意置評。他說，也許早二十年，他會從頭學習中文，而現在畢竟太晚了些。這種嚴謹審慎的態度，給我留下深刻的印象。

我那時在哈佛上哲學系斯坦利‧卡維爾（Stanley Cavell）教授講美學和莎士比亞的一門課，但大部分是講精神分析批評，所以我在圖書館讀了不少佛洛伊德的書。我認為佛洛伊德自己的著作往往包含一些極富啟發性的見解和思想，可是大部分精神分析派批評家卻機械搬弄概念，而且自以為是，令人頗為失望。我對諾曼‧荷蘭（Norman Holland）論美國詩人弗羅斯特（Robert Frost）的名作《補牆》以及簡奈特‧阿德曼（Janet

Adelman）評論莎士比亞悲劇《柯利奧蘭納斯》的文章，就很不以為然。伽達默說，佛洛伊德的確很重要，也很有影響，但他對自己的理論並沒有抱教條的態度。他舉佛洛伊德論達‧芬奇的名作《蒙娜‧麗莎》為例，佛洛伊德把芬奇的傳記材料和許多作品巧妙地聯繫起來，作出精神分析的解釋。但是，伽達默說，佛洛伊德在文章結尾處很明智地說，他所作這些分析與《蒙娜‧麗莎》的審美價值和效果毫無關係。現在精神分析派批評的問題，就在於把佛洛伊德變成了教條，而且簡單地運用這些教條。

　　伽達默先生由語言文化問題，轉而談到當代西方詩歌的狀況。他認為二十世紀晚期西方文學中，毫無疑問是西班牙文的詩成就最高。我不懂西班牙文，對此完全不瞭解，就請教其中緣由。他說一個可能的原因，是西班牙文化裏宗教的力量壓抑了某些現代西方社會因素的影響，同時也使西班牙文化保存一些與大部分歐美文化不同的特色，因而在詩和文學創作中，顯出一股清新的氣息。我知道文學和一個社會的政治經濟不同，經濟發達的地方或政治活動的中心，不一定就是精神文化的中心，而且經濟發達與文學和文化的鼎盛也往往不同步。從伽達默對西班牙文詩的高度評價，我似乎看到這一點，同時也覺得他對當代歐美文化的狀況，持有一種明顯的批判態度。

　　我的朋友彼得提出海德格爾《存在與時間》中的一個問題，即海德格爾區別理解和解釋這兩個概念。可是伽達默說，他認為海德格爾並沒有把這兩者明確分開，是彼得自己的理解把它們分開了。他又說，有不少人批評他把理解和解釋混為一談，但他始終認為這兩者是不可截然分開的。我接下去說，理解是從意識活動的角度說，解釋是從語言表達的角度說，所以海德格爾把解釋和語言文字相聯繫。但是理解的意識活動本身並不能脫離語言，概念的思維也就是語言的思維，這就是希臘所謂邏各斯（logos）既是思想，又是表達思想的語言，中國所謂道既是道理之道，又是道白之道的深意所在。伽達默先生很同意我這個意見。

　　說到承認闡釋的相對性，伽達默認為法國的解構主義否認意義相對穩定的可能，就走到了另一個極端，完全把意義的相對性絕對化，也就否定

了理解和闡釋的可能。伽達默說他曾和德里達辯論，並說不久前德國出版了一本新書，收集了他們爭論的文章，可以瞭解爭辯的情形。（按：這本書題為 *Text und Interpretation*《文本與解釋》，一九八四年在慕尼克出版，後來又有收集更多文章的英文版 *Dialogue and Deconstruction: The Gadamer-Derrida Encounter*《對話與解構：伽達默與德里達相遇》，一九八九年由美國紐約州立大學出版社印行）。我告訴伽達默說，我讀了德里達幾本主要的書，並不贊同他的理論，尤其他拿中國文化來做西方文化的反面鏡子，對東西方達到互相瞭解，實在是造成一種障礙。

我那位朋友彼得向伽達默請教，怎樣才是學哲學最佳的方法，伽達默說，這首先是個學語言的問題，尤其是古典的希臘文。他說，成年人學語言不能也不必像兒童那樣，不用從教科書去學，而可以直接取自己感興趣的材料來讀，在把握內容的同時把握語言。他說他常常勸人學古希臘文，所以古典語言學者都很喜歡他，但他惋惜地說，現在基本上是哲學家不懂古典語言，而古典語言學者不研究哲學。彼得說他很想學哲學，但伽達默先生說，你既然已經有自己的職業，就不必去專門學哲學了。他又不無感慨地說，現代世界並不是哲學興盛的時代，在海德格爾死後，已經沒有什麼大哲學家存在了。我對伽達默這近乎悲觀的看法，心裏並不同意。也許哲學從來就不是大多數人問津的學問，哲人的寂寞也大概是難免的吧。

彼得為我和伽達默先生這次見面，拍了一張照片留念。到四點多鐘，我和彼得向主人告辭。伽達默先生說，他很高興有這次見面和談話的機會，而我當然覺得是我的榮幸。我們走出那座小樓房，時間雖不算晚，天色卻已開始暗下來，開車需要打開車頭的大燈了。新英格蘭的冬天，下午四、五點已經頗有一些近晚的涼意，我看見西下的夕陽，突然想到德語裏說西方是Abendland，正是黃昏之地的意思。回頭看伽達默先生住的小樓房，已經從視窗看見燈光。冬日的黃昏那種幽暗，似乎特別適合哲理的沉思。在這一天和這位德國闡釋學大師兩個多小時的談話，在我認為很有意義，也很有收穫。現在回想起來，已是二十多年前的舊事了。近二十年來，在中文學術界，伽達默已經不是陌生的名字，他的名著《真理與方

法》也已經有洪漢鼎先生的中譯本。然而對闡釋學，我們認真研究得還是很不夠。在過去數年裏，我曾多次參與臺灣大學東亞儒學經典闡釋的研究計畫，負責此計畫的黃俊傑教授就對我說，我們對西方的闡釋學，對伽達默的名著《真理與方法》，都還缺乏深入的理解。在本文開頭我已經說過，闡釋學在中西比較研究中是值得認真探究的，我現在仍然相信這一點。現在寫下這篇小文，記敘當年與伽達默先生見面的情形，乃是寄望於將來，希望我們從中西比較的角度，對闡釋學研究能夠做出自己的一點貢獻。

據一九八四年十月十日、十一月廿六日、十二月一日日記整理
二〇〇六年七月廿日寫畢

附記：在二十世紀德國哲學家當中，伽達默應該是繼海德格爾之後一位重
　　　要人物，其在闡釋學方面的貢獻在國際學術界有極大影響。他常到
　　　美國講學，我有幸在一九八四年十二月到波士頓學院拜訪他，與他
　　　交談。我在二〇〇六年七月寫了回憶那次拜訪他的文章，最初發表
　　　在《萬象》二〇〇六年十一月號。

從晚清到五四：魯迅論「洋化」與改革

　　晚清以來的近代中國，可以說始終有關係到民族存亡十分強烈的危機意識，而對於傳統士大夫或文化人說來，這首先體現為文化傳統的危機。清帝國在鴉片戰爭中與西方之強的英國較量，在甲午戰爭中與經過明治維新的日本較量，結果是一敗再敗，使朝野有識之士無不意識到，中華帝國已經衰老沒落，如不求變圖強，便實在有亡國的危險。早在嘉慶十九至二十年間（1814-1815），龔自珍已大聲疾呼，希望清帝國實施「自改革」，並指出歷代新朝的勃興，都有賴於改革：「抑思我祖所以興，豈非革前代之敗耶？前代所以興，又非革前代之敗耶？」[1] 半個世紀後，晚清洋務派中的傑出人士薛福成在《籌洋芻議》（1879）中，更明確重申「變法」一語，指出當時中國面臨的挑戰，已非漢、唐、宋、明歷代可比，不復是西北塞外諸部之患，而是中國歷史上前所未見的西方列強。面對「泰西諸國」的強盛，世界各國「罔不通使互市」，而中國哪怕起古代聖王於地下，也「終不能閉關獨治」。[2] 他認為中國與西方各國相競，只有變法一途：「不變則彼富而我貧；……不變則彼巧而我拙；……不變則彼捷而我遲；……不變則彼協而我孤，彼堅而我脆」。[3] 保守派指責變法是「效法西人，用夷變夏」，薛福成斬釘截鐵回答說：「是不然。夫衣冠、語言、

[1] 龔自珍，〈乙丙之際箸議第七〉，《龔自珍全集》，王佩諍校（上海：上海古籍，1999年），頁6。
[2] 薛福成，《籌洋芻議——薛福成集》，徐素華選注（瀋陽：遼寧人民，1994年），頁88。
[3] 同前注，頁89。

風俗，中外所異也；假造化之靈，利生民之用，中外所同也。彼西人偶得風氣之先耳，安得以天地將泄之秘，而謂西人獨擅之乎？又安知百數十年後，中國不更駕其上乎？」[4] 這就明確肯定變法固然要學習西方，但不是也不可能是把中國變成外國，而是尋求一條自強之路，領中國出貧弱而入富強。在此數年前，他在《答友人書》（1875）裏就說過，曾有人指責變法自強「不過摹仿他人之強，誇耀他人之強，與自字義相反」，他則回答說：「然使因惡他人之強，而遂不願自強，此又因噎廢食、諱疾忌醫之見也。」[5] 薛福成堅信利國利民的各種技藝發明，無分於中外，西方不過是得風氣之先，而改革變法正是為使中國能夠後來居上。

　　晚清的「自改革」思潮或洋務運動，開始於戰敗之後認識到西方在軍事器物方面有優於中國的「長技」，於是林則徐、魏源等主張「師夷長技」，然後便逐漸發展出「中體西用」一套說法。先是馮桂芬提出「以中國之倫常名教為原本，輔以諸國富強之術」，[6] 然後由張之洞發展為「中學為內學，西學為外學；中學治身心，西學應世事」，[7] 並總結為「舊學為體，新學為用」的原則，而他所謂舊學新學，都說得很清楚：「四書五經、中國史事、政書、地圖為舊學，西政、西藝、西史為新學。」[8] 這一條「中體西用」原則影響廣泛，可以說是洋務運動「自改革」的理論總結，在當時也確實起過引進西學、長益新知的作用。但「體用」之間的關係很難界定，更難準確把握，而隨著改革日漸深入，這一觀念就越來越顯出其矛盾和局限來。有學者已經指出：「原本是作為論證採用西學的一條有力理由，這時卻漸漸變成了妨礙著從『大本大原』處學習西方的一副羈絆」，最終證明「執意要用『體用』、『本末』、『主輔』、『道器』之類概念來界定中西文化在中國結合的模式，到頭來必定會鬧得左右支絀，

---

[4]　同前注，頁90。

[5]　同前注，頁51。

[6]　馮桂芬，《校邠廬抗議》（上海：上海書店，2002年），頁57。

[7]　張之洞，《勸學篇》（上海：上海書店，2002年），頁71。

[8]　同前注，頁41。

破綻百出」。[9] 張之洞雖然興實學，辦洋務，但其最終目的是維護清朝政體，與維新派君主立憲更激烈的主張不同。其實《勸學篇》之作，正為與康有為、梁啟超的維新觀念劃清界限，所以張之洞明確提出，《白虎通》所謂三綱，即「君為臣綱，父為子綱，夫為妻綱」，乃中國所以為中國之根本，絕不容動搖，「故知君臣之綱，則民權之說不可行也；知父子之綱，則父子同罪、免喪祀之說不可行也；知夫婦之綱，則男女平權之說不可行也」。[10] 如果說民權和男女平等思想是現代社會兩個重要的基本觀念，《勸學篇》維護皇權專制的基調就與此背道而馳。這種基調在清朝皇權制度下，還可以理解，但隨著改革的深入，《勸學篇》「中體西用」說守舊的一面也越來越突顯出來。

　　戊戌變法的失敗，證明清帝國的「自改革」不可能成功。朱維錚引用康有為在變法失敗後寫的詩句「維新舊夢已成煙」，認為「這七個字，可說很精煉地概括了清帝國的『自改革』從夢想到幻滅的百年歷程」。[11] 變法維新的舊夢幻滅，使人們認識到在皇權專制下期待當權者「自改革」，只是一廂情願的空想。梁啟超在二十世紀初發表《新民說》，明確提出所謂「新民云者，非欲吾民盡棄其舊以從人也。新之義有二：一曰，淬屬其所本有而新之；二曰，採補其所本無而新之」。[12] 所謂新，並不是無中生有，完全從西方吸取思想，但梁啟超所強調的，確實是以更加開放的態度對待西學，而且認為這是尋求自強不能不取的途徑。他說：「故今日不欲強吾國則已，欲強吾國，則不可不博考各國民族所以自立之道，彙擇其長者而取之，以補我之所未及」。[13] 正如丁偉志、陳崧所說，康梁「新學」之新，有幾個不同方面，第一個就是「突破『中體西用』框架，援西學

---

[9] 丁偉志、陳崧，《中西體用之間》（北京：中國社會科學，1995年），頁173。

[10] 張之洞，《勸學篇》，頁12。

[11] 朱維錚，〈導讀〉，見龍應台、朱維錚編注《未完成的革命：戊戌百年紀》（臺北：臺灣商務，1998年），頁26。

[12] 梁啟超，《新民說》，李華興、吳嘉勳編《梁啟超選集》（上海：上海人民，1904年），頁211。

[13] 同前注，頁212。

改造中學」。[14] 由此可見,甚至在辛亥革命之前,「中體西用」說已經破產,「西化」思潮逐漸興起。在辛亥革命推翻帝制以後,隨著五四新文化運動的展開,「西化」更成為中國追求現代化過程中重要的思潮。二十世紀初這種「西化」或曰「洋化」,可以說表現了中國大多數知識份子對現代化的理解,其核心就在爭取科學與民主,而在這當中,以小說和雜文著名的作家魯迅,可以說是中國思想界和文化界最具代表性的人物之一。

　　魯迅寫於一九三四年的一篇雜文《從孩子的照相說起》,很能說明他對所謂「洋化」的態度,以及中國應當「洋化」的理由。魯迅從自己的孩子談起,說無論在學校或在照相館裏,中國人總喜歡孩子顯得馴良,「低眉順眼,唯唯諾諾,才算一個好孩子」,而「活潑,健康,頑強,挺胸仰面……凡是屬於『動』的,那就未免有人搖頭了,甚至於稱之為『洋氣』」。[15] 可見中國的一般傾向是壓抑人的活潑進取,而所謂「洋氣」反而鼓勵人的自由發展,而那正是中國所急需的。魯迅故意用誇張的筆調,譏諷那些反對「洋氣」、生怕跟「洋氣」沾邊的保守派說:「又因為多年受著侵略,就和這『洋氣』為仇;更進一步,則故意和這『洋氣』反一調:他們活動,我偏靜坐;他們講科學,我偏扶乩;他們穿短衣,我偏著長衫;他們重衛生,我偏吃蒼蠅;他們壯健,我偏生病……這才是保存中國固有文化,這才是愛國,這才不是奴隸性。」那些和「洋氣」作對、拒絕向外國學習的保守派,顯然以「保存中國固有文化」自許,又以「愛國」自我標榜,指責提倡西學是「奴隸性」的表現。可是魯迅接下去說,「洋氣」中一些優點,其實是中國人所本有的,「但因了歷朝的壓抑,已經萎縮了下去,現在就連自己也莫名其妙,統統送給洋人了」。但哪怕是中國人所本無的罷,「只要是優點,我們也應該學習。即使那老師是我們的仇敵罷,我們也應該向他學習」。[16] 如果我們回想梁啟超所著《新民

---

[14] 丁偉志、陳崧,《中西體用之間》,頁191。

[15] 魯迅,《且介亭雜文・從孩子的照相說起》,《魯迅全集》(北京:人民文學,1981年),第六卷,頁81,82。

[16] 同前注,頁82。

說》，那是在魯迅寫這篇文章三十多年前，梁早已說過，所謂新，一是
「淬厲其所本有而新之」，二是「採補其所本無而新之」，而提倡「新
民」的目的，乃「欲以探求我國民腐敗墮落之根原，而以他國所以發達進
步者比較之，使國民知受病所在，以自警厲、自策進」。[17] 由此可見，改
造國民的理念，引進「他國」，尤其是「泰西諸國」的新思想和新學問來
改造自己，至少在梁啟超《新民說》中，已經明確提出來了。

　　由晚清的「自改革」到辛亥革命後的「新民說」，再到五四以後尤其
以魯迅為代表的改造「國民性」的努力，這當中毫無疑問有內在的聯繫，
有一條從維護皇權體制到提倡民主自由的思想發展線索。魯迅在《吶喊·
自序》裏用「絕無窗戶而萬難破毀」的一間「鐵屋子」，來描繪他所認識
和親身體驗的清末民初的中國。[18] 這個著名比喻突出的是改革之艱難，而
魯迅之所以在《新青年》、《晨報副刊》上發表《狂人日記》、《阿Q正
傳》等短篇小說，目的很明確，就是要改變中國的「國民性」或曰「中國
人的精神」，而他認為「善於改變精神的」，首先「當然要推文藝」。[19]
魯迅很快在雜文中找到了他認為最適合的形式，在「國民性」批判中，他
也主要以雜文為武器，反對「國粹」，攻擊舊傳統。魯迅比以前的任何改
革派和維新派更堅決徹底，在促使中國文化向現代的轉型中，也產生了更
深遠的影響。魯迅提倡「拿來主義」，要中國人自己主動，有選擇地吸取
外國一切有利於中國自強的新思想、新觀念，並以此區別於帝國主義和殖
民主義「送來」的洋貨。所以「拿來主義」是改造「國民性」一個重要的
手段。[20] 在魯迅看來，一如自晚清改革派以來許許多多有識之士都已認識
到的，危難中的中國要生存，要強盛起來，就不能不向外國學習，向西方
學習。所以在五四以後的二十世紀二三十年代，在抨擊舊傳統、提倡學習
外國以自強的中國知識份子當中，魯迅是最有影響的人物之一。

---

[17] 梁啟超，《新民說》，《梁啟超選集》，頁355。
[18] 魯迅，《吶喊·自序》，《魯迅全集》，第一卷，頁419。
[19] 同前註，頁417。
[20] 見魯迅，《且介亭雜文·拿來主義》，《魯迅全集》第六卷，頁38-41。

　　一九二五年一月，《京報副刊》設立「青年必讀書」欄目，向一些名學者徵求書目，而魯迅的回答無疑最具爭議性。他說：「我以為要少——或者竟不——看中國書，多看外國書」。他還說：「中國書雖有勸人入世的話，也多是僵屍的樂觀；外國書即使是頹唐和厭世的，但卻是活人的頹唐和厭世」。[21] 當時守舊的力量很強，政府、軍閥和闊人們都主張讀經，魯迅正是針對提倡全國學生讀經而言。但這激進的說法令很多人驚訝，尤其激怒了許多聲言要保存「國粹」的衛道之士。他們質問魯迅，要他回答是否主張「『歐化』的人生」？有人甚至罵魯迅「賣國」，說「賣國賊們，都是留學外國的博士碩士」。[22] 還有一個自稱青年的人發表公開信，要魯迅「搬出中國去」。[23] 魯迅記錄了一些對他發動人身攻擊的謬論，從中可以見出當時論爭之激烈。有人譏諷魯迅說：「洋奴會說洋話。你主張讀洋書，人格破產了！」又說：「你說中國不好。你是外國人麼？為什麼不到外國去？可惜外國人看你不起……。」[24] 像這類無聊的謬論實在不值一駁，可是只要有改革的主張，也必定會有這樣的謬論和人身攻擊不斷出現，所以魯迅在談到「洋氣」問題時，也不得不「附加一句像是多餘的聲明：我相信自己的主張，決不是『受了帝國主義者的指使』，要誘中國人做奴才；而滿口愛國，滿身國粹，也於實際上的做奴才並無妨礙」。[25] 仔細想來，「愛國」和「洋化」或「西化」是否水火不相容呢？改革者正因為感慨於中國的貧弱，希望發奮圖強，使中國能夠自立於現代世界而不受列強欺侮，才力主變革，提倡向西方學習。所以，改革派的「洋化」或「西化」恰好出於愛國之心，其目的是要使中國變得富強。與此相反，閉眼不看外部世界的保守派，誤把守舊當成愛國，其固步自封、抱殘守闕恰恰會使國力愈加衰弱，其狹隘民族主義的情緒也絕不等於真正的愛國熱忱。

[21] 魯迅，《華蓋集・青年必讀書》，《魯迅全集》第三卷，頁12。
[22] 柯柏森，《偏見的經驗》，附於魯迅《集外集・聊答「……」》，《魯迅全集》第七卷，頁250。
[23] 魯迅，《華蓋集・我的「籍」和「系」》，《魯迅全集》第三卷，頁81。
[24] 魯迅，《華蓋集・論辯的魂靈》，同前注，頁29。
[25] 魯迅，《且介亭雜文・從孩子的照相說起》，《魯迅全集》，第六卷，頁82。

　　更重要的是，愛國絕不等於擁護當權者的主張或盲從社會上的主流思想，放棄知識份子社會批判的職責。在這個意義上，魯迅批判中國人的國民性，贊許「洋氣」，提倡「拿來主義」，可以說正是他愛國的表現，出於他對中國和中國人深切的愛。事實上，「西化」、「洋化」、「現代化」等觀念，與中國近代歷史有分割不開的關係，而反對者也從來沒有停止過對這些觀念的攻擊。清末的保守派用「夷夏大防」這類陳腐思想反對改革，民國建立後又有以「愛國」和保存「國粹」等名義來反對者，一直到後來我們熟知的「批判資產階級人道主義」、「反精神污染」等各種控制思想意識的政治運動，一脈相承都是固步自封、抱殘守闕的保守和專制思想。他們攻擊改革為「洋化」、「西化」，是「崇洋媚外」，甚至是「賣國」。當然，思想意識的情形相當複雜，反對「西化」的人當中也的確有真心希望維護民族傳統和民族尊嚴者，擔心「西化」或「洋化」會長他人志氣，滅自己威風。魯迅對此曾有不少論述，研究魯迅的學者也早已作過許多評論和探討，我們似乎沒有再進一步討論的必要。可是中國經歷了文革之後，評論界對有關問題又掀起幾次新的爭論，說明這類問題與當代現實仍然有密切聯繫，仍然能激發人們的思考。[26] 因此，在新的歷史條件下重新檢討有關「洋化」問題以及魯迅關於「洋化」和「國民性批判」引起的爭論，似乎還並沒有失去意義。

　　從五十年代到文革，中國的文學批評高度意識形態化，而由於毛澤東曾對魯迅有肯定的評價，魯迅就被「神化」為中國革命的旗手和先鋒，而他思想和作品的複雜性與豐富性則完全被簡單化，魯迅研究也基本上只

---

[26] 關於文革後魯迅研究發生的幾次爭論和一些新動向，可參考下列幾種書籍：
　　房向東，《魯迅與他「罵」過的人》（上海：上海書店出版社，1996年）。
　　房向東，《魯迅：最受誣衊的人》（上海：上海書店出版社，2000年）。
　　李富根、劉洪主編《恩怨錄：魯迅和他的論敵文選》，全二冊，（北京：今日中國出版社，1996年）。
　　陳漱渝主編，《魯迅風波》（北京：大眾文藝，2001年）。
　　陳漱渝主編，《誰挑戰魯迅：新時期關於魯迅的論爭》（成都：四川文藝、2002年）。

能有符合正統的一種解讀。在魯迅被「神化」的同時，生前與他過從甚密的朋友和後輩如胡風、馮雪峰等人，卻一個個被批判，甚至被定為反革命而長期監禁。在很長一段時間裏，尤其在文革當中，魯迅之名完全成為政治鬥爭的工具，成為政壇人物攻擊對手的武器。魯迅被「神化」之日，也正是他被歪曲得面目全非之時。這倒應了魯迅自己說過的一句話：「文人的遭殃，不在生前的被攻擊和被冷落，一暝之後，言行兩亡，於是無聊之徒，謬託知己，是非蜂起，既以自衒，又以賣錢，連死屍也成了他們的沽名獲利之具，這倒是值得悲哀的」。[27] 正因為如此，文革後不少人提出反對「神化」魯迅，也就完全可以理解。把魯迅作為五四時代一個有影響的作家重新認識，深入探討他複雜的思想內涵，這是文革後魯迅研究一個新的發展。與此同時，隨著中國社會的改革開放，整個思想界和文學批評領域也在發生很大變化，其中值得注意的是西方後現代和後殖民主義理論的引入。在二十世紀九十年代，這類理論的引入促成對晚清以來中國趨向現代化過程的重估和批判，而所謂魯迅批判正是其中的一部分。我們考察一下這部分爭論，也許可以由此見出當前中國文化思想領域的某些趨向。

破除「神化」魯迅本來是正常批評的前提，但在這當中，把魯迅作為「現代化」、「西化」或「洋化」的倡導者來批評，就和九十年代以來整個思想文化領域的變化聯繫起來，值得我們注意。有些人以新引進的西方後現代主義和後殖民主義理論為依據，認為近代中國，尤其是五四以來爭取現代化的歷程，整個就走錯了路，而像魯迅這樣反對「國粹」，主張讀外國書和「洋化」，都只造成了中國近代歷史的根本錯誤。換句話說，當代西方理論的輸入，是當前一些爭論在文化和意識形態方面的背景。正是在這一背景上，作家馮驥才發表在《收穫》二〇〇年第二期上的一篇文章，才值得我們注意，因為這篇批評魯迅「國民性批判」的文章本來沒有什麼特別的新意，更談不上理論深度。把這篇文章放在晚清以來改革派與保守派之間不斷論爭的歷史背景裏看來，它基本上沒有跳出指責改革派學

---

[27] 魯迅，《且介亭雜文·憶韋素園君》，《魯迅全集》，第六卷，頁68。

習西方是「以夷變夏」或者「崇洋媚外」的舊框架。不過這篇文章也有一點和過去的反對者不同，那就是作者把剛剛介紹到中國的愛德華‧賽義德《東方主義》一書裏的觀點，用來作為批判魯迅的理論依據。不過馮驥才在文章裏既沒有直接引用《東方主義》這本書，也沒有提賽義德的名字，然而，能夠把「東方主義」作為不必論證的自明之理來做立論的依據，恰好可以說明西方理論在當代中國的政治和社會環境中，在發揮甚麼樣的作用。馮驥才說：「魯迅的國民性批判來源於西方人的東方觀」，他又提醒讀者說：「我們必須看到，他的國民性批判源自1840年以來西方傳教士那裏。這些最早來到中國的西方傳教士，寫過不少的回憶錄式的著作。他們最熱衷的話題就是中國人的國民性。它成了西方人東方觀的根本與由來」。[28] 這句話有些事實錯誤，因為「最早來到中國的西方傳教士」如利瑪竇等，是明朝末年來華，時在十六世紀末和十七世紀初，而不是十九世紀後期鴉片戰爭前後。這些早期傳教士和鴉片戰爭之後來華的傳教士有很大區別，他們所見的晚明王朝儘管不久就亡於清，但那時的中國和西方相比，也還並未明顯露出彼強我弱的狀態，而利瑪竇等早期西方傳教士對中國的看法，也和兩三百年之後殖民主義時代的西方人很不相同。不過在反對「西化」的人眼裏，「西方傳教士」就清一色是西方文化侵略的代表者，他們看中國，都是「拋之以優等人種自居的歧視性的目光」，所以他們對中國國民性的觀察和分析，就「不僅是片面的，還是貶意的或非難的」。[29] 關於「國民性批判」，馮驥才說那是「一個概念，兩個內容。一個是我們自己批評自己；一個是西方人批評我們」。[30] 這用另一種大家熟悉的語言講來，就是所謂「內外有別」，中國人自己關起門來批評自己，那是「人民內部矛盾」，而家醜不可外揚，凡是外國人批評中國，就有損中國人的面子，只能是「妖魔化」中國。

---

[28] 馮驥才，《魯迅的功與「過」》，見陳漱渝主編《誰挑戰魯迅：新時期關於魯迅的論爭》，頁405。
[29] 同前注，頁406。
[30] 同前注，頁407。

在這一點上，魯迅的看法當然是針鋒相對，格格不入的，因為魯迅曾說在外國人中，「凡有來到中國的，倘能疾首蹙額而憎惡中國，我敢誠意地奉獻我的感謝，因為他一定是不願意吃中國人的肉的」。[31] 這當然不是說，外國人批評中國都是正確的，但魯迅的確反感外國人把中國當古玩來欣賞把玩，而這才真正符合賽義德的批評精神，即反對西方人把東方視為西方的「他者」，反對那種充滿異國情調的「東方主義」。所以魯迅認為在讚頌中國的外國人中，有兩種人是不「可恕」的：「其一是以中國人為劣種，只配悉照原來模樣，因而故意稱讚中國的舊物。其一是願世間人各不相同以增自己旅行的興趣，到中國看辮子，到日本看木屐，到高麗看笠子，倘若服飾一樣，便索然無味了，因而來反對亞洲的歐化。這些都可憎惡」。[32] 因此在魯迅看來，外國人批評中國，如果可以激發我們向上更新，就並不是壞事，而沉湎於舊傳統、舊事物，閉眼不看中國貧弱落後的現實，那才是最大的危險。

馮驥才特別挑出美國傳教士明恩溥即亞瑟·史密斯著《中國人的性格》一書，認為只要翻一翻這本書，「看一看書中那些對中國人的國民性的全面總結，就會發現這種視角對魯迅的影響多麼直接」。[33] 按他的邏輯推論，明恩溥是西方傳教士，所以他對中國人的批評代表了西方的文化侵略，而魯迅受其影響，所以魯迅的「國民性批判」實際上是拾西方殖民者牙慧，是自我殖民。於是他批評魯迅「在他那個時代，並沒有看到西方人的國民性分析裏所埋伏著的西方霸權的話語」；又說魯迅「那些非常出色的小說，卻不自覺地把國民性話語中所包藏的西方中心主義嚴嚴實實地遮蓋了」，以致長久以來，「竟沒有人去看一看國民性後邊那些傳教士們陳舊又高傲的面孔」。[34] 如此說來，魯迅的「國民性批判」徒有激烈改革的

[31] 魯迅，《墳·燈下漫筆二》，《魯迅全集》，第一卷，頁214。
[32] 同前注，頁216。
[33] 馮驥才，《魯迅的功與「過」》，見陳漱渝主編《誰挑戰魯迅：新時期關於魯迅的論爭》，頁405。
[34] 同前注，頁405，406。

面孔，而藏在後面的，竟是「西方霸權的話語」，是西方「傳教士們陳舊又高傲的面孔」。這一批評和指責魯迅是「洋奴」，說魯迅「賣國」，其實沒有多大區別。然而從我們前面的討論可以看出，從林則徐、魏源在鴉片戰爭後提出「師夷長技」開始，學習外國（包括日本）或者說「洋化」，就一直是中國跨入現代社會整個進程的一部分，而梁啟超發表《新民說》「以探求我國民腐敗墮落之根原」，就已經明確提出了改造國民性的問題。哪怕魯迅確實欣賞過明恩溥《中國人的性格》一書，那也是他在書中找到可資利用的材料，而絕不是先有明恩溥外來的影響，魯迅才接受了「國民性批判」的觀念。以為「魯迅的國民性批判來源於西方人的東方觀」，實在是對中國近代史的無知，而這種自以為維護中國本位的立場，卻以從美國介紹過來的「東方主義」等後現代和後殖民主義當代西方理論為依據，也頗具諷刺意味。

對歷史的無知，本身倒不自覺地表現出歷史境況的變化。在魯迅那個時代，反對「洋化」是文化和政治上的保守派攻擊革新者的口號，而在今日中國，反對魯迅和源於西方的民主政治思想卻以反西方殖民主義的激進面目出現。在清末民初，面對虎視眈眈的西方列強和一個弱肉強食的世界，「西化」對當時中國許多知識份子說來，似乎是毋庸置疑的必要選擇。如果我們對明清以來的歷史更深入一步探討，就可以看到，晚明王學提倡「致良知」，打破古聖前賢的權威，就已經造就有利於「西學」傳播的空間，表現出朱維錚所說「走出中世紀」的趨向，因為「照王學的邏輯，必定走向撤除綱常名教的思想樊籬，包括所謂『夷夏大防』在內」。[35]朱維錚認為從康熙到乾嘉時代的考據之學，在性質、結構、方法、心態方面，都和「西學」有意想不到的相通之處。[36]這就是說，西學的傳播和後來「西化」之成為時代潮流或「問題」，都並非只是外在因素刺激或衝擊的結果，而是中國歷史本身內在演變的過程。也正如朱維錚所說，以為鴉

---

[35] 朱維錚，《十八世紀的漢學與西學》，見《走出中世紀》（上海：上海人民，1987年）
[36] 同前注，頁170-76。

片戰爭英國人的槍炮把中國從「古代」打入「近代」，或者十月革命一聲
炮響，給中國「送來」了馬克思列寧主義，中國才進入「現代」，這就都
是認為中國只能「被近代化」或者「被現代化」，也就完全脫離了歷史的
內在脈絡，所以也都是不足為據，值得懷疑的說法。[37] 由此可見，以為魯
迅贊成「洋化」，批判中國人的「國民性」，都來源於「西方傳教士」，
代表了「西方人的東方觀」，就完全沒有意識到歷史變遷的內在脈絡。不
過人類已經進入二十一世紀，當今世界已經和一百年前有極大區別，尤其
中國近三十年來的改革開放，發生了很大變化，在經濟和政治上都成為世
界上一個不可忽視的力量。在這種時候，大部分中國人，包括許多中國知
識份子，大概都沒有清末民初不改革求新、不變法自強就要亡國滅種那樣
急迫的危機感。恰恰相反，許多人對於我們的當前和未來，都有了更多的自
信和自傲，於是愛國主義和民族主義情緒很容易取代了自我批判的慾望。加
上最新輸入的西方理論本身有極強的自我批判傾向，即批判西方自己的傾
向，於是賽義德的「東方主義」和其他各種後現代、後殖民主義理論，在
中國不僅是批判西方殖民主義的理論，而且為批判五四、否定五四以來中
國追求現代化的努力，提供了思想和理論的依據。這當然具有極強的反諷
意味，因為從晚清「自改革」以來，中國知識份子就不斷從西方引進新的
理論、觀念和思想，而在二十世紀九十年代以來，中國引進西方後現代、
後殖民理論，可以說仍然是這一傳統的繼續。然而當代西方理論恰好是西
方自我批判的理論，於是在中國所起的作用，也就恰好是反對和批判從鴉
片戰爭以來中國的「改革」、「西化」和「現代化」，而恰好支持了恢復
「國粹」，反對「洋化」的一派說法。在這個意義上看來，對魯迅「國民
性批判」的批判，正好從一個極小的側面，表現出歷史在當前的變化。

　　歷史有時候似乎會重複，然而歷史的悲喜劇永遠不會完全機械地重
演。我們在歷史中能夠看到的，不僅是過去事件的來龍去脈，也是我們今

---

[37] 朱維錚，〈導讀〉，見龍應台、朱維錚編注《未完成的革命：戊戌百年紀》，
　　頁51。

天之所以為今天的緣由，而這也同時為我們今天應該如何理解自己和周圍世界，提供一種基本事實的參照。與十九世紀末二十世紀初比較起來，我們今天所見所處的確實好像是另一個世界。從中國人的立場看來，我們現在面對的世界，比起清末民初的局勢，更好像是一個美好的新世界。但東西方實力的對比，無論在哪方面說來，基本格局還並沒有根本的變化，中國要真正富強起來，成為全面發展的國家，也還須走很長很艱難的路。近年來常常聽見這樣一種說法，即以為二十一世紀將會是中國人的世紀，而且據說這還是依據西方歷史學家湯恩比的權威看法。每一個中國人都會因此而深受鼓舞，這自不待言，可是要使這美好意願成為現實，是依靠自強不息，同時向外吸取一切有益、有用的東西呢？還是固步自封，關起門來自我欣賞而拒絕向外學習呢？在我看來，那答案是不言而喻的。我以為我們還是要再聽魯迅說過的一句話：「多有不自滿的人的種族，永遠前進，永遠有希望。多有只知責人不知反省的人的種族，禍哉禍哉！」[38]

附記：此文初稿寫於二○○三年。是年年底，汪榮祖教授在臺灣中正大學主持召開有關中國歷史上胡人漢化、漢人胡化、洋化等問題的學術研討會，這是我為參加此會提交的論文。後來經過修改，發表在汪榮祖、林冠群主編的《民族認同與文化融合》一書，由中正大學臺灣人文研究中心於二○○六年出版。再加修改的簡體字版，則發表在《萬象》二○○七年一月號。這次收進文集，在個別地方又略有增刪和修改。

---

[38] 魯迅：《熱風·隨感錄六十一·不滿》，《魯迅全集》第一卷，頁359。

文學理論與中國古典文學研究

　　中國古典文學有自己的批評傳統，而在我們今天所處的學術環境裏，如何堅持自己的傳統，又融會國際漢學和發源於西方的文學批評理論，在中國古典文學研究中開拓新的領域，使用新的方法，以期取得新的成果，的確是值得深入探討的問題。在這方面，我們很可能會遇到兩種偏向，一種過分強調文學和文化的獨特性，認為東西方傳統在根本取向上南轅北轍，互不相干，所以也就各自獨特無「比」。這往往是文化保守主義者固步自封的弊病，目光和心胸都很狹窄，最終必然造成思想的枯竭，在學術研究中無法形成活潑發展的局面。另一種則生搬硬套，把西方流行的時髦理論機械地套用來論述中國文學，卻往往對中國傳統缺乏瞭解，看來洋洋灑灑，實則空洞無物。這往往是學了一點外文、但對中國傳統卻知之甚少者的弊病，他們本來很西化，可是在西方當代理論中看見一麟半爪，尤其是曲解賽義德的《東方主義》，卻一下子變成國學護衛者，用西方後現代主義理論來論述中國傳統。其中更有甚者則食洋不化，把自己都沒有弄懂的外國概念和術語，拿來硬塞在半通不通的語言裏，寫出像拙劣翻譯的文字，以晦澀假冒深刻，欺世盜名。這樣的論文看起來似乎熱鬧，實則製造學術泡沫，沒有真正的價值。這兩種偏向都不可取，所以我認為，我們的確應該瞭解國外漢學的情形，也應該瞭解當代西方的文學理論，但與此同時，又必須避免機械搬用西方理論，更不要趕時髦，藉外國的理論概念和術語來標新立異。總而言之，完全排斥外國的理論固然不可取，但以為外國的理論一定高明，不經過自己頭腦的批判思考，人云亦云，則更不可取。

那麼，在中國古典文學研究中，如何融會西方理論，而又避免機械套用西方理論呢？在此我希望用自己的經驗做一個具體例子，來討論這一問題。用自己的研究為例，也許難免自我標榜之譏，可是我把思路和研究方法坦然呈現在諸位方家之前，也是剖析自己，求教於學界諸位高人與同好之舉。如果由此得到學者專家的批評，引起大家的討論，那更是我所慶倖的了。

我曾在美國長期任教，深感在當代西方的學術界，對中國文學和文化傳統的認識，仍然有不少問題。這個問題和賽義德《東方主義》一書中所描述的問題基本一致，即西方學界所見的東方，往往並不符合東方的實際，而是西方所想像的東方，是作為西方的「他者」即與西方相反的歷史和文化傳統的一個幻象。這當然不是西方所有漢學家和理論家的情形，但不可否認的是，把東西方文化對立起來，過分強調文化差異，確實是西方學界的一個問題。錢鍾書先生《管錐編》開篇即以黑格爾為例，批評他「嘗鄙薄吾國語文，以為不宜思辯。」其實這樣的錯誤，在當代西方學界依然存在。我在自己的研究中，就較多批評這種錯誤，通過具體例證來討論中西文學和文化的彙通之處。拙著《道與邏各斯》就是循著這一思路寫成的。此書英文初版於一九九二年，由美國杜克大學出版社印行，一九九七年有韓文版，一九九八年又有馮川先生翻譯的中文版。這個中譯本最近由江蘇教育出版社重排出版，和英文原版相去已十多年，所以我想趁此機會在此說明寫作此書的基本設想，也把近年來闡釋學的發展略做一些檢討和評論。

此書英文原版在《道與邏各斯》這個主標題下，還有一個副標題是「東西方的文學闡釋學」，所以本書以文學闡釋為主，但其理論基礎是闡釋學，尤其是德國哲學家伽達默所討論的闡釋學，是在哲學的基礎上來探討語言文字的闡釋問題。於是本書的寫法是先討論闡釋學，然後進入東西方文學的闡釋。就理論的應用而言，也許有人會問：為什麼選擇闡釋學來做東西文化比較的切入點呢？這樣做是否會把一個源自德國傳統的理論、套用在中國文學的討論之中呢？然而我的做法不是應用現成的德國理論、

概念和術語，而是把這一理論還原到它產生的基本問題和背景。我認為東西方的比較必須從基本問題入手，而不能機械搬用西方現成的理論，強加在東方的文本之上。當然，闡釋學也是西方理論，但是正如伽達默反覆強調的，闡釋學不是一般意義上的方法，不可能按部就班地用這種方法來解決理解和解釋的問題。闡釋學的基礎是有關語言和理解的問題，而那是任何文化、任何文學傳統都存在的問題。在西方，一方面有解釋古希臘羅馬典籍的評注傳統，另一方面有解釋《聖經》的評注傳統，還有解釋法律的法學傳統，十九世紀德國學者施賴爾馬赫正是在這些局部闡釋傳統的基礎上，建立起有普遍意義的闡釋學。在中國文化傳統中，也歷來有解釋儒家經典、佛經和道藏典籍的評注傳統，有對諸子的評注，有歷代的文論、詩話、詞話等。在東西方豐富的評注傳統中，關於語言、意義、理解和解釋等問題，有許多可以互相參證、互相啟發之處，所以在闡釋學方面，也就有許多可以探討的共同問題。東西方表述這類問題可能各不相同，但問題的實質卻是基本相同的，所以在這一層次上做比較，討論語言和理解，就不會把西方理論和解決辦法機械套用到東方的文本上去。

那麼，此書要討論的基本問題是什麼呢？首先就是東西方文化傳統如何看待語言和達意的問題。本書題為《道與邏各斯》，就因為中國所謂道，希臘所謂邏各斯，都恰好涉及語言和達意的問題，而且各在一個字裏，表述了相當類似的看法。這看法就是思維和語言表達有距離，內在思維（道理之道）不可能充分用語言（道白之道）來表現，但思維和語言都包含在同一個道字裏。《老子》開篇就說：「道可道，非常道。名可名，非常名，」意思是能說出口來的道，能叫出名來的名，就已經不是真正的道，真正的名，所以他又說「道常無名。」換言之，最高的道，宗教哲學的真理，都是超乎語言，說不出口來的。所以莊子說：「辯不若默，道不可聞。」同樣的意思，也表現在邏各斯（logos）這個希臘字裏。邏各斯的基本含義是說話，所以獨白是monologue，對話是dialogue，其中mono表示「單一」，dia表示「交叉」或「互相」，後面加上logue，也就是邏各斯。同時邏各斯又表示所說話的內容，語言講出來的道理，所以很多表示學科

和學術領域的詞，都往往用 -logy 即邏各斯來結尾，例如 anthropology「人類學」，biology「生物學」，theology「神學」等，而專講如何推理的 logic 即「邏輯學」，更直接來自 logos 即邏各斯。由此可見，道與邏各斯都和語言、思維相關，這兩個字各在中國和希臘這兩種古老的語言文化傳統裏，成為非常重要的觀念。

如果說道與邏各斯既是內在思維，又是表達思維的語言，那麼東西方在討論思維和語言表達的關係時，都往往認為語言不能充分達意。哲學家多責備語言不夠精確，宗教家聲稱與神或上帝相通的神秘經驗無法形之於言，作家和詩人則感歎內心最深邃的思想感情都不可言傳。德里達認為西方傳統中有貶低書寫文字的傾向，以內在思維為最高，口頭語言不足以表達內在思維，而書寫文字離內在思維就更遠。這種分等級層次來貶低書寫文字的傾向，就是他所謂的邏各斯中心主義（logocentrism）。德里達認為，西方的拼音文字在書寫形式上力求接近口頭說出的語音，就反映出邏各斯中心主義的等級次序，因此邏各斯中心主義也是語音中心主義（phonocentrism）。他又依據美國人費諾洛薩和龐德對中文並不準確的理解，推論非拼音的中文與西方文字完全不同，並由此證明邏各斯中心主義只是西方所獨有，而中國文明則是完全在邏各斯中心主義之外發展出來的傳統。可是從老子和莊子對語言局限的看法，從《易》繫辭所謂「書不盡言，言不盡意」等等說法，我們都可以認識到，對語言局限的認識是東西方共有的看法。東西文化當然有許多程度不同的差異，但把這些差異說成是非此即彼的絕對不同，甚至完全對立，則是言過其實，無助於不同文化的相互理解。

然而對語言局限的責難、對語言不能充分達意的抱怨，本身卻又正是通過語言來表達的。所以凡責備語言不能達意者，又不得不使用語言，而且越是說語言無用者，使用語言卻往往越多越巧，這就是我所謂「反諷的模式」。莊子雖然說「辯不若默」，主張「得意忘言」，但他卻極善於使用語言，其文章汪洋恣肆，各種寓言和比喻層出不窮，變幻萬端，在先秦諸子中，無疑最具文學性、最風趣優美而又充滿哲理和深意。中國歷代

的文人墨客，也幾乎無一不受其影響。惠施質問莊子，「子言無用」，意思是說，你常說語言無用，你卻使用語言，你的語言不是也無用嗎？莊子回答說：「知無用而始可與言用矣。」他還說：「言無言，終身言，未嘗言；終身不言，未嘗不言。」那是很有意思的一句話，那意思是說首先要知道語言無用，知道語言和實在或意義不是一回事，然後才可以使用語言。有了這樣的意識，知道語言不過是為了方便，借用來表達意義的比喻性質的臨時性手段，那麼你盡可以使用語言，而不會死在言下。但如果沒有這種意識，哪怕你一輩子沒有說多少話，卻未嘗不會說得太多。然而這絕不是莊子巧舌如簧，強詞奪理的狡辯，因為這其實說出了克服語言局限的方法。這就是認識到而且充分利用語言的另一面，即語言的含蓄性和暗示性，使語言能在讀者的想像和意識中引起心中意象，構成一個自足而豐富的世界。

這樣一來，「辯不若默」就不純粹是否定語言，而是也指點出一種方法，即用含蓄的語言來暗示和間接表現無法完全直說的內容。這在中國詩和中國畫的傳統中，都恰好是一個歷史悠久而且普遍使用的方法。既然語言不能充分達意，那麼達意的辦法就不是煩言聒躁，說很多話，而是要言不繁，用極精煉的語言表達最豐富的意蘊。中國詩文形式都很精簡，講究煉字，強調意在言外，言盡而意無窮，這就成為中國詩學的特點。蘇東坡在《送參寥師》中說：「欲令詩語妙，無厭空且靜；靜故了群動，空故納萬境」，可以說道出了這種詩學的要訣。東坡欣賞陶淵明，說其詩「外枯而中膏，似淡而實美」，也表現這一詩學審美判斷的標準。不過我們不要以為只有中國或東方詩學有此認識，因為這種講究語言精簡的文體，也正是《聖經》尤其是《舊約》的特點。所以從比較詩學更開闊的眼光看來，對語言喚起讀者想像的能力，東西方都有充分認識，而且這種意識也體現在詩人的創作當中。所以我在書中不僅討論陶淵明和中國詩文傳統，也討論了莎士比亞、T. S. 艾略特、里爾克、馬拉美等西方詩人的創作，更隨處涉及西方文學批評理論。這種討論一方面在詩人自身的文化環境中來理解其作品，同時又突出一些共同的主題，如語言和表達的問題。把不同的作

品並列起來看，尤其聯繫到共同的主題，就可以見出文學闡釋學那些具有普遍意義的觀念，並且見出其在不同文學和文化傳統中的呈現。這樣，我們就可以通過深入到基本問題的討論，在東西比較中加深我們對語言和表達問題的理解，也加深我們對意義和解釋問題的理解，同時也學會欣賞作家、詩人克服語言障礙來圓滿表達的藝術。

　　闡釋學充分承認我們認識主體的作用，承認同一文本可以有多種不同的理解和解釋。中國早有「見仁見智」和「詩無達詁」的說法，這對我們說來並不難理解。但是，這並不等於理解和解釋漫無準的，批評判斷沒有深淺高低之分。美國以費希（Stanley Fish）為代表的讀者反映批評就往往走極端，否認批評和價值判斷的可能。近年來對理解和闡釋標準的討論，可以說是闡釋學發展值得注意的一個方面。傑拉德·布朗斯（Gerald Bruns）討論闡釋學發展，就特別注意闡釋經典與闡釋者所處時代環境的關係，而闡釋總是有具體環境和內容，而不是主觀隨意的純意識活動。[39] 義大利學者和作家艾柯（Umberto Eco）提出「解釋」和「過度解釋」的概念，認為作品本身有其意圖（*intentio operis*），可以在相當程度上約束或指引讀者的理解。合理的解釋應該儘量能圓滿解釋文本中的各個細節，使之相互支援而不彼此齟齬，所以我們不能忽略文本而作過度的詮釋。在此問題的討論中，這是一個相當重要的貢獻。[40] 正如伽達默所強調的，闡釋並不僅僅是一種理論，而首先是存在的基本狀態，也就是說，理解和解釋問題無所不在，隨時需要在具體境況中去解決。這一方面說明闡釋學沒有一成不變的方法，並非一旦掌握就可以到處搬用，另一方面也說明，這是我們需要不斷深入思考的問題，尤其在東西方比較中，可以不斷繼續去探討。無論哲學闡釋學或文學闡釋學，我們都還有許多工作可以做，需要更多更深入的研究。

---

[39] Gerald Bruns, *Hemeneutics Ancient and Modern* (New Haven: Yale University Press, 1992).

[40] Umberto Eco with Richard Rorty, Jonathan Culler and Christine Brooke-Rose, *Interpretation and overinterpretation*, ed. Stefan Collini (Cambridge: Cambridge University Press, 1992).

　　東西方比較研究是一個範圍廣闊，可以大有作為的領域，但與此同時，也是對研究者要求甚高、並非輕易可以取得成就的領域。我們必須對東西方的歷史、哲學、文學和文化傳統都有相當瞭解，才可能希望做出一點成績。在這個研究領域裏，拙著《道與邏各斯》只是一種初步的嘗試。我很希望專家們對拙著的內容，尤其對書中融會西方理論與中國傳統文評的做法，提出批評和意見。我相信，在中國古典文學研究中，深入而不是浮泛的中西比較應該能做出一點貢獻，也應該有發展的可能和前途。

2006年6月30日初稿於香港九龍瑰麗新村寓所

7月4日完稿於德國埃森人文研究院（KWI）

附記：中國古代文學研究和西方文學理論看來互不相干，但又有不少人希
　　　望將二者結合，問題的關鍵當然在於怎樣結合。我很贊成瞭解西方
　　　文學理論，並將之用於中國文學研究，但我又很不贊成生搬硬套，
　　　把西方理論的概念和術語挪用來套在中國文學的文本上面。我以自
　　　己的研究為例來探討這一問題，希望說明我自己的意見和做法。此
　　　文最初發表在《中州學刊》二〇〇七年一月號。

論《失樂園》

　　彌爾頓著《失樂園》實為鴻篇巨製，氣勢磅礴，是英國文學中的名著，但在文學史上，這部作品並沒有受到眾口一詞的讚譽，卻不時有人對之略加微辭，甚至質疑其價值。美國作家艾倫·坡在《詩的原則》一文中就說，《失樂園》如此冗長，不可能處處俱佳，所以我們「若要視之為詩，就除非忽略一切藝術作品必不可少的因素，即統一，而只把它當作一系列較短小的詩來讀」。[1] 艾略特更責備彌爾頓對英詩和英國語言有「很壞影響」，說彌爾頓「寫英語好像是死的語言」，更貶責《失樂園》取材《聖經》極不妥當，認為「那個神話在《創世紀》裏好好的，本不該去觸動，彌爾頓也並沒有作出任何改進」。他還說，在英國詩人中，彌爾頓「大概是最為古怪的一個」。[2] 艾略特認為「不該去觸動」《創世紀》裏人之墮落的神話，以為那不能做史詩的題材，其實是新古典主義時代一個尋常的批評觀念，也即所謂理性時代的一種科學精神。例如十七世紀的古典主義詩人約翰·德萊頓在〈論諷刺的起源和發展〉（1693）一文裏，就認為《失樂園》是失敗的作品，而究其原因，也說是題材選擇不當。德萊頓說：「失敗應該歸咎於我們的宗教。人們說古代異教信仰可以提供各種文飾，但基督教卻做不到。」[3] 對德萊頓及其同時代人說來，正像柏拉圖早

---

[1] Edgar Allan Poe, "The Poetic Principle", *The Portable Poe*, ed. Philip Van Doren Stern (New York: Penguin Books, 1977), pp. 568-69.

[2] Eliot, "Milton I" and "Milton II", *Selected Prose of T. S. Eliot*, ed. Frank Kermode (New York: Harcourt Brace Jovanovich, 1975), pp. 258, 261, 263, 268.

[3] John Dryden, "A Discourse Concerning the Origin and Progress of Satire", *Selected*

已指出過的，詩和真理乃南轅北轍，彼此不同，所以作為精神真理的基督教不適宜於詩之虛構表現。法國批評家布瓦洛在很有影響的《詩藝》裏就說，用詩去處理《聖經》題材，就只會「把真神變成虛假的神（ *Du Dieu de vérité faire un Dieu de mensonges* ）」。[4] 德萊頓更進一步解釋說：「謙卑和順從是我們最注重的美德；這當中除靈魂的行動之外，不包括任何行動，而英雄史詩則恰恰相反，其必然的佈局和最終完善，都一定要求轟轟烈烈的行動。」[5] 如果我們考慮到在《失樂園》的中心，唯一的行動不過是一個女人咬了一口蘋果，那麼彌爾頓的史詩確實就很難與荷馬史詩那一類古典作品的典範相比，因為荷馬史詩描寫的是阿喀琉斯的憤怒和特洛伊城的陷落，或是奧德修斯驚天動地的冒險經歷。

在當代批評中，彌爾頓因為採用聖經題材，又引發出一番責難，不過這次的問題不在彌爾頓沒有改進聖經神話，而在他認可並重複了夏娃受誘惑的聖經神話，從而成為父權社會壓迫婦女的幫兇。在一些女權主義批評家看來，彌爾頓的影響是她們所謂「彌爾頓的鬼怪」，是一個「兇狠的魔影」。珊德拉・吉伯特在《閣樓上的瘋女人》一書中說，人人都知道莎士比亞這個男性作者，和莎士比亞同樣甚至更偉大的女性作者就完全不為人知。她說，這位女性作家姑且稱為「裘蒂絲・莎士比亞」，她之所以無名，是因為她完全被父權社會壓制埋沒了，而彌爾頓就算「沒有親手殺死『裘蒂絲・莎士比亞』」，起碼也起過幫兇作用，「使她數百年來一直死去，一再使她的創造精神脫離『她時常倒下的軀體』」。 吉伯特宣稱說，彌爾頓的著作，尤其是《失樂園》，「構成了格特魯德・斯坦茵所謂『父權詩歌』那厭恨女人的核心」。[6] 在不少女權主義批評家看來，彌爾頓是父權社會壓制女性在文學上一個非常典型的代表。

Criticism, eds. James Kinsley and George Parfitt (Oxford: Oxford University Press, 1970), p. 219.

[4] Boileau, *L'Art poétique*, iii.160.

[5] Dryden, op. cit., p. 219.

[6] Sandra M. Gilbert and Susan Gubar, *The Madwoman in the Attic: The Woman Writer and the Nineteenth-Century Literary Imagination* (New Haven: Yale University Press, 1984), p. 188.

　　讓我們先來看看有關彌爾頓詩作藝術性和感染力的比較早期的批評。德萊頓說《失樂園》「除靈魂的行動之外，不包括任何行動」，那句話說得大致不差，可是「靈魂的行動」正是《失樂園》精華之所在，也是因之而使《失樂園》成為人之精神的偉大史詩，而不是讚頌肉體行動和強壯體力的史詩。彌爾頓自己對此有充分認識。他在大學時代就曾打算寫一部取材亞瑟王傳奇的史詩，一部像斯賓塞的《仙后》那樣的民族史詩，但他不久就改變主意，放棄了這個念頭。他作出另一種選擇，去寫「人第一次的不服從，偷食禁果」（I.1），去創作「在散文和韻文裏迄無前例」的作品（I.16）。在《失樂園》第九部開頭，彌爾頓即將敘述魔鬼的誘惑那帶來嚴重後果的一刻，在那裏他又一次強調他所選取的題材與異教史詩相比，有更崇高、更重大的意義，並許諾要描寫「更堅忍的耐力和尚未有人歌頌過的英勇殉難」（IX.31）。對彌爾頓說來，忍耐、順從和謙卑才是表現道德力量的崇高美德，遠比傳統的戰爭和歷險的英雄業績更值得用史詩來表現。安德魯・費克特認為，文藝復興時代的大詩人，如阿利奧斯托、塔索、斯賓塞等人，都以羅馬詩人維吉爾為競爭對手，力求寫出歌頌一個偉大民族及其君主的「帝國史詩」，但彌爾頓卻脫離了那個傳統。他畢竟是一位破除偶像的革命家，完全不把君主和世俗權力放在眼裏。正如費克特所說，彌爾頓捨棄他最早計畫的亞瑟王傳奇，轉而選擇人之墮落作為史詩題材，就「終結了一個文學傳統」。[7]《失樂園》之作正當英國革命失敗之後，那時詩人已完全失明，並隨時有被王黨拒捕監禁的危險。這一歷史背景至為重要，所以馬克思主義的歷史家克利斯多夫・希爾宣稱說，彌爾頓的偉大史詩，包括《失樂園》、《復樂園》和《力士參孫》等作品，都「深深捲入政治之中，直接面對革命失敗的問題」。[8]希爾認為彌爾頓取材人之墮落的聖經故事，目的就在於理解革命何以會失敗。他說：「對彌爾頓說來，原罪可以解釋這一次的努力何以不成功。但並不是一切都完結

---

[7]　Andrew Fichter, *Poets Historical; Dynastic Epic in the Renaissance* (New Haven: Yale University Press, 1982), p. 209.

[8]　Christopher Hill, *Milton and the English Revolution* (London: Faber and Faber, 1979), p. 362.

了：人之墮落其實是好事。這使上帝不必為邪惡在人世間的存在負責任。這個故事由彌爾頓講來，還特別突出了人的自由。我們必須接受全能的上帝的意旨，因為上帝的意願就是人的定命。但我們也必須隨時整裝待發，準備好下一次要做得更好」。[9] 按照希爾的解讀，《失樂園》乃是歷史的諷寓，是失敗了的英國革命的諷寓，同時也是以象徵的形式勉勵人們，將來會有另一次革命，而那次革命最終將取得成功，並發生深遠的影響。

英國革命對於全面理解彌爾頓及其著作固然重要，但我並不認為對閱讀《失樂園》而言，英國革命提供了包羅無遺的背景，甚至也不是最重要的背景。在我看來，善與惡的問題、知識和自由的困惑、樂園的概念和對樂園的追求，這些帶有深刻意義的哲學和宗教問題才是這部史詩作品的核心，也正是這些問題使彌爾頓的史詩具有永恆的魅力。彌爾頓自己宣稱說，他寫作《失樂園》的目的是要「申明永恆的天命，對人類證明上帝的公正」（I.25）。頗值得注意的倒不在彌爾頓有如此雄心壯志，要達到這樣的目的，而是上帝的公正需要證明這一點。正是這些倫理和宗教問題取代了轟轟烈烈的行動，構成彌爾頓史詩使讀者著迷的根本原因，而採用《聖經》中亞當和夏娃的故事非常切合他的目的，因為這個故事以高度象徵的形式，提出了有關責任、知識和人的自由這類人生的根本問題。

誰應該為人之墮落負責呢？上帝全能全知，早已預知亞當和夏娃會墮落，可是他為什麼放手不管呢？既然他預知人會墮落，甚至可以說他容許了這樣的事情發生，那麼在人墮落之後，他又為什麼要處罰亞當和夏娃呢？人之墮落究竟是預先註定必然會發生的事？還是亞當和夏娃用他們的意志所做的自由選擇，因而要由他們來承擔責任呢？就我們的人性和人類狀況說來，這一切又能給我們怎樣的一些啟迪呢？這些就是使《失樂園》成為世界文學中一部偉大經典的問題，無論人們對彌爾頓的藝術或個人信仰提出怎樣的疑問，在這些質疑早被遺忘之後，這一部經典還一定會長存於世。

---

[9] 同前注，頁352。

　　有趣的是，在《失樂園》中，是上帝自己最先提出責任的問題。在史詩第三部，上帝預言撒旦將成功誘人犯罪，並對聖子耶穌描述撒旦如何飛出地獄：

　　　　直飛向那新造的世界，

　　　　還有那裏的人，如果他能力勝，

　　　　便會去攻擊人而將之毀滅，否則

　　　　便會去誘惑人，而且必定會誘惑；

　　　　因為人將聽信他虛假的甜言蜜語，

　　　　並將輕易地就違背那唯一的禁令，

　　　　那是他服從的唯一保證：於是他

　　　　和他沒有信仰的後代將會墮落。（III.89）

　　上帝好像感覺到，人們可能會懷疑他何以不防止早已預知的惡，於是他自己提出我們可能會問的問題，然後給予一個證明他完全沒有責任的回答：

　　　　　　　　是誰的過錯？

　　　　除了他，還有誰？忘恩負義的他

　　　　從我這裏得到一切；我造就他正直，

　　　　有能力自立，也有自由選擇墮落。

　　　　我創造的天使也都是如此，

　　　　那些自立的和那些敗落的，

　　　　他們都有自由去自立，或去墮落。（III.96）

　　彌爾頓的詩句在此邀請我們去思考一個最根本的問題，一個關於自由、正義和責任的永恆問題。彌爾頓的上帝說得很清楚，人之墮落是人自己的過失，是由於人受了魔鬼的誘惑。上帝堅持說，雖然他預見一切，但他的預知與亞當和夏娃在伊甸園裏所作的選擇毫無關係，因為：

　　　　　　不是我，而是他們自己決定

　　　他們的反叛：如果說我預知此事，

　　　預知對他們的過失卻毫無影響，

　　　即使沒有預知，他們也必定如此。

　　　所以完全沒有絲毫定命的催促，

　　　或者我的清晰預見之影響，

　　　他們犯下罪過，咎由自取，

　　　全是他們的判斷和選擇；因為

　　　我把他們造成自由者，他們一直自由，

　　　直到他們自己奴役自己。（III.111）

　　彌爾頓的上帝就像一位存在主義哲學家，一再強調自由和責任有不可分割的聯繫。於是人類的自由成為一種可怕的自由，因為自由的選擇，就像亞當和夏娃的情形那樣，很可能帶來災難性的嚴重後果。伊琳・佩格爾斯指出，早期的基督徒從亞當和夏娃的故事得到的主要資訊，確實正是有關自由和責任的問題。例如早期基督教的教父亞歷山大的克里門特就認為，亞當所犯的罪不是性慾的放縱，而是不服從上帝的禁令。佩格爾斯在總結克里門特的看法時說：「亞當和夏娃故事的真正主題是道德自由和道德責任。其要點是指出，我們要為我們自由做出的選擇負責，無論這選擇是善還是惡，正如亞當所做的選擇那樣。」[10] 然而問題是，彌爾頓的上帝說了一大番關於自由的話，推卸了一切責任之後，卻又去干預，派出天使守衛伊甸園。在詩中，上帝和天使都警告過亞當將有危險，並設法保護人類，不要受撒旦的傷害；而由於這一切努力最終都證明無效，讀者當然無可避免要質疑上帝的效力如何，甚至有什麼動機。頗有諷刺意味的是，大天使尤利爾據說是上帝的「法眼，通觀天堂各處」（III.650），可是這位目光銳利的大天使卻居然未能發現裝扮成下級天使的撒旦。在此，史詩敘

---

[10] Elaine Pagels, *Adam, Eve, and the Serpent* (New York: Vintage Books, 1989), p. xxiii.

述者的聲音以極端寬容的語氣，解釋尤利爾何以會失敗：

> 因為天使或人都不能識破
>> 偽善，那唯一完全隱形的惡，
>> 除了上帝，無人能看穿，……
> 善者在看似無惡之處，
>> 不會想到有惡：於是這一次矇騙了
>> 尤利爾，雖然他是太陽之王，
>> 以目光銳利而聞名於天堂。（III.682）

　　不過人們會由此產生疑問，如果目光銳利的大天使尤利爾沒有看透撒旦的偽裝，竟可以得到原諒，可憐的亞當和夏娃不過是凡人，他們被化為一條蛇的撒旦所誘惑，上帝又何以如此動怒呢？事實上，上帝對人的重罰，甚至他自己的兒子聽起來都覺得有點過分，因為基督告訴他說，如果撒旦使人墮落的陰謀得逞，「您的善意和偉大就都會受到質疑和褻瀆，而無從辯護」（III.165）。上帝在回答時，許諾給人以慈悲和寬恕，但他又預言人之墮落，而且以嚴厲可怕的語言，宣佈在亞當墮落之後，

> 他和他的後代必須死亡，或者他，
> 或者正義，必有一死；除非
>> 有別人能夠而且願意替他付出
>> 嚴格的代價，以死來頂替死。
>> （III.209）

　　彌爾頓在這裏當然是作出鋪墊，準備好讓基督出面來為人斡旋，以動人的詩的形式來表現基督替人贖罪的觀念。基督看著上帝嚴厲的面孔，懇求天父給人以慈悲。他把自己交出來為人贖罪，並且對上帝說：「看著我吧，我替他，我交出生命來頂替生命，讓您的憤怒降臨在我身上吧。」

（III.236）這是史詩中相當戲劇性的一刻，突出了基督作為崇高的救世主的形象。可是人們不禁要問，一旦有人犯了罪，就要求有一個人必須以死亡來付出「嚴格的代價」，而且不管這人是誰，只要是人就行，這可算是哪門子的正義？既然彌爾頓的上帝講出一番道理，讀者就必不可免會作出判斷，看其是否合乎邏輯，是否有道理。而既然那番話在邏輯上並非無懈可擊，《失樂園》好像就並沒有真正做到「證明上帝的公正」。英國批評家燕卜蓀在所著《彌爾頓的上帝》一書裏，甚至認為「詩中上帝的形象，也許包括他在預言最後終結那些崇高的時刻，都驚人地像史達林大叔的樣子；都同樣是那種粗糙外表下潛藏的隱忍，同樣是那種片刻的暢快，同樣是徹底的不講道德，同樣是那種真正的壞脾氣」。[11] 燕卜蓀認為，《失樂園》幾乎表現出彌爾頓對上帝的怨怒，這一看法強化了對彌爾頓的浪漫主義解讀，但是這種解讀把詩人理解成撒旦式的反叛者，卻實在是言過其實了。

在《失樂園》中，對上帝公正的真正證明，在於彌爾頓把人之墮落構想成具有教育意義，是無可避免的事，甚至是因禍而得福，即是所謂*felix culpa*（有福的罪過），最終會造就更美好的人類狀況。在這裏，詩人提出的看法與聖經文本的正統解釋有重要的分歧。譬如在彌爾頓筆下，勞作並不是亞當墮落後帶來的詛咒。在《聖經》裏，上帝對亞當說：「你必汗流滿面才得糊口。」（《創世紀》3.19），勞作乃是一種懲罰，但在彌爾頓看來，勞作把人區別於伊甸園中其他一切動物，是人之所以為人的活動，因而是構成人的身份和人之尊嚴的活動，因為

> 其他動物都整日遊蕩，
> 無所事事，也不需要多休息；
> 人卻每天都有體力或腦力的工作，
> 這就宣佈了人的尊嚴，
> 和上天對他所做一切的關愛。（IV.616）

---

[11] William Empson, *Milton's God* (Norfolk, Conn.: New Directions, 1961), p. 146.

　　聖奧古斯丁和基督教教會其他一些教父們對人的性愛深感懷疑，認為那是原罪的跡象，但彌爾頓卻不同，他把人未墮落之前在伊甸園中的性愛描寫為崇高而有尊嚴的行為，而且斷然拒絕「那些偽善者擺出清心寡欲的樣子，奢談純潔、地位和天真」（IV.744）。詩人唱道：「祝福你，夫妻之愛，神秘的律法，人類後代真正的來源，在其他一切都共同的樂園裏，這是人唯一正當可為之事。」（IV.750）他歌頌夫妻之愛，極優美地描繪人類祖先在墮落之前天真無邪做愛的情形，都證明彌爾頓和一般人所想像的清教徒真有天淵之別：

> 他們在夜鶯的歌聲裏擁抱著睡去，
> 花棚在他們裸露的軀體上
> 灑下紅色的玫瑰，到清晨又重新長出。
> 睡吧，幸福的情侶啊；哦，如果你們不求
> 更大幸福，樂而知足，那才是最大的幸福。
>
> （IV.771）

　　然而問題是，難道彌爾頓真可以滿足於一個不去追求知識而感到幸福的人類狀態嗎？什麼是知識的本質呢？天真無邪或純潔的美德是否等同於愚昧無知呢？在史詩第八部，充滿好奇的亞當想瞭解宇宙的情形，天使拉斐爾就告訴他說：「我不怪你探問尋求，因為上天就好像上帝的書展開在你眼前，你在其中可以閱讀上帝神奇的創造，瞭解他所定的季節、時辰、日時、年月。」（VIII.66）但是天使也很清楚地說明，知識必須有一定限度：

> 不要讓你的思想去探究隱秘的事情，
> 把它們交給上帝，只服從而畏懼他；
> ……上天對你說來人高遠，
> 而不可知其究竟；在低處明智吧：

只去想你自己和你的存在相關的。

（VIII.167）

　　柔順的亞當於是回答說：「不求認識那遙遠而沒有用、晦澀難辨的
事物，而只去瞭解就在我們眼前日常生活中存在的，就是主要的智慧。」
（VIII.191）不過問題在於，那棵被禁的知識之樹恰恰就是在亞當和夏娃
眼前日常生活中，存在於樂園之中的事物，而道德的知識即關於善與惡的
知識，對彌爾頓說來絕對是人之為人最基本的因素之一。亞當在這裏講的
話，彌爾頓自己就不可能接受。巴塞爾・威利早已指出過，「在十七世紀
有圖像式和概念式思維的衝突」，在這裏我們就可以找到一個例子。[12] 在
描繪樂園中亞當和夏娃的故事時，彌爾頓不能不按照《聖經・創世紀》的
經文，把人之墮落描寫成是獲得知識，或者是獲得知識的後果，與此同
時，對彌爾頓就像對劍橋柏拉圖派人文主義者說來一樣，具有知識和理性
是人能夠獲取道德上的善之唯一途徑。

　　彌爾頓在《基督教義》的論文裏，明確宣稱上帝按照自己的形象造
人，人身上具有神性的成分特別呈現在人的「正當理性之中，這甚至在最
壞的人身上，也不會完全泯滅」。[13] 也許彌爾頓《論出版自由》一書常被
引用的一段話，最能夠代表他對人類知識的看法，為了更好理解彌爾頓如
何處理知識的問題，尤其在亞當和夏娃的墮落這個背景上來討論這一問
題，我也必須引用這段話。彌爾頓說：

　　　　關於善與惡的知識就像兩個孿生兄弟裂開那樣，從一隻蘋果的
　　表皮突然跳入這個世界。也許這就是亞當認識到善與惡而落入的那
　　個可怕定命，換言之，是通過惡而認識善。

---

[12] Basil Willey, *The Seventeenth Century Background: Studies in the Thought of the Age in Relation to Poetry and Religion* (New York: Doubleday, 1954), p. 242.

[13] John Milton, *The Christian Doctrine*, in *Complete Poems and Major Prose*, ed. Merritt Y. Hughes (Indianapolis: Bobbs-Merrill, 1957), p. 905.

因此，人目前的狀態既已如此，那麼沒有對惡的認識，選擇還有什麼智慧，還有什麼節制？只有懂得惡，知道惡的各種誘惑和表面的快樂而還仍然節制，還仍然辨識，還仍然去選擇真正的善，那才真是經得起考驗的基督徒。我無法稱讚把自己封閉起來、逃避惡的所謂德性，那沒有經過驗證、沒有見識過人世的德性，那從來不衝出去找敵手對決、卻逃離競賽跑道的德性，在那競賽之中要贏得不朽的桂冠，就要靠不怕塵土，不怕流汗去努力奔跑。的確，我們沒有把天真無邪帶到這個世界上來，我們帶來的無寧是不純潔的東西；能夠淨化我們的就是考驗，而考驗是通過有對手來實現的。因此，在思考惡這方面尚缺乏經驗那種德性，不知道惡能夠給跟隨它的人怎樣美好的許諾而仍然拒絕惡那種德性，就不是什麼純粹的德性，而不過是一種空白的德性，其表面的白色不過是一種令人生厭的灰白。[14]

彌爾頓把知識和理性擺放在真正美德的根基這一位置上，就等於用人文主義觀念重寫了基督教新教的教義。於是人之墮落的圖像式表現就成為理性統治之失敗的象徵。彌爾頓用政治鬥爭的語言把人之墮落描述為過度的企望和欲念篡奪了理性的權位，說它們「奪取了理性的政權，把此前自由的人降為奴隸」（XII.89）。於是伊甸園中的戲劇性變化就成為內在理性之墮落的諷寓，表現了道德力量未能抗拒惡之誘惑而失敗。在彌爾頓看來，理性乃神之所賜，最終必將獲勝，所以人之墮落並非終極的結果，儘管通往救贖的時期還會很長而且很痛苦：「於是這世界還會這樣下去，善者遭難，惡者卻左右逢源。」（XII.537）可是，正如在史詩即將完結時，天使邁克爾告訴亞當那樣，只要有正確的認識而且懺悔，「你就不會悔恨離開這個樂園，卻將在心中得到一個樂園，遠更美好」（XII.585）。

在史詩第十二部，大天使邁克爾教導亞當那些話就代表了彌爾頓的想法，亞當認識到謙卑順從的意義乃是得救的唯一途徑，即「以小而獲得

---

[14] Milton, *Areopagitica*, ibid., p. 728.

大的成就，看似柔弱而勝過世間的剛強，簡單順從而勝過世間的聰慧。」
（XII.566）說到這裏，我也許可以約略考察一下常常可以聽到的對彌爾
頓的指控，說他的作品表現出對婦女的厭恨。的確，《失樂園》中常常肯
定男尊女卑的等級觀念，例如彌爾頓很明確地說：「他（亞當）只為了上
帝，而她則為了在他身上體現的上帝。」（IV.299）但是，如果在彌爾頓看
來，順從、謙卑和溫馴是基督徒最基本的美德，那麼彌爾頓所描寫的夏娃
就遠比亞當更接近這樣的美德。有批評家已經注意到，在自願承受上帝的
惱怒這一點上，基督和夏娃說的話有驚人的相似之處。在史詩第三部，上
帝預言了人之墮落及其可怕後果之後，基督對上帝說：「看著我吧，我替
他，我交出生命來頂替生命，讓您的憤怒降臨在我身上吧。」（III.236）在
史詩第十部，亞當和夏娃墮落之後互相責怪爭吵，而正在爭吵得十分激烈
時，夏娃首先轉變過來，承擔起自己的責任，並自告奮勇，情願單獨接受
全部處罰。「我用哭聲向上天哀告」，夏娃對亞當說道：

> 讓所有的判決
> 都從你的頭上移開，降臨在
> 我身上，我才是你一切痛苦的根源，
> 我，只有我才該是他憤怒的對象。
>
> （X.933）

在這兩段對話裏，那個一再重複的「我」字是誰也會注意到的。正
如芭芭拉・魯瓦爾斯基所說，「在彌爾頓改寫的亞當和夏娃的神話中，是
女人體現出了救世主那為人類贖罪的愛」。[15] 夏娃誠然是第一個違背上帝
禁令，偷食了禁果，從而導致人之墮落，可是夏娃也是第一個開始懺悔的
人。她重複基督所說的話，承擔起道德的責任，這一點非常重要，而要表
現夏娃在使人類得救當中所起的正面作用，實在很難想像還有什麼比她重

---

[15] Barbara K. Lewalski, "Milton on Women—Yet Once More", *Milton Studies* VI (1975): 19.

複基督的話更為強而有力。事實上,仔細閱讀彌爾頓的詩和散文作品可以讓我們意識到,比起大多數他同時代的人,無論在政治方面還是在男女性別方面,他都是一個與當時流行觀念格格不入的激進思想家。我認為那正是一部真正經典作品的特質,在經過了各種批評理論的考察評論之後,經典仍將長存於世,永遠給人啟示。毫無疑問,彌爾頓的《失樂園》正是世界文學中這樣一部偉大的經典。

附記:彌爾頓著《失樂園》是我一直喜讀的長詩,自認在反覆閱讀中,不時有所體會。在加州大學河濱分校任教時,我曾在研究生課上講授此詩,也在比較文學與外文系舉辦的學術討論會上,發表對此詩的評論。此文即以當年的評論為基礎,寫於二〇〇六年,發表在《外國文學》二〇〇七年一月號。此次結集,我只稍微做了一些字句上的修改。

現實的提升：
伽達默論藝術在我們時代的意義

一、美育和人文精神的價值

　　美和藝術或者說精神文化的價值，雖非日用必須，但是在人類生活中，卻至為重要。沒有美和藝術，生活就沒有意趣，沒有精神文化的價值，生活就只可能是盲目、枯燥、粗鄙的生活。在二十世紀初，藝術和美育曾經是許多教育家重視的話題。王國維在一九〇六年左右，大概最早在中國提出了美育問題，蔡元培則於一九一七年在《新青年》發表《以美育代宗教說》，認為一切宗教皆排除異己，陡起爭端，唯有美感能使人超脫個人利害的特殊性而具人類之普遍性，能夠「破人我之見，去利害得失之計較」，更能「陶養性靈」，使人「日進於高尚」。[1]這一論斷當然受到十九世紀末西方思想的影響。康德早在十八世紀就論證說，美感是超脫實際利害考量的概念。西方社會經過十八世紀啟蒙時代而世俗化之後，宗教的力量消退，所以尼采說上帝已經死亡。於是有思想家提出，藝術可以成為在精神方面取代宗教的一種選擇。在那個年代，中國傑出的學者都很瞭解國際學術界所關注的問題，王國維、蔡元培重視美育，可以說就是從一個側面提供了一個例證，證明當時中西學術並不隔閡、也沒有脫節。

　　然而我們看二十世紀的實際情形，美和藝術並沒有取代宗教，成為最重要而普遍的思維模式，反而是與美和藝術很不相同的科學技術有突飛

---

[1] 蔡元培《蔡元培美學文選》（北京：北京大學出版社，1983），頁72。

猛進的發展，產生了真正最具深遠影響的力量。科學和科學方法成為整個現代社會和人們日常生活中最具普遍意義的規範和原則。尼采早就說過：「我們十九世紀最突出的並非科學的勝利，而是科學方法對於科學的勝利」。[2] 這句話對於二十世紀說來，也許更貼切適用。科學是人對自然的認識，科學方法則是一套規範，並不等同於認識本身。把研究自然的方法用來處理人類社會和文化，當然是不恰當的，也必然會產生許多不能解決的問題。以美育代宗教，現在聽起來似乎太理想化、太不實際。美育固然不能也不必代替宗教，但在科學方法主導一切的情形下，我們確實應該重新認識美和藝術在我們這個時代的意義。

　　人生複雜而豐富，科學是人對自然的認識，但除此之外，人類生活還有精神意識十分重要的一面。科學的發展並不能解決人類精神生活的需求，甚至與精神生活以及文化傳統形成對立。在近二十多年之中，我們經歷了中國從文革到改革開放以來空前巨大的變化，今日中國的情形，是二十多年前我們無法想像的。在這種巨變之中，在發展經濟和科技的同時，究竟怎樣可以使我們的文化和精神生活有更健全的發展，的確值得我們深思。王元化先生為二○○三年中國人文教育高層論壇題詞，對此問題做了一個很好的回答。元化先生說：「人文精神不能轉化為生產力，更不能直接產生經濟效益。但一個社會如果缺乏由人文精神所培育的責任倫理、公民意識、職業道德、敬業精神，形成精神世界的偏枯，使人的素質越來越低下，那麼這個社會縱使消費發達，物品豐茂，也不能算是文明社會，而且最終必將衰敗下去。」[3] 他在一篇討論人文精神的文章裏還直截了當地說：「一個以時尚為主導的社會文化中，是沒有真正有深度的精神生活可言的。」[4] 這些話當然是針對當前的社會狀況有感而發。在大力發展經濟和科學的同時，我們有必要強調精神文化的價值，強調人文教育的價值，而

[2] Nietzsche, *The Will to Power*, trans. W. Kaufmann and R. J. Hollingdale (New York: Random House, 1967), no. 466, p. 261.
[3] 王元化，《清園書屋筆劄》（杭州：中國美術學院出版社，2004），頁27。
[4] 王元化，《清園近作集》（上海：文匯出版社，2004），頁7。

在這當中，美和藝術在我們生活中有怎樣的位置，可以說具有標誌性的意義。這其實是一個現代社會帶普遍性的問題，在西方也有不少討論，而德國哲學家伽達默，就對美和藝術問題做出了深刻的探討。

二、伽達默對科學方法的質疑

在此，我想簡單介紹伽達默討論闡釋學的名著《真理與方法》以及其他一些著作，在這些著作中，他特別注重美和藝術的意義。《真理與方法》是伽達默最重要的著作，而他在書中一個重要論點，正是對科學方法的質疑，認為人生的真理並非用數量化的科學方法可以窮盡把握。真理不是按照一定的方法就可以獲得的，所以在這個意義上說來，他這部著作的標題具有反諷的意味。科學的進步當然是現代社會一個主要的標誌，從交往通訊的便利到醫療技術的改進和壽命的延長，我們在日常生活中到處可以看見科學帶給人的好處。但與此同時我們也看到，十九世紀經過工業革命、首先進入現代社會的西歐國家依靠暴力向外擴張，把亞洲、非洲和南美許多國家和地區變成殖民地，完全違背了理性、平等、正義等現代社會的基本價值觀念。而且正由於科學的進步，人可以造出毀滅人類和整個地球的核子武器和其他具大規模殺傷力的武器。科學知識的進步很快被掌握政治權力的人利用，在二十世紀就發生了兩次世界大戰，其規模、毀滅性和殘酷程度都超過了歷史上的任何戰爭。由此可見，科學技術的進步固然可以給人帶來現代生活的各種便利，但人類生活卻並沒有因為科技的發展而變得更充實、更美好。科學方法一旦成為凌駕一切的原則和規範，只注重實際效用和利益，並且以量化的方法來統計效益，社會組織和思維方式就往往受其影響而變得機械刻板。與此同時，無法量化但在人類生活中具有核心意義的價值，尤其是精神文化的價值以及道德倫理和審美觀念等等，就得不到重視而被邊緣化，結果必然造成現代人精神生活的扭曲、畸形和貧乏。其實現代和當代藝術的很多作品　包括一些被視為具代表性的作品，往往就表現這種現代人精神生活的扭曲、畸形和貧乏，這不能不引人深長思之。

　　伽達默的《真理與方法》正是在科學方法至上的現代社會環境裏，為人的精神文化價值辯護。所以，這部哲學名著不僅是德國闡釋學傳統在當代最重要的表述，而且是二十世紀裏對人文學科的真理和認識價值所作最深刻的闡發。伽達默的哲學闡釋學之所以特別注重藝術和美學的問題，就因為審美判斷不是以邏輯推演為基礎，藝術品的意蘊也不是像數學那樣可以精確規定的範疇。換言之，美和藝術代表了與科學很不相同的另一種創造，另一種經驗，另一種認識。在人類生活中，這如果不是比科學更重要，也至少是同樣重要的創造、經驗和認識。伽達默反覆強調說，科學認識和科學真理並不是全部的認識或全部真理。《真理與方法》第一部分就以「藝術經驗中展現的真理問題」為標題，深入討論人文學科中的人文主義傳統、康德對審美判斷、趣味和天才的看法及其影響，以及藝術品的本體性質及其在闡釋學上的意義。伽達默說，英國的道德哲學家曾強調，道德和審美判斷服從的不是理，而是情或者趣味。康德也指出，審美判斷沒有邏輯的基礎。這點對美學很重要，德國美學家鮑姆加屯就說，判斷力所識別的是感性、個別和獨特的東西，所作的判斷是這個個別的東西是完美還是不完美。這就完全不同於自然科學之尋求普遍原理。然而個別判斷並非只是審美的。伽達默說：「我們對法律和道德的認識也總是由個別案例來加以補充，甚至由個別案例來決定，因而具有建設的意義。法官不僅具體應用現成法律，而且通過他的判斷做出貢獻，發展法律。道德也和法律一樣，通過個別案例的豐富細節來不斷發展。所以對美與崇高的鑒賞那種判斷，並非只在自然和藝術的領域裏有建設意義。我們甚至不能像康德那樣說，判斷的建設作用『主要』表現在這一領域裏。」[5] 個別案例之所以是個別，就說明一般規律不能完全包括它，所以對個別案例的判斷和鑒定不僅只是應用一般規律，而且也是對規律的修正和補充，是一般規律和具體情形相結合來共同作出的決斷。這就說明，在人類認識發展中，注重普遍

---

[5] Hans-Georg Gadamer, *Truth and Method*, 2nd rev. ed., translation revised by Joel Weinsheimer and Donald G. Marshall (New York: Crossroad, 1989), p. 38. 以下引用此書不另注，只在文中注明*TM*及頁碼。

規律的科學認識和真理，其實也不斷需要個別和特殊的經驗來加以補充和修正，而美和藝術雖然並不是沒有自身的規律和原則可循，但其注重的恰好就是個別和特殊。

三、康德《判斷力批判》的意義

伽達默非常重視康德在《判斷力批判》裏對審美判斷的論述，但他強調判斷不僅是審美的，而且在法律和道德中也非常重要，就把判斷和趣味等相關的概念放在更大的範圍裏，顯示出審美問題與人類生活其他重要方面的聯繫。康德充分承認審美判斷的主觀性，因為當我說一朵花很美的時候，那完全是我以自己感性認識和自己的趣味為基礎的判斷，而不是像數學演算的結論那樣，有超出個人主觀的邏輯推理為基礎。但是我說一朵花很美，卻並不是說這朵花只在我看來很美，而是說這朵花在任何人看來都是美的。以個人經驗為基礎的審美判斷如何具有普遍性，如何解決這個二律背反，這就是康德要討論的問題。康德肯定審美判斷不以邏輯概念為基礎，卻以他所謂「審美概念」為基礎，通過所謂審美判斷的「超驗證明」建立起了審美意識的自主性。但與此同時，他把審美判斷與邏輯判斷嚴格區分開來，也就排除了自然科學知識之外其他知識的真理性。也就是說，只有以邏輯判斷為基礎的科學才是真理。伽達默對此並不同意。他說：「康德賦予審美判斷的超驗作用足以把審美判斷區別於概念知識，因而可以決定美和藝術的現象。可是把真理的概念只留給概念知識，是正確的嗎？我們不是必須承認，藝術品也有真理嗎？」（TM，41-42）這是伽達默在哲學闡釋學中注重美和藝術的主要原因，即認為美和藝術能夠給人以真理，而那是不同於概念知識或科學認識的真理。

康德的美學更多討論的是自然美，他認為自然美與道德的觀念有聯繫，所以比藝術美更高。但伽達默認為，我們也可以反過來說，自然美不如藝術美，因為自然美不能明白表達，而藝術美的優越正在於藝術的語言不像自然那樣，可以任隨人心情的不同來做不同的解釋，卻可以確切表達

一定的意義，同時又並不限制人的頭腦，而是打開人的認知能力去自由馳騁。康德之後哲學的發展，改變了康德許多概念的意義。席勒的審美教育就把藝術——而不是趣味和判斷——提到首位，黑格爾美學更完全以藝術作為討論的基點，而自然美在黑格爾那裏，已經只是「精神的反映」（*TM*，58）。十九世紀中葉以後出現了反黑格爾主義的傾向，並且提出了「回到康德去」的口號，然而反黑格爾主義者並沒有真正回到康德去，因為康德注重的自然美和趣味問題更被人忽略，而康德不那麼重視的藝術美和天才的概念，卻一直成為十九世紀美學研究的中心。康德本來把天才的概念局限在藝術的創造，而且認為社會的審美趣味更為重要，在兩者有衝突的情形下，他寧願選擇趣味而不取天才。但十九世紀卻把天才概念擴大到一切創造，並且以無意識創造的觀念為基礎。這種觀念通過叔本華哲學和無意識學說，產生了非常普遍的影響。

值得注意的是，十九世紀天才無意識創造這個概念，使解釋成為必要，因為無意識創造的作品，其深層隱含的意義必須通過理解和解釋，才可以上升到意識的層面。這和闡釋學在十九世紀的興起有直接關係。正是在天才無意識創造這一概念的基礎上，施賴爾馬赫最早提出普遍闡釋學，並規定闡釋學的任務是「首先理解得和作者一樣，然後理解得甚至比作者更好」。[6] 闡釋學一個基本原則就是以意義大於作品本身，超出作品表面的範圍，並可以通過理解和解釋充分展現出來。理解和解釋不僅是理論，而且是一種藝術，也就是闡釋的藝術。

四、藝術的真理和本體意義

什麼是藝術的真理，藝術的真和一般現實的關係如何，這在西方傳統中是一個古老的問題。柏拉圖認為唯一的真實是理念，我們一般所謂現實

---

[6] Friedrich Schleiermacher, *Hermeneutics: The Handwritten Manuscript*, trans. James Duke and Jack Forstman (Missoula: Scholars Press, 1977), p. 112.

即現象世界是這個理念世界的影子，而摹仿現象世界的藝術更是影子的影子，摹仿的摹仿。所以柏拉圖說，「摹仿和真理隔了三層」，他也因此要把詩人逐出他的理想國。[7]可是亞里斯多德的看法卻不同。可以說在西方，亞里斯多德最早開始了為詩辯護，也就是為藝術辯護的傳統。亞里斯多德並不認為藝術摹仿和真理隔了三層，恰恰相反，他在《詩學》裏比較歷史和詩，認為「歷史講述的是已經發生的事，詩講述的是可能發生的事。由於這個原因，詩比歷史更帶哲學性，更嚴肅；詩所說的是普遍的事物，歷史所說的則是個別的事物」。[8]由此可見，在亞里斯多德看來，像歷史那樣記載具體的人物和事件，並不是揭示事物的本質，藝術摹仿或藝術再現不是照本宣科地表現事物的表像和個別特點，才揭示出事物的本質和普遍意義。藝術摹仿真實的現象世界，此外並沒有一個更真實的理念世界，所以藝術是真的，而且是揭示本質的真。伽達默也強調藝術的真理。他把藝術定義為普通現實的轉化，於是「從這個觀點看來，『現實』就可以定義為是尚未經過轉化的，而藝術則把這一現實提升（Aufhebung）為真理」（TM，113）。藝術再現不是機械地複製事物，不是簡單重複或拷貝，而是揭示事物本質，把現實轉化為人的認識，提升為真理。所以伽達默說：「本質的再現絕不是簡單摹仿，而必然具有揭示性。摹仿必定會去掉一些成分，突出另一些成分。」這種去粗取精的過程，就使人能更清楚地認識事物的本質，即認識事物的真理。伽達默說：「藝術再現中隨時都有認知，即對本質的真正認識；由於柏拉圖認為一切本質的認識都是認知，亞里斯多德就可以說，詩比歷史更具哲學性。」（TM，115）由此可見，伽達默繼承了亞里斯多德以來為詩辯護的傳統，堅持認為藝術揭示事物的本質和真理，而那就正是藝術或者人文知識的哲理意義和價值。

　　伽達默進一步討論美術作品，尤其是繪畫作品的本體價值。他指出藝術品存在的方式是表現（Darstellung），而一幅畫與所畫原物之關係，就

7　Plato, *Republic*, X,602c, 607a, *The Collected Dialogues, including the Letters*, eds. Edith Hamilton and Huntington Cairns (Princeton: Princeton University Press, 1961), pp. 827, 832.

8　Aristotle, *Poetics*, 51b, trans. Richard Janko (Indianapolis: Hackett Publishing, 1987), p. 12.

完全不同於拷貝與原物之關係。拷貝的本質是原物的表面複製,就像鏡中之像,隨著原物的變動轉瞬即逝,沒有自己獨立的存在,所以拷貝是消除自我;而「相比之下,繪畫卻不是註定要消除自我,因為它不是達到某一目的的手段。繪畫的意義就在它本身,被再現的原物在畫中如何表現,就是其要點」(TM,139)。因此,繪畫有自身存在的本體意義,而「這作為表現的存在,即不同於被再現的原物的存在,就使它不是只反映他物的影像,而具有繪畫之為繪畫的正面特性」(TM,140)。

紀元三世紀時的哲學家普羅泰納斯(Plotinus)認為萬物都是從至高的一流出(emanation)而產生,而那個作為萬物之原的一是無窮無盡的。伽達默借用新柏拉圖主義這個概念,來說明繪畫與原物的關係,即繪畫或形象是原物的延伸,而原物並不因此就減少。這一新柏拉圖主義帶有神秘色彩的觀念,在藝術史上有很重要的意義。猶太教和後來興起的伊斯蘭教一樣,都反對用任何形象來表現神,早期基督教從猶太教分化出來,在反對具像表現這一點上,也繼承了猶太教反偶像的觀念。但是有了新柏拉圖主義的觀念,即萬物之原的神性並不因為具像的表現而變化或減少,基督教教會才克服了早期神學中反對具像的觀念,使基督教的造型藝術得以產生。不僅如此,伽達默認為繪畫的本體意義和自主性甚至會影響到原物。他說:「嚴格說來,只有通過繪畫(Bild),原物(Urbild)才成其為原物——例如,只有通過風景畫,一處風景才顯出其如畫的性質來。」(TM,142)這就更把藝術的意義提高,因為通過藝術的表現,人們才得以認識藝術所表現的原物。

伽達默特別強調藝術作品的本體意義,即自身存在的意義,所以在這點上他同意黑格爾的說法,即認為繪畫不是理念或概念的摹仿和複製,而是理念的「顯現」(TM,144)。然而強調繪畫和其他藝術作品的本體意義,並不是把藝術品與產生藝術的具體環境完全分割開來。伽達默討論肖像畫,就指出肖像畫和所畫的人有直接聯繫,哪怕我們不知道畫中人是誰,但表現那個人及其個性就是肖像之為肖像的意義。比較肖像畫和一般繪畫中用模特兒,就可以明白肖像畫的起因,因為肖像表現的是那個具體

的個人，而使用模特兒只是為了畫某一種服飾或某一個動作或姿態，其個
性並不是繪畫要表現的。但肖像畫指向所畫的人，並不因此而減少它作為
繪畫藝術本身的意義，因為指向其起因正是肖像畫本身意義的一部分，而
畫中人的個性和形象也正是在肖像畫中才得以顯現出來。戲劇和音樂這類
表演藝術，就最能清楚說明這一點。劇本和樂譜都必須依靠演出，才可能
作為藝術品存在，所以其具體的起因非常重要，而其性質決定了每一次的
演出都有所不同。造型藝術也是一樣，不同的觀畫人不僅看的方式不同，
甚至所看到的東西也有所不同。就繪畫而言，包括肖像畫，最終說來，其
意義還是在本身的表現，而不僅僅是一個形像，更不是原物的拷貝。肖像
畫並不簡單再現畫中人實際的樣子，卻必然有一定程度的理想化，力求表
現這個人的本質和特性。

伽達默認為，繪畫的本質介乎純粹的指引即符號和純粹的替代即象徵
這兩個極端之間。符號的功能是指向另外一個更主要的東西，所以符號自
身不應該引人注目，不是指向自己。例如路標、門牌、海報等，都是一種
指引符號。相比之下，繪畫，包括肖像畫，在指向所畫的人或物的同時，
並沒有消除自己，卻是畫中人或物存在的延伸，而且畫中的人或物正是在
繪畫中得到具體表現，或者說其存在得到延伸，在繪畫作品中顯現出來。
繪畫作為藝術作品是指向自身的，因此和符號完全不同。但象徵也和符號
不同，因為象徵不僅指向被象徵之物，而且本身有其存在的意義，所以象
徵比較接近於繪畫。然而象徵只是替代被象徵的事物而不是那個事物的直
接表現，也就不是那個事物存在的延伸。例如十字架這一宗教象徵，其象
徵意義遠大於十字架本身，其象徵的基督教及其整個信仰系統不一定可以
用具體形像來表現，而十字架就像一個符號，指向基督教信仰。與此同
時，整個基督教信仰又在十字架這個象徵中得到表現，所以象徵性的再現
和繪畫的再現有相似之處。可是象徵只是一個像符號那樣的東西，不是具
體形像來表現事物。如果我們不熟悉象徵及其象徵意義，那麼象徵本身並
不能告訴我們被象徵的事物是什麼，也就不是被象徵物存在的延伸。在這
種情形下，象徵就好像只是一個意義不明的神秘符號。比較十字架和宗教

畫，就可以明白繪畫和象徵的區別。十字架本身有意義，更有極強的象徵意義，但不是具體的人或物的表現。宗教題材的繪畫總是表現具體的人或物，同時又有超出具體人或物的意義，但其主要內容畢竟就是畫中表現的人或物。我們即便不完全明白宗教畫的題材內容，也能欣賞其繪畫藝術。但不明白象徵物所代表的象徵意義，我們就完全不知道那象徵究竟有什麼含義。此外，符號和象徵都以一個規定意義的系統為前提。例如作為符號的交通信號，就有賴於交通部門的規定才有確定的意義。又如旗幟、十字架等象徵，其意義也有賴於某種外在的規定。相比之下，藝術作品，哪怕是宗教畫或紀念性質的雕像和建築，就無須這樣的外在系統來確定其意義。在作為紀念碑之前，紀念性質的雕像已經有自己獨立存在的意義，而且這意義不會因為成為紀念碑而改變。這還是上面已經提到的一點，即藝術作品有自己獨立存在的本體意義。

五、美的現代意義

伽達默重視美和藝術，除了在他的主要著作《真理與方法》中用不少篇幅來討論相關問題之外，還有許多其他論文和演講涉及美學和文藝。其中最重要的是1974年他在奧地利薩爾茨堡的幾次演講，講稿後來集成一本小書，題為《美的現代意義》（*Die Aktualität des Schönen*，英譯*The Relevance of the Beautiful*）。在談論伽達默對美和藝術的看法時，這是不能不討論的著作。伽達默在這本小書的開頭就提出，藝術並非在現代才需要證明自己的價值和存在理由。在古代希臘，當蘇格拉底提出新的哲學觀念和什麼是真知新的標準時，也就是說，當哲學興起而與荷馬所代表的詩開始對峙時，藝術就已經受到這樣的挑戰，需要證明自己可以傳達真理。在古代和中世紀，歐洲歷史上有不少例子，都證明藝術曾受到各種挑戰，而基督教能夠利用傳統的藝術語言來傳達資訊，最重要是借助於所謂*Biblia Pauperum*的概念，即為窮人講《聖經》的概念。窮人不懂拉丁文，無法真正理解基督教教義，所以只好用圖畫敘述《聖經》故事，以此方式來傳

教。這樣一來，繪畫藝術在中世紀歐洲的基督教教會那裏取得了正當性，西方藝術於是有從中世紀到十九世紀的發展，其中包括了文藝復興時代古希臘羅馬藝術的重新發現，十八世紀末和十九世紀初社會的轉化，以及歐洲在宗教、政治等各方面的重大改變。到十九世紀，黑格爾在美學講演錄裏提出，藝術對於我們已經是「過去的事了」。[9] 這可以理解為哲學與藝術的古老爭執在十九世紀的翻版，而黑格爾作為哲學家，總是從理念出發來看待美和藝術的問題。在他看來，美必然有觀念的內容和外在的形式，而只有當真的概念「直接和它的外在現象處於統一體時」，才是美的極致，這也就是黑格爾給美下的定義：「美就是理念的感性顯現。」[10]

　　不過伽達默認為，黑格爾這個定義仍然割裂了美和概念知識的真理。當黑格爾說藝術是「過去的事」，藝術的黃金時代在古希臘時，他的意思是在希臘雕塑中，神或者神性主要而且完美地顯現在藝術作品裏，而隨著基督教的出現，這已經不可能做到了。黑格爾認為，基督教的真理，其對超驗神性的認識，已經不可能充分表現在造型藝術的視覺語言或者詩的意象和文學語言裏，神已經不可能存在於藝術作品裏。因此，說藝術是過去的事，就是說隨著希臘古典時代的結束，藝術也就需要證明自己的正當性。但伽達默在前面已經說過，在中世紀，基督教藝術其實已經取得了正當性，而十九世紀末和二十世紀的現代藝術，才在更激進的程度上與過去的傳統決裂，使傳統藝術成了過去的東西。那是黑格爾不可能意料到的，而且也比黑格爾的用意更激烈。只要社會、公眾與藝術家的自我理解能夠融合一致，藝術就在現實世界中有正當的地位，可是自十九世紀末以來，已經不存在這種融合一致的情形，也不再有對藝術家作用的普遍理解。一九一○年左右立方派藝術的出現完全脫離了傳統的具像藝術，後來更有抽象畫的發展，使繪畫和任何外在事物斷絕了一切聯繫。文學的情形也是如

---

[9] 黑格爾《美學》，朱光潛譯，第一卷（北京：商務印書館，1979），頁13。參見 G. W. F. Hegel, *Aesthetics: Lectures on Fine Art*, trans. T. M. Knox (Oxford: Clarendon Press, 1975), vol. 1, p. 11.

[10] 黑格爾《美學》，第一卷，頁142。參見英譯本，頁111。

此。伽達默說:「事實上,我們時代的詩歌已經達到使人能懂得意義的邊緣極限,也許最大的作家們最大成就的特點,就是面對不可言說時那悲劇式的沈默。」[11] 在這種時候,我們就需要重新考慮,究竟什麼是美,現代藝術在什麼意義上還可以叫做藝術。從藝術、意義和闡釋的角度,伽達默希望在傳統和現代藝術之間,找到可以在一個廣大範圍內建立起來的聯繫。

伽達默在這裏又一次強調審美經驗的獨特性,並且說「在藝術和美當中,我們遇到超越所有概念思維的一種意義」。哲學美學的創建者鮑姆加屯曾用「感性知識」(cognito sensitiva)來描述這種意義的認識,而這就和傳統所謂知識不同,因為知識一般指脫離主觀和感性而認識到普遍意義,個別感性的東西只是作為某一普遍規律的個別案例才進入認識過程。可是,伽達默說,在審美經驗中,無論所經驗的是自然還是藝術的美,我們都不是把我們所遇所見的作為普遍性的個別案例記錄下來。「一個令人著迷的落日景象並非一般性落日的個別案例,而是一個展示『天上的悲劇性』的、獨特的落日。尤其在藝術的領域裏,如果把藝術品僅僅視為引向別處的鏈條上的一環,那就顯然不是把藝術作為藝術來對待的審美經驗。藝術給我們的『真理』並不是僅僅通過作品展示的某一普遍規律。所謂 cognito sensitiva 的意思是,我們雖然總是把感性經驗中的個別與普遍相聯繫,可是在感性經驗的個別性中,在我們的審美經驗中,總是有某種東西使我們不能不注目顧盼,迫使我們恰恰去注意獨特個別的表面本身」(RB,16)。換句話說,審美經驗是對某一個別美的事物的感性經驗和認識,這種認識不同於基於普遍規律那種數學或概念推理式的認識。

伽達默充分承認康德的貢獻,因為康德「第一次認識到藝術和美的經驗是一個獨特的哲學問題」(RB,18)。這個問題就是基於個人趣味和主觀經驗的審美判斷,如何可能同時又具有普遍性。當我說什麼東西很美的時候,我並不是在表達一個僅僅代表我個人趣味的主觀判斷,而是假定所

---

[11] Hans-Georg Gadamer, *The Relevance of the Beautiful and Other Essays*, trans. Nicholas Walker (Cambridge: Cambridge University Press, 1986), p. 9. 以下引用此書不另注,只在文中注明RB及頁碼。

有的人都會有類似或相同的判斷和認識。然而這一普遍性又不同於自然規律那種普遍性，不是把個人的感性經驗視為個別案例，來傳述一個普遍規律。這就構成一個個別與一般、特殊與普遍衝突的問題。康德在《判斷力批判》中討論這個問題，說明美和藝術自有其獨特的、不同於概念認識所揭示的另一種真理。伽達默在此基礎上，用遊戲、象徵和節日這樣三個概念，在人類的基本經驗中來討論藝術和審美的問題。遊戲首先是一個自在而沒有實際目的的活動，這一概念對藝術和美說來重要的方面，包括其自足和無目的性，以及觀眾參與的意識。象徵最主要是強調藝術作品的本體意義。前面已提到過，伽達默認為，黑格爾以美為「理念的感性顯現」這一定義，仍然割裂了美和概念知識的真理，把藝術視為觀念的載體。伽達默針對此點提出象徵的概念，強調藝術是不能取代的。他說：「藝術只存在於抗拒純概念化的形式中。偉大的藝術有震撼人的力量，因為當我們面對不能不為之吸引的傑作那強大的感染力時，我們總是毫無準備，也無法抗拒其力量。所以象徵的本質就在於它和可以用理智的語言去重新表述的終極意義沒有關係。象徵是把意義完全保存在自身。」（RB，37）不過象徵的意義和概念語言的意義並非完全隔絕。伽達默以純音樂為例，認為音樂和意義有一種不明確然而實在的關係。他說：「音樂的解釋者常常覺得需要找到參照點，找到某種概念含義的痕跡。我們在觀看非具象的藝術品時，情形也是如此，我們避免不了一個基本事實，那就是在我們的日程生活經驗中，我們的視力總是引導我們去識別客體事物。我們用來聽高度集中的音樂表現的耳朵，和我們平常用來聽語言的是同樣的耳朵。所以在我們稱為音樂的無字語言和正常通訊交往的普通語言之間，有一種無法去除的關聯。」（RB，38）。

　　因此伽達默認為，哪怕現代藝術和傳統決裂，哪怕藝術家已經不再為整個社會群體說話，卻形成自己的群體，藝術總還是一種表達和交流，也就有意義和解釋的問題。伽達默提出節日這個概念，就是要強調藝術與社會群體的聯繫，因為節日是全社會大家參與的經驗，是代表社會群體最完美的一種形式。他認為，「在我們這個時代，從客觀解釋的現實世界的

經驗中解放出來，似乎是當代藝術的一條基本原則，在這時我們尤其應該記住這一點。詩人就不可能加入這樣一個過程。作為表達的媒介和材料，語言永遠不可能完全從意義中解放出來。真正不具象的詩只會變成一種噪音」（*RB*，69）。伽達默強調藝術與現實世界的關聯以及語言與意義的關聯，其中一個要點就在於把現代藝術與過去的傳統藝術聯繫起來，一方面理解現代藝術的意義，另一方面也使現代藝術顯出在我們這個時代的意義。

　　總括起來說，伽達默希望從我們對於藝術和美的經驗中，從藝術的本體意義和獨特形式中，論證在科學的概念知識和科學方法的數量化程式之外，人的存在還有文化、傳統以及精神和超越的價值，有藝術和美所揭示的真理。這種價值和真理對於我們這個時代，的確有重大的意義，因為拋棄了人文精神和傳統，無視美和藝術在我們生活中的意義，那種完全機械的、程式化的、沒有精神文化價值觀念的社會將是一個夢魘式的社會，是我們在反烏托邦式的科幻小說和電影裏常常可以看到那種令人窒息的社會。在最終或最高的意義上，美和真、美和善應該是統一的，也就是說，審美認識和真理，審美判斷和道德判斷，應該是一致的。我們在認識美和藝術在我們時代的意義時，這應該是我們思考的原則，也是我們思考的基點。

附記：在我們這個時代，科學技術的突發猛進和實際效益使人們對科學有
　　　可以說近乎宗教式的崇拜，但對美和藝術的意義則認識不足。伽達
　　　默也許是在二十世紀為美和人文學科的價值作出最有力辯護的哲學
　　　家，此文就試圖討論伽達默哲學這一重要方面。此文最初發表在
　　　《文景》二〇〇七年六月號。

現代藝術與美的觀念：
黑格爾美學的一個啓示

　　什麼是現代藝術？在不同的藝術家和藝術史家那裏，也許有不同的定義，但大致說來，我們可以把西方十九世紀工業革命之後出現的各種藝術流派和風格形式視為現代藝術的主流。現代藝術是相對於古典藝術而言，十九世紀中，在學院古典派佔據巴黎畫廊時，一些違反古典風格的作品被法蘭西美術學院（Academie des Beaux-Arts）拒絕在畫廊展出，於是這些新派藝術家們自己組織展覽，在所謂「被拒參展者的沙龍」（Salon des Refuses）展出他們的作品。馬奈（Edouard Manet）1863年在這種沙龍展出的《草地上的午餐》（*Dejeuner sur l'herbe*），標誌了印象派藝術的誕生，也即現代藝術的出現。古典藝術教育注重造型，在畫室裏按照嚴格的標準訓練基本功，而印象派畫家則強調戶外寫生，捕捉自然光影和色彩變換的效果。隨著科學技術的進步，尤其是攝影機的發明，繪畫藝術似乎逐漸脫離造型和形似的追求，而更注重思想觀念的象徵性表現。如果說印象派畫家還比較有寫實觀念，其形體表現還沒有太多離開事物象形本身，那麼在十九世紀與二十世紀之交的諸種現代藝術流派，即在所謂世紀末（fin de siècle）開始出現並流行的野獸派（fauvism）、表現主義（expressionism）、立體派（cubism）、未來派（futurism）、超現實主義（surrealism）、抽象藝術（abstract art）、波普藝術（Pop Art），直到當代流行的行為藝術、裝置藝術等等，則愈來愈脫離造型，不是通過藝術家創造的象形本身表現某種意義，而是擺脫造型，走向藝術的意識化，即由

某種暗含的意識觀念為作品本身提供存在的理由。藝術的語言不再直接訴諸公眾的感覺和理解，而成為某種晦澀觀念的晦澀的演繹。從馬奈到馬蒂斯，從畢卡索到當代西方的抽象藝術、行為藝術和裝置藝術，二十世紀現代藝術在觀念、表現方法以及藝術家與社會的關係等許多方面，都與傳統藝術有天淵之別。

西方現代藝術總的趨勢是脫離寫實，這有政治和歷史環境的因素，即一方面要區別於納粹德國虛假的宣傳品，另一方面，尤其在冷戰時代，要區別於蘇聯的社會主義現實主義。與此相應的則是美國在戰後的主導地位，而紐約成為現代藝術的一個中心，和美國在戰後的發展有密切關係。因此我們可以說，現代藝術在美國的發展具有明確的政治文化的意義，儘管一般藝術史都往往淡化這種政治因素，而強調另一種純形式的原因，即宣稱現代藝術的意識化、抽象化，是由於攝影技術的發明使藝術再現和形似喪失了意義。但只要我們注意現代藝術發展史和社會環境之間的關係，就不難看出政治和歷史與藝術發展的關聯。在第二次世界大戰之前，先鋒派（avant-garde）藝術並沒有藝術家政治立場上的分別，但希特勒年輕時曾夢想當畫家而不成功，由此而痛恨當時的先鋒藝術。於是在納粹掌權之後，希特勒曾把先鋒派藝術作品集中在一處，侮辱性地放在所謂「墮落藝術展」上示眾，並把實驗性的先鋒藝術從藝術院校裏清洗出去。與此同時，納粹意識形態又鼓吹正面表現雅利安族的光輝形象，製造出許多偽劣虛假的宣傳品。於是在戰後，先鋒藝術似乎區別於納粹意識形態而帶上了一圈政治正確的光環。

戰後美國成為第一強國，而相對說來缺乏歐洲藝術傳統的美國，就以發展先鋒藝術為主導，力求成為世界自由民主的領導者而包容與傳統決裂的先鋒藝術和抽象藝術。一九四二年，當富豪古根海姆夫人在紐約建立一個商業畫廊時，就以支持抽象藝術為主。在冷戰時期，由於蘇聯提倡社會主義現實主義，與之相對的抽象藝術更似乎成為西方民主社會的象徵。在這個意義上說來，脫離寫實和表像的現代抽象藝術，也就成了戰後美國在文化方面占居領導地位的一種象徵。曾在英國博物館任職三十多年的朱利

安‧斯博爾丁（Julian Spalding）在《藝術的衰頹》一書中，對這一點有詳細的討論。他認為政治對立造成現代藝術的畸形發展，是很不幸的歷史偶然。他甚至認為，「我們也許可以毫不誇張地說，如果希特勒自己不曾在藝術方面有所抱負，現代藝術的命運很可能會完全是另一個樣子」。[12]斯博爾丁認為，西方現代藝術之所以衰頹，是因為在藝術表達的語言、教學、內容、評判等各個方面，都出現了無可挽救的頹敗。

　　不少藝術批評家和藝術史家已經開始深入討論現代藝術的問題甚至危機。美國最重要的藝術批評家之一、擔任《藝術論壇》（*Artforum*）、《雕塑》（*Sculpture*）、《藝術批評》（*Art Criticism*）等幾種很有影響的刊物編輯的唐納德‧庫斯皮特（Donald Kuspit）寫了一部討論現代藝術的書，很明確地把書名題為《藝術的終結》，並在書中對現代藝術的弊病提出了尖銳的批評。他認為藝術已經終結，因為現代藝術已經喪失了審美的意義。藝術已經被阿蘭‧卡普洛（Alan Kaprow）所謂「後藝術」（Postart）取代，而這種「後藝術」以日常器物代替神秘有深意的東西，以污穢代替神聖，以小聰明代替了創造性。他認為審美經驗的喪失發端於馬塞爾‧杜尚（Marcel Duchamp）和巴內特‧紐曼（Barnett Newman）的作品和理論，到後來更變本加厲，而後現代的所謂「後藝術」便是這一趨向的最後階段。但庫斯皮特仍然相信，藝術將超越「後藝術」故意展示的醜。他說：「只有當藝術真正是美的時候，藝術才可能抗拒生活中的醜。」[13]

　　如果說藝術傳統上是表現美，那麼現代先鋒藝術則拋棄了美的觀念。達達主義的代表人物杜尚出名的所謂作品，就是在達‧芬奇名畫《蒙娜‧麗莎》的明信片那美麗的婦人臉上，加上一撇八字鬍和山羊鬚，而且寫上L.H.O.O.Q，那是法文Elle a chaud au cul，是一句髒話。他一九四六年的一幅畫，題為《錯誤的鄉下風景》（*Paysage fautif*），其實是在一片黑色

---

[12] Julian Spalding, *The Eclipse of Art: Tackling the Crisis in Art Today* (Munich: Prestel, 2003), p. 19.

[13] Donald Kuspit, *The End of Art* (Cambridge: Cambridge University Press, 2004), p. 190.

絲綢上面，沾有他的一滴精液。這幅所謂作品現在由日本富山縣現代藝術博物館收藏，正如斯博爾丁所說，對這個博物館負責保管藏品的工作人員說來，「如何為子孫後代保存已經乾成一塊而且發黃的這滴精液」，實在是一大難題。[14] 在六十年代初，自命為藝術家的皮埃洛・曼佐尼（Piero Manzoni）把自己拉的屎裝在九十個罐頭盒裏，標上號碼，作為藝術品展覽出售。數年前，倫敦泰特現代藝術博物館（Tate Modern）用兩萬兩千三百英鎊的高價，購買了其中的第68號罐頭。[15] 精液和人體污穢的排泄物變成現代藝術品，這既不是唯一、也不是最臭名昭著的例子。此外，把現成物品變成所謂藝術品，在現代藝術裏也是很常見的現象。杜尚把現成的腳踏車的把手和車輪拆開，做成他自己的作品，他把現成的鐵鏟和梳子都當成他的作品，還把一個男廁所用的小便槽稱為《噴泉》，也算他的作品。在現代藝術的討論和報導中，荒唐無聊的事很多，而能刺激人，能引起轟動效應，本身就是現代藝術的特性和目的。像這類荒唐無稽的東西能夠作為藝術品在博物館展出，在畫廊出售，與媒體的炒作以及市場的操作都密切相關。在討論二十世紀美術時，保羅・伍德（Paul Wood）指出：

> 藝術正是為市場和那些博物館而生產的。有生產、分配和消費的一套完整的系統。除了藝術家們自己以外，還有一大幫知識份子為這個系統服務：他們是美術教員、藝術評論家和藝術史家，再加上保管員、博物館館長、圖書館館員。簡而言之，至少在西方發達國家裏，現代藝術已經成為一個更廣泛意義的文化工業之一部分：有些有批判意義，又有些與社會同調，但全都已商品化，成為一個逐漸顯現的、全球化文化經濟的一部分。[16]

---

[14] Julian Spalding, *The Eclipse of Art*, p. 37.

[15] 同上，頁10。

[16] Paul Wood, "Art of the twentieth century", in *Frameworks for Modern Art*, ed. Jason Gaiger (New Haven: Yale University Press, 2003), p. 52.

　　我引用這幾部質疑現代藝術的書，都是最近幾年出版的，這也許可以說明在西方，現代藝術乃至更廣泛意義的現代文化，都產生了深刻的危機，並且已開始引起人們的重視和反省。如果當代的藝術史家們和藝術批評家們提出了藝術終結的問題，這就使人想起在十九世紀，黑格爾在其《美學》裏早已經宣告藝術的終結。《美學》裏有一句著名的話，即黑格爾認為在他那個時代，「就它的最高的職能來說，藝術對於我們現代人已是過去的事了」。[17] 這句話值得我們深思。

　　黑格爾《美學》和他的其他著作一樣，都在描述絕對理念的辯證發展，而在發展的各個階段中，藝術和別的很多事物一樣，也有從產生到興盛，再從興盛到衰亡的過程。在黑格爾著名的定義裏，藝術的美也是理念，所以「美與真是一回事」。但真可以是純粹抽象的理念，而美則必然是具體的、有外在物質形式的理念。所以當真的理念「在它的這種外在存在中是直接呈現於意識，而且它的概念是直接和它的外在現象處於統一體時，理念就不僅是真的，而且是美的了。美因此可以下這樣的定義：美就是理念的感性顯現」。[18] 這就是說，理念的精神內容與藝術的物質形式（繪畫的色彩、雕塑的石頭以及建築材料等等）達到完美的平衡與融合時，那就是美。這裏不是精神大於物質，也不是物質大於精神，理念及其感性即物質的顯現完全一致。

　　黑格爾《美學》不僅是理念發展過程的描述，也是藝術發展歷史的描述。在黑格爾看來，藝術的發展史經歷了三個階段，遠古時代沒有完美的藝術，因為那時候的人還沒有達到理性的自覺，還不能完滿把握物質形式，所以那種藝術有過分厚重粗笨的物質形式，而精神內容則無法得到充分表現。黑格爾把這種較原始的遠古藝術稱為象徵藝術，而且以尼羅河畔古埃及的斯芬克絲像，作為這種象徵藝術的代表。他認為這人面獅身的斯

---

[17] 黑格爾《美學》，朱光潛譯，第一卷（北京：商務印書館，1979），頁15。參見 G. W. F. Hegel, *Aesthetics: Lectures on Fine Art*, trans. T. M. Knox (Oxford: Clarendon Press, 1975), vol. 1, p. 11.

[18] 黑格爾《美學》，第一卷，頁142。參見英譯本，頁111。

芬克絲像，有一個小小的人頭，卻有十分巨大的石獅子身軀，剛好可以代表精神內容還被禁錮在笨重的物質形式裏，無法擺脫。黑格爾描述這巨大的雕像，說它所表現的是「人的精神彷彿在努力從動物體的沉悶的氣力中衝出，但是沒有能完全表達出精神自己的自由和活動的形象，因為精神還和跟它不同質的東西牽連在一起」。[19] 在黑格爾看來，古希臘雕塑中那些理想化的神和英雄，那種完美的軀體和靈活動作的表現，才充分代表了審美理念，即理念的感性顯現，那是物質和精神的完美融合。他把古希臘藝術稱為古典藝術，在這裏，物質形式不僅充分表現精神內容，而且二者根本就不可分離，形式就是內容，內容即是形式。由於內容與形式的完美統一，黑格爾認為「藝術在希臘就變成了絕對精神的最高表現方式；希臘宗教實際上就是藝術本身的宗教，至於後起的浪漫型藝術儘管還是藝術，卻顯出一種更高的不是藝術所能表現的意識形式」。[20] 黑格爾所謂浪漫藝術不是指歐洲十八世紀末和十九世紀的藝術，而是中世紀以來的歐洲藝術。當中世紀基督教藝術企圖表現基督教精神觀念的時候，藝術的物質形式已經不足以承擔表現精神內容的任務，於是藝術對於所要表現的內容，就越來越「變成一種可有可無的因素，精神對它就毫不信任，也不把它當作自己的棲身之所了。精神愈感覺到它的外在現實的形象配不上它，它也就愈不能從這種外在形象中去找到滿足」。[21] 於是浪漫藝術打破了古典藝術的完美平衡，出現了和古埃及象徵藝術相反的問題。如果說象徵藝術是精神的內容輕於笨重的物質形式，那麼在中世紀的基督教藝術裏，則是精神內容的重負超過了藝術形式的承受能力。黑格爾把這種藝術稱為浪漫藝術，而且認為就理念的發展過程而言，藝術已經過時而將被哲學取代。

　　黑格爾的理論顯然有很多問題，他最終要說的是，理念在哲學那裏找到了最完美的表現和認識形式，因為在哲學那裏，理念復歸於理念本身，那是精神活動迴圈最後的歸結。這種迴圈是一個完美的圓圈，理念迴圈到終點，

---

[19] 同上，《美學》第二卷，頁77。參見英譯本，頁361。
[20] 同上，頁170。參見英譯本，頁438。
[21] 同上，頁285。參見英譯本，頁526。

同時又是返回到理念的起點,就像一條蛇繞成一個圈,嘴巴含著尾巴一樣。但精神的迴圈不是簡單的回返,而是在更高更豐富意義上的復歸。在理念活動的路程上,藝術只是一個階段,就理念在希臘古典藝術的完美形式中顯現而言,那可以說是理念發展中的藝術階段。可是在黑格爾看來,自從中世紀基督教藝術發展以來,藝術必不可少的物質形式已經不足以表現精神的內容,所以藝術的黃金時代已經過去,哲學取而代之。與此同時,黑格爾也是歐洲中心主義一個典型的代表,在論述美的觀念和藝術發展史當中,他以希臘藝術為藝術的最完善和最高的典範,同時又貶低埃及和其他的東方藝術。所以在我們這個時代,黑格爾美學和哲學都早已受到應得的批判。

可是我們從黑格爾美學中,從他對藝術本身性質的理解中,是否可以得到一點啟示呢?黑格爾認為藝術是理念和感性的物質形式完美的平衡,而一旦精神內容大於物質形式,就超出藝術本身性質的規定,藝術也就不足以表現這樣的精神內容了。這就是說,藝術不能脫離物質形式,不能脫離意象和形象,藝術不能也不必像哲學那樣直接表現抽象的精神理念。可是現代藝術的發展趨向,恰好是脫離物質形式和具體表像,以抽象的形式來表現抽象的觀念意識。以黑格爾對美和藝術的定義看來,現代藝術可以說充分表現了他所謂浪漫藝術內在的缺陷,就是以破碎疲弱的形式來表現本來就不是藝術可以或者應該去表現的東西。如果說對於一般人說來,哲學理論本身已經很抽象、虛玄、晦澀,那麼誰還願意去理會那種哲學化、意識化的藝術,誰還可以真正去喜愛那種藝術,也就是變得抽象、虛玄、晦澀的藝術呢?斯博爾丁說,曾有不少人對他說,他作為博物館負責人,應該喜歡現代藝術。可是他認為,「生活中固然有『應該』如何的地方,但藝術中卻完全沒有『應該』的餘地;藝術是一種禮品,而不是一種義務」。他又進一步說,那些勸他喜歡現代藝術的人,「都無一例外有既得利益在其間;他們都是靠現代藝術吃飯的人,不是現代藝術的生產者,就是現代藝術的買賣者、教員、評論家或博物館管理員」。[22] 這的確值得

---

[22] Spalding, *The Eclipse of Art*, p. 10.

我們注意。正如斯博爾丁所說：「既然現代藝術按其定義，本來就是要和
普通公眾過不去，那麼我們就可以說，人們不喜歡現代藝術也就理所當
然。如果現代藝術確實沒有什麼可取之處，人們不喜歡它也就更是理所當
然。」[23] 那些過度抽象或過度標新立異、以獨出心裁、驚世駭俗為唯一目
的，實際上又有許多功利考慮的所謂現代藝術，並不是表現藝術家深刻的
思想或真實的感情，也不是呼應社會和時代的精神需要，卻是市場炒作，
由一批經紀人、畫廊主管、評論家把持的商品。這樣的藝術，實在沒有什
麼藝術本身應該有的意義。

　　中國藝術有自己的傳統。自古以來，中國傳統書畫的發展就和西方
藝術完全不同，在觀念上也很不相同。文人畫傳統歷來不重形似而講究神
韻和意境，所以我們可以說，中國畫沒有西方寫實的傳統，沒有古希臘和
文藝復興時代表現理想化的人體那種逼真的藝術造型。但另一方面，中國
畫也講隨物賦形，主張師法自然，在中國藝術本身，那也是處理藝術再現
當中形似的問題，或者說精神觀念和藝術表現形式的平衡問題，然而中西
畫風各不相同。西畫在明末傳入中國，雖曾引起一陣驚歎，但很快就受到
文人畫家的抵制。晚年入基督教的畫家吳歷，雖然在宗教信仰上接受西
方，在藝術創作上卻仍然拒絕採用西洋畫法。吳歷在《墨井畫跋》裏說：
「我之畫不求形似，不落窠臼，謂之神逸。彼全以陰陽向背、形似窠臼上
用工夫。即款識，我之題上，彼之識下，用筆亦不相同。往往如是，未能
殫述。」[24] 讀清人鄒一桂《小山畫譜》，更可以明顯見出中西畫風之難於
調和。此書有一條專論「形似」，對傳統文人畫忽略形似，曾有尖銳的批
評。其中說：「東坡詩：『論畫以形似，見與兒童鄰。作詩必此詩，定知
非詩人。』此論詩則可，論畫則不可。未有形而不似而反得其神者。此老
不能工畫，故以此自文。」這顯然是從一個專工繪畫的藝術家立場，反對
文人貶低形似功夫的看法。所以他甚至敢批評大文豪蘇東坡，說「直謂之

---

[23] 同上，頁15。
[24] 吳歷，《墨井畫跋》，載沈子丞編《歷代論畫名著彙編》（北京：文物出版社，
　　1982），頁26。

門外人可也」。可是有趣的是，鄒一桂在同一本書裏講起西洋畫，雖然深知其形似逼真，卻仍然偏執一面。他首先承認「西洋人善勾股法，故其繪畫於陰陽遠近不差錙黍。所畫人物屋樹皆有日影，其所用顏色與筆，與中華絕異。布影由闊而狹，以三角量之。畫宮室於牆壁，令人幾欲走進」。但他接下去又說，西畫「筆法全無。雖工亦匠，故不入畫品」。[25] 由此可知，何以清代西洋畫家供職畫院，其中有像義大利人郎世寧（Giuseppe Castiglione）那樣的皎皎者，以油畫技巧結合中國傳統筆墨，創作出不少出色的作品，卻終究不能發生很大影響，也得不到文人士大夫們的普遍賞識。

　　其實中西繪畫風格各異，二者不必強合。懂得用不同目光和標準，去欣賞這迥然不同的兩種偉大藝術，才使我們的眼界更為開闊，修養更加豐富。中國藝術在近代以來，當然必不可免會受到西方文化的衝擊和影響，而且中國現代藝術也包括油畫、雕塑等來自西方的表現形式。但我們在今天思考中國藝術往後的發展時，必須正視西方現代藝術的困境和危機，注意避免其中的問題。追求怪誕、抽象和刻意新巧，絕不是藝術發展的正道；亦步亦趨，模仿連西方藝術批評家們也在質疑和批判那種頹敗的現代藝術，更是沒有出息的做法。當代中國有些故意怪誕的繪畫，在西方畫廊裏可以以驚人的高價出售，但如果僅僅以市場上的售價為成功的標誌，那就和藝術脫離開來，終究不是藝術，也就不必以藝術論之。

附記：西方現代藝術許多作品越來越脫離形體而趨於意念和抽象，使一般
　　　觀眾看不懂，卻通過商業化手段將其推向畫廊和藝術品市場。這幾
　　　乎成為一種藝術上皇帝的新衣，一般人不敢說破，但一些藝術批
　　　評家卻已開始討論這個問題。此文寫於二〇〇七年底，發表於《書
　　　城》二〇〇八年一月號。

---

[25] 鄒一桂，《小山畫譜》，同上，頁455，466。

盧山面目：論研究視野和模式的重要性

橫看成嶺側成峰，遠近高低各不同。
不識盧山真面目，只緣身在此山中。

——蘇軾《題西林壁》

Man anders versteht, wenn man überhaupt versteht.

—H. G. Gadamer, *Wahrheit und Methode*

如果我們有所理解，那就總是不同的理解。

——伽達默《真理與方法》

　　蘇東坡《題西林壁》這首帶禪偈意味的詩，因為講出人的眼界、視野和人的認識之間互動關係的哲理，歷來膾炙人口，千古傳誦。盧山面目因為人所在的地點位置不同，顯出不同的形狀，就說明人的理解和認識，都總是取決於觀察事物的眼界或者視野。此詩最有名是後兩句，「不識盧山真面目，只緣身在此山中，」似乎意味著要走到山外，才見得出山的全貌，於是說出了「旁觀者清，當局者迷」的道理。這樣解讀這首詩，就特別肯定局外人的觀點，而這對於美國或者西方的漢學說來，就特別有正面意義，因為西方的漢學正是從外部，而不是從內部當事人的角度來研究中國。正因為是局外人，漢學家或西方研究中國的學者就好像比一般中國人佔據了更有利的位置，可以保持一定的批評和思考的距離，從外面來研究

中國。許多研究中國的西方學者正是抱著這樣的看法，而在某一程度上，這看法也頗有道理，很符合蘇東坡詩中所展示的哲理，即關於眼界、視野，以及當局者迷的觀察和思考。

在哲學闡釋學中，眼界或視野（德文Horizont，英文horizon）恰好也是十分重要的概念。德國哲學家伽達默（Hans-Georg Gadamer）就說：「視野就是從某一特定觀點看出去視力所見那個範圍，包括所能看到的一切。把這個概念應用到思考的方面，我們就常說視野的狹隘、擴展視野的可能、打開新的視野等等。自尼采和胡塞爾（Edmund Husserl）以來，哲學裏就已採用這個詞來描述思想及其有限決定性之密切關係，或者視力所見範圍的逐步擴展。」[1] 我們每一個人都各有自己的眼界和視野，都從某一特定視野出發來觀察事物，而我們所能看見的一切都必須首先進入我們的視野，和我們「有限的決定性」密切聯繫在一起。於是視野形成我們理解的前提，也就是海德格爾所謂理解的先結構。在理解任何事物之前，我們對要理解的事物已經先有一定的概念，也就是我們的預期和預見，於是理解過程就成為所謂「闡釋的迴圈」。研究中國的西方學者，理所當然會從西方人的角度和視野出發來理解中國，然而正如伽達默所說，闡釋迴圈的要義並不在於證明理解難免迴圈，或說明我們視野的主觀性合情合理。恰恰相反，他明確指出，「一切正確的解釋都必須注意防止想當然的武斷，防止思考的習慣在不知不覺之間帶給我們的局限，都必須把目光投向『事物本身』」。[2] 當我們以這樣的哲學洞見來審視西方的漢學或者中國研究時，我們就會明白，以局外人觀點為優越並不是那麼合理，因為這往往過度強調自己主觀的角度，而忽視了他人的觀點，尤其是從內部來認識的觀點。

這正是二十多年前，柯文（Paul Cohen）在一部重要著作裏提出的主要論點。他在《在中國發現歷史》一書中，有意識要打破西方學者僅從外部看問題，從局外人的視野出發來研究中國歷史的老模式，並建立中國研

---

[1]　Hans-Georg Gadamer, *Truth and Method*, 2nd rev. ed., translation revised by Joel Weinsheimer and Donald G. Marshall (New York: Crossroad, 1975), p. 302.

[2]　同上，頁266-67。

究中的新模式。柯文檢討美國漢學的發展，指出在解釋從鴉片戰爭到義和團再到民國成立這段中國近代史時，一九五〇年代的美國學者大多離不開「西方衝擊」和「中國回應」的理論框架。他們總認為中國近代歷史如果沒有西方的衝擊，就會一直停滯不前，於是這種衝擊和回應的模式，就構成他們理解中國近代史的基本視野。與此緊密相關的是「現代化」的理論框架，即認為中國的近代史就是逐步進入現代化的歷史，而且現代化就等於西化，在這當中，西方及其理念自然成為極為重要的因素，而中國本身與此無關的因素，則並不那麼重要。可是在一九六〇年代後期，隨著反越戰的聲浪高漲，爭取公民權利的運動席捲全美國，美國和整個西方在思想意識方面，都出現了自我批判的傾向。在中國研究中，也隨之產生了另一種理論框架，柯文稱之為「帝國主義」框架。其實這是一個批判帝國主義的框架，這一西方自我批判的理論傾向認為，研究中國近代史，重點應該放在考察西方帝國主義如何抑制和妨礙了中國歷史自然發展的進程。然而這一框架雖然對西方抱批判的態度，卻仍然把中國近代史視為西方衝擊的歷史，只是對西方的衝擊不是肯定，而是抱著強烈批判的態度。柯文認為這三種思想模式——即「衝擊—回應」框架，「現代化」框架與「帝國主義」框架——都沒有充分注意中國歷史內在的脈絡，都是從局外人的視野來看中國，所以都「以不同的方式使我們對19、20世紀的中國產生了一種以西方為中心的曲解」。[3] 針對這種西方中心主義，柯文提出在美國的漢學研究中，要建立「以中國為中心的中國史」，並具體描述這種新研究模式說：

> 鑒別這種新取向的主要特徵，是從置於中國歷史環境中的中國問題
> 著手研究。這些問題有的可能受西方的影響，甚至是由西方造成
> 的；有的則和西方毫無聯繫。但是不管怎樣，它們都是中國的問

---

[17] 柯文，《在中國發現歷史——中國中心觀在美國的興起》，林同奇譯（北京：中華書局，2002），頁55。

題。說它們是中國的問題有兩重涵義：第一，這些問題是中國人在中國經歷的；第二，衡量這些問題之歷史重要性的準繩也是中國的，而不是西方的。[4]

柯文當然不是要求西方學者都變成中國人。他說：「西方史家面臨的嚴重挑戰，並不是要求他們徹底乾淨地消除種族中心的歪曲，因為這是不可能的；而是要求他們把這種歪曲減到最低限度，把自己解脫出來，從一種西方中心色彩較少的角度來看待中國歷史，因為要做到這點卻是可能的。」[5] 柯文所謂「中國中心觀」的要點，就在於承認中國近代史有自己內在的結構和發展趨向，而不是把西方外來的影響視為中國近代史演變中起決定作用的因素。他強調「中國人在中國經歷的」歷史，就是要力圖接近局內當事人的觀點和視野。他說他使用「中國中心」這個詞，目的就是要「描繪一種研究中國近世史的取向，這種取向力圖擺脫從外國輸入的衡量歷史重要性的準繩，並從這一角度來理解這段歷史中發生的事變」。[6] 柯文注重閱讀中文材料，從中國歷史本身的內在因素去尋找近代史演變發展的動因，概括說來，就是希望打破局外人隔靴搔癢、霧裏看花的局限，轉而瞭解局內當事人的眼光、視野和經驗，並力求在美國的中國研究中，超越西方中心主義偏見，開拓一個「中國中心」的模式。

在近年出版的一本書裏，柯文回顧八十年代初他寫作《在中國發現歷史》的情形，把他當時主要的想法講得更清楚。他說：「我始終關注的是決心要進入到中國內部，盡可能像中國人自己所經歷的那樣去重建中國歷史，而不是按照西方人認為重要、自然或者正常的標準。簡言之，我想要超脫被歐洲中心或西方中心偏見拖累的那些研究中國過去的方法。」[7] 他還

---

[4] 同上，頁170。

[5] 同上，頁53。

[6] 同上，頁211。

[7] Paul A. Cohen, *China Unbound: Evolving Perspectives on the Chinese Past* (London: RoutledgeCurzon, 2003), p. 1.

說：「我稱之為『中國中心』這一方法最主要的特點，就是盡量以設身處地的移情方式，像中國人親身經歷那樣去重建中國的過去，而不是按照從外面輸入的歷史問題意識來重建中國歷史。」[8] 柯文作為一個美國學者，自覺到局外人視野的局限，主動去打破西方中心主義的偏見，而力求從中國歷史內在的脈絡去理解中國近代史，就像伽達默所說那樣，「注意防止想當然的武斷，防止思考的習慣在不知不覺之間帶給我們的局限」，而把目光投向「事物本身」。這不僅值得我們敬重，而且在歷史研究中也是負責任的做法。

當然，進入內部，像中國人自己所經歷的那樣去理解中國歷史，並不一定就保證能把握歷史的全貌。從史學理論的角度去看柯文提出的模式，他要求史家像歷史的親身經歷者那樣去重建歷史，就有點接近維柯和尤其是十九世紀狄爾泰生命哲學的觀點。狄爾泰曾說：「歷史學之所以可能的第一個條件就是，我自己就是一個歷史的存在，研究歷史的人也就是創造歷史的人。」[9] 這當然是繼承維柯的思想，因為維柯針對笛卡爾以數學和自然科學為唯一可靠的認識這一觀點，提出人所能認識的乃是人自己創造的，而人類創造了歷史，所以人也最能充分認識歷史。然而，伽達默對此卻表示懷疑，他認為維柯這一理論並不能解決認識歷史的根本問題。「個人的經驗和對此經驗的認識，如何成為歷史的經驗」，也就是說，個別人的經驗和認識如何能展示歷史的全貌，「有限的人性如何可能達於無限的理解」，這始終是維柯或狄爾泰都未能解決的問題。[10] 重建歷史的面貌當然需要史家設身處地去體會過去的社會和歷史人物當時的情形，但「移情」並不能取代史家自己的視野而保證理解的「客觀性」。柯文的中文譯者林同奇先生就曾批評說，「史家不可能也不應該放棄自己獨有的立場，但是，移情方法的內在邏輯卻企圖使用並列雜陳的立場來取代這個中心出發點。這種做法不僅在理論上缺乏說服力，在實踐上也是行不通的。

---

[8] 同上，頁186。
[9] 轉引自 Gadamer, *Truth and Method*，頁222。
[10] 同上，頁222，232。

如何把多元的、分散的『局中人』觀點和關照全局的史家個人的觀點統一
起來，是中國中心觀面臨的又一潛在矛盾」。[11] 然而移情方法的問題，還
不僅僅是用並列雜陳的立場來取代一個能夠明察全局的中心出發點，而在
於在理解和闡釋的過程中，根本就不存在一個能明察全局的中心出發點。
這個道理，蘇東坡的詩裏不是已經說得很清楚了嗎？——「不識廬山真面
目，只緣身在此山中。」通過移情而體會到局內人的觀點，也只還是獲得
了受位置和視野限定的一種觀點。

　　柯文一方面強調用移情的辦法，從局內人和親身經歷者的角度來重
建中國近代史，但另一方面又提倡把中國在橫向上分解為不同區域，在縱
向上分解為不同社會階層，推動區域史和地方史的研究以及下層社會、包
括民間與非民間歷史的研究。這樣一來，就像柯文自己所說那樣，「這種
取向並不是以中國為中心，而是以區域、省份或是地方為中心」。[12] 他在
評論一九七〇年代以來美國學者在中國研究領域取得的許多成果時，就尤
其指出不同研究者受系統論、人類學等等各種社會科學方法的啟發和影
響，並給予肯定的評價。於是柯文的「中國中心」模式就呈現出另一個
特徵，那就是「熱情歡迎歷史學以外諸學科（主要是社會科學，但也不
限於此）中已形成的各種理論、方法與技巧，並力求把它們和歷史分析
結合起來」。[13] 由於這些社會科學的理論、方法與技巧都是西方學術的產
物，這個特徵與所謂「中國中心」的研究模式，其實就往往互相齟齬。如
果研究者認為有了來自西方社會科學理論的模式，產生一種優越感和「理
論複雜性」的自傲，那麼對於這「中國中心」的模式，就甚至會起暗中
瓦解的作用。一九七〇年代以來美國漢學的發展也證明「以中國為中
心」的模式並沒有真正取得主導地位；在整個西方的中國研究中，情形就
更是如此。

---

[11] 林同奇，〈「中國中心觀」：特點、思潮與內在張力〉，見柯文，《在中國發現
　　歷史》，頁25。
[12] 柯文，《在中國發現歷史》，頁178。
[13] 同上，頁201。

　　例如法國學者弗朗索瓦・于連在他一系列著作中，都明白區分歐洲
的自我和作為「他者」的中國，而且明確說，研究中國的目的，就是在
與中國的對比中反觀自我，即從中國的外部來反觀歐洲，最終「回到自
我」。[14] 他說，通過中國「迂迴」返回歐洲傳統這一策略，可以引導西方
學者「『進入』我們的理性傳統之光所沒有照亮的地方」。[15] 一個西方學
者拿中國來做反照自我的鏡子，本倒也無可厚非，可是以理性為希臘所獨
有，視中國則為「理性傳統之光所沒有照亮的地方」，就不能不令人懷疑
于連主張的「求異的比較」是以先入為主之見代替了對「事物本身」的觀
察和認識。由於其出發點是用中國來比照西方，所以于連往往舉出希臘或
歐洲的一個觀念，然後指出中國沒有這一觀念。例如他認為，希臘人和在
希臘思想影響下的西方人有抽象思維，中國人則只有具體的感覺，西方人
有哲學，中國則沒有哲學，西方人有真理的觀念，而中國人則不知道那種
區別於表面現象的、本質意義上的真理。于連說，希臘的真理概念和存在
的觀念互相關聯，而在中國，「由於不曾構想過存在的意義（在中國的文
言裏，甚至根本就沒有此意義上的『存在』這個字），所以也就沒有真理
的概念」。[16] 他又說「道」的概念在西方引向真理或超越性的本源，可是
在中國，「智慧所倡導的道卻引向無。其終點既不是神啟的真理，也不是
發現的真理」。[17] 可是這樣把中國和希臘做非此即彼的對比，對兩者都是
一種簡單化的理解。正如對希臘思想有深入研究的羅界（G. E. R. Lloyd）
教授指出的，我們至少可以「把希臘關於真理的立場分為三大類，近代我
們在真理問題上的辯論，多多少少都起源於這些不同立場的爭論。這三類

---

[14] 于連著作很多，反覆述說這一觀點。其近著《從外部（中國）來思考》，書
　　名就已標明此點。見François Jullien et Thierry Marchaisse, *Penser d'un Dehors:
　　Entretiens d'Extréme-Occident* (Paris: Éditions du Seuil, 2000).

[15] 于連，〈新世紀對中國文化的挑戰〉，《二十一世紀》（香港中文大學・中國文
　　化研究所），1999年4月號，頁18。

[16] François Jullien, "Did Philosophers Have to Become Fixated on Truth?" trans. Janet
　　Lloyd, *Critical Inquiry* 28:4 (Summer 2002): 810.

[17] 同上，頁820。

就是客觀論、相對論和懷疑論的立場」。[18] 既然古希臘人並沒有一個統一
的真理概念，而且希臘的懷疑論者根本否認有真理，或即使有真理，人也
不可能認識，那麼認為希臘人有真理概念而中國人沒有真理概念，就既簡
化了希臘哲學，也不符合中國古代思想的情形。

　　另一位法國學者謝和耐研究十七、十八世紀的禮儀之爭所體現的中西
文化衝突，也把基督教與中國文化之間的差異歸結到最根本的語言和思維
方式的層次，認為中西之間「不僅是不同知識傳統的差異，而且更是不同
思想範疇和思維模式的差異」。[19] 他認為中國人沒有抽象思維，中國語言
沒有語法，所以引申到哲學上，「存在的概念，那種超越現象而永恆不變
的實在意義上的存在，也許在中國人就是比較難以構想的」。[20] 在中國文
學研究中，史蒂芬‧歐文（亦譯宇文所安）也抱著類似看法。他認為中國
語言是「自然的」，不同於西方人為創造的語言，中國詩是自然的一種呈
現，而不同於西方模仿自然的想像虛構。西方詩人模仿造物者上帝，可以
從無到有創造出一個想像虛構的世界，中國詩人則只是「參加到現存的自
然中」。所以西方詩是一種創造，中國詩則構成一個「非創造的世界」，
中國詩人都像孔子那樣「述而不作」，中國詩「也被認為是完全真實
的」，其中沒有想像的虛構，而須按照字面意義去直解。[21] 像這類中西截
然對立的看法在漢學研究中還有不少，在此不必一一列舉，但這類研究都
有一個共同的問題，那就是不僅沒有注重「事物本身」的實際，而且都預
先設定一個西方的自我，然後把中國文化中的諸方面作為與之相反的對立
面來加以比照。而且這些西方學者討論中國的語言、文學、思想和文化，
都完全忽略中國學者的研究，這和「中國中心」模式提倡的「進入到中國

---

[18] G. E. R. Lloyd, *Ancient Worlds, Modern Civilizations: Philosophical Perspectives on Greek and Chinese Science and Culture* (Oxford: Oxford University Press, 2004), p. 53.

[19] Jacques Gernet, *China and the Christian Impact: A Conflict of Cultures*, trans. Janet Lloyd (Cambridge: Cambridge University Press, 1985), p. 3

[20] 同上，頁241。

[21] Stephen Owen, *Traditional Chinese Poetry and Poetics: Omen of the World* (Madison: University of Wisconsin Press, 1985), pp. 20, 84, 34.

內部，盡可能像中國人自己所經歷的那樣去重建中國歷史」，就根本背道而馳。

從中國學者的立場看來，西方人從外面看中國的這許多觀點和看法儘管不盡符合事實，卻也能使我們注意到在跨文化理解當中，由不同視野會產生不同的印象和觀念，於是對我們認識自己，也不是沒有一定的啟發和參考價值。越多瞭解別人對我們的看法，也越有助於認識我們自己。不過在這當中，我們自己的立場至為重要。在上個世紀很長的一段時間裏，我們的學術研究往往在思想意識方面受到太多教條的束縛，而且固步自封，對海外學術的情形幾乎完全沒有瞭解。但在近十多年來，西方著作，包括漢學著作，翻譯介紹得很多，大大增加了我們對西方在中國研究方面學術成果的瞭解。在這些新近介紹過來的漢學著作裏，有許多在我們看來是新鮮的觀點和完全不同的研究方法，所以自然引起大家的興趣和注意。但是，如果我們沒有自己的獨立見解和立場，不能依據事物本身的實際來做評判，卻人云亦云，甚至以為西方人的見解就一定高明，盲目聽從海外學者不一定正確的意見，那就失去了瞭解西方學術成果的意義，也不可能在平等對話的基礎上，與海外學術界做互有裨益的學術交流。

例如什麼是中國，歷史上有沒有一個中國的概念，就是中國學者不能不有自己明確看法的重要問題。西方關於民族國家的討論，自然以歐洲的歷史為基礎，於是認為民族國家的形成是與中世紀結束和近代開始同步發展的過程。用系統論研究世界歷史的沃勒斯坦就說：「現代國家是主權國家。主權是在現代世界體系中發明的一個概念。」[22] 他討論現代民族國家，完全以歐洲文藝復興和十六世紀以後的情形為基礎。可是中國的歷史，即具有「中國」這個概念而且有自我和他者即「華夷」或「夷夏」之分的文化和政治觀念的歷史，卻比歐洲文藝復興要早得很多。「中國」這兩個字和這個概念在殷商的甲骨文和青銅銘文中已經出現，更見於近三十

---

[22] Immanuel Wallerstein, *World-Systems Analysis: An Introduction* (Durham: Duke University Press, 2004), p. 42.

種先秦典籍之中。正如黃俊傑在討論古代典籍中「中國」概念的涵義時所說，這一概念表明，古人「在地理上認為中國是世界地理的中心，中國以外的東西南北四方則是邊陲。在政治上，中國是王政施行的區域，……中國以外的區域在王政之外，是頑凶之居所。在文化上，中國是文明世界的中心，中國以外的區域是未開化之所，所以稱之為蠻、夷、戎、狄等歧視性語彙」。[23] 李學勤在討論中國考古發現與古代文明研究時，也特別指出，「無論如何，中國文明的肇始要比一些人設想的更早」。[24] 中國與歐洲國家的情形當然有很多差異，但就其有明確的疆界、有區別於其他國家的主權意識而言，至少在宋代，「中國」就已經顯然具有民族國家的意義。這一意識的形成，正如葛兆光所說，不僅在古代為「中國」的正統性和中國「文明（漢族文化）」的合理性，提供一個構想和論述的背景，而且在近代更「成了近世中國民族主義思想的一個遠源」。[25] 我們當然不能籠統地認為，「自從盤古開天地，三皇五帝至於今」，中國就大致是我們今天所知道的樣子，因為無論就疆界還是就組成「中國」的族群而言，實際情形都在歷史上有許多變化。歷史的中國和今日中國的確有許多區別。但另一方面，用西方後現代主義和後殖民主義理論的尺度，來裁剪中國歷史和現實，把一個與歐洲有不同歷史的中國也說成只是一個「想像的共同體」，那也是毫無主見，而且大謬不然。對西方學者的理論和研究，我們不僅要多介紹，多瞭解，也必須有自己的見解和立場，要能夠在平等的基礎上，以探討學理的態度，作批判的理解和應對。

印度裔美國學者杜贊奇（Prasenjit Duara）研究中國近代史的著作《從民族國家拯救歷史》，就明顯表露出用歐洲歷史所產生的理論概念來討論中國歷史的尷尬。所謂從民族國家的虛假建構中「拯救歷史」，是指懷疑

---

[23] 黃俊傑，〈論中國經典中「中國」概念的涵義及其在近世日本與現代臺灣的轉化〉，《臺灣東亞文明研究學刊》3卷2期（2006年12月），頁93。

[24] 李學勤，〈中國考古學與古代文明研究〉，《中國古代文明十講》（上海：復旦大學出版社，2003），頁86。

[25] 葛兆光，〈宋代中國意識的凸顯——關於近世民族主義思想的一個遠源〉，《古代中國的歷史、思想與宗教》（北京：北京師範大學出版社，2006），頁151。

和批判「啟蒙歷史主體」和「線性歷史」的目的論觀念。杜贊奇提出所謂
「複線歷史」的概念,「強調歷史敘述結構和語言在傳遞過去的同時,也
根據當前的需要來利用散失的歷史,以揭示現在是如何決定過去的」。[26]
他一方面批評民族主義建構的大一統歷史敘述,認為「民族歷史把民族說
成是一個同一的、在時間中不斷演化的民族主體,為本是有爭議的、偶然
的民族建構一種虛假的統一性」。[27] 但在另一方面,他又不能不承認「至
今還沒有什麼能完全替代民族在歷史中的中心地位」。[28] 作為印度裔的學
者,他對於以歐洲歷史為模式的民族國家敘述,不能不抱有幾乎是本能的
質疑態度,因而不可能完全贊同民族國家是近代產物這一觀念。在討論西
方學者從「身份認同」來看民族國家的概念時,杜贊奇說:

> 蓋爾納和安德森視現代社會為惟一能夠產生政治自覺的社會形式,
> 把民族身份認同看成現代形式的自覺:作為一個整體的民族把自己想
> 像為一個統一的歷史的主體。實際的紀錄並不能給此種現代與前現代
> 的兩極化的生硬論點提供任何基礎。在現代社會和農業社會中,個人
> 與群體均認同於若干不同的想像的共同體,這些身份認同是歷史地
> 變化著的,而且相互之間常常有矛盾衝突。無論是在印度歷史上還
> 是在中國歷史上,人們都曾認同於不同的群體表述。這些認同一旦
> 政治化,就成為類似於現在稱之為「民族身份認同」的東西。[29]

　　這就是說,杜贊奇對於歐洲歷史產生的理論模式,抱有一個後殖民主
義理論家具有的警覺。他認識到,古代中國已明顯有民族的和文化的身份
認同,而「宋代對(漢族)族群國家的表述最為強烈」。[30] 然而他雖然討

---

[26] 杜贊奇,《從民族國家拯救歷史:民族主義話語與中國現代史研究》,王憲明等
　　譯(北京:社會科學文獻出版社,2003),頁3。
[27] 同上,頁2。
[28] 同上,頁4。
[29] 同上,頁42。
[30] 同上,頁47。

論中國和印度的傳統，他的著作卻並不是柯文所主張的「中國中心觀」。
事實上，對柯文提出的「中國中心方法」，杜贊奇明確提出如下的疑問：
「中國的歷史材料是否已預設某一特定的敘述結構可以為西方和中國歷史
學家洗耳恭聽並忠實地再現？或許歷史材料只是喧嘩的『噪音』，其意義
需靠歷史學家通過敘述來『象徵』性地揭示？」[31] 他在討論中國近代史的
著作中，大量借用來自西方人文和社會科學的理論概念和術語，是典型西
方學術論著的寫法。柯文對杜贊奇和何偉亞（James Hevia）等人的「後
現代主義史學」，也有不同看法，並提出了一些批評意見。他認為這種後
現代學術著作的缺陷在於「濫用抽象概念的表述和生造的術語」，這些學
者們「有一種相當糟糕的傾向，即在自己周圍築起一道學術高牆，讓人不
知道他們究竟要做什麼」。[32] 在柯文看來，這些充滿西方理論新奇概念和
術語的著作，離他所呼喚的「中國中心觀」的歷史著述，實在有很遠的距
離，在很大程度上，仍然是一種以西方（理論）為中心的研究。

　　到這裏讀者應該看出，在瞭解中國的歷史真相這一問題上，我既不認
為柯文的「中國中心觀」具有認識論上的優勢，也不認為從西方漢學家角
度出發就更能獲得洞見；無論局內人或局外人，都沒有什麼特殊渠道可以
直接通往對中國及其歷史、社會、文化和傳統的理解。局內人和局外人無
論多高明，都無可避免會受到他們各自視野和有限決定性之限制，在更糟
的情形下，局內人會有視而不見的盲點，局外人對事物則可能懵然不知，
或缺乏實感。無論局內人還是局外人，有些人會自認為能壟斷某種認識，
或在認識某事物方面具有特殊渠道。在發表於一九七二年一篇頗具洞見的
文章裏，著名社會學家羅伯特・默頓已經揭露了這類人的局限。默頓說：
「在結構的意義上說來，我們當然都既是局內人，也是局外人，是某些團
體的成員，有時也因此而不屬於別的團體；佔據著某一位置，也必然因此
而不可能佔據別的相應的位置。」無論就個人或集體而言，這當然都是不

---

[31] 同上，頁13。
[32] Cohen, *China Unbound*, p. 193.

言而喻的，但更重要的是我們應該看到「社會結構的關鍵事實，即人們具有的不是一個單一的位置，而是一整套位置：是各種互相關聯的位置連成一體，在彼此互動中影響他們的行動和他們看問題的角度」。[33] 阿瑪蒂亞・森在一本近著裏重新強調了這一關鍵事實，認為正是單一和排他性的身份認同造成了世界上各種的戰爭和衝突。他說：「暴力都是在老練的恐怖製造者鼓動之下，把單一好鬥的身份加於容易上當受騙的人們身上形成的。」[34] 他更進一步說，要理解自己的身份，我們就必須認識到我們的所屬是多元的，我們總有多重的身份：「我們每個人都在不同情形下具有各種不同的身份，起源於我們各自的生活，來自不同背景、不同場合或不同的社會活動。」[35]

對於多元和互相關聯的「位置」或多重「身份」有了這樣的認識之後，我們現在就可以得出結論說，以為只有中國人才能理解中國是愚蠢的看法，以為只有漢學家才可能提供關於中國真實而客觀的認識，也同樣是荒唐的看法。其實沒有哪一種視野或角度能保證更真確的認識，任何認識或學術研究都應該接受一套學理標準的檢驗，而這套標準必須超越本土學術與漢學之間，或局內人的歷史經驗與局外人的批判反思之間的對立。理解中國和中國歷史需要整合來自不同角度的不同觀點，但這種整合絕不是局內人和局外人觀點的並列，不是把中國本土學者的研究與西方漢學研究加在一起，而需要兩者的互動和相互發明。「我們不再問，究竟是局內人還是局外人具有壟斷式或特殊的渠道，可以獲得社會認識」，我們在此可以再引默頓的話來說明這一點。「我們卻要開始考慮在追求真理的過程中，他們各具特色和彼此互動的作用」。[36] 在追求知識的過程中，是局內

---

[33] Robert Merton, "The Perspectives of Insiders and Outsiders", in *The Sociology of Science: Theoretical and Empirical Investigations*, ed. Norman W. Storer (Chicago: University of Chicago Press, 1973), p. 113.

[34] Amatya Sen, *Identity and Violence: The Illusion of Destiny* (New York; W. W. Norton, 2006), p. 2.

[35] 同上，頁23。

[36] Merton, *The Sociology of Science*, p. 129.

人還是局外人和其所起的作用，往往毫不相干，為了達於更好的理解，我們必須隨時協調我們多元的立場和多重的身份，還有別人同樣多元的立場和多重的身份。

　　現在讓我們回到開頭所引蘇東坡的詩以及局外人與局內人的觀點和視野的問題。這首詩最後兩句最為有名，而這後兩句的確說的是局內人的盲點和局限。在一定意義上，可以說正因為最後兩句的成功，這整首詩反而成了這成功的犧牲品，因為我們如果仔細玩味東坡詩的含義，就可以明白這首詩並沒有特別肯定某一種視野和觀點，因為盧山面目是變化的，「橫看成嶺側成峰，遠近高低各不同」，近看固然不能得其全貌，遠觀也未必就能見出「盧山真面目」。我們從這首哲理詩可以得到的領悟，首先是「事物本身」是一種客觀存在，儘管人們「不識盧山真面目」，但這真面目的存在卻是無可否認的。我們對事物的理解總是受到我們自身眼界和視野的限定，所以不是純粹「客觀的」、唯一正確的理解。然而不僅局內人受到歷史存在的局限，局外人也一樣，所以認為東坡詩講的是「旁觀者清，當局者迷」的道理，就未免理解得太片面而膚淺。其實無論身處山中或山外，無論旁觀者或當局者，都只能從自己特定的視野去看山，去理解各種事物。用看山來比喻理解歷史，實在很有道理。英國學者E. H.卡爾在《什麼是歷史？》一書裏，就用了這樣的比喻。他在評論關於歷史理解的各種論點時，一方面破除實證主義簡單化的「客觀」概念，同時又用看山的比喻來論證我們有限的理解並不能否認「事物本身」的存在。他說：

　　　　不能因為一座山從不同角度看去，呈現出不同形狀，就認為客觀說
　　　　來這山或者完全不成形狀，或者有無窮無盡的形狀。不能因為在確
　　　　定歷史事實當中，解釋必然會起作用，或者因為現存的解釋沒有一
　　　　種是全然客觀的，就認為一種解釋和別的解釋沒有高下之分，或認
　　　　為歷史事實在原則上不可能有客觀的解釋。[37]

---

[37] E.H Carr, *What is History?* (Harmondsworth: Penguin Books, 1964), pp. 26-7.

　　我們現在可以明白，個人的理解和認識是有限的，所以從外部和從內部來認識歷史，都不能超脫我們歷史存在的局限，而要達到比較全面的理解，要能見出「廬山真面目」，就需要盡量綜合不同的看法和意象，以求接近「事物本身」的面貌。同樣，理解中國和中國的歷史、文學和文化，我們無須特別劃分局外人和局內當事人，或者把親身經歷的經驗和認識與外來的理論模式相對立。中國本身正在發生巨大而快速的變化，過去的許多固有觀念和印象越來越不符合中國的現實情形，在學術方面，無論就思想意識的環境還是就實際的研究成果而言，中國學者近一二十年內所做的研究，和以前的情形也已經有很大不同。在過去很長一段時間裏，西方漢學家們大多不注重中國學者的研究，認為那些研究受政治的控制和意識形態干擾，沒有很高的學術價值。如果說那種看法在過去不無道理，那麼最近十多年的情形已經有很大變化，中國學者在考古、歷史、文學和其他各方面的研究都取得新的成果，西方的漢學沒有理由再無視中國的學術研究。中國和海外學術交往和互動的機會正在迅速增加，我們早已經該打破「內」與「外」的隔閡，拋棄「社會科學模式」自以為是的優越感，也拋棄西方「理論複雜性」的自傲，融合中西學術最優秀的成果。只有這樣，我們才可能奠定理解中國及中國文化堅實可靠的基礎，在獲得真確的認識方面，更接近「廬山真面目」。

附記：　此文最早用英文寫成，在加州大學聖地牙哥分校二〇〇七年召開的一個學術會議上宣讀，後來用中文在復旦大學文史研究院演講，並發表在《復旦學報》二〇〇七年九月號。英文論文後來經過修改，發表在美國《歷史與理論》（History and Theory）雜誌二〇一〇年二月號。這次是依據發表的英文本對中文本稍加修改寫定。

記憶、歷史、文學

　　美國學者舒衡哲（Vera Schwarcz）從一個猶太人和漢學家的角度，對歷史和文化記憶問題做過一些很有意義的思考。她認為中國人和猶太人都特別注重記憶，而正是這種對歷史和記憶的高度重視，使中國文化和猶太文化歷經許許多多的劫難和痛苦而長存。當然，並不是只有中國人和猶太人才注重記憶，在西方語言裏，歷史這個字的詞根istor畢竟來自於希臘文，有「見證人」或者「知情者」的含義，而記憶或回憶這個字的詞根memor，也來自希臘文，就是「記憶」的意思。舒衡哲說得很對，儘管中國和猶太民族的文化和歷史都很不相同，但他們都特別注重記憶，不忘過去，於是「個人的回憶就變成記憶鏈條的環節，而這記憶的鏈條使中國人和猶太人的傳統得以從古代一直延續到現在」。[1] 一個有悠久歷史的民族必然是重視記憶的民族，無論是個人還是集體的記憶，無論是愉快或者痛苦的記憶，也無論是積極開放的或受到壓抑而隱秘的記憶，都是記憶鏈條的環節，而歷史就有賴於這記憶的鏈條。記憶的鏈條斷裂，歷史也就斷裂了。要恢復歷史，就必須修復而且保存那記憶的鏈條。舒衡哲在她的書一開頭就引用了《舊約‧詩篇》第137首裏令人印象深刻的詩句：「耶路撒冷啊，我若忘記你，情願我的右手忘記技巧，我若不紀念你，若不看耶路撒冷過於我所最喜樂的，情願我的舌頭貼於上膛。」作為研究中國的學者，她又引用了唐代詩人孟郊《秋懷》詩十五首之十四裏的幾個句子：「忍古

---

[1] Vera Schwarcz, *Bridge Across Broken Time: Chinese and Jewish Cultural Memory* (New Haven: Yale University Press, 1998), p. 4.

不失古，失古志易摧；失古劍亦折，失古琴亦哀。」把孟郊這幾句詩和
《舊約‧詩篇》裏那幾句放在一起，讀起來真好像暗中契合、遙相呼應。
古代猶太詩人和中國詩人都用詩句，都通過文學的手段告誡我們，不能忘
記過去，不能失去歷史。在這裏我們可以看得很清楚，記憶、歷史和文學
有非常緊密的聯繫。

中國有一句古老的成語說「前事不忘，後事之師」，意思是歷史的教
訓，後來人應該永遠記取。這句成語早在《戰國策‧趙策》裏就出現了。
漢代著名的思想家和文學家賈誼在《過秦論》下篇裏說：「鄙諺曰：『前
事之不忘，後之師也。』是以君子為國，觀之上古，驗之當世，參之人
事，察盛衰之理，審權勢之宜，去就有序，變化應時，故曠日長久而社
稷安矣。」這是從政治家治理國家的角度強調記憶或歷史教訓之重要。
把記憶寫成文字，永遠留存於後世，當然是歷史家的使命。司馬遷《太
史公自述》說：「廢明聖盛德不載，滅功臣世家賢大夫之業不述，墮先
人所言，罪莫大焉。」這是從歷史家的任務出發，從反面去說明記憶和歷
史之重要，如果不記載前人的豐功偉業，「墮先人所言」，那就是歷史家
最大的過失。無論是歷史人物的豐功偉績還是他們的名言雋語，都會隨生
隨滅，消失在時間的深淵裏。只有著於青史，載之典籍，才可能流傳於後
世而逃脫淹沒無聞的厄運，所以歷史是抵抗遺忘最有力的武器，而抹煞歷
史、歪曲歷史，忘卻集體的經驗和記憶，也就等於謀殺一個民族的精神生
命。古代希臘歷史家希洛多德說起他撰寫《歷史》，與司馬遷的話竟然十
分相近，因為他說他之所以記敘歷史，也是為了保存記憶，抗拒遺忘。有
歷史的敘述，「時間才不至使人們創造的一切失色暗淡，希臘人和野蠻人
都有的那些壯烈偉大的事功，才不至無人傳述」。[2] 所以無論是希臘人，中
國人還是猶太人，可以說人類各個民族都有自己的記憶，都有自己歷史的
敘述。

---

[2] Herodotus, *The History*, trans. David Green (Chicago: University of Chicago Press, 1987), p. 33.

歷史的敘述能夠保存記憶，抵抗遺忘，其前提是歷史的敘述能夠再現歷史和現實的經驗，能夠給後人以真實可靠的記敘。當然，歷史家和其他人一樣，也會受他們所處歷史、社會和文化環境的局限，他們所寫的歷史和他們的思想意識密切相關，可能有獨到的見解和洞識，但也可能有他們的偏見。不過歷史有歷史事實為依據，人們也就可以根據事實和器物來驗證歷史敘述的可靠性。歷史和歷史敘述之間的差距，可以說總是存在的，而一般說來，人們既不會把歷史敘述當成完全真實可靠的歷史事實之再現，也不會完全否認歷史敘述的真實可靠性質。不過在二十世紀西方的文學理論以及文化批評理論中，卻有推翻過去各種理論觀念的趨向，對再現、事實、歷史等等基本觀念，都抱懷疑甚至否定的態度。

記憶、歷史和文學的關係，在二十世紀西方有很多理論探討，其中尤其以海頓·懷特的論述最有影響。懷特強調歷史家撰寫歷史和小說家創作小說，使用的是同樣的修辭手段，有同樣的敘事結構，所以歷史家自以為所記述的都是真實可靠的「事實」，有別於小說家的想像和虛構，那其實只是「歷史家的虛構」。懷特說，撰寫歷史從頭到尾都「無可避免是詩性的建構，因而有賴於比喻性語言的模式，而只有這種比喻性的語言，才可能使這一建構顯得圓滿一致，有條有理」。[3] 於是懷特認為，歷史和小說實在是大同小異，歷史敘述和文學敘述並沒有本質的區別。對於盲目相信歷史都是實錄，文學只是虛構那種簡單的看法，懷特這個觀念當然有批判的作用。不過這也算不得什麼新奇的理論，在中國傳統中，像《史記》、《資治通鑒》這樣的歷史著作，從來就以刻畫人物和事件栩栩如生，傳神感人而著名，讀者對其文學價值，從來也就有很高的評價。不過中國傳統上，卻並沒有把歷史和文學混為一談。《尚書》武成篇描述武王伐紂，戰爭之殘酷使「血流漂杵」。可是周武王既然率領仁義之師去討伐暴君殷紂王，那麼戰爭再怎麼殘酷，也哪會至於讓交戰雙方的將士們血流成河，可以把木棒都漂起來呢？孟子讀到這明顯誇張的描寫，就說：「盡信

[3] White, *Tropics of Discourse: Essays in Cultural Criticism*, p. 98.

《書》，則不如無《書》」（《盡心》下）。這說明孟子對歷史的記載，要求誠信而反對誇張。可是《詩經》裏有一首《雲漢》之詩，其中說：「周餘黎民，靡有孑遺」，意思是說大旱之後，周朝的老百姓沒有一個活下來。這顯然是誇張的說法，可是這一回孟子卻沒有說，「盡信《書》不如無《書》」，反而主張去體會詩人的用意，不要死板理解詩中字句。他要求「說詩者，不以文害辭，不以辭害志；以意逆志，是為得之」（《萬章》上）。這說明中國古人明確認識到，詩或者文學語言可以用誇張、比喻等修辭手段，不必字字求實，但歷史敘述則不能言過其實，而必須真實可信。

　　懷特強調歷史敘述的文學性，這本來有一定的道理，但在當代西方批評理論中，這個觀念卻往往走到另一個極端，好像歷史和文學毫無區別，都是受某種意識形態所控制的虛構。這就抹煞了歷史和文學之間的區別，甚至事實和虛構之間的差異，也就否定了歷史作為人生經歷和實踐經驗的意義。正是在這裏，我們需要重新強調記憶的重要。記憶是事實和人生經歷在我們頭腦和心靈上留下的印記。記憶是追敘歷史的依據，無論個人的歷史還是整個民族或國家的歷史，都有賴於我們個人或集體的記憶，有賴於把記憶固定下來的文獻記載以及各種器具實物。歷史敘述的確像文學敘述那樣，使用類似的修辭手段，甚至免不了設身處地的想像，也的確像文學敘述那樣，需要選取材料，佈局謀篇，但這並不就使歷史等同於小說。歷史必須憑藉記憶，依靠事實，而不能憑空虛構。否認歷史和虛構之間的界限，就抹煞了記憶和事實，瓦解了歷史的基礎，使我們沒有任何依據去反對捏造事實、竄改和歪曲歷史的做法。過去和現在都有人出於各種動機，歪曲和竄改歷史。例如有人否認納粹德國曾經對猶太人有種族滅絕的大屠殺，也有人否認在第二次世界大戰中，日本侵略者曾經犯下南京大屠殺的罪行。不承認有事實、真理和可靠的歷史敘述之可能性，好像誰掌握了所謂話語霸權，誰就可以講述歷史，似乎世間沒有事實和真理，一切不過是成王敗寇的權術，那算得什麼高明的歷史哲學呢？如果我們聽從這種成王敗寇的理論，我們就無法駁斥納粹分子或日本軍國主義分子對歷史的

歪曲。不僅如此，認為歷史只是一種文學想像式的虛構，就完全忽略了歷史家的道德責任，也就是中國傳統中所謂歷史家的「史德」。許許多多在歷史中沒有機會和力量說話的人，歷史中許多無言的犧牲者，歷史家有為他們代言的責任。歷史家不能歪曲史實，竄改史實，也不能掩蓋史實，這就是「史德」。討論歷史敘述，不應該忽略了史德即歷史家道德責任的問題。

歷史的確常常被歪曲，被抹煞。捷克作家米蘭‧昆德拉有一部小說叫《笑與遺忘之書》，一開頭有一段十分精彩而讓人忍俊不禁的描述，可以做一個極好的例證。那是一九四八年二月某日，時值嚴冬，大雪飛揚，捷共領袖哥特瓦爾德站在布拉格一個宮殿的露臺上，對聚在下面的大眾百姓們講話。他光著頭，沒有戴帽子，他的戰友弗拉基米爾‧克勒門替斯正站在他近旁。昆德拉寫道：「克勒門替斯滿懷關切，急忙摘下自己的皮帽，把它戴在哥特瓦爾德頭上。」[4] 官方攝影師抓住了那個珍貴的鏡頭，表現出捷共領導人親密無間、團結一致，宣傳部門也立即印製了成千上萬的照片，務必使這一光輝形象在捷克家喻戶曉，婦孺皆知。昆德拉描述說：「每個兒童都熟知那幅照片，在宣傳畫上，在教科書裏，在博物館裏，到處都看見過那幅照片。」可是當時的捷克政壇卻風雲變幻，陰晴無定，政治人物的命運說變就變，沒有一個準。在這種情形下，歷史記敘的穩定性——或者一幅著名照片的穩定性，反倒成了一種令人難堪的記錄和把柄，一個恨不得藏起來不讓人知道的秘密。昆德拉也許忍住笑，用平鋪直敘的語調寫道：「四年之後，克勒門替斯被控叛國罪並處以絞刑。宣傳部門立即使他從歷史上，當然也從所有的照片中消失。從此以後，哥特瓦爾德就獨自一人在露臺上。曾經是克勒門替斯所站那處地方，只見得空白一片宮牆。除了哥特瓦爾德頭上那頂皮帽，克勒門替斯整個兒消失得沒有剩下一絲蹤影。」[5]

---

[4] Milan Kundera, *The Book of Laughter and Forgetting*, trans. Aaron Asher (London: Faber and Faber, 1996), p. 3.
[5] 同上，頁3-4。

　　讀到這裏，我們大概會忍不住笑，我們笑那些政壇要員在宦海中沉浮，笑宣傳部門出爾反爾，但無法真正抹去哪怕一煞那的歷史。我們之所以笑，是因為昆德拉尖刻的政治諷刺揭露出社會現實中那種荒唐得讓人不可能忘卻的荒唐，而過去的歷史時刻正是在人們所見所知的記憶裏，通過小說的敘述存留下來。昆德拉的小說固然是文學的敘述，但又有歷史事實雜入其中，得到現實記憶的支援，所以他的作品回憶過去，也幫助人們回憶過去。《笑與遺忘之書》這書名於是具有反諷的意味，為我們指出記憶、歷史與文學的關聯與混合。

　　從上面對昆德拉作品簡單的討論，我們可以知道文學敘述，小說，並非純粹向壁虛構。哪怕充滿想像的虛構，也仍然有現實和歷史為基礎。十九世紀的寫實主義小說，像巴爾扎克、狄更斯、喬治·愛略特、托爾斯泰等人的作品，具體入微地描繪了十九世紀的歷史和社會現實。文學虛構雖然不是歷史事實，但文學可以給人以現實感，在某種意義上可以比一般文件記錄更貼近歷史的總體和本質特徵。恩格斯在給哈克納斯的一封信裏曾經讚揚巴爾扎克，說在《人間喜劇》的一系列小說裏，巴爾扎克幾乎一年復一年地詳細描述了從一八一六到一八四八年這段時期法國社會的歷史，揭示出新興資產者對貴族社會日益增大的壓力。恩格斯甚至說，巴爾扎克創造了「一部完整的法國社會史」，他從巴爾扎克小說裏瞭解到的法國社會，「比那一時期專業的歷史學家、經濟學家和統計學家合在一起還要多」。[6] 巴爾扎克的小說不是歷史，但《人間喜劇》揭示的十九世紀法國社會形形色色的發展變化，又是一般具體記實的歷史文件所不能充分顯示的。亞里斯多德在《詩學》裏比較詩和歷史，早說過「歷史講述的是已經發生的事，詩講述的是可能發生的事。由於這個原因，詩比歷史更帶哲學性，更嚴肅；詩所說的是普遍的事物，歷史所說的則是個別的事物」。[7]

---

[6] Friedrich Engels, "Letter to Margaret Harkness, April, 1888" in Karl Marx and Friedrich Engels, *Literature and Art: Selections from their Writings* (New York: International Publishers, 1947), p. 43.

[7] Aristotle, *Poetics*, trans. Richard Janko (Indianapolis: Hackett Publishing, 1987), p. 12.

亞里斯多德認為詩，即後來所謂文學，不局限於個別事物的特殊性，所以比歷史更能表現帶普遍意義的事物的本質。不過歷史的意義也並不在過去事物的本身，而在於過去對於現在甚至未來的意義。北宋司馬光編著歷史，稱《資治通鑒》，英國十六世紀以來多次重編的史書題為*A Mirror for Magistrates*，譯成中文可以說正是《資治通鑒》。因此，歷史和文學都可以通過具體事物的敘述表現一種超出具體事物的普遍性，我們從歷史的敘述和文學的敘述，都可以得到啟迪，有益於我們的現在和未來。

　　西方文學研究自二十世紀七十年代以來，各種批評理論佔據了主導地位，包括海頓・懷特強調歷史敘述之修辭比喻性質的理論。不過進入二十一世紀，理論熱逐漸在消退，學者們越來越不滿於過度強調理論而忽略文學本身，也越來越質疑某些走向極端的理論觀念。否認歷史敘述與文學敘述的差別，模糊歷史與虛構之間的界限，就是這樣一種極端的理論觀念。研究歷史理論的荷蘭學者安凱斯密特在討論歷史再現的一本近著裏，就批評文學理論不重視真實性和意義這類在歷史中十分重要的觀念，批評文學理論基於一種與社會歷史和社會現實完全脫節的語言哲學。安凱斯密特說：「在文學理論的語言哲學裏，核實和意義都不幸只是一些無足輕重、遭人鄙棄的次要東西。這對於文學理論主要在於闡明文學的目的說來，並沒有什麼災難性的後果，因為真理和核實在那裏本來就不會起什麼特別重要的作用。可是歷史寫作的情形顯然與此不同，在歷史寫作中，作為語言哲學的文學理論就可能變成一種嚴重的障礙，令史學理論家完全割斷歷史敘述及其所關切的歷史之間的聯繫。」[8] 在文學研究中，一些批評家重新審視文學、尤其是小說創作中的寫實主義傳統。莫里斯・迪克斯坦在一本討論十八至十九世紀寫實主義文學的近著裏，就說那時對文學的理解中，「最核心的觀念莫過於作品與『真實世界』的互相關聯。大家坦然認為文學，尤其是小說，寫的是我們在文學之外所經驗的生活，是我們的社會生

---

[8] F. R. Ankersmit, *Historical Representation* (Stanford: Stanford University Press, 2001), p. 21.

活、情感生活、物質生活,是某個時間和地點的具體感覺」。[9]他批評近二十年來的後現代主義理論瓦解了文學與現實生活的聯繫,認為我們現在應該重新認識文學對於人生的意義。另一位批評家彼得・布魯克斯也說,二十世紀文學理論貶低了文學再現生活的意義,常常把巴爾扎克式的寫實主義小說當成批評的靶子,以為那代表了對文學再現一種幼稚的認識,完全缺乏當代理論對語言符號系統性質的複雜認識。但布魯克斯認為,這種自以為高深的理論只不過是「對巴爾扎克以至整個寫實主義傳統盲目的觀點。」[10]布魯克斯認為文學滿足人一個最基本的慾望,那就是通過遊戲來控制現實環境,體驗我們自己創造、自己可以掌握的一個世界,但那又是「一個可以栩栩如生的、『真實』的世界,雖然同時我們也可以感覺到,那只是一個假裝出來的世界」。[11]文學的確可以是一種虛構,但那種虛構往往有現實和現實經驗作為基礎,和我們的生活體驗和記憶相關,也可以幫助我們記憶個人和集體的歷史。現在的確是我們重新審視二十世紀文學理論的時候了,也是我們重新認識記憶、歷史與文學之間相輔相成之關係的時候了。以為文學像鏡子那樣反映生活,當然是一種簡單幼稚的看法,但以為文學純粹是語言符號的遊戲,與現實和歷史記憶毫不相干,沒有任何見證或再現人生的價值,那也是錯誤的觀點。

附記:二〇〇七年十月,北京外國語大學《外國文學》編輯部與解放軍外
　　　國語學院在洛陽聯合舉辦了「歷史、記憶、文學」學術研討會,本
　　　文即在此研討會上宣讀,後來發表在《外國文學》二〇〇八年一月
　　　號。文中討論了記憶、歷史與文學之關係,並對文學理論,與其是
　　　海頓・懷特的理論提出質疑。

---

[9] Morris Dickstein, *A Mirror in the Roadway: Literature and the Real World* (Princeton: Princeton University Press, 2005), p. 1.

[10] Peter Brooks, *Realist Vision* (New Haven: Yale University Press, 2005), p. 7.

[11] Brooks, *Realist Vision*, p. 2.

二〇〇八－二〇一〇紀事

　　二〇〇八年，應邀參與延世大學辦的英文刊物《技術－想像－未來》（*Technology-Imagination-Future*）編輯部。

　　二〇〇九年二月，被選為瑞典皇家人文、歷史及考古學院外籍院士。香港城大郭位校長在三月初為我舉辦了一個慶祝會，來參加的人很多，除本校同事之外，還有如李歐梵、陳方正、羅志雄、毛俊輝、鍾玲、Henry Steiner、榮新江、傅傑等諸位朋友。九月底十月初，我應邀到瑞典皇家學院演講，同時又到了丹麥、芬蘭和挪威訪問，返港後寫的《北歐記行》一文已收在本書裏。

　　二〇〇九年五月，由葛兆光教授發起，復旦大學研究生院、文史研究院和復旦大學出版社合力出版一套「研究生學術入門手冊」。我最早回應，寫出了《比較文學研究入門》，二〇〇九年由復旦大學出版社印行。

　　二〇一〇年三月中旬，第一次參加瑞典皇家人文學院的慶典，並在斯德哥爾摩大學演講，在去瑞典前後，到倫敦大學亞非學院和愛丁堡大學演講。

　　四月中到美國東海岸，十二日先在哈佛大學比較文學系做二〇一〇年的波吉奧里講座（The Renato Poggioli Lecture），十三日在耶魯大學東亞研究中心演講，十五日在韋斯里大學曼斯費爾德・弗里曼東亞研究中心做二〇一〇年的弗里曼講座（The Mansfield Freeman Lecture）。

　　二〇一〇年五月，《靈魂的史詩〈失樂園〉》由臺灣大塊文化出版。

　　二〇一〇年五月下旬，美國《新文學史》（*New Literary History*）主編瑞塔・費爾斯基（Rita Felski）來信，邀請我擔任這份刊物的顧問編輯。《新文學史》在美國人文學科雜誌中有很高聲望，其顧問編輯包括像伊琳・希蘇（Hélène Cixous）、喬納森・卡勒（Jonathan Culler）、詹明信（Fredric Jameson）、瑪莎・努斯鮑姆（Martha Nussbaum）和海頓・懷特（Hayden White）等知名學者。

　　二〇一〇年八月，在韓國首爾召開了國際比較文學學會第十九屆大會，在這次大會上，我獲選為國際比較文學學會執委會（Executive Council）委員。

約翰・韋布的中國想像與復辟時代英國政治

　　十七世紀的英國革命不僅推翻了王權，而且在一六四九年一月砍掉了國王查理一世的頭。但克倫威爾的新政不久就在內戰中失利，查理二世在一六六〇年五月從海牙重返倫敦，並在一六六一年四月二十三日於西敏斯特大教堂加冕，成為革命後第一位英國國王。這就是英國歷史上所謂王政復辟（Restoration）。復辟時代當然推翻了克倫威爾攝政時的許多政策決定，但也並未能全面推倒重來，完全恢復革命之前絕對專制的王權。相對於國王，國會的力量顯然比革命前強大，所以在二十多年後的一六八八年，就有所謂「光榮革命」（Glorious Revolution），開始了英國的議會民主制。正是在這樣一個大背景之上，我們可以嘗試去理解一件看來似乎很奇怪的事，那就是查理二世時一位完全不懂中文的建築師，居然寫了歐洲也許是最早的一部專論中文的書。這就是約翰・韋布（John Webb）發表於一六七八年的一本奇書，《論中華帝國之語言可能即為原初語言之歷史論文》（*An Historical Essay Endeavoring a Probability that the Language of the Empire of China is the Primitive Language*）。作者既然不懂中文，本來的行當又是建築設計而非語言文字，寫這樣一本書豈非咄咄怪事？再看此書內容，以中國人為諾亞後裔，認為中文就是上帝造人之後，亞當和夏娃在伊甸樂園裏說那種語言，更似乎荒誕不經。所以韋布其人其書只在研究十七世紀西方有關普世語言之幻想或研究中西關係的文章裏偶爾提及，而且往往一筆帶過，很少引起學者們的重視。然而，止如數年前英國學者瑞琪爾・蘭姆塞（Rachel Ramsey）所說，「把韋布的《論文》放到十七世紀有

關伊甸園中『原初語言』的爭論當中，放到有關中國歷史悠久、把和諧昌盛的中華帝國理想化的爭論當中，其深刻的政治意義就顯露出來了。」[1]在此，我就打算把韋布這本書放回十七世紀英國復辟時代的政治和歷史環境中去，在當時有關「原初語言」的爭論中去理解其意義。

十七世紀的歐洲，包括英國，宗教的背景相當重要。天主教與新教之爭是一個歷史的大背景，英國國教即安格魯教會脫離了羅馬天主教，更激進的清教則是英國革命背後的思想支撐，所以英國革命有時也稱清教革命。但無論天主教或新教、英國國教或清教，畢竟都是基督教，而新教尤以《聖經》為信仰的經典和基礎。十七世紀英國大詩人約翰·彌爾頓（John Milton, 1608-1674）曾積極參與英國革命，王政復辟時，他已經完全目盲，勉強得以保全性命，幽居退隱，並且以驚人的毅力和創造力，寫出了一部拉丁文的《基督教義》和取材《聖經》的不朽史詩《失樂園》。可見宗教信仰在當時是多麼重要，而基督教《聖經》又是這一信仰的依據和基礎。無論在實際的信仰還是在理論的闡發上，當時英國人都以《聖經》為無可爭辯的權威，這是我們必須明白的一點，而這一點對我們理解韋布有關中國語言的著作甚為重要，也特別值得留意。

約翰·韋布和彌爾頓完全不同，在英國內戰時期和後來克倫威爾新政直到王政復辟，他都始終站在王黨一邊。韋布生於一六一一年，生性聰穎，一六二八年才十七歲，就成為當時英國著名建築師茵尼戈·鐘斯（Inigo Jones）的學生，後來還娶了鐘斯的侄女為妻。鐘斯負責監管國王委派的各項工程，而韋布在一六三三至一六四一年成為鐘斯的助手。英國革命開始，查理一世離開倫敦，北上到王黨勢力最強的牛津，鐘斯也隨從國王逃往牛津，而韋布則留守倫敦，成為鐘斯的代表。一六四三年，因為有人揭發鐘斯依附王黨，韋布也被解職。據說他在那段時間曾繪製倫敦城防圖，和一些珠寶偷偷運送給國王，並且因此被拘捕。一六四九年查理一

---

[1] Rachel Ramsey, "China and the Ideal of Order in John Webb's *An Historical Essay …*", *Journal of the History of Ideas*, vol. 62, no. 3 (July 2001), p. 483. 本文所述韋布生平，多以此文為據。

世被送上斷頭臺後，韋布曾為一些貴族修建鄉間別墅，但由於與王黨的關係，他始終未能在政治上受重用。一六五二年，鐘斯去世，韋布成為他的繼承人，是當時英國極有經驗和才能的建築師之一。一六六〇年，查理二世返回英倫，曾經忠於國王的王黨們，自然都希望得到報償。然而王政復辟時代的英國仍然面臨許多政治和經濟的問題，加上有各種政治勢力的平衡或衝突，造成權利分配的複雜，於是王黨中人並非都能如願以償，得到自以為應該得到的職位或報酬。韋布的情形就正是如此。王政復辟之後，皇室決定的建築計畫就多有改變，並改換皇家檢測官員，目的都在重新分配權力和利益。韋佈滿以為憑他的忠誠和他作為鐘斯的繼承人，檢測員的職位非他莫屬，但查理二世卻委派詩人約翰・鄧韓爵士（Sir John Denham）為檢測官，不免使他大失所望。韋布曾上書給國王，抱怨說鄧韓爵士就算有一點普通世紳都有的建築常識，卻絕沒有任何實踐經驗。然而查理二世在一六六三年親自要韋布到檢測官辦公處，為鄧韓副手，每年有兩百英鎊的俸祿，主要負責格林威治宮的修建。其實鄧韓只是掛名而已，韋布負責許多具體工作。查理二世還許諾說，將來會考慮讓韋布擔任皇家檢測官。可是鄧韓在一六六九年去世，查理二世並沒有履行他的諾言，卻委任了比韋布年輕二十來歲、那時還沒有什麼實踐經驗的克利斯托弗・倫（Christopher Wren）擔任皇家檢測官。這在韋布當然是極其失望而且憤憤不平的事情，但在當時的英國，貴族靠血統世襲，一般人要謀求一個職位，做一點事情，都必須要投靠貴族，得到國王的嘉許任命。韋布深感懷才不遇，不能施展自己的抱負，但也無可奈何。在皇家工程部門服務四十餘年之後，他最後在一六六九年退休，終老在索墨瑟特（Somerset）家中。

王政復辟之後的英國，內戰的創傷隨處可見，一六六五年有瘟疫流行，一六六六年倫敦又發生大火，幾乎把全城房舍都化為灰燼。所以復辟時代的英國，在政治經濟各方面都面臨諸多困難，而這恰好是整個歐洲思想和政治逐漸發生變化，科學和理性的啟蒙思想開始興起，教會和王權的權威愈加動搖的時代。歐洲啟蒙思想家們在對自己的傳統發生懷疑、展開批判的同時，也自然希望在歐洲之外去尋求新的思想資源，於是對當時新發現的美洲和對

傳統上最不瞭解的東方，尤其是中國，都產生了許多一半基於現實、一半源於幻想的觀念。例如法國著名思想家和散文家蒙田（Michel de Montaigne, 1533-1592）就曾著文討論南美洲巴西的食人族，他們有將戰俘吃掉的習俗，看來相當野蠻，但蒙田卻借題發揮，以此來批判歐洲人自己，認為那些天性純潔而勇猛的食人族其實比腐敗墮落的歐洲人文明得多，歐洲才是真正的野蠻。蒙田說，那些食人族只是在純粹自然的意義上，才可以說具有野性，因為「自然的法則仍然規範他們的行為，而很少受到我們人為法律的腐化」。他們吃人固然野蠻，但他們至少是吃已經殺死的人，但在歐洲，卻有「把活人生吃的更野蠻行為」。[2] 在那篇文章結尾，尋常的概念和價值完全被顛覆，蒙田最後得出結論說，巴西的食人族其實比「文明」的歐洲人更純善，而相比之下，歐洲人「在每一種野蠻行為上」都有過之而無不及。[3] 正如批評家托多洛夫所說，蒙田此文「其實是對所謂『食人族』的讚美，也是對我們社會的譴責」。[4] 我們可以把蒙田論「食人族」的文章視為當時歐洲思想家對歐洲文化批判的代表，而在這種批判中，他們往往把歐洲以外的文化和風俗理想化，作為衡量的尺度來揭露歐洲的腐敗與弊病。

在十六、十七世紀的歐洲，正如蒙田所說，人們對「遙遠地方的政府、風俗和語言」都產生了極大興趣。[5] 也正是在這個時候，義大利人利瑪竇（Matteo Ricci, 1552-1610）和其他耶穌會傳教士來到中國，發現在歐洲之外一個有悠久歷史、豐富文化傳統和高度發展的文明。耶穌會教士關於中國的報導在歐洲引起極大興趣，從中國運送來的絲綢、瓷器、茶葉、香料等器物，在歐洲也受到人們的普遍歡迎，產生了所謂「中國風」或「中國熱」（chinoiserie）。歐洲人普遍認為中國是一個物產非常豐富、人們的生活舒適而富裕的國家。歐洲啟蒙時代的思想家們，尤其是萊布尼茲（Gottfried

---

[2] Michel de Montaigne, "Of cannibals", I:31, *The Complete Essays*, trans. Donald Frame (Stanford: Stanford University Press, 1965), pp. 153, 155.

[3] Ibid., p. 156.

[4] Tzvetan Todorov, "L'Etre et l'Autre: Montaigne", trans. Pierre Saint-Amand, *Yale French* Studies 64 (1983), p. 122.

[5] Montaigne, "Of presumption", II:17, *The Complete Essays*, p. 480.

Wilhelm Leibniz, 1646-1716）和伏爾太（Voltaire, 1694-1778），都在耶穌會教
士報導的基礎上，把中國理想化，作為歐洲可以參照的一個社會模式。對
於啟蒙思想家和文人們說來，中國使他們最讚賞的，一是擺脫教會控制的
世俗社會，另一個則是以文取士的科舉考試制度。前者對於經過極殘酷的
宗教戰爭而逐漸走向政教分離的歐洲，自然有很大的吸引力，而後者比起
血緣世襲的貴族制度，也更合乎情理，更有利於人才的發展和社會升遷的
靈活性及穩定性。十七世紀正是中國風在英國刮得最盛的時候，而正是在
這樣的背景之上，我們可以理解韋布那本討論中國語言及文物制度的奇書。

　　歐洲傳教士關於中國的報導中，往往提及中國的語言，而許多思想家
就根據這些報導來展開討論。西班牙耶穌會傳教士門多薩（Juan Gonzales
de Mendoza, 1540-1617）在一五八五年發表了《中華大帝國史》，一五八
八年就有英譯本問世。這部書詳盡描述中華帝國幅員廣大而且非常富裕，
也介紹了中國的語言文字。英國著名哲學家培根（Francis Bacon, 1561-
1626）大概就依據門多薩的著作，說中國人「書寫實體的方塊字，這些字
既不表現一般的詞，也不表現字母，卻表現事物或概念」。[6] 如果中文字
既不表現詞，也不表現字母，也就是說，按亞里斯多德設定的原則，既不
表現思想的形象，也不表現思想意象在拼音文字中的傳達，那麼就可以把
中文視為一種原始的語言。然而在十七世紀，所謂「原始」（primitive）
這個詞卻有特殊的含義，我們在此最好把這個字翻譯成「原初」也即「最
早」的意思，而所謂「原初語言」（primitive language）是指上帝造人之
後，亞當和夏娃與上帝通訊交往時使用的語言。那時候亞當和夏娃還沒有
違背上帝禁令、偷食禁果而犯下原罪，所以他們那時說的是人類最早最純
潔的語言。在十七世紀，歐洲哲學和神學中出現了尋找「原初語言」的思
潮，其基本思想就是希望通過找回亞當尚未犯下原罪之前與上帝說話使用
的語言，回復到創世之初人類在伊甸樂園裏那種純潔、平和的狀態。[7] 然而

---

[6] Francis Bacon, *Of the Proficience and Advancement of Learning, Human and Divine, The Works of Francis Bacon*, 10 vols. (London: Baynes and Son, 1824), 1:147.

[7] 參見 Umberto Eco, *The Search for the Perfect Language* (Cambridge, Mass.: Blackwell,

所有歐洲語言都不可能是這樣理想式的「原初語言」，因為《聖經》裏還
有關於巴別塔（Tower of Babel）的一段，說墮落的人類修建一坐高塔，幾
乎要通達天庭，上帝使他們的語言混亂，無法相互瞭解，才阻止了他們完
成修建巴別塔的計畫。那時候人們認為，歐洲各國語言不同，就是在巴別
塔受上帝詛咒而語言混亂的結果，所以理想的「原初語言」一定是歐洲之
外一種古老的語言，也就是《聖經》上所說大洪水未發之前、人類尚未因
建造巴別塔而受上帝詛咒的語言。

　　在耶穌會傳教士關於中國的報導中，有對中國思想文化的介紹，也
有一些想當然的幻想和臆測。當時歐洲人對世界的理解都以《聖經》為基
礎，認為大洪水之後，諾亞的三個兒子分別走向東、西、南三個不同的方
向，所以世界各民族都是諾亞或他兒子的後代。一些傳教士宣傳說，中國
人就是諾亞的後代，由諾亞教給他們自然宗教的原理，所以已經完全有
條件接受基督教啟示的開導。在這種觀點影響下，瓦爾特‧羅利（Walter
Raleigh, 1552-1618）在他所著《世界史》（1614）裏說，諾亞方舟最後
是在東方的印度和中國之間登陸；托瑪斯‧布朗（Thomas Browne, 1605-
1682）在論語言的文章裏也說，「居住在地球邊緣的中國人……大概能說
明一種非常古老的語言」，他們尚能「利用早於基督好幾百年的先哲孔
子的著作，而且他們的歷史記敘可以一直追溯到盤古王，而盤古正是諾
亞」。[8] 韋布就是在這類說法的基礎上，展開他認為中國語言即為「原初
語言」的論述。書前有韋布致英王查理二世的信，日期是一六六八年五月
二十九日，表示他要「促進發現那自古以來掩埋在原初語言裏的學識的金
礦」。他解釋說，他的目的「並非爭辯在可能性上不能成立的，而是爭辯
在概然性上有可能成立的最早語言」。[9] 韋布始終依據《聖經》的權威和在

1995).

[8] Thomas Browne, "Of Languages, and Particularly of the Saxon Tongue", *The Prose of Sir Thomas Browne*, ed. Norman Endicott (Garden City: Anchor Books, 1967), p. 427.

[9] John Webb, *An Historical Essay Endeavoring a Probability that the Language of the Empire of China is the Primitive Language* (London: Printed for Nath. Brook, 1669), pp. ii, iii.

十七世紀認為是「可靠的歷史記載」來立論，其論證在當時的讀者看來，在邏輯上一定相當有力。韋布說：

> 聖經教導說，直到建造巴別塔的謀亂之前，全世界都通用同一種語言；歷史又告訴我們，當初世界通用同一種語言，巴別塔尚未建造之時，中國就已有人居住。聖經教導說，語言混亂的判決只是加在造巴別塔的民族身上；歷史又告訴我們，中國人早在這之前已經定居下來，並未到巴別塔去。不僅如此，不管參考希伯萊文或是希臘文的記載，都可以知道中國人在巴別塔的混亂之前早已使用的語言文字，一直到今天他們仍然在使用。[10]

韋布本人並不懂中文，可是他依據當時可以找到的重要著述，肯定說「在大洪水之後，諾亞本人或者賽姆的兒子們，在移到西納爾去之前，最先是在中國安置下來」，所以「很有可能肯定，中華帝國的語言便是原初語言，是大洪水之前全世界通用的語言」。[11] 他還費了不少力氣追溯讀音和拼寫法的變遷，頗為自得地證明了中國古代皇帝Yaus或Jaus（應即帝堯）就是羅馬人的神Janus，而許多著名權威學者早已指出，Janus就是Noah（諾亞）！韋布最後指出原初語言的「六條主要指標」，即古遠、單純、概括、節制、實用、簡略，此外還可以再加一條，即學者的贊同。[12] 韋布認為中文完全符合這些標準，所以他毫不猶豫地肯定，中文就是上帝所造最早的即「原初」的語言。

一旦把中國與《聖經》裏上帝創造的原初語言聯繫起來，說中國人是諾亞的後代，韋布就可以在《聖經》權威的基礎上，把中國理想化而不必擔心被人攻擊為崇拜一個異教國家。正如瑞琪爾‧蘭姆塞所說，韋布把中國古代的帝王與諾亞或《聖經》裏其他重要的長老等同起來，就使中國的

---

[10] 同前注，頁iii-iv。
[11] 同前注，頁31-32，44。
[12] 同前注，頁191及以下各頁。

帝王具有一種「血統關係的合理性」（genealogical legitimacy），而這是查理二世以及歐洲其他各國君主都不可能具有的合理性。於是，韋布也就由此間接地「揭示了他所描繪的理想的中國政治制度與復辟時代英國複雜而難免不公平的宮廷政治之間的距離」。[13] 韋布的書確實通篇顯出對中國文明的熱情讚賞。他藉瓦爾特‧羅利的話提醒讀者說：「關於一切事物的知識最早都來自東方，世界的東部是最早有文明的，有諾亞本人做導師，乃至今天也是愈往東去愈文明，越往西走越野蠻。」[14]韋布和比他晚一個世紀的伏爾泰一樣，認為中國人完成了道德的完美，那是純粹、未腐化的自然宗教產生的結果，值得最高的揄揚。他讚美中國詩裏有教導人的「英雄體詩」，有寫自然山水的詩，也有寫愛情的詩，「但不像我們的愛情詩那樣輕佻，卻使用極純潔的語言，在他們的詩裏，連最講究貞潔的耳朵也聽不出一個猥褻而不堪入耳的字」。他甚至告訴讀者說，中國人「沒有表示Privy parts（按即陰部）的字，在他們所有的書裏也找不到這樣的字眼」，而究其原因，則是由於「諾亞發現自己赤身露體時所生的羞愧感」。[15]

　　韋布不懂中文，甚至也沒有和在中國的歐洲傳教士有直接聯繫，但正如錢鍾書先生所評那樣，韋布的書代表著當時歐洲人對中國最好的認識，他書中強調的是「中國文化的各方面，而不是津津樂道中國風氣的大雜燴」，注重的是「中國哲學、中國的政府制度和中國的語言，而不是中國的雜貨和火炮」。[16] 如果我們把韋布這本書放回到十七世紀追尋「原初語言」的思想環境中，明白那是歐洲文化藉一個對立面來做自我批判的一種形式，我們就可以理解韋布此書在歐洲思想史和文化史上的意義，而不必對書中有關中國許多想當然的臆測和不實之辭嗤之以鼻，認為那都是些荒誕不經的胡言亂語。蘭姆塞在她論文的結尾就總結說：

---

[13] Rachel Ramsey, "China and the Ideal of Order", *Journal of the History of Ideas* (July 2001), p. 494.

[14] 同前注，頁21。

[15] 同前注，頁98，99。

[16] Ch'ien Chung-shu, "China in the English Literature of the Seventeenth Century", *Quarterly Bulletin of Chinese Bibliography* 1 (Dec. 1940), p. 371.

韋布的著作證明了，當政治上的保守派眼看自己對復辟後君主制的
希望不斷落空時，他們如何把中國作為一個有效手段，對時政展開
一種間接的批評。也許更重要的是，像韋布的《歷史論文》這樣一
部有點古怪的書可以告訴我們，在十七世紀歐洲關於歷史、政府和
幕僚制度等概念的諸方面，中國曾發生過的影響甚至比大多數漢學
家們所認識到的還要複雜和細緻得多。[17]

　　韋布的書使我們看到，英國人對中國和中國文化的熱情讚美在十七
世紀達到了極致。這也證明中西文化接觸和交往的歷史，在不同時代有不
同觀念，中國的形象在歐洲也是複雜而變化的，而這種變化與歐洲當時思
想文化的情形直接相關。理解東西方文化之間的關係，不是簡單一個「東
方主義」的概念和模式就能概括無遺，而需要我們對歷史有深入細緻的瞭
解，對文本和歷史材料有充分的把握和認識，更需要我們做獨立的批判
思考。

附記：韋布對中國語言文化理想化的描述，實質在於用遠方的中國來批評
　　　他自己所處的英國社會，不過也畢竟認我們看出由於耶穌會教士的
　　　影響，在十七世紀的英國，中國是許多文人視為理想的國度。此文
　　　最初發表在《書城》二○○九年三月號。

---

[17] Rachel Ramsey, "China and the Ideal of Order", *Journal of the History of Ideas* (July 2001), p. 503.

北歐記行

　　我算是個常旅行的人，把歐洲、北美、亞洲和澳洲去過的地方加起來，可以說我到過大半個世界。可是到過的只是點，不是線，更不是面，也就還有更多的地方沒有去過。所以每新到一處，體驗不同的風俗人情，擴大眼界，增長見識，又總是一番新的經驗和新的收穫。中國古人常言「讀萬卷書，行萬里路」，德國哲人強調所謂Bildung，即通過外在經驗使自己獲得教養，講的都是同一個道理。前不久我用了兩個多星期時間，到北歐四個國家走了一趟，很有收益。有朋友敦促我記下自己的行程和見聞，於是有下面幾段半帶日記性質的文字。這既是自己人生旅程的一點雪泥鴻爪，也欲以此向友人們作一交代。

一、來自瑞典的佳音

　　今年（二〇〇九年）二月初，瑞典斯德哥爾摩大學的羅多弼教授（Torbjörn Lodén）給我發來一封電郵說：「今晚，皇家人文、歷史及考古學院將你選為外籍院士。」那是二月三日，星期二晚上。每年九月到第二年六月，瑞典皇家人文、歷史及考古學院（The Royal Swedish Academy of Letters, History and Antiquities）每月聚會，都在第一周的星期二。在二月三日那個星期二聚會時，全體院士們投票通過，將我選為外籍院士。我在香港讀到郵件，則是二月四日早上了。那時春節剛過不久，這真是開春後第一個從海外傳來的佳音。

　　瑞典皇家人文、歷史及考古學院創立於一七五三年，那正是歐洲啟蒙時代。經過了文藝復興和宗教改革，理性和學術在啟蒙時代得以迅速發展，許多歐洲國家都建立起了促進學術發展的機構。法蘭西研究院（L'Académie française）成立於一六三五年，英國也在一六六〇年建立了皇家學會（The Royal Society），瑞典皇家學院就是以英、法等國的類似機構為模式創立的。所謂「皇家」並不表示學院為國立機構，只表示瑞典國王為學院的庇護者，同時也說明在瑞典，皇家學院為人文學術的最高研究機構。皇家學院的院士分為「歷史—考古」和「哲學—語文」兩大類，我就屬於「哲學—語文」類。瑞典本國院士目前約有一百三十人，外籍院士有三十九人，其中絕大多數是歐美各國的學者，亞洲人只有兩個，除我之外，還有東京大學研究梵文及古印度文化的日本學者原實教授。在我之前，詩人和文學批評家馮至先生在一九八〇年當選為瑞典皇家學院的外籍院士，在華人中是第一位。馮先生那時任中國社科院外文所所長。一九八三年又有考古學家、社科院副院長夏鼐先生當選。我是他們的後輩，在華人中是第三個獲選者。自己的研究能得到國際學界認可，獲得瑞典皇家學院外籍院士稱號，這在我是完全沒有料想過的榮譽，同時也是極大的鞭策，促使我在中西跨文化研究方面更努力向前，不敢有絲毫懈怠。

　　二月十三日，我收到瑞典皇家學院院長恩格沃爾教授（Gunnel Engwall）的正式信函，希望我能到皇家學院訪問，隨後又收到了皇家學院的外籍院士證書。三月初，羅多弼通過電郵告訴我說，皇家學院希望我在十月六日那個星期二，到斯德哥爾摩去演講，同時他負責北歐孔子學院，也就邀請我做二〇〇九年度的演講，並安排我在瑞典之外，順便訪問丹麥、芬蘭、挪威等其他幾個北歐國家的大學。我第一次去瑞典是一九九六年，那時我還在美國加州大學任教，到斯德哥爾摩大學是為一位博士論文的答辯。後來我又去參加學術會議和演講過幾次，還到過烏普薩拉等其他地方，但卻沒有去過瑞典之外的北歐國家。這次有機會不僅第一次到瑞典皇家學院演講，而且第一次到斯堪的納維亞其他國家。雖然行色匆匆，卻十分愉快，對北歐的文化、風物和景色，也更多了一點瞭解和體會。

二、初訪丹麥

九月二十七日是個星期天，我一早就告別了妻子和女兒，趕乘芬蘭航空公司上午九點二十分出發去赫爾辛基的飛機。那天的行程比較複雜，先由香港直飛赫爾辛基，然後轉機到丹麥首都哥本哈根，再轉阿胡斯（Århus）。我經常旅行，很少遇見飛機延誤。那天早上芬蘭航空公司的班機出發稍晚，到赫爾辛基晚了二十分鐘。在一般情形下，這不會造成什麼問題，但我因為要轉兩次機，行程中赫爾辛基轉哥本哈根的時間只安排了三十五分鐘，所以抵達赫爾辛基，過了海關再趕到登機閘口，已經來不及趕去哥本哈根那班飛機。航空公司讓我改乘晚一班飛機去哥本哈根，當然接下去到阿胡斯的飛機也必須推遲。我這是第一次去阿胡斯，那裏接待我的安娜・威德爾-威德爾伯格教授（Anne Wedell-Wedellsborg）和另外幾位同事先已約好，當晚要和我一起吃晚飯。這樣一來，不僅計畫打亂，而且我和她以前沒有見過面，也不知道他們安排我住哪一家旅館，一時頗為著急。好在我們事先通過電郵聯繫時，安娜把電話號碼告訴了我，我在赫爾辛基和她通了電話，到哥本哈根也通了話。飛機抵達阿胡斯已是晚上九點多，她早已安排了一輛計程車，司機拿一張紙，上面寫上我的名字，直接把我載到旅館，所以總還算順利到達。

這一有驚無險的經歷，使我更加意識到出門遠遊，事先必須安排妥當，但更重要是還須有應急的準備和辦法。事先安排儘管可以周全妥當，但萬一出現無法預料的情形，還須得有辦法應付。旅行如此，其他事情又何嘗不是如此。

雖然抵達阿胡斯的過程一開始好像不那麼順當，後來的一切卻順利愉快。我在阿胡斯大學做了兩次演講，一次的聽眾是從事中國研究的學者和研究生們，內容是如何打破內外、中西的界限與隔閡來理解中國和中國文化。另一次聽眾是研究比較文學和世界文學的學者和研究生們，內容是西方、尤其是美國大學裏，文學研究和東西比較面臨的問題與困境。兩次演

講都有不少人感興趣，討論得很熱烈。我發現在西方，中國研究和東西比較研究已經逐漸引起學界注意。阿胡斯大學前不久成立了世界文學研究中心，由容恩‧安德生教授（Jørn Erslev Andersen）負責，內容包括歐洲和歐洲以外的不同文學傳統。在文學研究方面有一定影響的勞特利奇出版社（Routledge）將出一部《勞特利奇世界文學導讀》（*Routledge Companion to World Literature*），由兩位美國和一位歐洲的學者主編，編者們邀請我撰寫有關詩學的一章，約定明年九月交稿。我數年前早已認識的阿胡斯大學一位年輕有為的湯姆森教授（Mads R. Thomsen），也應邀撰寫有關小說的一章。我們見面談起世界文學的發展，回顧這個概念最早是歌德在讀過中國小說的譯本之後，在與愛克曼談話中提出來的，但也許只有在我們這個時代，文學研究才有可能真正超越西方中心的局限，實現當年歌德提出的世界文學的夢想。說起來，大家都覺得這與中國近幾十年來的改革開放和持續發展密切相關。中國發展得越好，我們就越有可能在平等基礎上討論東西方的文學和文化。在晚餐桌上聊天時我才知道，阿胡斯大學在最近兩三個月內，就有三四位研究中國的教授會去北京、上海、武漢等地參加學術會議或做研究。南京大學將成立北歐研究中心，安德生教授也將去赴會。由此看來，北歐與中國在學術交流方面，將來會有更多更深入的發展。

　　在哥本哈根之外，阿胡斯是丹麥第二大的大學，校園比較集中，有許多樹木花草，還有一片湖水，環境清幽，真是個讀書的好地方。這裏許多建築物的牆上蓋滿了常春藤，在這深秋季節，常春藤葉或是一片暗綠，或是一片深紅，似乎給人一種既幽雅又厚重的感覺。這使我想起當年在哈佛念書的時候，到金秋時節也是這樣一種景象。阿胡斯大學的建築大多用一種土黃色的磚砌成，保養得很好，顯得乾淨俐落。有幾處加上簡化的羅馬式拱門，很有特色。北歐的設計往往有一種簡潔優雅的美，在丹麥就可以體會到這一點。

　　丹麥當然使我想起安徒生，他的童話是全世界的兒童都喜愛的，但那些童話絕不僅僅是兒童讀物，卻有一種憂鬱和深沉，那是丹麥甚至整個北

歐藝術的浪漫情懷最美的體現之一。在文學上與丹麥相關聯的，當然還有莎士比亞著名悲劇《丹麥王子哈姆萊特》。雖然這是英國文學名著，但莎士比亞的作品並非憑空虛構，而有十三世紀初丹麥著名史家格拉瑪蒂庫斯（Saxo Grammaticus）的記載為依據。丹麥的朋友告訴我，在丹麥東北端與瑞典相近的埃爾錫諾（Elsinore）城堡，也就是哈姆萊特悲劇發生之地，每年都舉辦莎士比亞戲劇節，由不同的劇團來表演這齣著名的悲劇。可惜這次訪問時間太緊，未能去哥本哈根，也未能去埃爾錫諾，對丹麥的瞭解也實在太少。要稍為深入一些，只好留待他日了。

三、赫爾辛基印象

在阿胡斯一天多，九月二十九日就又經哥本哈根回到芬蘭首都赫爾辛基。二十九日下午到，三十日下午在赫爾辛基大學演講，隨後就離開，所以我在這裏的時間基本上只有一天。赫爾辛基大學孔子學院院長高歌教授（Kauko Laitinen）是一位社會學家，對中國頗有瞭解。他為人熱忱、謙和而低調。他介紹我認識大學東亞研究系的其他幾位教授，又帶我參觀赫爾辛基，為我講解幾處重要建築及其歷史。芬蘭西部與瑞典接壤，東邊與俄國相連，從十三世紀至十九世紀初屬於瑞典，至今瑞典語仍然是芬蘭語之外第二種法定正式語言。一八〇九年，俄國擊敗瑞典，芬蘭成為俄羅斯帝國屬下一個大公國，但一九一七年發生俄國革命，芬蘭不久即宣告獨立，成為芬蘭共和國。芬蘭語屬烏拉爾語系，既不同於日爾曼語系的瑞典語，也不同於斯拉夫語系的俄語，但由於複雜的歷史原因，芬蘭的語言、文化和社會都可以見出瑞典和俄國的影響。芬蘭的人口中，現在仍然有少數以瑞典語為母語的人，也有不少來自俄國的移民和旅遊者。我住在大學附近的一個旅館，在大廳裏就看見一位婦女帶一個身穿紅色外套的小女孩，一直在講俄語。

赫爾辛基城市並不算大，卻相當漂亮。那裏的大部分建築都有一兩百年的歷史，保養得非常好。這些建築內部可以改裝現代設施，但外形則

必須保持原來的樣子。在歐洲許多城市，這都是市建規劃中一條原則，使
得城市發展既能享受現代設施的便利，又可以保存其獨特的傳統和歷史。
現在中國大大小小的城市都在不斷改建，在我看來，歐洲市建規劃這條原
則，至少在保留有歷史價值的建築反面，是值得我們學習的經驗。在巴
黎、在羅馬，在許許多多歐洲有文化傳統的城市，你都會有一種歷史的厚
重感，而城市展現出來那種既古老、又有活力的面貌，就是形成這種感覺
一個重要的原因。赫爾辛基市中心有著名的議院廣場，那裏最引人注目的
是一座白色的路德派大教堂，上面有綠色的圓頂，雄偉壯麗。教堂前有俄
國沙皇亞歷山大二世雕像。教堂一邊是議會，另一邊是赫爾辛基大學一座
主樓，不遠還有一座不大的東正教教堂，所以這裏集中了宗教、政治與學
術，頗有象徵意味。高歌教授特別帶我到大學主樓接待貴賓的一個大房間
裏，那裏陳設典雅，牆上掛的大幅肖像並不是總統或校長，而是赫爾辛基
大學過去一些知名教授，其中有科學家，也有芬蘭著名的詩人。這顯示出
芬蘭人對文化與學術的尊重，令人印象深刻。

　　我每到一地，總喜歡去看當地的博物館。這次時間雖然很短，我
還是抓緊去參觀了赫爾辛基主要的阿特能藝術博物館（Ateneum Art
Museum），那裏正在舉辦畢卡索作品展，有兩百多件來自巴黎畢卡索博物
館的展品。我在巴黎參觀過畢卡索博物館，所以這個展覽對我並沒有什麼
吸引力，我更有興趣的是去瞭解自己一無所知的芬蘭藝術。從博物館的展
品中，我發現十九世紀芬蘭風景畫頗有些成就，有很多作品都表現出北歐
風景的特色。很受芬蘭人喜愛的是一位女畫家海倫·什耶夫貝克（Helene
Schjerfbeck），她畫的《病後康復的兒童》（The Convalescent）筆觸細
膩，色彩溫和明快，是這博物館的寶藏之一。阿特能博物館還收藏了梵
高、塞尚、蒙克等十九世紀末和二十世紀初著名現代畫家的作品。我沒有
想到的是在這裏看見俄國畫家伊利亞·列賓（Ilya Repin）一幅相當出色的
肖像畫。其實，只要想想芬蘭與俄羅斯的緊密聯繫，在赫爾辛基看到俄國
畫家的作品並不足怪。列賓晚年住在一個叫柯卡拉（Kuokkala）的地方，
在聖彼德堡以西四十五公里處。俄國革命後，此地劃在芬蘭境內，列賓一

直就住在那裏，沒有再回俄國。我在中學時代很喜愛繪畫，那時介紹俄國和蘇聯畫家很多，所以我對俄國畫家列賓、蘇里科夫、列維坦的作品都非常熟悉。但那幾乎是屬於另一個時代的遙遠記憶，卻沒有想到在幾十年後，竟然在赫爾辛基第一次看到列賓油畫的原作。

　　九月三十日下午在赫爾辛基大學演講，內容是西方的中國學，尤其是歷史研究幾種不同理論範式的演變及其得失。來聽講的人有學者和研究生，還有幾位大學之外對中國或中國研究有興趣的人。三點開始演講，然後展開討論，到四點半，有人還想提問，高歌教授卻不能不宣佈結束，因為我要趕在五點以前到碼頭，乘船去斯德哥爾摩。從學校出來不遠，就可以乘有軌電車去碼頭。赫爾辛基市內似乎有軌電車很方便，是一種主要的交通工具。高歌教授陪我乘電車，一直把我送到碼頭，才告別離去。去斯德哥爾摩的船原來是一艘巨大的遊輪，名叫西麗亞交響號（Silja Symphony），這龐然大物就好像一幢十層高的大樓，巍然停泊在海岸邊。上得船來，見中央一層簡直就像一條購物街，兩邊全是各色商店、咖啡館和餐館，其他兩層也都是餐館，還有一間超市和一家電影院。遊客們熙來攘往，十分熱鬧。船上有娛樂表演，此季度是以「非凡的法國」（La France fantastique）為主題，有來自法國的著名歌手和舞蹈表演。我的客艙在第八層，艙內舒適乾淨，設備齊全，窗外就是湛藍的波羅地海。我放下隨身攜帶的行李，準備第一次坐這種遠洋渡輪從芬蘭去瑞典。看來這是旅遊者們喜愛的渡輪，來來往往的客人中不僅有北歐人，也有不少其他遊客，包括好幾位中國人。

　　五點準時開船，這艘巨輪慢慢離開港灣，駛入波羅地海海面。站在船邊一眼望去，只見茫茫一片，無涯無際的海水。船過之處，沿著舷邊在深藍色的海水中翻開一道道白浪，向船後推過去，但人在船上卻幾乎沒有一點晃動的感覺。天色漸漸暗下來之後，我到下面的餐館Bistro Maximé給自己要了一份地道的法國菜和一杯紅酒，獨自欣賞，同時想起在香港的妻子和女兒。這種時候，往往該是和家人在一起的，只因為小女兒還在中學念書，她們只好留在香港，不能同我一起到北歐來旅行。好在現代通訊極為

方便，我們幾乎每天都通電話，也用電郵聯絡。晚飯之後我回到客艙，酣然睡去，一夜無夢。到第二天早上，即十月一日晨九點左右，便到了斯德哥爾摩。

四、斯德哥爾摩的漢學傳統

啊，斯德哥爾摩，多麼可愛的城市！我已經多次造訪。猶記十多年前，我第一次來訪，做斯德哥爾摩大學一位博士論文答辯的考官。那次到瑞典後，發現離中國這麼遙遠、一個不到九百萬人口的北歐國家，居然有不少瑞典人對中國文化感興趣，認真學習中文，研究中國文學和文化，使我心中頗受感動。當然，這並非偶然，而是淵源有自。斯德哥爾摩在歐洲是漢學研究的一個中心，有幾代學者薪火相傳，形成漢學研究的傳統。早在十七世紀，以耶穌會教士關於中國的報導為基礎，烏普薩拉大學已在一六九四和一六九七年有兩份用拉丁文寫成的博士論文，分別以中國的長城和中華帝國為題目。二十世紀初，瑞典出現了在現代學術意義上的中國研究，斯文・赫定（Sven Hedin, 1865-1922）在西北地方考古，發現了樓蘭古城，地理學家安德生（Johan Gunnar Andersson, 1874-1960）於一九二四年參加周口店發掘，發現了北京人，這些都是非常重要的學術成果。

然而開創瑞典漢學傳統的第一人，乃是傑出的語言學家高本漢教授（Bernhard Karlgren, 1889-1979）。這位語言學天才不僅很早就掌握了多種歐洲語言，而且在學生時代就已決心要把歷史語言學和比較語音學的原理用來分析中國的語言。那時瑞典大學裏還沒有人教中文，在烏普薩拉大學畢業後，高本漢就去俄國的聖彼德堡大學，在那裏學了兩個月中文，又直接去了中國。他在中國兩年（1910-12），調查了二十四種不同的中國方言。返回歐洲時，他先在倫敦停留，然後又在巴黎住了兩年，師從法國漢學家沙畹（Edouard Chavannes，1865-1918）。高本漢一九一五年在烏普薩拉大學的博士論文就是用法文寫成，內容是以比較語音學原理重構《切韻》書中三千個古代漢字的讀音。後來他繼續這方面研究，一九二六年發

表了《中國音韻學研究》一書，立即引起中國語言學家們重視，趙元任、羅常培和李方桂就合作翻譯了這部重要著作。高本漢後來的學術著作大多用英語寫作，內容十分豐富。他用英文翻譯《詩經》，特別強調準確理解文本意義，至今仍然很有參考價值。高本漢在一九一八年受聘在瑞典哥特堡大學任教，一九三九年到斯德哥爾摩，擔任遠東古物博物館館長，並主編《遠東古物博物館館刊》，使之成為漢學研究中一份重要刊物。

高本漢的學生馬悅然可以說是斯德哥爾摩漢學傳統第二代的代表人物。他生於一九二四年，在斯德哥爾摩師從高本漢，受過中國古文和語音學的良好訓練。一九四八至一九五〇年他去中國，研究四川方言。記得一九九六年我第一次到瑞典，馬悅然教授和我一見面，就和我講地道的成都話。他早期在英國倫敦大學和坎培拉澳洲國立大學任教，一九六五年返回瑞典，成為斯德哥爾摩大學漢學教授。他一方面繼承高本漢的傳統，研究中國上古語言和《春秋》三傳，另一方面又開展對現代和當代中國文學的研究，並大量翻譯中國文學作品為瑞典文，其中大部分是現、當代作品，但也翻譯了古代詩詞、戲曲以及《水滸》和《西遊記》等古典小說。馬悅然既注重古典語文，又開拓現代中國文學研究，這反映了六十年代以後西方漢學研究的變化。他在一九八五年被選為瑞典學院（Swedish Academy）院士，參與諾貝爾文學獎的推選和評審，大概這也促使他大量翻譯中國現、當代文學作品。他現在雖已退休，但仍然身體康健，精神矍鑠，言談舉止和我數年前與他見面時並無不同。這次我在斯德哥爾摩大學演講，他不僅來聽，而且極有興致，還要了我的講稿。馬悅然教授曾發表過對《公羊傳》和《穀梁傳》的研究，而他翻譯和研究《春秋繁露》的文稿，至今尚未發表。他告訴我說，這次我在斯德哥爾摩的演講重新引起他對《春秋繁露》的興趣，他很可能會發表他的研究成果。

與我同齡的羅多弼是馬悅然教授的學生，在斯德哥爾摩大學任中國語言文化教授。從高本漢到馬悅然再到羅多弼，在斯德哥爾摩大學就構成了一個漢學或中國研究的傳統，這一傳統首先是古典語文的訓練，羅多弼曾翻譯過戴震《孟子字義疏證》，三年前又出版了《重新發現儒家》

（*Rediscovering Confucianism*）一書，最近幾年則在研究中國思想史，這都是這一傳統的延續。與此同時，他研究的一個主要範圍是中國現代政治、歷史和思想，關切當代中國的現實。自二十世紀六十年代以來，這可以說已經成為歐洲和北美中國研究的主流。雖然在歐美大學的東亞研究系裏，仍然有不少研究中國古代語言、文學和文化的學者，但無論在教授還是在學生當中，越來越多的人更趨向現代和當代中國研究。對於當前西方大學裏古典語文研究的式微，有些研究中國古代傳統的漢學家們頗有些擔心，然而研究方向和學生們的選擇，都有一定的朝向，與某一時代的環境相關，而不純粹是個人選擇，也不是個人因素可以改變的。這種擔心也許不無道理，然而在我看來，隨著研究的深入，古代和現代的分隔也許會不那麼重要。研究任何文化傳統，都不能不有歷史的眼光，研究現代也就不能脫離對於古代的認識。羅多弼教授既做中國古代研究，又關注當代中國的情形，瑞典還有其他漢學家和研究者，在年輕一代學者中，也仍然有人對古典傳統的研究有興趣，所以我相信在斯德哥爾摩，高本漢開拓的漢學傳統一定會繼續存在，而且會發揚光大。

五、斯德哥爾摩老城、博物館及其他

斯德哥爾摩不僅是濱海城市，而且海好像擁抱著這個城市，由很多橋樑把小島一樣的市區連接為一體。我住在一家十分精緻典雅的旅館，叫Hotel Esplanade，瑞典皇家學院往往選擇這家旅館，接待邀請來的客人。我住的房間位置很好，窗前就是一處海灣，停泊著許多遊船。皇家劇院、國立博物館都在附近，過一座橋就是斯德哥爾摩具有濃厚中世紀風味的老城（Gamla Stan）。老城裏的路面全用黑色的石塊砌成，許多房屋都有好幾百年歷史，還有一條很特別的馬丁・特洛茨格小巷（Mårten Trotzigs Gränd），以十六世紀住在那裏一個德國商人的名字命名。大概自中世紀以來，這條狹窄的巷道就沒有改變過，在最窄處，兩面牆壁相隔不到一米，只可勉強容兩個人側身走過。老城基本上是一片步行區，那裏有國王

的王宮，有古老的教堂，也有諾貝爾博物館，還有許多旅館、餐館和各
色各樣的商店，每天都吸引不少遊客到這裏來參觀。十月已過了旅遊旺
季，遊客相對於夏季為少，但天氣又並不很冷，在那里散步，真覺得心曠
神怡，十分愉快。離老城王宮不遠，有一座十分雄偉的里達霍姆大教堂
（Riddarholmskyrkan），瑞典歷代許多國王都葬在那裏。那座教堂鐵鑄的
哥特式尖塔非常獨特，幾乎像古維京時代（Viking）國王出鞘的利劍，可
以說那是斯德哥爾摩最具特色的地標，只要你見過，就難以忘懷。

　　我這次有機會到老城散步，也抽時間去國立博物館參觀。這裏的特展
是德國畫家弗里德里希（Caspar David Friedrich, 1774-1840）的作品。這位
畫家出生在波羅地海邊的城市格萊斯沃（Greifswald），現在屬於德國，
但從十七世紀中至十九世紀初則屬瑞典，所以弗里德里希可以說出生在瑞
典。這次展覽從德國、挪威，還有俄國的愛爾米塔什博物館等處借來許多
展品，內容非常豐富。與英國著名畫家泰納（J. M. W. Turner）和康斯特勃
（John Constable）一樣，弗里德里希的風景畫代表了十九世紀歐洲對自然
的重新認識，同時也表現出對現代工業物質文明的批判性思考。他往往畫
朦朧的月夜或霧氣迷濛的風景，有一種沉思和含蓄的意味，有濃厚的宗教
精神。雖然他的風景畫無論內容還是形式，都具有歐洲浪漫主義藝術的特
點，但在我看來，他有許多作品，尤其那些表現月光下夜色的作品，竟有
一種與中國畫的含蓄意味可以契合的品質。

　　這次在斯德哥爾摩國立博物館還有一個發現，那就是看到幾十年前
就很喜歡的畫家安德斯・索恩（Anders Zorn, 1860-1920）的作品。記得在
中學時代看過介紹索恩的書，看過他許多蝕刻版畫，但這次才弄清楚索恩
是瑞典人，是國際上最有聲譽的瑞典畫家。索恩以肖像畫著名，曾為三位
美國總統畫像，有很多描繪瑞典農村和城鎮的風俗畫，也以裸體畫知名。
也許北歐的冬季漫長、寒冷而陰鬱，他的畫就尤其表現出對陽光的敏感和
愛。他的裸體畫不僅特別能表現人的肉體的質感，而且也表現出對溫暖和
光影的追求，而絕非是肉慾的表現。瑞典的冬天大部分時間都像黑夜，只
有短短幾小時有一點微弱的陽光，但瑞典的夏天則非常美，大部分時間都

很光亮，幾乎沒有黑夜。大自然是公平的，而索恩的作品追求光與溫暖的色調，似乎力求為瑞典人增多一點光明與快樂，補償在漫長陰鬱的冬季失去的好心情。也許在這一點上，他的作品最能表現出北歐的特色。

斯德哥爾摩國立博物館藏有倫勃朗、魯本斯等世界著名畫家的作品，但在我看來最有意義、最重要的是十六世紀德國畫家魯卡斯·克拉納赫（Lucas Cranach the Elder, 1472-1553）極具諷刺意義的傑作《不相匹配的夫婦》（The Ill-Matched Couple）。畫中是一個有錢的老年丈夫和一個貪財的年輕少婦，稱量錢幣的秤和散在桌上的錢顯出老人用金錢購買她的肉體，而少婦則眼睛盯著桌上各種物品。一個好色，一個貪財，這表現了基督教所謂七大罪惡當中的兩種，使這幅畫頗具象徵意義。克拉納赫就這同一題材畫過好幾幅作品，我認為斯德哥爾摩國立博物館所藏是最出色的一幅。

斯德哥爾摩還有其他一些博物館，文化生活相當豐富。皇家劇院正在上演莎士比亞喜劇《溫莎的風流婦人們》，不過是用瑞典語演出，我無緣欣賞，但羅多弼教授請我在皇家歌劇院看了一場芭蕾舞，是柴可夫斯基作曲的《天鵝湖》。純粹的音樂和舞蹈，沒有語言障礙。《天鵝湖》的音樂是早就熟悉的，但在劇院舞臺上看這部經典作品的表演，感受仍然很強烈。古典芭蕾舞那婆娑輕盈的舞姿，簡直像可以違反重力定律一樣，高雅而優美。能夠在斯德哥爾摩看這樣一場表演，真是難得的享受。

六、在斯德哥爾摩演講

這次北歐之行，主要目的是到瑞典皇家人文、歷史及考古學院演講。之前一天，即十月五日，我應邀先在斯德哥爾摩大學演講，由北歐孔子學院和斯德哥爾摩大學文學與思想史系共同主辦，講題是中國古典文學中表現的時間觀念。時間和流水一樣，變動不居，所以孔子見江河之水不斷漂流而去，便感歎說：「逝者如斯乎，不舍晝夜！」用流水與流逝的時間相比，往往是中國古人常用的一個概念性比喻。陶淵明《雜詩四首》之一：

「掩淚泛東逝，順流追時遷」，就把東逝的流水與有限的人生年命並舉。《詩・采薇》中的名句「昔我往矣，楊柳依依；今我來思，雨雪霏霏」，也恰好可以與法國十五世紀詩人維雍（François Villon, 1431-1463）的名句相比照：「然去歲之雪，而今安在？」（*Mais où sont les neiges d'antan?*）中外詩人之詠歎，都是有感於人世無常，時過而境遷。人的生命就是有限的一段時間，所以從《詩經》和《古詩十九首》以來，中國許多著名文學作品都從不同方面表現對時間和生命的理解，而懷古一體更表現中國古人厚重的歷史感。我的演講舉出一些文學的例證，探討中國傳統中時間與歷史的觀念。那天演講後，不僅有瑞典的學者和學生們，還有來自俄國的一位訪問學者參加討論。馬悅然教授告訴我說，我講這個題目和他正要做的研究有些關聯，我恰好準備了一份講稿，於是講完後就直接交給他，請他指正。我的一位加拿大朋友阿列克斯・吉辛先生（Alex Kisin）正在義大利，也專程乘飛機到斯德哥爾摩來聽我演講，大家相聚，氣氛十分熱烈。

　　十月六日星期二，是瑞典皇家學院聚會的日子。那天中午，皇家學院的秘書長諾貝格先生（Erik Norberg）約我吃午飯，同時請羅多弼和阿列克斯作陪。我們在城裏一家餐館相見，諾貝格先生歡迎我到斯德哥爾摩，並大概介紹了皇家學院的情形，說院士們下午聚會，先會用瑞典語討論事務，我可以在下午五點左右到皇家學院，演講半小時，接著有一段問答的時間，然後大家一起共進晚餐。交代過這點之後，大家隨便聊天，十分輕鬆愉快。羅多弼要我注意諾貝格先生的領帶，那是瑞典皇家人文、歷史及考古學院特製的領帶，深藍底色，上面有小小的鮮黃色桂冠圖案，非常雅致。我問諾貝格先生，是否我也可以有這樣一條領帶。他微笑著對我眨了眨眼說，「我會安排的」。諾貝格先生同時擔任瑞典國家檔案館館長，曾到過北京。他說中國雖遠，但瑞典人對中國很有瞭解的興趣，也很有好感。

　　那天下午羅多弼的助手保利女士（Andrea Pauli）到旅館來，帶我到位於別墅街（Villagatan）三號的瑞典皇家學院。那條街名副其實，坐落在斯德哥爾摩安靜高雅的一區，的確都是一座座獨立的別墅。到達之時，羅多

弼已在大門裏等候，我們上了一層樓，諾貝格先生也走過來握手，然後帶我走進院士們聚會的一間大廳。那個房間並不很大，佈置得也較簡樸。牆上掛著幾副油畫，最顯眼是正面牆上一幅肖像，那是瑞典皇后露維莎‧烏爾麗卡（Lovisa Ulrika, 1720-1772）的畫像。她是普魯士腓特烈大帝的妹妹，瑞典國王古斯塔夫三世的母親，深受當時歐洲啟蒙時代風氣影響，常與法國啟蒙思想家伏爾泰通信，在瑞典極力推動學術。就是她在一七五三年創立了瑞典皇家學院，並聘請伏爾泰為外籍院士。那個房間沿三面牆壁放一排長條桌子，院士們依次而坐。上首有一張大桌，院長恩格沃爾教授坐在主位，在她右側有一張桌子，是副院長和諾貝格先生的席位。前面特別安放了幾把座椅，我和阿列克斯坐在最前面的椅子上，旁邊是瑞典政界一位重要人物，現任瑞典駐香港總領事鄧立信先生（Lars Danielsson），他恰好回斯德哥爾摩述職，也特別趕來聽我演講。左側有一個擺好麥克風的講壇，那就是我演講的位置。

　　院長恩格沃爾女士是斯德哥爾摩大學資深教授，是研究中世紀和法國文學的專家。她先作簡單介紹，歡迎我到瑞典皇家學院，然後請我開始演講。我講的題目是從跨文化角度看人與自然之關係，即中國古人所謂天人合一。有人以天人合一為中國獨有的思想，強調人與自然和諧一致，而認為西方主張征服自然，破壞生態平衡，造成環境污染。這種簡單化的中西對立思想，其實既不符合中國古代情形，也不瞭解西方的歷史。先秦諸子已經講天與人的關係，漢儒董仲舒正是以天人感應為基礎，提出一套完整的宇宙論和政治論。董仲舒曾應漢武帝之召對策，使武帝廢黜百家，獨尊儒術，而其主要思想就表現在《春秋繁露》等書裏。《春秋繁露》究竟何時成書，是否董仲舒所作，都可以討論，但其意義和影響則毋庸置疑。書中論說天與人相應，人身上有四肢，有五臟，有十二大關節，有三百六十六小關節，正符合一年的四季，陰陽五行，一年的月數和日數。甚至眼睛的開合，鼻口的呼吸，也符合晝夜變化、風氣之流動，所謂「身猶天也」。於是觀天象可以測人事，把人與天相聯繫，並由此作出君權神授的解釋，使皇權有了神聖的合理性。

　　可是這並非中國古代特有的思想，在埃及、希臘等各古代文明裏，都有以天象，尤其是星象來解釋和預測人事的傳統。柏拉圖就有類似思想，歐洲中世紀更以自然為大宇宙（macrocosmo），人為小宇宙（microcosmo），兩者相互感應，這與董仲舒的思想雖不全同，但也相差不遠。《春秋繁露》明確把人定為「超然萬物之上，而最為天下貴」。一個證據是其他動物「取天地者少」，都匍匐在地，用四肢爬行，只有人「直立端尚」，頭接近於天。可見在董仲舒看來，天人合一並非人與動物沒有區別，完全平等。其實《論語・鄉黨》早已記載孔子上朝回來，發現家裏的馬廄失了火，卻只問：「『傷人乎？』不問馬」，這就分明把人看得比動物更重要。這種以人為中心的思想，所謂「仁者愛人」，才真是中國儒家傳統思想的核心。然而以人為關切的中心，並不必然就會打破人與自然的平衡。以為人要不就征服自然，要不就放棄人的一切利益和要求以保護自然，其實是誤導人的想法。這種非此即彼的對立完全是人為製造的矛盾。把發展科學技術說成是征服自然的西方分析性思維模式，把天人合一說成是與自然和睦相處的東方綜合性思維模式，都不僅不符合事實，而且只會強化東西方的文化差異和衝突。我認為我們應該做的，是認識人類共同的信念、見解和價值，促進亞洲和歐洲、東方和西方的相互瞭解，而不是加強其間的矛盾和衝突。

　　除了馬悅然和羅多弼兩位之外，其他院士們大概沒有人聽說過董仲舒，也不見得瞭解中國，然而他們又的確都是飽學之士，各有專長，從他們自己的角度，都能提出相當有趣而且帶普遍意義的問題。我的演講涉及東西方比較，討論的問題也就從天人感應、大小宇宙之對應，一直談到神按自己的形象造人這一觀念，在古埃及和古猶太傳統中的異同。討論時間雖然不長，但頗有深度，我覺得收益不小。大概在六點左右，討論結束，大家起身到樓上用餐。我走到房門口，一位女士從一個托盤裏給我一枚皇家學院的徽章，又給我一個漂亮的紙袋，裏面放的不是一條，而是一寬一窄兩條皇家學院的領帶，還有　支金色的領帶夾子。我見諾貝格先生站在旁邊，笑容可掬，便連忙向他表示感謝。這時我注意到，除了幾位女院士之外，

參加聚會的男士們幾乎都打上這種領帶。我接過這兩條領帶，似乎象徵性地被接納到他們當中，正式成了瑞典皇家人文、歷史及考古學院的一員。

七、訪問奧斯陸

　　十月七日，我離開斯德哥爾摩飛往挪威首都奧斯陸。幾個月前，奧斯陸大學的何莫邪教授（Christoph Harbsmeier）曾在香港中文大學訪問，我和他有機會見面，談得頗為投合。這次他知道我去北歐，就邀請我到奧斯陸大學演講。他的家離機場巴士站很近，走路一分鐘就可以到，所以他讓我就住在他家。從機場乘巴士到他家很順利，他帶我到樓上一間可以住客人的房間，旁邊就是他的書房和工作室，裏面有一個螢幕特別大的薄型蘋果電腦。一走進他書房，我很高興看見他座椅邊的牆上掛著一個玻璃框子，裏邊是一個「忍」字，因為那是他在香港時，讓我為他寫的字。我在前面題詞中寫道，何莫邪先生人如其名，快人快語，言談之間常有劍氣。這句話不是隨便說的，因為這位老兄學問的確不錯，懂的語言相當多，不僅中文，而且通曉希臘、拉丁和現代歐洲許多語言，不過他說話豪爽而無忌憚，不少人覺得他持才傲物，不易結交，視他為一個脾氣古怪的人。大概他自己也知道，所以才要我給他寫一個「忍」字吧。然而他很佩服高本漢，也尊重馬悅然，和我有共同的朋友，那就是我在哈佛的老同學、張光直先生的高足羅泰（Lothar von Falkenhausen），也是個極有語言天分的人，懂得中文、日文、韓文和多種歐洲語言，對中國考古、甲骨文、青銅器和古代文化都很有研究。何莫邪認為現在西方漢學界忽略古典語文訓練，好幾個著名大學都找不到合適的人才，引領後學，將來很可能會後繼無人。同時他又告訴我說，他不久前到中國參加學術會議，見到幾個年輕學者有很好的基礎，懂拉丁文，懂別的歐洲語言。他感歎說，在語言研究方面，將來中國學者很可能會超過歐美。由此看來，這位莫邪先生並不是那種目中無人、自大孤傲的人。我和他雖然相識不久，但卻頗談得來，覺得他雖然有時候說話尖刻，但其實是一個性格豪爽、值得交往的朋友。

　　何莫邪是德國人，但長期在挪威工作，是挪威科學與人文學院外籍院士。他研究中國古代文字語言，主編過李約瑟那套中國科技史有關語言和邏輯的一卷。他喜歡豐子愷，寫過一本書討論豐子愷的文章和漫畫，還有討論莊子、中國文學中的笑與幽默等不同方面內容的著述。他近年來一直在認真做的工作，則是從歷史和比較語言學的角度，編撰一個龐大的中國修辭學和希臘、拉丁等歐洲傳統修辭學概念的網路資料庫，其正式的拉丁文名稱是Thesaurus Linguae Sericae（TLS），中文則稱《新編漢文大典》。他對此工作很有熱情，我一到奧斯陸，他就讓我坐在他書房那個大螢幕電腦前，為我演示那個資料庫的豐富內容。你可以隨意輸入一個修辭手法或概念，在電腦上立即就可以查閱有關解釋和文檔，不僅有古代中文的文獻，而且還可以查閱英、德、法等國出版的幾種權威性辭典和工具書。這個資料庫對於研究中國和西方有關概念和修辭手法相當有用，尤其在中國，似乎還很少有類似研究。如果將來發展成一種大型百科全書，一定有很高的學術價值，只是這資料庫目前尚未完整，還有許多細緻工作要做。

　　因為住在何莫邪家裏，我對奧斯陸這個城市幾乎沒有什麼印象。大概我這位朋友一心想談論他感興趣的問題，壓根兒沒有想到讓我去參觀這個城市。我的時間也實在太少，除了第二天到奧斯陸大學演講，基本上就在他家裏和他交談。不過我們交談得十分愉快，而且也在他家附近散步。那是很漂亮的住宅區，附近有許多樹木，到深秋季節，或是一片金黃，或是一片鮮紅，更有綠、藍、褐等各種色彩，十分豐富，還有潺潺的溪流，風景秀麗，也真是賞心悅目，十分愉快。挪威水多，魚多，那裏產的鮭魚（香港人稱為三文魚）世界聞名。何莫邪買了上好品質的新鮮鮭魚，切成大片，在小碟子裏倒上醬油，加上日本芥末，在家裏招待我吃生魚片和義大利麵條。那也許是我吃過最好的生魚片，遠比在一般日本餐館裏能嚐到的要好。他和我一樣，喜歡喝葡萄酒，喝好咖啡。因為他在法國的女兒剛剛生了孩子，他太太去巴黎看望女兒，所以他老兄只好親自下廚，居然還做出不錯的飯菜來招待我這個遠方來客。

第二天在奧斯陸大學演講，仍然是天人合一這個題目，不過不像在斯德哥爾摩那樣正式，時間也比較靈活，所以內容多一些，討論的時間也更長。從中西都有天人感應、觀天象以釋人事的相似，大家討論到中西思想和傳統的異同。針對文化相對主義將中西文化絕對對立，我較多強調二者的契合，但要說相異的方面，我認為最大的差異就在於中國沒有制度化的宗教，也就是說，佛教或道教在中國沒有像基督教在西方或伊斯蘭教在中東那樣有影響。《春秋繁露》或漢代的儒家，就吸收了陰陽家和其他一些原來非儒家的思想，和先秦的儒家不一樣。中國傳統所謂儒、釋、道三教並沒有絕對地互相排斥，傳統文人可以同時接受這三種不同的思想。因此，中國沒有排他性的宗教信仰，使之比較能包容、能應變。在我看來，古代文明多已斷裂甚至消亡，只有中國傳統能夠從古代一直延續到現代，這是一個很重要的原因。

八、北海之濱的山城貝根

挪威沿瑞典西邊從南到北展開，形狀像一把湯勺，而在那勺子邊緣、朝向北海的就是挪威西南部的濱海城市貝根（Bergen），是我這次到北歐拜訪的最後一個城市。十月九日上午，我從奧斯陸乘飛機到貝根，當天下午就在貝根大學演講，由貝根孔子學院和貝根大學全球研究中心（Unifob Global）聯合舉辦。我講的內容是中西比較研究的方法問題，對西方學界流行的文化相對主義提出我的質疑和批評。中心負責人是貝根大學一位著名的社會人類學家萊夫・曼格爾教授（Leif Manger），他和幾位同事和研究生一起來參加。曼格爾教授研究非洲和印度洋沿岸文化，尤其是穆斯林文化在這些地區的傳播和影響，並對海上絲綢之路有研究興趣，所以他很清楚文化相對主義過分強調文化差異的局限。我們在思想觀念和看法上有許多共鳴，所以討論熱烈，十分愉快。孔子學院院長魯楠先生（Rune Ingebrigtsen）後來告訴我，說大家對我的演講反應很好，希望我將來再去貝根訪問。

　　貝根這個城市不大，但非常漂亮。從十一世紀起，這裏就是挪威北部
海岸販賣海產、尤其是鱈魚乾的貿易中心。德國商人曾壟斷這種貿易，在
碼頭上他們住的一排木頭建築很有特色，這個叫布雷根（Bryggen）的地
方，現已成為聯合國教科文組織認定的世界文化遺址。這裏的漁人碼頭有
許多攤位，出售新鮮的海產和食品。碼頭的水很深，運貨的大船可以直接
停泊在離市中心不遠的海岸邊。難怪這裏很早就成為一個海上貿易中心，
這裏的人也就和大海形成十分密切的關係。貝根在北歐語言裏是山中一片
綠地的意思，這裏周圍有幾座山峰，城市背山臨海，風景秀麗。這次我和
在貝根大學留學的小李一起登上叫做弗洛茵（Fløyen）的山峰，從山上俯
瞰貝根城和周圍的大海，的確能看出這個城市的美。

　　在挪威文化和歷史上，貝根都有很重要的意義。偉大的戲劇家易卜生
（Henrik Ibsen，1828-1906）曾在貝根的挪威劇院工作過，著名的音樂家格
里格（Edvard Grieg，1843-1907）就出生在貝根。他曾應易卜生之邀，為
其充滿神話色彩、又有寫實因素的劇本《皮爾・金特》配樂，其中許多片
斷和歌曲後來一直為樂隊和聽眾們喜愛。我這次有機會到貝根郊外特洛豪
根（Troldhaugen）的格里格故居，他的書房前面是一片恬靜秀麗的海灣，
遠看出去就是無際無涯的一片大海，給這位作曲家提供了最好的創作環
境。站在格里格曾經常常在那裏散步的海岸邊，想像中似乎聽見《皮爾・
金特》組曲裏那首動人的《蘇爾維格之歌》在心中迴旋蕩漾。的確，到一
個新的地方，周圍環境可能是陌生的，但我覺得如果那裏能找到精神文化
的某種聯繫，如果那裏產生過給人類文化做出貢獻的音樂家、文學家或思
想家，我覺得在精神上就好像沒有什麼距離，就會感到熟悉，甚至親切。
所以我喜歡去博物館，去歐洲城市的教堂和別的有特色的建築，喜歡去參
觀著名作家、詩人、藝術家或思想家的故居。我總覺得那裏似乎有特別的
靈氣，到那裏去不僅能增長見識，而且可以豐富自己的心靈。旅行的樂趣
絕不僅僅是「到此一遊」，而是吸取這種精神文化上的養分，使自己變得
更開放、更寬容、更有能力去理解不同文化，去欣賞人類精神在表面的千
差萬別之下那些不期而然的相通契合之處。

九、附言：關於孔子學院的一點感想

　　這次北歐之行，除了瑞典皇家學院和奧斯陸大學之外，我在其他好幾個地方的演講都由那裏的孔子學院與當地某大學一個系或中心聯合舉辦，每次演講都有不少聽眾，討論問答也很熱烈。我並沒有覺得這幾次演講和別的演講有什麼區別，可是有幾個地方孔子學院的院長都告訴我，有人對孔子學院頗有微詞，他們的工作並不容易。由國家漢辦出資在國外建立孔子學院，為當地的學生提供漢語和中國文化課程，目的當然是推廣中國的語言和文化。其實日本、韓國在經濟發展起來之後，都有類似的基金會推廣日本、韓國的文化，臺灣的蔣經國基金會也早已開始在海外推廣中國文化。然而漢辦在國外幫助設立孔子學院，卻引起海外不少人懷疑甚至反對，有不少爭議。反對者擔心那是中國影響力在文化上的擴張，甚至有人直說是「文化侵略」。其實一個國家強盛起來之後，其他國家的人自然而然會對其語言文化發生興趣，願意去學習。英語在當今世界上絕對是全球最通用的語言，各國的人都在學英語，這和英美在全球的強勢和實力當然是分不開的。二十世紀七十年代，日本成為全球第二經濟大國，西方人學習日語和日本文化也曾形成一股熱潮。法國在世界上許多國家都設有法國文化協會（Alliance française），德國在世界各地也設有歌德學院（Goethe Institute），都是推廣自己國家的語言和文化，卻並沒有什麼人質疑或抵制，也沒有人說是文化侵略。為什麼中國漢辦在國外建立孔子學院，就引起質疑和爭議呢？孔子學院的院長都是研究中國文化的學者們，他們覺得那種質疑和爭議表現出西方一些人的誤解和偏見，但同時也覺得很難完全消除那些偏見。

　　說來也頗有點諷刺意味，不過三十多年前，中國人曾理直氣壯地譴責西方人在中國建醫院、辦教會學校是帝國主義的文化侵略，現在竟輪到別人來說我們文化侵略了。在某種意義上，這也反映了世界局勢和國力強弱的變化。當我們說別人文化侵略的時候，也正是中國極為貧弱、缺乏自信

的時候。因為弱者處於劣勢，處處生怕自己吃虧，所以往往擔心別人有陰謀，對自己不利。有力量、有自信心的人，就比較不那麼緊張，容易有包容心，對別人也比較能有同情的理解。如果我們反省自己當年譴責西方文化侵略時的心態，現在西方有人擔心中國通過建孔子學院來擴大軟實力，甚至斥之為文化侵略，也就不那麼難於理解。在我看來，法國文化協會和德國的歌德學院都由法國人和德國人直接負責管理，中國沒有直接派人去管理孔子學院，而是與當地的院校合作，孔子學院院長由當地學者擔任，而且請當地社會上有影響的人加入董事會，負責監督管理孔子學院的運作，這些都是很恰當的措施。不過重要的還不只是建立孔子學院，而是要培養人才，派出去的教員不僅有教學能力，而且對所去國家的情形有充分瞭解，出去的目的不是觀光旅遊，更不能像上世紀八十年代初出國那樣，顯出一副窮像，拼命省下錢來，買幾個洋大件回家。

由於中國與西方在政治制度和社會結構方面都有很大差別，中國又是一個幅員廣闊、人口眾多的大國，在世界經濟和政治領域，都越來越有分量，孔子學院在海外引起質疑甚至爭議，可以說是無可避免的。也許只有當孔子學院任教的老師們有高品質，能贏得當地學生和同行的尊重和信任時，對孔子學院的質疑才會逐漸消失。現在世界各地想學習中文的人確實越來越多，但那種自發的需求和孔子學院如何配合，卻是一個頗為複雜的問題。我覺得我們應該有自信，但不能急躁，更不能自以為是，譴責別人總覺得是理直氣壯，別人質疑我們就總以為是偏見、是霸權。文化的相互溝通和理解需要時間，但我相信不同文化之間總是可以相互理解和接受的。中國文化的價值會被別的國家的人理解而且接受，就像我們自己接受過而且不斷在有選擇地接受其他民族創造的文化價值一樣。

附記：二〇〇九年二月，我被選為瑞典皇家人文、歷史及考古學院外籍院
　　　士，十月到斯德哥爾摩演講，並在瑞典之外，去了丹麥、芬蘭和挪威
　　　演講。這次北歐之行十分愉快，也給我留下很深的印象。返回香港
　　　後，寫了這篇遊記，發表在十一月底和十二月初的《上海書評》上。

與王爾德的文字緣

　　讀者和所讀的作品之間有一種互動，有時候由於特殊的環境和心境，讀到一部好作品會有格外深刻的體會和感受。記得初讀英國作家奧斯卡·王爾德（Oscar Wilde, 1854-1900）的作品，情形就是如此。那是上世紀六十年代末，正是「文革」那萬馬齊喑的年代，不記得在哪裡偶然找到王爾德一篇妙語如珠的論文，題為《謊言的衰朽》。當時所讀為中譯本，已不記得譯者是誰，但王爾德那語驚四座、充滿機鋒和睿智的議論，立即深深地吸引了我。在那個年代，官方正統宣傳的是文藝反映生活，文藝為政治服務，表面上注重現實主義，實際上誰都看得出那些虛假的樣板戲和誇張做作的英雄形象，沒有什麼生活的真實。在文藝為政治服務的年代，壓倒一切的主題是階級鬥爭，不講溫情，美更幾乎成了一個貶義詞。對那些既沒有說服力、又十分壓抑人的說教，我實在打心底裏反感。就在這時候讀到王爾德《謊言的衰朽》，聽他一反眾說，宣稱不是藝術模仿生活，倒是生活更常模仿藝術，藝術並不反映現實，而是一種虛構，王爾德故意稱之為謊言，並解釋說「謊言，即講述美而不真的事物，才是藝術正當的目的」。在文革壓抑的政治氛圍中讀到這樣的話，那種痛快淋漓的新鮮感和驚喜實在難以形之於言。王爾德善於以機靈、俏皮的語言說反話，而言談又往往含有深意，耐人尋味。他所謂生活模仿藝術，其實就是說藝術家能賦予我們嶄新的眼光，教會我們去認識生活中的美。他說：「如果不是先有印象派畫家的作品，我們哪裡會有在街頭低迴飄搖那種褐色的濃霧，使煤氣燈的燈光若隱若現，把一家家住房變得像幽暗的鬼影呢？如果不是由

於印象派及其大師，我們又怎麼會有橫在河面上那可愛的一層銀色薄霧，把彎彎的小橋和水中蕩漾的船隻都化為優雅的、漸遠漸淡的形影呢？」真正的藝術遠比現實更美，也更能打動人的心靈。當你走到窗前，看見夕陽西下的天空時，你看到的難道不是「一幅很次等的透納風景畫嗎？」[1] 讀到王爾德這篇論文，久被壓抑和踐踏的藝術與美的觀念，在我眼前突然展現絢麗的色彩，顯得無比優雅與輝煌，給我以精神上極大的滿足。這篇文章對我有如此震撼力，的確是由於當時的政治環境使然，但我也因此與王爾德的文字結緣，從此特別留意他的著作。

　　再一次細讀王爾德，是在那之後二十餘年，即在一九八六年前後。文革後我在北大讀碩士，留校任教兩年後於一九八三年去美國，在哈佛大學比較文學系攻讀博士。哈佛英文系的傑羅姆・巴克利（Jerome Buckley）教授是研究維多利亞時代文學的專家，他退休前最後一次為研究生開課，講維多利亞時代三位批評家阿諾德（Matthew Arnold）、佩特（Walter Pater）和王爾德。我參加了那個專題課，特別潛心於王爾德的批評理論，從頭到尾讀了王爾德全部論文、小說《道連・格雷的肖像》以及其他一些文學創作。在這三位批評家中，阿諾德最為有名，佩特也因論文藝復興的著作而頗有名聲，尤其他論達・芬奇所繪蒙娜・麗莎的微笑，更幾乎是無人不知，無人不曉，不過很多人也許並不知道這著名的微笑，最初乃是出自佩特的一段文字。王爾德的情形則很不同，他的小說和幾部喜劇，甚至為兒童寫的童話，都很得讀者和觀眾讚賞，但他的批評文字卻一直沒有得到學者和批評家們足夠的重視。他的文字太俏皮、太漂亮，許多人都欣賞他的語言技巧，卻不認真看待其中蘊含的思想。威勒克寫《近代批評史》，講到英國十九世紀唯美派時，就沒有提王爾德，只在別處把他輕輕一筆帶過。巴克利教授把王爾德與阿諾德、佩特並舉，在那時也並不是學界普遍接受的觀點。可是有在文革中讀《謊言的衰朽》那難忘的經驗，我從來覺

---

[1]　透納（J. M. W. Turner, 1775-1851）為英國著名風景畫家，尤擅畫波光閃爍、日影朦朧的海景。

得王爾德不僅話說得漂亮，而且其中的道理也很有說服力。我為那門課寫的期末論文，題目是「王爾德的批評遺產」（The Critical Legacy of Oscar Wilde），就極力認真對待王爾德的批評思想，肯定他所倡言的創造性批評，並把他的觀點和當代文學理論相比較，說明他在十九世紀八十和九十年代，早已得風氣之先，預示了當代理論中的觀念和思想。從十八世紀的維柯（Giambattista Vico）到二十世紀許多重要的哲學家、理論家和文學批評家如伽達默（H. G. Gadamer）、弗萊（Northrop Frye）、布魯姆（Harold Bloom）、哈特曼（Geoffrey Hartman）、賽義德（Edward Said）以及巴爾特（Roland Barthes）等，都能找到與王爾德共鳴相通的思想。然而比較起許多愛走極端而語言又晦澀虛玄的後現代主義批評家們，王爾德的文字不僅讀起來是一種享受，而且在那些看似驚世駭俗的言辭後面，卻往往有相當合乎情理的思想。

如果說《謊言的衰朽》闡述生活模仿藝術，那麼在《作為藝術家的批評家》這篇論文裏，王爾德就提出了另一個相應的觀念，那就是藝術模仿批評。如果說透納的作品教會我們欣賞夕陽西下的美景，那麼首先是批評家拉斯金（John Ruskin）使我們懂得如何理解透納的作品；如果說達・芬奇使我們讚美義大利的美女，那也首先是佩特使我們張開了眼睛，得以看見蒙娜・麗莎嘴角那莞爾一笑之美。生活為藝術家提供創作的素材，藝術品也同樣為批評家更高的創造提供素材；這兩層對應的看法使王爾德的批評理論具有一種系統性和內在的完整。雖然創造性批評的概念一旦發展過度，的確很容易脫離文學和藝術本身，成為過度的詮釋，甚至成為理論家和批評家自我陶醉的囈語，走向王爾德所主張的審美批評之反面，但王爾德本人絕非如此。他特別強調批評家必須有真才實學，認為「批評遠比創作要求更多的修養」。他更特別強調批評家應該有一種世界主義的開闊胸襟和眼界，能品評各種藝術作品，能真正欣賞藝術之美。

我那篇論文力求從當代批評的角度，重新去評價久被忽略的王爾德的批評理論，認為應該認真看待他提出那些批評觀念，尤其發掘他的思想與當代批評理論可以相通之處，把王爾德與許多重要的思想家和文學批評

家聯繫起來。在那個時候，這樣的看法在英國文學研究中，可以說還頗有些新意。記得那學期有好幾位哈佛英文系的研究生選這門課，在最後一堂課結束時，巴克利教授卻單單拿出我交的論文，在課堂上念了他給我的評語。他不僅充分肯定了我論文的觀點，而且最後一句話說：「With a few modifications, this is readily publishable.（只要稍作修改，此文完全可以發表）」我得到他這樣的鼓舞，很快就把論文略作修改，寄給*Texas Studies in Literature and Language*（《德克薩斯文學語言研究》）雜誌，不久就發表在該刊一九八八年春季號上。數年之後，斯坦福大學研究維多利亞文學的列金尼婭・伽格尼爾（Regenia Gagnier）教授編輯一部王爾德評論文集（*Critical Essays on Oscar Wilde*, New York: G. K. Hall, 1991），收集二十世紀八十年代以來最具代表性的研究成果（「state-of-the-art Wilde criticism」），把我那篇文章也收在文集裏。又過了十年，另一位學者梅麗莎・諾克斯（Melissa Knox）出版了《王爾德在1990年代：作為創造者的批評家》（*Oscar Wilde in the 1990s: The Critic as Creator*, Rochester: Camden House, 2001），那本書也從討論我那篇文章起始。諾克斯指出我的文章最初發表在一九八八年，而在那之前一年剛好出版了理查・艾爾曼（Richard Ellmann）里程碑式的王爾德傳記，她認為「這兩者都是最早認真看待王爾德的文學批評並發現其價值的論著」。近年來好幾位研究王爾德的學者在他們的著作裏，還引用或者提到過我那篇論文。

王爾德雖然結過婚，也有家室，但他是同性戀者，這在維多利亞時代的英國是非法的事情。他因此在一八九五年被判監禁，兩年後出獄，身敗名裂，改名換姓流亡法國，終於在一九〇〇年客死巴黎。這也許是值得同情的不幸遭遇，但在我看來，這與王爾德的文學創作和批評思想並沒有直接關聯。如果不是文革那種特殊的政治環境，偶然間讀到《謊言的衰朽》也許不會給我如此震撼，使我那麼喜愛王爾德那有時略嫌雕琢的文字。然而二十世紀八十年代之後，隨著文學理論和文化研究的發展，身份認同的政治和同性戀研究在美國大學裏聲勢越來越浩大，王爾德成為同性戀研究一個熱門話題。我從一九八九至一九九八年在加州大學河濱校區

（UC Riverside）任教，英文系研究十九世紀文學的專家露絲・阿布羅伯茨（Ruth apRoberts）教授和我是很好的朋友，她給英文系研究生開課，主講維多利亞時代文學，曾邀我在她的課堂上去講王爾德的批評理論。那個英文系恰有好幾位專門研究同性戀者，露絲事後告訴我說，這些人一開始聽說我要去講王爾德，滿以為我會談論這位唯美派才子的同性戀問題，後來聽說我要講的與此毫不相干，便興味索然。我給研究生講課時，他們一個也沒有來聽。就文學研究而言，這實在很不正常。王爾德是同性戀者，這是眾所周知的事情，要討論此事對王爾德的生活及藝術有什麼影響，也未嘗不可。但把他的性生活視為唯一重要的事情，好像不談同性戀，就不能理解王爾德的著作，那就不僅荒唐，而且有礙於讀者和研究者真正欣賞王爾德的藝術，深入認識其思想及其價值。歧視同性戀固然是過去時代的偏見，但現在有些研究同性戀者矯枉過正，非要把一個作家或藝術家床笫之間的事視為高於一切，也真是匪夷所思，咄咄怪事。

王爾德只寫過一部小說《道連・格雷的肖像》，非常成功，此外他還有好幾部喜劇很受歡迎，其中最著名的是The Importance of Being Ernest（1895），不僅一直有人在舞臺上演出，而且還不止一次改編成電影。著名詩人和翻譯家余光中先生把這部喜劇巧妙地譯為《不可兒戲》，盡力在譯文中表現英文原文的幽默和譏誚，好像和王爾德在比賽造語之妙，頗有意味。二〇〇四年夏，對中西戲劇造詣很深的楊世彭先生採用余光中傳神的中譯，執導《不可兒戲》，由香港話劇團演出此劇。余光中和楊世彭兩位都是熟識的朋友，我在香港觀看了《不可兒戲》的首場，通過舞臺形式和中文的演出，又一次欣賞了王爾德的藝術。《不可兒戲》可以說最能代表王爾德的人生態度和文字風格，在一八九〇年代英國舞臺上鬧劇式作品中，又是一部譏刺意味很強的佳作。王爾德遊戲人生的態度在基本劇情上已表露無遺：兩個年輕漂亮的女子，居然執意要嫁給名字叫做任真（Ernest）的男人，傑克（Jack）自稱任真，最後發現那果然就是他的本名，亞吉能（Algernon）假冒傑克弟弟，結果發現他本來就是傑克胞弟。這類陰差陽錯的巧合在西方喜劇裏早成格套，但王爾德卻能化腐朽為神

奇，以語言之詼諧巧妙吸引觀眾，明明無稽荒誕，卻讓人一時拋開邏輯和常理，心甘情願隨劇情上下去看那可笑的人，可笑的事，可笑的一幕幕情節。其實這劇說不上有什麼情節，無非是兩對少男少女挑逗調笑，逢場作戲，結尾雖然雙雙訂婚，卻很難說是有情人終成眷屬，因為王爾德的嘲諷暴露了劇中所有人的空虛淺薄，他們的婚約也顯得可笑而不可靠。賣弄風情的關多琳（Gwendolen）和狡黠伶俐的西西麗（Cecily）為了吊胃口，故作賭氣的樣子離開傑克和亞吉能，可又在視窗張望，交頭接耳地議論，急切期待兩個追逐者來求婚。這兩個女人的矯情和兩個男人的膚淺，尤其是惡俗霸道而一開口就引人捧腹的巴夫人（Lady Bracknell），都是使這出喜劇成功的因素，而劇中人物滿帶機鋒的話頭，更讓人應接不暇，在笑聲中體會出一些人生的至理。

　　在維多利亞時代文壇上，阿諾德主張「詩為生活之批評」，強調文學和文化的社會責任與道德價值。王爾德不贊同這種看法，而自認追隨佩特，信奉「為藝術而藝術」的唯美主義。在《道連‧格雷的肖像》序言裏，他明言「世上沒有什麼道德或不道德的書。書或寫得好，或寫得糟，如是而已。」他又說：「人的道德生活只是藝術家取材的一部分，而藝術的道德全在於完善使用一並不完善的工具。……對藝術家說來，善惡都不過是藝術的題材。」認真想來，這些話其實不無道理。王爾德正是以藝術家超然的慧眼觀察人生世態，揭開習俗禮儀偽飾的面紗，讓我們看透世人的虛假，尤其是上流社會的矯揉造作，毫無原則是非。然而這種揭露又並非義正辭嚴的譴責批判，而是出之於謔浪笑傲，妙語聯珠的調侃和嘲諷，並非憤世嫉俗的悲哀，而是深得人生三昧，化為同情理解的微笑。以輕鬆超然的喜劇觀來看世界，而不必處處強調社會、政治和倫理道德，也許正是《不可兒戲》似乎荒誕、卻絕非兒戲的意義。從《謊言的衰朽》到《不可兒戲》，王爾德的語言機智、俏皮，有時故意違反常理而顯得荒誕，可是在那荒唐的表面之下，卻隱藏著相當敏銳的觀察和認真的思考。其實任何好的諷刺都有賴於深刻的思考，而在這個意義上，王爾德可以說是一個思想家，然而是一個極具詩人氣質的思想家，是語不驚人死不休的思想

家。我認為要真正欣賞王爾德的作品，這就是應該把握的要點。我相信，王爾德作為維多利亞時代一個具有洞察力和深邃思想的批評家之地位，會得到越來越多的人承認，並將成為十九世紀英國文學研究中一個仍待開拓的發展方向。

附記：王爾德是我一直喜愛的作家之一，而第一次發現並喜愛他的作品，
　　　幾乎是一個偶然機緣，也和當時的社會政治環境有關。此文大概講
　　　述了這種機緣，最初發表在《書城》二〇一〇年一月號。

中西交匯與錢鍾書的治學方法：
紀念錢鍾書先生百年誕辰

　　在近代學人中，錢鍾書先生堪稱是真正瞭解中學與西學，以其獨特方式探討中西學問的大學問家。錢先生的主要著作《談藝錄》和《管錐編》採取中國傳統著述方式，分列條目評點古代經典和前人著述，每則評論往往只有數頁，簡短如筆記隨感，在形式上與現代學術著作的寫法很不相同。這些評論文字完全隨思想的路徑自然發展，行於所當行，止於不可不止，舉凡文學、歷史、哲學、心理學、語言學及其他領域，無所不包，無所分隔，完全不顧及學科分類，所以在內容上也與現代學術著作的寫法大相徑庭。中國古代有經、史、子、集的分類，卻沒有發源於西方的現代各門學科之分類，錢鍾書先生的《管錐編》如果按照圖書分類法來歸類，就較難處理。所以無論在內容或形式上，錢先生的著作都迥異於現在大多數學人著作的寫法。但與此同時，錢先生又絕非固守傳統，其思想和寫作可以說前無古人，完全超越傳統，因為他以典雅的文言撰寫學術著作，卻又大量引用西方著述，以中西文本之具體比較來闡發中國古典著作的思想意蘊。這就是錢先生《談藝錄》序所謂「頗採二西之書，以供三隅之反」的治學方法。[1] 這一方法並非只是徵引文獻的範圍擴大而已，而是在東西方很不相同的文化傳統中，發現其間出人意表之契合相通之處。中國不僅古代學人不

---

[1] 以下引用錢鍾書《談藝錄》補訂本（北京：中華書局，1984）和《管錐編》第二版（北京：中華書局，1986），都只在文中標出頁碼，不一一注明出處。

通外文，就是現代學者對西方典籍也瞭解有限，而且通外文往往限於英文或法文，能兼通德、意、西、拉丁等多種文字，則非常少見。打通中西文化傳統，在極為廣闊的學術視野裏來探討人文學科的各方面問題，可以說是錢鍾書治學方法最重要的特點，也是他對中國現代學術最重要的貢獻。

我們常說懂得一種外文就像打開一扇心靈的窗戶，由於錢鍾書先生懂得多種外文，他對西方學術傳統的瞭解恐怕在中國少有人及，而他對中國典籍的了若指掌，在西方也無人可望其項背。早在一九八三年，很有眼光的漢學家李克曼（Pierre Ryckmans）就在法國《世界報》上撰文說，錢鍾書對中國和西方兩方面文學和傳統的瞭解「在今日之中國，甚至在全世界都是無人可比的」（Sa connaissance de la littérature chinoise, du patrimoine occidental, de la littérature universalle, est prodigieuse. Qian Zhongshu n' a pas son pareil aujourd' hui en Chine et même dans le monde.）。[2] 可是大多數中國學者缺乏同樣的外文修養，對這一點就沒有足夠的瞭解和體會，他們對跨越中西文化傳統這種廣闊視野在學術上的重要性，也往往沒有充分的認識。有些人見他書中引用了許多鶴立蛇行的古怪文字，看得眼花繚亂，頭昏腦脹，便覺得只是多了一些洋例證；還有些人不僅不能窺見其中的宏大精微，反而覺得錢先生在炫示才學，掉洋書袋；更有些人完全缺乏洞識，見錢先生論中國又涉及西方，各種語言的引文層出不窮，應接不暇，他們不能得其門而入，於是反責其淩亂不成系統。其實錢先生自己對「頗採二西之書，以供三隅之反」之目的，早已說得很清楚。其言曰：「蓋取資異國，豈徒色樂器用；流布四方，可徵氣澤芳臭。故李斯上書，有逐客之諫；鄭君序譜，曰『旁行以觀』。東海西海，心理攸同；南學北學，道術未裂」（《談藝錄》頁1）。在我看來，錢鍾書先生在此相當準確地描述了他的學術視野與治學方法。不僅較早的《談藝錄》具有這樣的視野，依照這種方法，其後論述範圍更廣的《管錐編》亦如是。這種開闊的視野不僅未見於中國傳統著述，在現代學術著作中亦是鳳毛麟角。

---

[2] 見Simon Leys（Pierre Ryckmans）發表在 *Le Monde* 1983年六月10日的文章。

　　我在此且以《管錐編》開篇「論易之三名」為例，具體說明錢鍾書徵引中西文獻，絕非只是把本來引用中文文獻就可以說明的道理，疊床架屋，引用西方的例證再說一遍。《管錐編》以論《周易正義》起始，而以論易之三名開篇。首先引《易緯乾鑿度》云：「易一名而含三義，所謂易也，變易也，不易也。」然後引《毛詩正義》謂「詩有三訓：承也，志也，持也。」再引皇侃《論語義疏》自序謂論即倫，而「倫」有四義：倫者次也，理也，綸也，輪也。又引董仲舒《春秋繁露・深察名號》篇第三五謂「王」有五義：皇也，方也，匡也，黃也，往也。復引智者《法華玄義》卷六上：「機有三義：機是微義，是關義，是宜義。應者亦為三義：應是赴義，是對義，是應義。」引用這些中國典籍之後，錢鍾書先生小結說：「脊徵不僅一字能涵多意，抑且數意可以同時並用，『合諸科』於『一言』」（頁1）。論《易》而先正其名，自是題中應有之義。一字多義，本不足為奇，但易有三名，即鄭玄《易論》所謂「易一名而含三義：易簡一也，變易二也，不易三也」，就頗有點特別，因為同為一易字，卻可以有易與不易這恰恰相反之二義。

　　接下去錢先生筆鋒一轉，指出「黑格爾嘗鄙薄吾國語文，以為不宜思辯；又自誇德語能冥契道妙，舉『奧伏赫變』（Aufheben）為例，以相反兩意融會於一字（ein und dasselbe Wort für zwei entgegengesetzte Bestimmungen），拉丁文中亦無義蘊深富爾許者。其不知漢語，不必責也；無知而掉以輕心，發為高論，又老師鉅子之常態慣技，無足怪也；然而遂使東西海之名理同者如南北海之馬牛風，則不得不為承學之士惜之」（頁1-2）。因為上面一段已經用豐富的例證說明，漢語中如易、詩、倫、王、機等字不僅多義，而且有一字而含相反二義者，所以黑格爾以「奧伏赫變」（今通譯「揚棄」）一字沾沾自喜，以為乃德語所獨具，甚至拉丁文都沒有這樣的字；且不懂中文而無知妄說，鄙薄中文不宜思辯，就實在顯得可笑亦復可惜。從《管錐編》全書佈局而言，在開篇駁斥黑格爾此論，還有更重要的意義。指出並非只有德文之「奧伏赫變」一字含相反兩意，漢語裏有些字也是如此，就說明中西都有思辯哲學之可能，兩者

可以互相比照；這也就為中西比較奠定了基礎，論證了這種比較研究的合理性。其實一字融會相反二義，絕非德語或任何一種語言所可得而專之。語言學家史蒂芬・阿爾曼在討論語義學的專著裏就曾指出，一詞雙義（bisemy）有一種特殊情形，即「同一名而具相反二義」，所舉例證就有拉丁文之sacer及法文之sacré，都既有「神聖的」又有「受詛咒的」相反二義。[3] 但超出西方範圍，舉出漢語中的例子，更有特別意義。由此可見，《管錐編》開篇論易之三名並批駁黑格爾的謬誤，並非偶然，卻有周密考慮和全盤的佈局，是為全書乃至為整個中西比較研究打下理論的基礎。

關於一字多義，錢鍾書先生分疏為「並行分訓」與「背出或歧出分訓」，但字雖多義，在大多數情形下，用時僅取一義。真正一字同時含有相反二義，是極少數情形。他先舉《論語・微子》中「隱居放言」為例，此句雖可有兩種相反解釋，或為極言盡詞，或為捨置不言，「然二義在此句不能同時合訓，必須掂一棄一」。然後他指出，德語的情形亦如是，「即以『奧伏赫變』而論，黑格爾謂其蘊『滅絕』（ein Ende machen）與『保存』（erhalten）二義；顧哲理書中，每限於一義爾」。接下去錢先生舉出康德、席勒、馮德、歌德等人著作，其中用aufheben一字，只取「滅絕」一義。但他最後舉出席勒與謝林文中用aufheben，「以指矛盾之超越、融貫。則均同時合訓，虛涵二意，隱承中世紀神秘家言，而與黑格爾相視莫逆矣。別見《老子》卷論第四〇章」（頁2-3）。

此處最後一句話很重要，因為它指引讀者到《管錐編》第二冊論《老子》四〇章「反者道之動」一節，錢先生在那裏說：「《老子》用『反』字，乃背出分訓之同時合訓，足與『奧伏赫變』（aufheben）齊功比美，當使黑格爾自慚於吾漢語無知而失言者也（參觀《周易正義》卷論《易有三名》）。『反』有兩義。一者、正反之反，違反也；二者、往反（返）之反，回反（返）也（『回』亦有逆與還兩義，常作還義）」（頁445）。這是漢語裏又一個一字而含相反二義的例子，而且是體現中國古人辯證思

---

[3] Stephen Ullman, *Principles of Semantics* (Oxford: Basil Blackwell, 1963), p. 120

想的重要例子。《管錐編》書中常有參觀某處之語,這裏就是一例,這個例子說明《管錐編》雖然分條立論,條目之間看似隨意組合,沒有系統,沒有邏輯聯繫,但其實在作者心目中,全書乃為一體,各條目之間有互相呼應的關聯。細心的讀者如果注意到《管錐編》各處可以互相映襯參照的思想觀念,就可以從中得到許多啟發,那些看似零散的評論也就可以逐漸連接為一個整體,其中有異常豐富的內容,充滿了睿智和洞見,使讀者覺得如入寶山,每次閱讀總是開卷有益,絕不會空手而返。加之錢先生的文字生動有趣,常帶機鋒,讀來有一種審美的享受,且得到心智的滿足。

　　錢先生說:「語出雙關,文蘊兩意,乃詼諧之慣事,固詞章所優為,義理亦有之。」(頁4)這是錢先生一個重要觀點,即文學詞章與經史典籍可以相通而為用,詩人的文心妙語可以啟發我們理解經籍的義理。他在另一處還說:「修詞機趣,是處皆有:說者見經、子古籍,便端肅莊敬,鞠躬屏息,渾不省其亦有文字遊戲三昧耳。」(頁461)他舉出《莊子》、《詩經》、《左傳》、《荀子》、《墨子》等書中用「彼」字,「可作『他』解,亦可作『非』解」(頁4)。彼與此相對舉,是與非相對舉,都可以與西方哲學相關概念相互印證。錢鍾書先生說:「『彼出於此』,『此亦彼也』,猶黑格爾謂:『甲為乙之彼,兩者等相為彼』(Aber A ist ebensosehr das Andere des B. Beide sind auf gleiche Weise Andere);『非出於是』,『是亦非也』,猶斯賓諾沙謂:『然即否』(Determinatio est negatio),後人申之曰:『否亦即然』(Aber jede Verneinung soll als Bestimmung erkannt werden)。」(頁4-5)稍微瞭解黑格爾、斯賓諾沙哲學思想的人,會對此處所說語言與概念形成之辯證關係深有體會,同時也會加深對中國古代典籍中類似思想的理解。

　　錢先生常常譏諷那些缺乏洞見、頭腦呆滯的經生陋儒。易一名而含三義,尤其一字融會相反二義,就有死心眼的經生大惑不解。張爾歧《蒿菴閒話》卷上就有一個例子:「『簡易』、『變易』,皆順文生義,語當不謬。若『不易』則破此立彼,兩義背馳,如仁之與不仁,義之與不義。以『不易』釋『易』,將不仁可以釋仁、不義可以釋義乎?」錢先生對此

評論說：「蓋苟察文義，而未洞究事理，不知變不失常，一而能殊，用動體靜，固古人言天運之老生常談。」接下去他舉了許多經典裏的例證，說明相反者相成是一個普遍的道理。文學的例子則舉了蘇軾《前赤壁賦》名句：「逝者如斯，而未嘗往也；盈虛者如彼，而卒莫消長也」，認為「詞人妙語可移以解經儒之詁『易』而『不易』已。」這的確是一個極好的例子，極易理解而又道出變與不變、易而不易之理。接下去錢先生又引用古希臘哲人赫拉克利特謂「唯變斯定」（By changing it rests）；普洛提納謂「不動而動」（L'Intelligence se meut en restant immobile）；以及中世紀哲人奧古斯丁謂「不變而使一切變」（Immutabilis, mutans omnia），說明「西洋典籍中此類語亦甲乙難盡」（頁6-7）。局限在文字訓詁而不能洞究事理，尤其不能將中國傳統典籍放在中西比較的廣闊視野裏來考察，就不可能見出天下事理之普遍聯繫。錢鍾書先生的著作給我們最重要的啟迪，就是讓我們眼界更為開闊，胸襟更為廣大，能夠在盡量宏大的視野中去理解、去思考。但這種理解或思考又是以古來中西文化傳統中具體文本的具體字句為依據，絕非空疏的無根之談。

對文本具體字句的注重與錢鍾書先生分條評點的寫作方式密切相關，因為這種寫作方式突出文本細節中蘊涵的片斷思想。《談藝錄》和尤其是《管錐編》給讀者帶來的正是無數具體而意蘊豐富的思想，以及中西方這類思想的相遇、踫撞、交融與契合。讀錢先生的《管錐編》，固然可以從頭讀到尾，起碼把評論不同典籍如《周易正義》、《毛詩正義》、《左傳正義》、《老子王弼注》等書的各條聯貫起來讀，但也可以分段來讀，或依照某一問題或主題，挑選相關條目來讀。譬如上面提到的一字融會相反二義這一主題，就可以讀《周易正義》部分論「易之三名」和《老子王弼注》部分論「反者道之動」這兩節，並由此聯繫到其他相關條目的內容。由於錢先生著作的每個條目都有極豐富的內容，都徵引中西方各類典籍，讓我們可以在不同傳統的比較中，在異常開闊的視野裏來理解這些具體思想，這些片斷思想就不是孤立死板的概念，卻在不同文本的比較中顯出活生生的生命力，變得更容易理解。

　　錢先生著作這種分列條目的寫作方式是他自覺的選擇，也明確表現出他反對只強調系統的西方論述方式及當中隱含的價值判斷。西方自柏拉圖、亞里士多德以來，學術傳統往往強調系統論述，有許多大部頭著作。這種系統論述在現代中國的學術界，也成為普遍接受的寫作方式。理論系統當然有其長處，因為一種理論要成為周密的系統，其組成部分就要互相聯繫而不能自相矛盾，於是各個部分都必須經過細緻分析和周密思考，各部分與整體之間也必須配合得當，互相支撐，才成為一個完整的體系。這就好像一座大廈，各種建築材料按照整體結構的需要安置配搭，最後落成。可是理論發展到系統化的程度，有了宏大的結構，離開最初產生理論的具體環境就愈來愈遠。不僅如此，理論體系有了一套複雜的術語和包羅萬象的解釋方法，對任何問題都按照系統的理解去回答，而不顧實際情形和需求，以不變應萬變，就往往成為理論的教條，失去理論最初產生時的合理性和解釋力量。二十世紀後半可以說是西方文學和文化理論蓬勃發展的時代，可是到二十一世紀，大多數人已經厭倦了脫離實際、抽象虛玄、晦澀而充滿行話式術語的理論。所以理論發展為體系，有一套方法，既是力量的表現，也往往是衰落的開始，理論體系中有價值有活力的也只是一些片斷零碎的思想。

　　錢鍾書先生對此有十分明確的認識。他曾用建築做比喻，說出他關於系統與片斷思想的看法。他說：

　　　　許多嚴密周全的思想和哲學系統經不起時間的推排銷蝕，在整體上都垮塌了，但是它們的一些個別見解還為後世所採取而未失去時效。好比龐大的建築物已遭破壞，住不得人，也唬不得人了，而構成它的一些木石磚瓦仍然不失為可資利用的好材料。往往整個理論系統剩下來的有價值東西只是一些片斷思想。脫離了系統而遺留的片段思想和萌發而未構成系統的片斷思想，兩者同樣是零碎的。眼裏只有長篇大論，瞧不起片言隻語，甚至陶醉於數量，重視廢話

頓，輕視微言一克，那是淺薄庸俗的看法——假使不是懶惰粗浮的
藉口。[4]

錢先生指出藉口重視系統而不願意深入文本細節的草率空疏，批評這是
「淺薄庸俗」或「懶惰粗浮」，實在很有針對性。在系統理論的大旗下，
往往從概念到概念，無論幾十年前如唯物、唯心、階級性、人民性那樣的
老概念，還是近十多二十年來如身份認同、話語霸權、自我殖民等來自西
方後現代、後殖民主義的新概念，都很容易脫離文本和現實，變成一套充滿
抽象概念和術語的套話、空話。不少人從這樣的概念出發，寫論文下筆千
言，看起來洋洋灑灑，振振有詞，其實卻脫離實際，虛假空洞。這種表面看
起來有系統結構的長篇大論，實在是「淺薄庸俗」、「懶惰粗浮」。錢先生
的著作則與此相反，都始於古代典籍文本的具體細節，有感而發，絕不作空
疏的議論。所以讀他的書，就覺得沒有一句空話，而隨處都能給我們啟發。

　　當然，錢先生絕不是要讀者只重視具體的片斷思想，而輕視系統的大部
頭著作。看他引用自柏拉圖、亞里士多德到黑格爾乃自當代西方的大量著
作，就可見他不僅沒有輕視或忽略西方系統論著，卻反而非常熟悉並重視
這些論著。其實系統論述和片斷思想並非決然對立，錢先生重視文本細節
中包含的具體思想，是反對空疏，而空疏正是學界常見的弊病。可是近來
卻有不少人刻意把系統與片斷思想絕對地對立起來，並以此批評錢鍾書的
學術著作零碎不成系統。例如李澤厚先生不久前就發表議論說，陳寅恪、
錢鍾書這樣的人雖然有學問，但不是思想家，在中國近代歷史和文化史上沒
有什麼影響。他通過與劉再復對話的方式，斷然宣稱「談論中國近現代史，
特別是近現代文化史，前不可能繞過康、梁，後不可能繞過陳（獨秀）、胡
（適）、魯（迅）。他們是重要的文化歷史存在。可以不講陳寅恪、錢鍾
書，但不可不講魯迅、胡適」。[5] 李先生對陳寅恪、錢鍾書的盛名似乎頗為

---

[4] 錢鍾書，〈讀《拉奧孔》〉，《七綴集》（上海：上海古籍，1985），頁29-30。
[5] 李澤厚，劉再復，〈共鑒五四新文化〉，《萬象》11卷7期（2009年7月），頁40。

不滿，批評說「一些人極力拔高周作人、張愛玲等人，用以壓倒或貶低魯迅，用文學技巧來壓倒思想內容。學界也流行以『知識』、『學問』來壓倒和貶低思想。其實，嚴復當年就說過，中國學人崇博雅，『誇多識』；而西方學人重見解，『尚新知』」。[6]可是西方學人的「見解」和「新知」難道就不是「知識」和「學問」嗎？難道這種新知和新思想沒有堅實的學問為基礎嗎？為什麼學術和思想決然對立，而且思想家一定就高於學問家呢？

　　針對中國學界的空疏淺陋，王元化先生曾提出「有學術的思想和有思想的學術」，不使思想與學術二者對立，也不偏廢某一方。王先生說：「學術思想的價值，只存在於學術思想本身之中，學術研究必須提供充分的論據，進行有說服力的論證，作出科學性的論斷；而不能以遊離學術之外的意圖（哪怕是最美好的）、口號（哪怕是最革命的）、立場（哪怕是最先進的）這些東西來頂替充數。」[7]把康有為、梁啟超、陳獨秀、胡適、魯迅與陳寅恪、錢鍾書對立起來，認為前者是中國近現代史上的重要人物，而後者則無足輕重，這顯然代表了以政治和意識形態上的影響為價值標準的史觀，儘管康、梁、陳、胡、魯迅諸人絕不是毫無學問的空頭思想家。正如葛兆光在討論近代思想史或學術史的一篇文章裏所說：「由於太平天國，龔自珍與魏源、康有為、梁啟超、譚嗣同與戊戌維新、章太炎、孫中山等等被凸出為主流。」而一大批在當時很有影響的知識人則被擯棄在「歷史」之外。因此他認為，「在歷史敘述的同時，歷史也在被刪改和塗抹著，『歷史』似乎在使歷史變得有秩序而清晰的同時，也在使歷史變得暗昧和扭曲」。[8]其實歷史是多方面、多角度的，歷史不必都是政治史，學術和思想更不必非此即彼。從戊戌變法到五四新文化運動，這當中的歷史當然重要，但在重視從康、梁到胡適和魯迅的同時，為什麼就一定要貶低陳寅恪、錢鍾書呢？

---

[6]　同上，頁44-45。

[7]　王元化，《清園近作集》（上海：文匯出版社，2004），頁3。

[8]　葛兆光，《西潮又東風：晚清民初思想、宗教與學術十講》（上海：上海古籍，2006），頁236，237。

　　劉再復在對談中好像為讀者點明瞭其中奧妙。他對李澤厚先生說：「錢先生的著作是個大礦藏，他用全部生命建構礦山，把開掘的使命留給後人。在可開掘思想的關鍵之處深錐下去，這倒是您這個思想家的特長。」[9] 這個比喻頗為新奇有趣。錢先生的學問只是原始的礦藏，供思想家去開採，而未經開採的礦石的價值，當然無法與開掘提煉出來的礦產相比。劉再復先生又說：「錢先生的功夫是把古今中外（包括詩詞）有關『幾』字的應用、疏解都『一網打盡』，可是他卻未能抓住『幾』字做出您的『歷史本體論』的大文章，今天我很有收獲，可把錢先生和您聯繫起來思索了。」[10] 其實兩者怎麼可能「聯繫起來思索」呢？從注重系統的觀點看來，解釋區區一個「幾」字的餖飣之學，哪里可以和宏大的「歷史本體論」同日而語呢？劉再復先生還有一句話，明確道出了以系統之有無來批評錢鍾書的意思。他說：「我贊成您對錢鍾書先生的評價。他不是思想家，但其學問確實是『前無古人，後無來者』。……有人批評《管錐編》『散錢失串』，不無道理，因為它無理論中軸，缺少體系構架。」不過他對李澤厚先生這一論斷似乎還沒有足夠的信心，於是又補充說：「但這也帶來一個長處，就是不把自己的豐富精神寶藏封閉在若干大概念的符號系統中，即不會因為體系的邏輯需要而刪除寶庫的多彩多姿。」[11] 劉再復曾擔任社科院文學所所長，錢先生對他的「學術探討和行政工作都給了充滿溫馨的支援」，劉先生是有感於心的。[12] 不過劉再復是李澤厚先生的摯友，他們兩位對話論及錢鍾書，明明白白是要說明李澤厚先生作為有系統理論的思想家，超越了思想零碎不成系統的錢鍾書。

　　英國思想家培根（Francis Bacon, 1561-1626）在近代科學發展史上曾頗有影響，也以其《散文集》著名。培根在〈說友誼〉那篇散文裏曾說，朋友的好處之一是好像使一個人可以有替身，「自己說出口來會臉紅的話，

---

[9] 李澤厚，劉再復，〈共鑒五四新文化〉，《萬象》11卷7期（2009年7月），頁46。

[10] 同上，頁46-47。

[11] 同上，頁47。

[12] 劉再復，〈錢鍾書先生紀事〉，《上海書評》2009年十一月15日，頁3。

由朋友嘴裏說出來，就十分妥帖得體」（But all these things are graceful in a friend's mouth, which are blushing in a man's own）。[13] 劉再復真算得李澤厚先生的好朋友，李先生自號建構體系的思想家，超越了錢鍾書，當然不如劉再復先生把話講出來，稱贊他的「歷史本體論」有宏大系統更妥帖順當。李澤厚先生似乎稱贊錢鍾書的學問「前無古人，後無來者」，卻又立即補充說：「但也無須來者了。」劉再復就把話講得更明白，解釋李澤厚的意思說：「錢先生的學問雖大，但後人無須把他的學術之路作為唯一方向。……因為錢先生已把中國學術『重博雅』的取向推向極致，後人最好多注意西方學術『尊新知』的優點。」[14] 不過在我看來，錢鍾書著作的一個特點，恰好是在傳統中國學術之外，又大量引用西方多種文字的著作，比較起大多數中國學人，他大概算最有注意西方學術「尊新知」的優點。我可以舉一個例子來說明。初版於1948年的《談藝錄》在論韓愈以文為詩一節，已提到「俄國形式主義論宗（Formalism）許克洛夫斯基（Victor Shklovsky）論文謂：百凡新體，祇是向來卑不足道之體忽然列品入流（New forms are simply canonization of inferior genres）」（頁35）。在錢先生發表《談藝錄》三十多年之後，俄國形式主義才在歐美成為文學研究中一股新潮理論，許克洛夫斯基也才成為文學研究者熟知的一位理論家，難道這不是一個極有說服力的例子，證明錢先生十分留意西方的新知嗎？為什麼只看見錢鍾書引用許多中國古書，就以為代表了中國傳統學術「重博雅」的趨向，對他引用西方文字的古典和新著，卻因為看不懂，就可以視而不見呢？

批評錢鍾書，如果真能指出他不足甚至錯誤之處，有益於學術，那當然是一件好事。如果中國學界出現一個比錢鍾書更有學問的奇才，那將更是中國學術之大幸。然而讓人失望的是，不少人批評錢鍾書，都好像攻其一點，不及其餘，甚至截頭去尾，歪曲原意，誤解曲解錢先生的文字。例如龔鵬程先生批評《宋詩選注》，引錢鍾書序裏的一句話，「作品在作者

---

[13] Francis Bacon, "Of Friendship", *The Essays*, ed. John Pitcher (London: Penguin, 1985), p. 144.

[14] 劉再復，〈一字之差的說明〉，《萬象》11卷9期（2009年9月），頁154。

所處的歷史環境裏產生，在他生活的現實裏生根立腳」，就立即斷言說：
「這是『存在決定意識』的說法；是拿住反映說，去找宋詩中反映時代與
人民苦難材料。……滿紙工農兵，這也是民間疾苦，那也是發官府不義，
實在偏宕極了。」[15] 然而對照錢先生《宋詩選注》序的原文，就可以發現
龔先生在這裏做了一個不大不小的手腳，因為他引的只是錢鍾書原文的前
半句，卻隱去了後半句，而錢先生後半句話恰好是重點。錢鍾書首先交待
了宋詩的時代背景，承認文學作品與歷史環境和生活現實相關，接下去是
龔鵬程略去未引的下半句：「但是它反映這些情況和表示這個背景的方式
有各色各樣。」錢先生接下去又說：「我們可以參考許多歷史資料來證明
這一類詩歌的真實性，不過那些記載儘管跟這種詩歌在內容上相符，到底
只是檔，不是文學，只是詩歌的局部說明，不能作為詩歌的唯一衡量。」[16]
錢先生還與亞里士多德《詩學》的看法相呼應，強調「文學創作的真實不
等於歷史考訂的事實，因此不能機械地把考據來測驗文學作品的真實，恰
像不能天真地靠文學作品來供給歷史的事實。……考訂只斷定已然，而藝
術可以想像當然和測度所以然。在這個意義上，我們不妨說詩歌、小說、
戲劇比史書來得高明」。[17] 這恰好是打消了文學「反映」生活的謬見，肯
定文學藝術的想像虛構不同於歷史之考訂事實，而又可能比歷史更能揭示
事物之所以然，因而比歷史更高明。龔鵬程先生把這些重要字句全部略去
不引，對錢鍾書編寫《宋詩選注》那個年代大陸政治和學術環境之險惡，
完全沒有體會，卻斷章取義，批評錢鍾書宣揚「反映說」，這樣批評錢鍾
書，實在難於取信於人。

　　更令人難以置信的是龔鵬程對錢鍾書〈中國詩與中國畫〉一文的批
評。龔先生說，「《中國詩與中國畫》引了很多古人把詩跟畫相提並論的
言論，然後用『出位之思』『藝術彼此競賽』（Aaderst-reban）來解釋詩

---

[15] 龔鵬程，〈錢鍾書與廿世紀中國學術〉，見《近代思潮與人物》（北京：中華書
　　局，2007），頁389。
[16] 錢鍾書，《宋詩選注》（北京：人民文學出版社，1982），頁3-4。
[17] 同上，頁4-5。

畫一律的現象。說中國人認為詩要像畫，畫要像詩才好，出位之思，帶動藝術史之發展，成為中國藝文發展的規律。這當然是個好規律，但非中國藝文發展之主線」。[18] 錢鍾書先生〈中國詩與中國畫〉並沒有講「出位之思」，而且這個德文字應該是Anders-streben，英國維多利亞時代批評家佩特（Walter Pater）用以指各門藝術可以藉此「局部地超出自身局限，不是互相取代，而是互相賦予新的力量」（*Anders-streben*—a partial alienation from its own limitation, through which the arts are able, not indeed to supply the place of each other, but reciprocally to lend each other new forces）。[19] 看龔先生文中那個不成字的Aaderst-reban，一望而知他既不懂德文，也沒有讀過佩特的文章。更可怪是龔先生略述〈中國詩與中國畫〉大意，與錢鍾書文章的原意竟恰恰相反。只要取收在《七綴集》裏這篇文章來讀一讀，就可以明白錢先生要批評的恰好是「詩畫一律」這一舊說，而遍讀全文，也找不到什麼「中國人認為詩要像畫，畫要像詩才好」這類淺薄的廢話。錢先生在文中討論畫分南、北二宗，說明在中國畫的批評傳統裏，由王維開始的南宗畫被視為正宗，但在詩的批評傳統裏，風格意趣都接近南宗畫的神韻派詩，卻並不是詩的主流和正宗。錢先生徵引了大量例證說明，中國詩與中國畫有很不相同的評價標準，「神韻派在舊詩傳統裏公認的地位不同於南宗在舊畫傳統裏公認的地位，傳統文評否認神韻派是標準的詩風，而傳統畫評承認南宗是標準的畫風。在『正宗』、『正統』這一點上，中國舊『詩、畫』不是『一律』的」。[20] 他又說，「王維無疑是大詩人，他的詩和他的畫又說得上『異跡而同趣』，而且他在舊畫傳統裏坐著第一把交椅。然而舊詩傳統裏排起座位來，首席是輪不到王維的。中唐以後，眾望所歸的最大詩人一直是杜甫」。[21] 錢先生最後又說：「總結起來，在中國

---

[18] 龔鵬程，〈錢鍾書與廿世紀中國學術〉，見《近代思潮與人物》，頁393-94。
[19] Water Pater, "The School of Giorgione", *The Renaissance: Studies in Art and Poetry* (London: Macmillan, 1925), p. 134.
[20] 錢鍾書，〈中國詩與中國畫〉，《七綴集》（上海：上海古籍，1985），頁14。
[21] 同上，頁18。

文藝批評的傳統裏，相當於南宗畫風的詩不是詩中高品或正宗，而相當於神韻派詩風的畫卻是畫中高品或正宗。」[22] 錢先生反覆指出中國詩與中國畫的批評傳統並非一律，因為這是他這篇文章的要點。讀龔鵬程先生批評錢鍾書〈中國詩與中國畫〉的文字，簡直使人懷疑他有沒有讀過錢先生這篇文章。然而龔先生居然以此為基礎，斷定錢鍾書下的大判斷，「如《宋詩選注》《中國詩與中國畫》等，其判斷大概就都是錯的」。[23] 龔鵬程先生讀書讀得這樣粗率，甚至完全誤解文意，他對錢鍾書所下的判斷，又怎麼可能讓人相信其正確無誤呢？

　　然而龔先生是個聰明人，而且自許為行家。他斷言錢鍾書不僅「大判斷甚少，或竟皆是錯的」，而且「論學往往顯得『不當行』」。他解釋說：「什麼叫不當行呢？錢先生是博學深思的人，所著論析對象極廣。但讀來讀去，很難說他對某一家、某一著作是真積力久，可以專門名家的。」[24] 錢先生對此早有一段妙語作答，他說：「由於人類生命和智力的嚴峻局限，我們為方便起見，只能把研究領域圈得愈來愈窄，把專門學科分得愈來愈細。此外沒有辦法。所以，成為某一門學問的專家，雖在主觀上是得意的事，而在客觀上是不得已的事。」[25] 龔鵬程先生不僅認為自己是行家，而且是各行的專家。他對其他學者能否讀懂錢鍾書，頗有疑問，因為「搞新文學的朋友，往往沒有能力讀他的舊詩文以及《石語》《談藝錄》《管錐編》這樣的著作。……有點舊文學底子的，大抵也只能就自己專門的一些知識去他文集中找些話題來說說」。在做好這樣的鋪墊之後，龔先生才隆重地請自己出場，聲稱「集部的學問，我不如錢先生精熟；但粗了文、史、哲學、宗教、藝術、經、史、子、集，能綜攝上古以迄現當代之文哲政經思潮，錢先生就不如我了。這不是度短絜長，以與錢先生爭高下。而是說做學問，唯佛能知佛，未到菩薩境位，有時確實是夏蟲

[22] 同上，頁24。
[23] 龔鵬程，〈錢鍾書與廿世紀中國學術〉，見《近代思潮與人物》，頁393。
[24] 同上，頁394。
[25] 錢鍾書，〈詩可以怨〉，《七綴集》，頁113。

不可以語冰的」。[26] 龔先生大概沒有讀過培根那篇論友誼的文章，否則他該會找一個可以當替身的朋友來對話，讓別人講出口來，免得自己臉紅（blushing in a man's own）。

龔先生貶低錢鍾書之後，還順帶也對陳寅恪下一個大判斷說：「純從學術上說，陳先生是站不住的。陳先生號稱通曉幾十種語言，但真正用在研究上而有創獲者，其實不多。偶爾運用其梵文知識考釋中古史料，也多跡近附會，或無關緊要。」[27] 我不知道龔先生是否懂梵文。我自己不懂梵文，所以不敢對龔先生的判斷妄加評論。不過這倒引起我另一個疑問。龔先生在前面說，「搞新文學的朋友」不能讀古文，「有點舊文學底子的」也只局限於舊學的訓詁修辭或小說詩詞，所以都不能真正讀懂錢鍾書的著作，可是他卻沒有提錢先生引用的各種西方語言文字。錢鍾書讀過而且引用了那麼多西方著作，有英、法、德、意、西和拉丁等幾種語言，那麼不懂這些西方語言，卻可以隨便就批評甚至貶低錢鍾書的學問嗎？看龔鵬程先生這篇萬言長文，當中只有兩處引了幾個外文字，其中一個德文字還拼錯得慘不忍睹，可見龔先生大概不懂外文，即使懂一點，大概程度也有限。我在前面說過，錢先生的著作廣徵博引，以古來中西文化傳統中具體文本的具體字句為依據，將中國傳統典籍放在中西比較的廣闊視野裏去思考。他引用西方著作，並不只是多一些外國例子，而往往有更深的用意。能讀西方著作原文的人，將錢先生所引西文著作與中國典籍所比照，也更能有所體會。我們如果只從中國傳統學術的視野去看錢先生的著作，就只能見其一半，好像我們只能思考他頭腦的一半，而另一半卻是我們不能深入理解的。

可怪的是，近幾年來卻好像頗有一些只有一半頭腦的人，偏偏以偏激狂妄之態攻擊錢鍾書。西方人有句話，說站在巨人肩頭上，才可以看得更遠。大科學家牛頓就說過這樣的話（If I have seen further it is by standing on

---

[26] 龔鵬程，〈錢鍾書與廿世紀中國學術〉，見《近代思潮與人物》，頁396。
[27] 同上，頁397。

the shoulders of giants）。[28] 這句話本意是謙虛，說自己能取得一點成績，都是以前人的學問為基礎。但近來卻有不少人以批評甚至詆毀前人來抬高自己，似乎給這句話以一個完全不同的新解，即踩在巨人肩頭上，才顯得自己更高大。那些攻擊前人者似乎以為，詆毀名聲越大的人，越能引人注目，自己也就越有可能成為名人。誠如高嵩松先生在一篇評論文章裏所說，「自從錢鍾書先生逝世以後，出現了一股輕詆這位一代奇才的風氣。說他老人家這也不行，那也不好，學問不成系統，外文不合語法，史學沒有修養。批評者儼然『人人自謂握靈蛇之珠，家家自謂抱荊山之玉』，把錢貶得一錢不值」。[29] 很多認真向學的學者都痛感當前有一種急功近利、浮躁不正的學風，可以說這就是這種學風的一個表現。其實做學問首先應該是自己努力，闡發道理，如果為了探討學問而與別人辯難，當然也無可厚非，但以貶低對方來抬高自己，則大可不必。

不過這樣偏激狂妄，輕詆前賢，在中國似乎歷代都不乏其人。同是唐人，就已有人對李白、杜甫說三道四，引得韓文公痛斥「不知群兒愚，那用故謗傷？蚍蜉撼大樹，可笑不自量。」[30] 比他更早一點，在杜甫的時代，有人菲薄初唐四傑，也引得溫柔儒雅的杜工部說出更重的話，斥責這類輕詆前賢者道：「爾曹身與名俱裂，不廢江河萬古流！」[31] 杜甫不愧是大詩人，他一句話就道出了什麼是經典，或是什麼造就了經典。那就是時間，是像江河那樣奔流萬古的時間。究竟什麼是學術上真正有價值的著作，在思想和學術的歷史上產生深遠影響的著作，都需要通過時間來披沙揀金，留存於後世。陳寅恪、錢鍾書兩位先生均已作古，他們的文章俱

---

[28] 見牛頓1676年二月5日致羅伯特・胡克（Robert Hooke）的信。這句諺語在歐洲可以追溯到十二世紀政治學家薩里斯伯利的約翰（John of Salisbury），而他說是來自中世紀法國哲學家夏特爾的伯爾納（Bernard of Chartres）。十七世紀以來，許多作家和思想家都在自己的著作中使用過這句諺語。

[29] 高嵩松，〈小器易盈，好問則裕〉，《上海書評》2009年十月25日，頁8。

[30] 韓愈，〈調張籍〉，《韓昌黎全集》（北京：中國書店，1991），頁88。

[31] 杜甫，〈戲為六絕句〉其二，仇兆鰲，《杜詩詳註》（北京：中華書局，1979），全五冊，第二冊，頁899。

在，將來是否會長存於世，自然有後人評說。至於群兒謗傷前賢，錢鍾書先生也早有評論。《管錐編》引了三國李康〈運命論〉幾句話：「故木秀於林，風必摧之；堆出於岸，流必湍之；行高於人，眾必非之」，指出此「即老子所謂『高者抑之，有餘者損之』，亦即俗語之『樹大招風』」（頁1082）。對於近年來這股輕詆前人的風氣，精明如錢先生，想必一定會不以為意，也不必介懷的吧。

附記：錢鍾書先生百年誕辰之時，有不少地方召開紀念會議，組織文章專集，然而對這位大學者，也有不少批評甚至攻擊的聲音。此文是為在臺灣中央大學召開的紀念錢鍾書先生的會議所寫，一方面討論錢鍾書治學的方法，另一方面也對批評他的人作出一點回應『最初發表在《書城》二○一○年三月號。

對文學價值的信念：悼念弗蘭克·凱慕德

二〇一〇年八月十七日，英國著名的文學批評家弗蘭克·凱慕德（Frank Kermode, 1919-2010）在劍橋去世，享年九十歲。我聽到這個消息，心中未免有些悵然。雖然凱慕德從未討論過西方以外的文學，也沒有到過中國，但我認為他對當前西方文學和文化批評理論的反思，對我們應該有很多啟發。對於西方理論，我們應該有瞭解的興趣，但不顧中國的政治和社會現實，盲目跟從西方後現代主義和後殖民主義理論，使用自己尚未了然的一套晦澀的概念術語，鸚鵡學舌式地談論文學、文化、社會和歷史，卻是中國學界必須避免的錯誤。不盲從潮流，能獨立思考，這是我們從凱慕德一生事業中，可以得到的重要啟示。

凱慕德和弗萊（Northrop Frye, 1912-1991）無疑是二十世紀西方兩位最有學問、也最有影響的批評家。在長達半個多世紀的學術生涯中，凱慕德著述等身，極為豐富。早在一九五七年發表的《浪漫意象》（Romantic Image）一書，就已經為作者獲得很大聲望。在那之後歷年來發表的著作中，更有許多成為二十世紀文學批評的經典，其中最重要者應是《終結的意識：小說理論研究》（The Sense of an Ending: Studies in the Theory of Fiction）。凱慕德不僅學識豐富，有專著評論莎士比亞、十七世紀以來英國文學直至當代歐美許多作家和詩人的作品，而且具有理論的眼光和問題意識，往往引領學界潮流。二十世紀六十年代他任教倫敦大學學院時，就率先引進法國的批評理論，尤其是羅蘭·巴爾特（Roland Barthes）、福柯（Michel Foucault）和拉康（Jacques Lacan）等人的著作，在英國一貫趨

於保守的學界，當時曾引起不小爭論，但也從根本上改變了英國的文學研究。後來凱慕德到劍橋大學任英王愛德華七世英國文學教授（King Edward VII Professor of English Literature），又受邀到美國哈佛、哥倫比亞等許多大學做重要講座，並在一九九一年被授予爵位。除在大學任教之外，凱慕德也常在報刊撰文，如在《倫敦書評》（*London Review of Books*）上，他就發表過兩百多篇文章。《倫敦書評》在一九七九年創刊，就得力於凱慕德的極力倡言，所以他與這份刊物有密切的關係。

　　凱慕德不僅在學術上有許多建樹，也獲得許多榮譽，更重要是他始終保持對文學的愛和敏感，敢於提出文學研究中的問題，指出新的探索方向。針對英國五、六十年代沉悶保守的文學批評，他不僅最先引進法國結構主義和後結構主義理論，而且也對文學理論在二十世紀的發展做出重要貢獻。《終結的意識》對於小說研究就十分重要，我在復旦大學出版的《比較文學研究入門》一書中曾有介紹，這裏就不再贅述。此外，凱慕德還有《隱秘的產生：論敘事的解釋》（*The Genesis of Secrecy: On the Interpretation of Narrative*）一書，以新約《聖經》的福音書為主要材料，探討敘述和解釋問題，在文學闡釋學領域，也是一部重要著作。然而凱慕德曾努力倡導的文學理論在八十年代和九十年代的發展，卻越來越脫離文學本身而以身份認同的政治（identity politics）取代了文學批評，這就完全違背了他當年提倡文學理論的初衷。所謂身份認同的政治，就是以某一團體的利益為訴求（如少數民族、婦女、同性戀群體等），以自己的團體為歷來受壓制、被邊緣化為由，爭取道德上的制高點和政治上更大的發言權。這種政治走到極端，就必然造成社會的分化和共識的斷裂，實際上往往在宏大的敘述下面，掩飾著個人的實際利益。無庸諱言，在西方尤其是美國，這種傾向在文學和文化研究中頗有聲勢。對於這種政治化和帶著強烈意識形態色彩的理論傾向，凱慕德毫不掩飾自己的厭惡。他在二〇〇〇年出版了《莎士比亞的語言》一書，重新回到莎士比亞的語言和文本，並在此書序言一開頭就明確地說：

　　我特別反感現代某些對莎士比亞的態度，其中最壞的一種認為，莎士
比亞的名聲是騙人的，是十八世紀一個民族主義或帝國主義陰謀的結
果。與此相關而且同樣自以為是的一個觀念，就是認為要理解莎士比
亞，就必須首先把他的劇作視為與他那個時代的政治話語密切相關，
而這種關聯又只是現在才看得出來的。仔細看來，這類貶一貶莎士比
亞的做法如果說還有一點意思，也只不過證明了批評家不斷需要找一
點不同的話來說，而說的也是他恰好感興趣的話題，而不是莎士比亞
的文字，因為如我所說，他很少會援引莎士比亞的文字。這類標新立
異的批評語氣都相當自信。這些批評家們需要把自己的看法說得超出
許多前人，而一般說來，這些前輩的資歷又是他們不好去挑剔的。
他們不能不把約翰生、濟慈和柯勒律治（姑且只舉三位）都說成是
受了帝國主義洗腦的犧牲品。當然，既然你能把莎士比亞貶得一錢
不值，要貶損這幾位以及類似的權威，那就更不在話下；尊重他們就
只是盲目接受資產階級評價的又一個例證而已。不過到頭來，你除非
廢除了文學這個觀念本身，否則還是不可能除掉莎士比亞。[1]

凱慕德接著說，儘管莎士比亞、莫札特、塞尚等詩人和藝術家的確都是
「死了的白人男性」，但並不能因此就否定他們的文化價值和意義。他堅
信政治和意識形態不能取代藝術的探討，「因為我相信莎士比亞的價值，而
且在不忽略歷史問題的同時，我認為他的戲劇並不只是和這類問題相關，所
以我不會去特別注意在當前莎士比亞批評中，那些占主導地位的模式」。[2]
凱慕德在此相當明確地表現出他對西方文學研究當前狀況的不滿，對文學
本身的關愛使他無法接受貶低莎士比亞和其他傑出作家和詩人的做法。
　　凱慕德二〇〇一年在美國加州大學伯克萊分校做坦納講座（Tanner
Lectures），二〇〇四年題為《快感與變化》出版，書中除了他的演講之

---

[1] Frank Kermode, *Shakespeare's Language* (London: Penguin Books, 2000), viii.
[2] 同上，頁ix。

外，還有三位評論人的評論，也有凱慕德對評論人的回應，所以最能讓
讀者直接感受到不同觀點的交鋒。凱慕德為他的演講選擇的主題是經典
（canon），這本身就很有針對性，因為美國後現代主義、後殖民主義和
女權主義理論興起之後，認為西方過去的經典大多是死去的白種男人的作
品，體現了統治階級和父權制傳統的思想意識，現在應該推翻拋棄，於是
去經典化（decanonization）成為一種代表激進思想的傾向。凱慕德在他的
演講中一開始就指出，哪些作品應該成為經典，哪些作品還不夠資格，過
去也曾有過十分激烈的爭辯，「但很少或從來就沒有人提議過，說全部經
典，不管其中包括哪些作品，應該通通去經典化」。現在則完全不同，因
為去經典化提出的問題是「經典是否是一個邪惡的神話，造出這神話的目
的是為了論證對少數民族的壓迫合理，所以那是一個政治宣傳武器，其真
面目現在才終於被拆穿了，或用流行的術語來說，被『去神話化』了」。[3]
由於這樣的理論占居主導，很多以文學研究為業的人都「不再怎麼談文
學，有時候甚至不承認有文學這個東西，而發明一些新的東西來談論，例
如性別問題和殖民主義問題。這些毫無疑問都是亟待解決的問題，所以停
止討論文學也似乎很自然，除非在好像有利於否認文學存在的時候，才談
論文學問題」（16）。凱慕德針對這種去經典化傾向，以經典為題來討論
審美快感，當然不是無的放矢。他首先肯定，文學經典必須給人快感，但
這種快感不是簡單的快樂或滿足，而是與痛苦並存的。柏拉圖早就說過，
快感就是擺脫痛苦或對擺脫痛苦的期待。佛洛伊德的看法也和柏拉圖在根
本上一致，即快樂就是消除痛苦。凱慕德由此認為好詩都有痛苦或哀怨
的成分：「我們不斷在最好的詩裏，發現歡樂與沮喪一種奇特的混合」
（28）。換言之，凱慕德談論的快感是帶有哲理和悲劇意味的快感，是使
人去深入思考和體驗的快感。

---

[3]　Frank Kermode with Geoffrey Hartman, John Guillory, and Carey Perloff, *Pleasure and Change: The Aesthetics of Canon* (Oxford: Oxford University Press, 2004), 15（以下引用此書，只在文中注明頁碼）。

　　凱慕德討論的另一個題目是經典的變化，而這種變化顯示在不同時代，經典會具有不同的意義。他說：「經典的變化顯然反映我們自己以及我們文化之變。它可以見證歷史上我們的自我理解如何形成，又如何改變。」（36）由此可見，所謂經典並不是一套固定不變的偉大傑作，尤其文學的經典，在不同時代也許有些作品更受重視，而另一些作品則逐漸失去昔日的光輝，或者從此退出經典的行列，或者在另一個時代重顯價值，被那時代的讀者重新發現而成為經典。然而凱慕德強調的是，經典固然並非一成不變，但經典之為經典，是由於其自身的價值，而不是靠任何純粹外在的力量來決定的。認為可以人為地製造經典或「去經典化」，都是武斷而必然會失敗的企圖。在西方的文化批評拋開文學，許多批評家避而不談傳統和經典的時候，凱慕德選擇經典來做他演講的主題，就和他針對政治化批評來重新討論莎士比亞的語言一樣，都是對後現代主義和後殖民主義理論的質疑和反思。

　　對於凱慕德談論經典，並談論文學的審美價值，三位評論人有很不相同的反應，其中最值得注意的是紐約大學約翰‧基洛利（John Guillory）教授的評論和凱慕德的回答。基洛利著有《文化資本：文學經典形成問題》（*Cultural Capital: The Problem of Literary Canon Formation*）一書，在有關經典的爭論中很有影響。這次凱慕德演講以經典為主題，請他做評論人當然非常合適，不過兩人對於經典、審美快感以及相關的問題，看法都大不相同，這也就為讀者瞭解其間差異提供了很好的機會。基洛利首先承認，今日的文學研究者對他們的研究對象抱有一種頗為矛盾的情感（ambivalence），「這一矛盾情感典型地表現為兩種形態：第一，不願意把文學作品視為文學批評必然或不可或缺的對象，第二，甚至更反感在談論文學時，把文學作品的快感當成文學存在的主要理由，也相應地把傳達那種快感給文學批評的讀者視為至少是批評的一個目的」（65）。基洛利認為批評從來就是政治的，現在的「文化批評家」要談的不是快感，而是「進步的政治」，對他們說來，「面對一個文化作品就是提供一次機會來肯定或者挑戰那作品裏所表現的信仰體系」（67）。基洛利明確表示與凱

慕德持完全不同的觀點，他以文化批評取代文學批評，以「進步的政治」取代審美快感，以大眾文化取代詩歌小說等「高等藝術」形式。他說：「針對把藝術縮小到詩歌，這本身就是讓藝術負荷過重的一個症兆，我們可以強調創造性，即普遍意義上人們的製作，那是我們日常生活中隨處可見的。把審美快感限制於被認可的藝術品乃是一個有嚴重後果的哲學錯誤，儘管許多偉大的藝術品都恰恰犯了這樣的錯誤。」（70）按照這一觀點，文學傳統基本上可以從文學批評中排出。當然，基洛利使用的術語已經是文化批評，而不是文學批評。

基洛利的話說得十分明確，而他的意見大概正好代表了在當代文學和文化批評中，凱慕德頗不以為然的那一類傾向。這也就為凱慕德更明確強調他認為文學和審美快感之重要，提供了又一次機會。在他的回應中，凱慕德一開始就肯定文學批評有其特殊性質，做一個批評家也就有特別要求。「對怎樣做批評家這個問題，我目前的回答是我很早以前就從威廉・燕卜蓀（William Empson）那裏借來的：你喜歡什麼理論就用什麼理論，但是得跟著你的鼻子走。」他接下去說：「不是每個人都有這個意義上的鼻子——這裏是用釀酒學的一個比喻——而如果你在這兩方面都沒有鼻子的話，你就該去找另一種工作。」（85）在凱慕德看來，文學批評首先需要對文學的愛，對文學語言特性的敏感，就像釀酒或品酒專家的鼻子對葡萄酒的性質有特別的敏感一樣。他接著更明確說：

> 假如文學在你恰好沒有什麼特別意義，你沒有一個靠得住的鼻子，那麼你對這個題目無論說什麼話，就都沒有評論這個題目應有的價值。有些文學作品也許恰好使你有一些想法，使你可以對別的題目說很多話，但其價值都和別的題目相關，而無關於你既不怎麼知道、也不怎麼關心的題目。姑且把這個題目稱為「詩歌」，問一問你自己頭腦裏是否有這東西——是否真是你頭腦的一部份。如果沒有，那就去做點別的什麼（85-86）。

　　這些話似乎很尖刻，但凱慕德一再強調的是作為一種學科領域，文學批評有其特性，對批評家也就有一定的要求。如果任何一種職業都有自己的專業知識，對從事這種職業的人都要求有一些基本資歷和條件，那麼為什麼不愛文學，不願意把文學作品作為文學批評對象的人，竟然以文學批評為職業呢？其實這正是當前西方文學批評一種並不少見的情形，而曾經對文學理論的發展作出貢獻的凱慕德，現在又對理論過度發展帶來的問題做出深刻的反思和批判。

　　凱慕德一生以文學研究為業，固然對現在脫離文學的文學理論極為不滿，但並不只是像凱慕德這樣老一輩的學者才批評理論的過度發展、抽象晦澀、脫離文學、脫離實際。曾在一九八二年以《文學理論》一書風靡英美校園的英國馬克思主義批評家特瑞・伊格爾頓，在二〇〇三年又發表了《理論之後》（*After Theory*）一書，對許多脫離實際而反映中產階級墮落價值觀的所謂文化研究，尤其對性和同性戀表現出特別興趣的所謂性別研究，作出了十分尖銳的批評。伊格爾頓說：「在某些文化圈子裏，手淫的政治遠比中東的政治更有吸引力。社會主義已經讓位給性虐待狂和性受虐狂主義。在研究文化的學生們當中，身體是一個極為時髦的課題，但通常是情欲的身體，而不是餓得瘦骨嶙峋的身體。他們感興趣的是在性交的身體，而不是在勞作的身體。說話輕言細語的中產階級學生們聚在圖書館裏用功，研究的是如吸血鬼和挖眼拔舌、機械人（cyborgs）和色情電影之類極具刺激性的題目。」[4] 伊格爾頓對斯皮瓦克這樣的後殖民主義批評家，更有極為尖銳的批評。他嘲諷這些批評家們故弄玄虛，以晦澀冒充深刻。他說：「某個地方一定有一本後殖民主義批評家手冊秘笈，其中第一條規矩就是『從拒絕後殖民主義這整個概念開始』因為幾乎每個後殖民主義批評家都不認為別的後殖民主義批評家有任何價值。第二條規矩則是『只要不會太難堪，說話應盡可能讓人摸不著頭腦』。」[5] 伊格爾頓引了斯皮瓦克一

---

[4]　Terry Eagleton, *After Theory* (New York: Basic Books, 2003), 2-3.

[5]　Terry Eagleton, "Gayatri Spivak", in *Figures of Dissent: Critical Essays on Fish, Spivak, Žižek and Others* (London: Verso, 2003), 158.

句讓人看不懂的話，然後說：「後殖民主義理論大談尊重他者，然而對其最直接的他者，即讀者，卻無需以這樣的敏感待之。我們也許會天真地以為，激進的大學教授們有一種政治責任，要確保他們的思想贏得高年級大學生之外的聽眾。可是在美國的學院裏，這樣通俗易懂的苯想法是不大可能為你贏得漂亮的教席和有聲望的獎品的，所以像斯皮瓦克這樣的左派們儘管一慣擺出瞧不起學院的派頭，可是連篇累牘寫出東西來，卻遠比滿心鄙棄公眾的精英作家們，更讓公眾看不懂。」[6]伊格爾頓指出，故弄玄虛不僅是這些人的特點，而且是他們的成功秘訣，但如果以為這種表面激進的學院左派有什麼真實的政治意義，那可就是極大的誤解。

瞭解西方文學研究這種情形，可以幫助我們瞭解整個西方文化也許更深刻的危機。凱慕德深知這一危機，所以也直言不諱，指出當前文學批評的問題。他尤其不能同意抹殺藝術與平庸的區別，對基洛利完全抹殺文學藝術給人特別的快感，他回答說：「我不能相信基洛利教授沒有經驗過嚴肅的小說和垃圾之間的區別。這是生活當中的一個事實，無論探討其中的哲理有多麼困難。」（88）對於那種認為「從性、食品和談話中也可以得到同樣多的快感」，凱慕德坦言他不可能接受這樣的觀點。「我並不反對談話、性或者食品。但是我想我知道它們和一首好詩之間的區別。我這樣說並非僅僅出於相信自己是對的（那是和自己的脈搏一同感覺到的自信），而是因為我實在感到遺憾，一些完全有資格同意這一看法的人卻寧願──而且看來是不得不──採取另外一種說法，說他們看一部電視連續劇和讀但丁的作品是完全可以相比的經驗」（88）。誰知道呢，也許美國有些左派的文化批評家們很可能反駁說，但丁的作品早已沒有人看了，電視連續劇卻有無數的觀眾，這才是生活當中的事實。的確，我們在日常生活中製造的垃圾在數量上要遠遠超出嚴肅的小說，可是凱慕德仍然希望而且相信，一個成熟的社會除了垃圾之外，也還有更高的需求和更高的文化價值。他已經帶著這樣的信念離開了這個世界，但他那個信念還應該是我

---

[6] 同上，頁159。

們當中喜愛文學、追求文化價值的人所要堅守的。我們也許可以自省，在盲目追隨西方當代理論時，我們的研究是否也有像凱慕德和伊格爾頓批評那一類情形呢？我們是否也把晦澀冒充深刻，為附和西方理論的思路和話語而扭曲我們自己生活的現實呢？這些問題的答案其實並不難，關鍵就在我們要有面對真實的決心，有獨立思考的能力和勇氣。

2010年8月31日

附記：凱慕德是我敬佩的一位文學批評家，在我看來，他對當前西方文學和文化批評的反思，對我們自己思考有關問題很有啟發的作用。此文寫於二○一○年八月底，發表在九月十二日出版的《上海書評》上，收進本書時，在個別地方文字上稍有修改。

語言文學類　文學視界49　AG0167

張隆溪文集第三卷

作　　者／張隆溪
主　　編／韓　晗
責任編輯／王奕文
圖文排版／楊家齊
封面設計／秦禎翊

發 行 人／宋政坤
法律顧問／毛國樑　律師
出版發行／秀威資訊科技股份有限公司
　　　　　114台北市內湖區瑞光路76巷65號1樓
　　　　　電話：+886-2-2796-3638　傳真：+886-2-2796-1377
　　　　　http://www.showwe.com.tw
劃撥帳號／19563868　戶名：秀威資訊科技股份有限公司
　　　　　讀者服務信箱：service@showwe.com.tw
展售門市／國家書店（松江門市）
　　　　　104台北市中山區松江路209號1樓
　　　　　電話：+886-2-2518-0207　傳真：+886-2-2518-0778
網路訂購／秀威網路書店：http://www.bodbooks.com.tw
　　　　　國家網路書店：http://www.govbooks.com.tw

2013年11月　BOD一版
定價：500元
版權所有　翻印必究
本書如有缺頁、破損或裝訂錯誤，請寄回更換

國家圖書館出版品預行編目

張隆溪文集 / 張隆溪著. -- 一版. -- 臺北市：秀威資訊科
技, 2013.11-
　　冊；　公分
　ISBN 978-986-326-092-9(第1卷：平裝). --
ISBN 978-986-326-127-8(第2卷：平裝). --
ISBN 978-986-326-200-8(第3卷：平裝)

　1. 文學　2. 比較文學　3. 文集

810.7　　　　　　　　　　　　　　102004315

讀者回函卡

感謝您購買本書，為提升服務品質，請填妥以下資料，將讀者回函卡直接寄回或傳真本公司，收到您的寶貴意見後，我們會收藏記錄及檢討，謝謝！如您需要了解本公司最新出版書目、購書優惠或企劃活動，歡迎您上網查詢或下載相關資料：http:// www.showwe.com.tw

您購買的書名：＿＿＿＿＿＿＿＿＿＿＿＿＿＿＿＿＿＿＿＿＿＿＿＿

出生日期：＿＿＿＿＿年＿＿＿＿＿月＿＿＿＿＿日

學歷：□高中 (含) 以下　　□大專　　□研究所 (含) 以上

職業：□製造業　□金融業　□資訊業　□軍警　□傳播業　□自由業
　　　□服務業　□公務員　□教職　　□學生　□家管　□其它＿＿＿＿

購書地點：□網路書店　□實體書店　□書展　□郵購　□贈閱　□其他

您從何得知本書的消息？

　□網路書店　□實體書店　□網路搜尋　□電子報　□書訊　□雜誌

　□傳播媒體　□親友推薦　□網站推薦　□部落格　□其他＿＿＿＿＿＿

您對本書的評價：(請填代號　1.非常滿意　2.滿意　3.尚可　4.再改進)

　封面設計＿＿＿　版面編排＿＿＿　內容＿＿＿　文／譯筆＿＿＿　價格＿＿＿

讀完書後您覺得：

　□很有收穫　□有收穫　□收穫不多　□沒收穫

對我們的建議：＿＿＿＿＿＿＿＿＿＿＿＿＿＿＿＿＿＿＿＿＿＿＿＿

＿＿＿＿＿＿＿＿＿＿＿＿＿＿＿＿＿＿＿＿＿＿＿＿＿＿＿＿＿＿＿＿

＿＿＿＿＿＿＿＿＿＿＿＿＿＿＿＿＿＿＿＿＿＿＿＿＿＿＿＿＿＿＿＿

＿＿＿＿＿＿＿＿＿＿＿＿＿＿＿＿＿＿＿＿＿＿＿＿＿＿＿＿＿＿＿＿

11466
台北市內湖區瑞光路 76 巷 65 號 1 樓

秀威資訊科技股份有限公司 　　　收

BOD 數位出版事業部

....

（請沿線對折寄回，謝謝！）

姓　　名：＿＿＿＿＿＿＿＿＿　年齡：＿＿＿＿＿　性別：□女　□男

郵遞區號：□□□□□

地　　址：＿＿＿＿＿＿＿＿＿＿＿＿＿＿＿＿＿＿＿＿＿＿＿＿＿＿＿

聯絡電話：(日) ＿＿＿＿＿＿＿＿＿＿＿　(夜) ＿＿＿＿＿＿＿＿＿＿＿

E-mail：＿＿＿＿＿＿＿＿＿＿＿＿＿＿＿＿＿＿＿＿＿＿＿＿＿＿＿＿